U0165306

潤物有聲集

國文課的故事及探索

吳昌政　著

獻給我的老師們
以及未來的教師

目次

輯二 ‧ 讀寫，故我在

五、文本探究的基礎：核心問題與思辨閱讀

六、何謂寫作？為何寫作？如何寫作？

七、後設認知的學習意義：從回饋自評到課程設計

八、認識你自己，寫出真實作品：備審資料寫作心法

輯三 · 從課本到文本

九、文本．脈絡．閱讀理解

十、直面文本：閱讀與寫作的教學轉化

十一、設計問題引導式的讀寫學習單

十二、文本的形式與結構：字、詞、句、段、篇

十三、「非文學」文本，能不必再開外掛嗎？

輯四 · 觀乎人文，以化成天下

十四、耳得之而為聲，目遇之而成色——詩歌教學分享

十五、人類心靈共享的雲端硬碟：神話主題教學

十六、一位學生的期中考試獨白：敘事文本教學

十七、雖小說，必有可觀者焉

推薦序（一）

教亦多術，德者有言

張青松（臺北市立中正高中國文科教師）

吳昌政老師的《潤物有聲集：國文課的故事及探索》是所有國文從業同仁，都該人手一冊，值得我們精讀細品的大作。

昌政曾任教建國中學，他的母校何其有幸，有這樣的學生、這樣的老師，可以在國文教育領域，如此大開大闔，對現今國文教育展開深具批判思維的重建與拓展，讓我捧讀之餘，不斷反思自己的怠惰與不足。尤其是參與過高中國文教科書編寫的工作，反思後深覺自己尚有極大的進步空間。

這本書記錄了昌政老師的課程與教學，是一場並不華麗但非常冒險的歷程。書中的國文課，更是如同補天與治水的神話。我放在案頭，一有空堂就拜讀，大汗淋漓，羞愧不已，給我滿滿的啟發。

全書分為四輯，單看標題舉隅，只能讚嘆昌政老師，勇於直探語文核心，探驪得珠。這本書不僅是一本教學書，更是一本引導我們探索語言、文字、文本、寫作、閱讀、教學等多元面向的國文教學寶典。

昌政多才多藝，十餘年前，我曾在大稻埕某老屋二樓，碰巧欣賞到他在北越的傑出手作攝影作品，游於藝的他，令人激賞。早在昌政 FB 粉專「故事：高中國文 365」時代，我就篇篇閱讀。昌政也將自己的上課影片，上傳 Youtube，嘉惠士林。洛陽不必紙貴，無私分享的大氣令人欽敬！

第一次和昌政相遇，不在文學院教室，而是在 24 年前的操場，他是游擊手，我是二壘手。大佛學長要我們不能怕強襲球，甚至在我們半蹲的身後放了椅子，意在退無可退，直面挑戰。昌政完成度極高！面對不甚完備的課綱，面對全台頂尖的高中生，面對包山包海的國文教材，昌政誠意滿滿地將十幾年手磨的倚天劍、屠龍刀橫空出世，度有志、有緣人！

「夫唯弗居，是以不去」，近日昌政脫下人人稱羨的建中名師光環（或許也是亮閃閃的鐐銬），往更高更遠的理想文學教育前行，深深祝福與期待。佩服昌政曾為當代文學教育破風，現今往更廣闊的天地大化中御風。也期許昌政讓我們見識到國文教育更多維度。凡我友朋，從各師培中心的準老師，到教學現場的所有同仁，都應將《潤物有聲集：國文課的故事及探索》置於案頭心頭，精讀踐履！再次感謝昌政！

推薦序（二）

作為科學與藝術的教學技藝

龍文（國立中壢高中教師／中央大學師培中心講師）

> 「所謂的老師，並不是一個知道怎麼去教未知者的人，而是可以把學生心中的某種問題，重新再創造出來弄清楚，以此為工作的人。他們所專擅的事情是把人們心中壓抑著、阻礙對真知更瞭解的各種力量，將之破壞。這就是為何老師要比學生問更多問題的理由。」—— Northrop Frye

初識昌政老師，是多年前於臉書「故事：高中國文365」專頁以及「國文科教材教法俱樂部」中，讀到多篇老師課堂實踐的教學紀實文章。至今仍為當時那些文章對於中學國文教學竟能如此有系統脈絡、以及具體清晰的教學轉化驚艷不已。《潤物有聲集》便是以那些文章為基礎，加以增刪、編輯的專書。

回顧自身過往的師資培育養成過程，顯而易見的不足，是缺乏明確清楚的課程設計方法，以及實用且具參考價值的「教材教法」課堂參考材料。完備的教學方法脈絡中除了「一般教學知識」及「學科內容知識」之外，也須著重「學科教學知識」(Pedagogical Content Knowledge) 的專業發展。因此在新課綱浪潮下，如何引領現場教師朝向「以終為始」與「概念為本」的素養導向課程設計，本於真實情境的教學實踐之「教學典範」，以及相應的後設教學歷程反思之「教學指引」尤其迫切與需要。因此當《潤物有聲集》出版，筆者深深慶幸與感動，此一國內長期缺席的「國文科教材教法讀物」終於補上了！

筆者同時任教於中央大學師培中心，擔任「國文科教材教法與教學實習」講師，上一年度即以此書為課堂指定教材，輔以課程設計的各種理論，讓學生們進行書籍的摘要書寫以及書中各種教學典範的轉化應用。後來同學們的課堂反饋中，也發現有系統脈絡的架構引導，不啻為新手教師們於攀登重重阻礙的教學山峰的過程中，提供了最為強而有力的輔助工具，且又在真實教學「故事」的共感中體會底下，飽覽沿途的風景、擁抱登頂的快感！

誠如昌政老師自言：「教育是一門科學，也是一門藝術。」在國語文課堂中，過於偏向「主觀情意」而未能含納學生學習歷程狀態與具體能力實踐，或是過於講求「客觀實用」而未能深入語言、文學與文化多重向度的內涵意蘊，皆非「健全」的國文課堂風景。此書可謂集結了作者十多年教學經驗及其精髓之大成，從而以脈絡清晰的後設反思，架構起國文教學的「技」與「藝」。輯一從期初國文課的邀請，激發學生們對於國文教學的想像，從而點出語文課堂以培育出「通情達理」此一「大寫的人」的理想為終極目標。輯二從「核心問題」的立基出發，引領學生思索每一單元課程的思辨主軸，進而澄清關於「寫作訓練」中「敘事、描寫、說明、議論」的基本表述手法，以及展示、形構了種種接近「理型」的國文課程地圖，最後以後設角度反思學生的學習，以及教師的教材編輯與課程設計之深意。輯三從文本與脈絡出發，深入「閱讀」與「寫作」的整合運用，並以具體的課內「範文教學」為例，闡述文本各類核心問題的引導與擬定原則，以及「字、詞、句、段、篇」的漸進式教學歷程，並指出「文學文本」與「非文學文本」於閱讀教學的並重之重要。輯四則從詩歌教學、神話主題教學、課內／課外小說文本教學，記錄了種種真實而赤裸的課堂展演，並輔以具體的教學步驟以及多重文本的指引，最終統合為有效的能力遷移表現與教學評量。

筆者憶起實習指導恩師陳嘉英老師之語：「教學是技術、是藝術、是道術，其間巧妙得之心而寓於課堂之中。」無論您是現場的資深老師，或是初入教育圈的新手教師，筆者都誠摯邀請您一同翻看此書，探索昌政老師深厚內功所展現出的教學技／藝，加以轉化，活絡與疏通自身的教學經絡，進而達到我們期許的教／學樣態，潤物而有聲。

推薦序（三）

國語文教學的滋養與啟發——《潤物有聲集》的（私心）推薦文

葉念祖（永和國中國文科教師）

我和昌政老師結識在超超辦理的課綱工作坊，後來我在臉書提出到建中觀課的渴望，老師不僅欣然答應，甚至讓我在建中擔任一學期的「語文表達課程」助教。那是個108新課綱內容未明朗，許多現場教師仍在摸索「素養導向」課程的時候。我一方面在週末參與新課綱的審查，一方面受惠於週五觀課中非常多元的課程實作經驗，把這些啟發帶回審查過程。那一年是我大學三年級，如今我已經是教書第四年的老師了，這些「無聲」的滋養，啟發了我許多後來教學的設計與實作。

《潤物有聲集：國文課的故事及探索》描繪的場景，或曾親炙現場，或在和昌政老師的幾次交談中得知過，卻難得可以從老師的文字中，有組織地看見這些實作的意義與動念。老師常跟我說，一個專業的老師必須在學科內容知識、教學知識以及學科內容教學知識的結合，不僅要有方法，也要有後設認知的能力。所以，開始教書之後，我常常問自己到底想要形塑什麼樣的學生圖像，設定學生引導或陪伴的哪些目標。這本書中，把教學前、中、後的各個面向，不僅詳述，還給出了為何做的理由，很能促使讀者思考教學的核心。

舉例來說，我很喜歡〈直面文本〉（頁115）這篇的一個問題：「文本背景知識＝作品解讀能力？」國語文課綱確實有認識作者生平與貢獻這部分的知識內容，但我過往的學習中看見，不乏學養深厚的國文教師，幾乎把這部分當作教學的核心，而把較少的時間分配到文本分析。近日，我瀏覽Threads的貼文時，也看到高中生把各校國文考題放上去揶揄一番，大抵就是此類「知識」凌駕文本分析之上，而產出的「最佳」答案。

到頭來這本書並不是在否定種種教學實作的缺失，而是讓我們有機會對習焉不察的國語文教學，展開反省。我記得當初在建中觀課時，有次臺大的師培生也來觀課，他們問了老師對於「翻轉教學」或是學思達教學法的看法。我一直記得老師的答案很簡單，他認為教學不脫最基本的講述、討論、分組等方式，不用為了新名詞而去追趕一套教學方式。而是回問自己的教學設計，要用什麼的方式，才能達成最好的效果。我看見昌政老師在本書的作者欄寫道：「認為教育是一門科學，也是一門藝術。」這是再好不過的註解了！

最後，我想舉一個數據來謝謝昌政老師對我的教學影響。我自己去年剛帶完一個澎湖馬公國中的九年級科任班級，他們在 112 會考的作文「接近一半」都是五級分以上（全體考生的五級分比例是一成左右，六級分則不到 1%）。除了學生認真的因素外，用三年時間一路帶上去的各種學習刺激，恐怕也是一個重要因素。七年級，我透過國寫試題的知性題分析來養成他們對論點的建構。八年級，我開始編製時事講義，帶學生對社會現象的反省。九年級，則是在既有的模擬考試中，安插各類的寫作練習。在國文課中，我讓學生討論過「〈那默默的一群〉與無條件基本收入」、「T 媽媽與〈背影〉的親子議題」、「〈張釋之執法〉與徐自強案」、「〈拍痰〉與移工探究」等跨文本的分析。此外，他們從七年級開始就被用作業為名，投稿過各種比賽，甚至包含口語表達的明日說書人活動。我很感謝這群學生努力接受這些挑戰，而這些發想大多來自當年觀課所得，延伸出來的靈感。

然而，類似的嘗試也曾在大學時期遭受過質疑。猶記得大三修習「教學原理」課程時，老師曾出過一項作業，要分組撰寫教案。當時我在建中看到昌政老師運用〈人魚公主〉的文本教學，很受到吸引。於是，我跟小組提議，也用這個文本作為素材設計。後來，我們在這門教程課堂中，以拼圖法開始，接著帶入文本分析和討論。後來，課堂的修課同學們反映，文本會不會「太長」了。老師甚至追問原本運用此教材的老師上課背景，認為這大概只有在建中可以這樣教。結果這幾年國中教育會考的國文科試題，不僅題目文字量有「萬言書」之稱，取材更不乏哲思文本，像是柏拉圖的洞穴寓言、卡繆《鼠疫》。現在的我看來，已分不清「先見之明」與「後知後覺」，孰是孰非也已無太大意義。不過，對國文科教師「教什麼」、「如何教」、「為何教」的靈魂拷問，本書卻正好提供諸多真誠相待的課堂風景，以供參閱。

如今，昌政老師直接把我花一學期觀課才逐漸摸索出的國語文教學竅門，濃縮在這本書中，務必趕快入手，一覽精華！

推薦序（四）

故事的傳承與訴說：當我們從建中畢業之後

許明智（國立師大附中國文科教師）

在我短暫的觀課經驗裡，昌政老師一直是很擅長說故事的人。

在為這部作品寫推薦序的過程中，我嘗試拼湊著我與昌政老師之間的故事。猶記得，初識昌政老師，是在2019年12月的一場「概念為本的課程與教學」討論會上。當時就讀中文系三年級的我，在老師的邀請下，懵懵懂懂地參與一次匯集眾多教師的聚會。

關於討論的細節，大多已遺落在記憶的角落。然而，和昌政老師的緣分，持續充實我往後的教學生涯。

從教學工作坊的籌備，到一次次的聚餐與活動邀約，昌政老師在我探索著自己教育熱忱的時期，給予我一盞盞指引方向的燈火。110學年上學期，我回到母校建國中學實習，幸運地有機會觀摩到昌政老師的高一國文課與高二多元選修課。在高一的課堂中，我受昌政老師的「主題式課程教學」與「作文教學」所啟發，這也對我在111學年回建中兼課時有相當大的幫助；而在多元選修課中，我不僅看到老師如何結合自己所熱愛的文學、藝術與攝影，設計出一門跨域專題，同時也看見教學現場的無奈：面對缺少興趣的學生，坐在臺下觀課的我，總覺得在建國中學的校園之外，或許還有更適合昌政老師發揮的空間。

寫下這篇文章的此刻，已是2024年8月，昌政老師辭去建國中學的教職，而我也開始於師大附中的正式教職。年初，當我在望著昌政老師校對《潤物有聲集》的初稿時，未曾想過昌政老師會在半年之後便下定決心辭職。因此，當這位深刻影響我教學生涯的老師，邀請我為這本書的再版寫推薦序時，我遲遲無法下筆。不喜歡拖稿的自己，其實是還沒釐清自己到底要如何推薦這本書。

重讀《潤物有聲集》後，我才意識到，最適合的方式，就是再說一個故事：我想以文字記下，一位熱愛國文教育的老師，如何影響另一位想投身國文教育的年輕老師。相差將近十八歲的我們，在母校相遇，一同交流有關教學的種種理念，相互影響、見證著彼此教學生涯中最變動的時刻。最後，我們竟也不約而同地離開母校，跳脫舒適圈。這或許，才是我們兩個第一次，真正從建中畢業。

我不知道此形式是否符合昌政老師的期待，但我期待各方的讀者能以自身教學經驗，來閱讀《潤物有聲集》的文字。我想告訴大家的是，昌政老師這些潤物的歷程，看似有聲，卻在我的教學生涯中留下無盡的影響。直到這篇推薦序的完成，我似乎才終於明白，杜甫筆下的「潤物細無聲」，其實正能用以描述我與昌政老師相遇的這段歷程。一場春雨，隨風入夜。或許，〈春夜喜雨〉也可以作為教師「春風化雨」的註腳，也預告下一場春季的來臨。

恭喜《潤物有聲集》再版，也祝福昌政老師進入下一階段的教學生涯。

說故事的教師

（一）故事的力量（2023.12.24；2024.02.09）

我現在應該是在替自己的作品集寫序。這部文集既是「新書」又是「舊作」，主要根據我 106 至 109 學年度（這是教師描述時間時慣常使用的方式）發表在臉書的文章為骨架，再串連起相關的生命經驗與教學故事。寫下這些文字的初衷，是想回答這個問題：國文課堂上究竟發生了什麼？身為國文教師的我，經常問自己這個問題，並且持續探索著可能的答案。這樣的探索與發聲，也是我自覺選擇的一種姿態，以此回應自身及社會對於國文教育的種種困惑與期待。

這些文章可以視為一名高中國文老師的教學實踐與教學反思，如果「實踐」與「反思」聽起來過於嚴肅，或許可以用「故事」代稱；「故事」在這裡指的是透過鮮活的經驗探究真理的途徑。這本書是國文老師的教學故事。當時臺灣社會為了新課綱的文言、白話比例爭論不休，我身在芬蘭，進行教育觀摩考察，心中感慨良深，遂邀請兩位友人合寫臉書專頁，取名為「故事：高中國文 365」。我化用杜甫的詩句，替自己的專欄取名做「潤物有聲集」。當時的背景與想法已經一字不改地收在後頭，這篇文章只補充之前沒有說明白、以及沒有明白說的部分。

這部文集是教師敘事，由教師來敘述課堂故事。課堂故事談的不只是「教什麼」與「怎麼教」的問題，也包含了教師、學生、教學文本與環境脈絡之間的互動。如果一定要替教學活動找出個所謂「主體性」的話，並不在任何一端，必然由四者交互作用，富有動態而活力地在時間中生成、變化。儘管意識到這點，我的書寫嘗試仍然沒辦法「還原」教學經驗，只能從教師的角度「再現」那些經驗。

這些文章不只是要「談論」課程與教學，而希望「呈現」作為教師的我如何思考與行動：在特定的條件底下，將教學的想像具現於課堂內，接著將課堂教學轉化為可供閱讀與評點的文本，觀摩、解讀，成為往後教學的前理解，開啟更多教學的想像。如是循環。孔子說：「溫故而知新，可以為師矣。」說不定也包含這層意思。

人活在關係與情境當中，教學經驗也存在特定的關係與情境當中。為了呈現這樣的真實經驗，我在敘寫文章的時候當然就不可能只有文本內容解讀或者課程教學論述，還必須將教學現場的事件與行動帶入。借用 Lee S. Shulman（1938-）提到的教師知識來說，文本內容解讀比較傾向「學科知識」（content knowledge, CK），「課程教學論述」則是教學知識（pedagogical knowledge,PK），但教師的「學科教學知識」（pedagogical content knowledge,PCK）仍要在阡陌交通的情境以及雞犬相聞的關係中才能顯現。

我自己對理論很感興趣，但我曉得任何理論都基於特定的預設，從而架構出一套體系，這樣的過程不可避免地需要化約真實經驗。而真實的經驗恰恰不總照著特定的程序與格套。抽絲剝繭地歸納出教學通則，是一種途徑；陳述經驗現象，偶而加上一兩句眉批，也是一種途徑。

這些文章不想呈現普遍意義底下「理想的教學」，但也不只想要描述「現時現地的教學」。我希望將自己放進時間的連續性以及生活的脈絡當中，寫的既是國文課的故事，同時也是自己的故事。故事中除了教師的聲音之外，也有學生的聲音。教師的聲音不只是對於現實事件的陳述，也包含了過往的回憶以及未來的期盼。學生的聲音有時藉由教師轉述，有時透過學習作業或者課堂表現直接呈現。除此之外，我也希望摻入其他角色或者書本的聲音，一同編織課堂文本。

這些文章沒有固定的寫作體例，回到書寫之初，也沒有預設的架構與次序。原因是教學經驗很難依照概念分類，通常是整體呈現出來。就像此刻我從面對的窗子望外看，有鋼筋水泥大廈，紅磚砌成的老舊公寓，高低參差的屋頂浮貼著聖誕紅一般的鐵皮屋頂，晨霧籠罩著遠方盆地邊緣的山。甚至作為前景的屋內書架，書架上的筆筒，以及耳際閃逝的汽車聲，這些無法過濾的經驗成分，共同形成我所看見的窗景。就連前一句話使用「聖誕紅」來名狀紅紅綠綠的鐵皮屋頂，可能都與今天是聖誕夜有關。我想說明的是，教學經驗原本是整體而且獨一無二的，移除或者增添任何成分，都會改變它的風貌。更別說我是從教師的觀點述說這些故事，限制非常大。

我在文章中刻意引述一些作品，也想藉由標示知識來源，向那些作品以及作者致敬。就教學來說，提供知識來源可以讓主動學習的學生溯游而上；就寫作來說，提供知識來源是對原作者與讀者負責的表現。中學教師的職責不必包含創造學科知識，但必須替學生過濾並重整出合適吸收的知識，這個過程中我希望避免貿然借用他人的智慧成果，也希望呈現自己如何進行「述而不作」式的知識轉化。

這段序文寫到這邊也差不多了。我希望你也能看一看後邊各段文章，儘管它們原本不預期會成為序文的一部份，卻仍反映出這本書的複雜身世。我當然可以融裁那些片段，寫成整體的文章，但我更想要呈現它們原本的樣子。真實的生命經驗原本不必依靠後設的論述而存在，正是在那些不連貫、不完整的斷片中，時間與事件若斷若續地串連，好像沒什麼規律，卻又隱隱然依循著更高的法則，它們一如這些文章，不是根據藍圖精心構建的宏偉建築，而是如海中的珊瑚礁，以生命為基底，一層一層堆積生成。

這些文章能夠寫出來，最需要感謝當時的學生們，在某個意義上他們應該是這本書的共同作者。我也感謝書中提到的所有人，特別是曾經教過我的老師們，我們生活在同一個更大的文本中，互文成就。感謝好幾位師、生、友朋相助，替我校讀稿件，提供建議，如果這本書看起來更順眼而愜心，他們功不可沒。感謝漫畫家葉長青授權，封面使用了他的作品，讓我看著這本著作的時候，總會帶著神話似的眼光與想像。感謝樂之學苑實驗教育機構的荃瑋老師，協助文稿排版與出版的事務。感謝 IB 在職專班的師友夥伴、師大教育學院的眾多老師，以及我身旁各個領域的教育同行者，如果沒有你們的激盪、指引與協助，我沒有能力賦予過去的文字新的意義，並且找到更合適的語言與結構，讓它們住在裡面。我也感謝過去的自己，願意成為那樣的國文老師，而且寫下那些文字；感謝現在的自己，讓我看到了過去不曾看過的書寫內容與書寫形式。

最後我還很想說，這些文字及思考主要受惠於《論語》、《莊子》以及《史記》，它們幫助我吸收、轉化現代知識，在這樣的時代中還能享受如許資源，我感到無比幸福。

（二）舊文重溫：翠綠如昔又新鮮無比（2022.10.09）

五年前與友人在臉書上開設了粉絲專頁「故事：高中國文 365」，希望從國文老師的觀點呈現課堂上的風景。接下來一段時間，我用「潤物有聲集」作為篇題，陸續寫了幾十篇教學札記與反思。

當時我還不太瞭解什麼是「敘事探究」，或者「現象學取向的研究」，沒有打算做學院那種教學研究。但我其實很清楚那些不是單純的「課堂故事」與「教學經驗」，而是從實際教學實踐出發，提出國文課程與教學的反思。換句話說，是從文本的教學實踐作為起點，抽繹出課程與教學概念；並非理論先行，使用預設的課程與教學論述分析教學現象。這樣的進路，文本現象與教學活動優先於議題選擇與教育學知識；後者可以作為前者的註解，可以提供作為審視前者的透鏡，或者可以成為教學者前理解的一部分。

這是自覺選擇的立場與姿勢。一則我想從「國文老師」的身分，而不是研究者的位置，論述課程與教學；二則這是傳統「事理之學」的路數，由事達理，即事通理，而不是先談概念或者建構論述框架。這樣的談法當然不符合當代意義的「學術表現」，但保留更多教學現場的「實踐智慧」，也與傳統的述學之道若合符節。

現在想起來，那真是很有意義的事，透過教學書寫，不斷地與自己備課、觀課、議課。

好欣賞當時候的自己，充滿著敘述的熱情與論述的能量。猶記得好多文章都是熬夜寫就，在摩斯漢堡或者床上用手機一氣按敲出來，現在都覺得不可思議。

這些文字如今讀起來，竟也深有啟發。就像校園拱廊所見的風景，草木翠綠如昔，卻又新鮮無比。

（三）「潤物有聲」週年有感（2018.09.10）

去年和朋友開始寫臉書專頁，紀錄國文課堂內的一些故事，以及在現象之上的思索。竟然還真的寫滿一年了。作為高中國文老師，這是我回應當前國文教學議題的方式，我有限的知見尚且能夠勉力為之。寫出來的其實只是冰山一角，我希望自己能與心中敬愛的國文老師們一樣，做的永遠比說的多，豐厚課堂教學、引導啟發學生，才是本職所當務。

對於自己去年的書寫，並不十分滿意，主要的原因是沒有貫徹原先所期待的書寫教學故事。這當然可以找到很多開脫的理由，比方說課堂的互動與問答是很隨機的，靈光一觸即逝，我記性太差，細節很快就淡忘；又比方說我真正心切的是紀錄自己「對於教學方式的反思」，而不只是「呈現課堂的教學方式」。這些都是事實。但還有一點，我自己察覺到卻無法突破的，是我仍然無法很自在地使用自身第一人稱來描述教學課堂。

教學其實是很私密的活動，將這樣的過程暴露出來對我來說有些難為情。更何況我希望避免在敘寫的口吻中往自己臉上貼金，也不喜歡帶有情感煽動意圖的宣傳式語調。這不必然涉及到道德層面，單純只是個性使然。但這樣的念頭的確讓我省略了很多主觀性的觀察與感受，使得文字傾向冷靜，或者一下子就跳到論述的筆調，大大降低了故事該有的迷人特質。

我相信「故事」可以展現課堂的生動風景，也相信當「故事」被視作一種現象，能夠透過分析與詮釋，還原出現象背後的真實意義。然而我自己在性情的基調與面對自我書寫的態度上有所局限。這是我的矛盾。

新學年的教學書寫，我希望自己能集中紀錄讀寫評量的策略與內容，也就是學生的學習表現如何作為學習過程的一環而實踐出來。讀寫教育原本就是國文教育的核心。重視理解與表達的讀寫評量如何作為高中國文課堂教學活動，學習內容與學習表現如何結合，是新專欄意欲探討的核心問題，也可以視作我以現場教學對於國教「素養導向」的回應與努力。

讀寫評量自然也會涉及背後的相關論述以及對於教學內涵的理解。我相信願意閱讀的朋友不會只是看到評量的形式，而忽略了選擇某種評量形式的原因，也不會忽略讀寫評量的前提是有意義、重理解的讀寫素養教學。

（四）潤物，有聲（2017.09.04）

這系列文章打算書寫今年國文課的故事。用「故事」這個詞是要強調教學現場的情境與歷程，這種活潑而充滿發展性的特質，是再精闢的論述與再精彩演講都無法取而代之的。我想像中的行文調性是教學現場的「進行式」，而不是教學單元「完成式」的反思紀錄。我希望用隨筆札記的自由形式，素描一位國文老師的日常課堂風景。他沒有這麼偉大，也沒有那麼卑微；他有時候理性思辨，有時候感性抒情；他有時候倡言教材教法，有時候大吐苦水；他有時候沉湎回憶，有時候懸想未來；他既有為所當為的篤定，又有壓抑妥協的矛盾。這個故事不只有單一的語調。

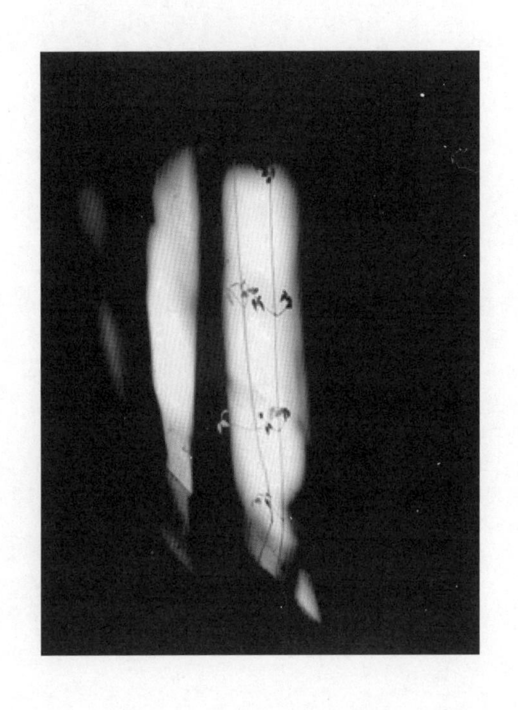

杜甫詩言：「好雨知時節，當春乃發生。隨風潛入夜，潤物細無聲。」這是我心目中理想的人文教育境界。真正沁入人心、濡養生命的教育力量，從來不依賴任何的口號標語，也不憑藉任何的花樣招式。真正的教育是在生活歷程中自然發生，毫不喧囂做作。這個專欄名為「潤物有聲集」，就是知道當我將課堂教學形諸文字，其實已經不是原初自然的樣子了。當然我期待讀者能夠在「有聲」之處聽見「無聲」之音。

最後，我希望透過這系列的教學札記，向我曾經遇見過的老師和學生們致敬。是你們讓我走在這條道路上。

（五）故事之初（2017.09.03）

去年聽了一場精彩的國文公開課，教師說教學就像是一場「華麗的冒險」，由老師帶著學生共同經驗這場冒險，然後獲得寶藏。我很喜歡這個比喻。就我個人的國文學習經驗來說，也確實經歷了很多精彩的冒險故事，從中獲得許多珍貴的寶藏。

一直到很大我才知道自己是極少數的幸運兒。我一路上都遇到好的國文老師，以文本為津渡，引領我感受生命、思考人生。我喜歡國文。然後，升學時毫不猶豫地選擇中文系為第一志願。然後，研究所，實習。然後，回到中學教國文。然後我可以毫不慚愧地在課堂上跟學生說：我相信並且喜歡我自己說出來的這些東西。後來我才曉得，自己是異數。

我知道不是每個人學習國文的經驗都是愉快的。在「冒險」的過程中很多人遍體鱗傷，感受力與思考力不但未獲舒展，甚至備受壓抑，從而厭惡、憎恨國文。我認為應該充分尊重每個人的個別體驗，特別是曾經受傷的經驗。否定他者的創傷感受是一件不能被原諒的事。無論有些人再怎麼強調國文課的美好，也無法弭平另外一些人心中真實存在的坑坑疤疤的學習記憶。

聽到「國文課」帶起的負面經驗與感受，我並不覺得被冒犯而想挺身替國文課辯護，事實上也找不到任何辯護的理由去反駁別人的真實經驗。那很無禮，而且粗暴。我只能勉勵自己不要複印那些創傷給下一代的學習者，如果有能力的話，再將我從老師們身上學到的美好的部分傳遞給學生。

我深知每個人才分氣稟不同，不是每個人都要喜歡語文，都要喜歡文學，都要認同某些「古文作者」的心靈氣質或人生選擇。我只求自己不要壓抑學生，弄壞了他們對於「國文」的胃口。國民教育階段底下的高中國文課只是一時的，對於更深廣的「國文」的學習與所造成的影響則是長久的。

我支持教育必須有論述，而且深深覺得缺乏反思的教育體制無法扎根於社會人心。但另外一方面，教育是實踐的學科。教育的功能與意義不全然可以被分析性地論述出來；缺乏論述的教育不等於是沒有價值與意義的教育。教育的對象是「人」，人的豐富性與複雜性基本上就決定了教育的多重面向，使得它難以被單一的觀點與標準加以度量。

我沒有辦法在論述上說服大家相信「國文課好棒棒」，事實上我自己也不相信。但如同我無法否認有些人對於國文課的負面感知，我也無法否認國文課對我產生的正面影響。這不是論辯可以解決的問題。也不是你弄個投票、我搞個問卷就能獲得定論的事情。

身為一位高中國文老師，我能做的真的很有限。我無法、也沒有意圖要說服大家相信什麼。但就個人學習這件事來說，懷抱著一些開放的想像總不是壞事。因此這幾年來我偶爾也在臉書上分享一些教學經驗與想法。我所作所思自然有很大的局限，也沒有荒謬的自負說自己講的才對。就只是提供自身的經驗供朋友參考而已。

教育的體制要改革，學科的知識結構必須建立，這些都依賴龐大而細膩的論證與研究。然而作為一名高中國文教師，我覺得與其去高談闊論、抒發情緒，不如老實教書。讓該研究的人去研究，該論辯的人去論辯。我是個老師，素其位而行，就負責把書教好。行有餘力，則以為文。

司馬遷曾提到孔子作《春秋》有「我欲載之空言，不如見之於行事之深切著明也」的用心。歷史如此，教學何嘗不然。國文課的教學可以是情感與思想的交融碰撞，是師生的生命故事與文本之間共鳴的複調樂音。當然也不乏許多的自我矛盾以及現實妥協。這裡沒有放諸四海皆準的道理與顛撲不破的教學法，但是故事的真實性也不容否認。而且故事將一直被它自身述說下去。

沒有什麼比「故事」更適合表達真實教學的情境與歷程了。這裡希望透過連續的故事，呈現在擾攘的議題論爭之外，老師與學生關於「怎麼教？如何學？」的真實在場探索、實踐與思辨。故事裡可以回憶往事，可以回應現實；故事裡可以有眾生的聲音，可以有老師的獨白；故事裡可以有教材的詮釋，可以有教法的實踐。故事裡有老師和學生真實的教學樣貌。

我希望用這些文字向所有教過我的老師們（特別是國文老師與中文系的教師們）致敬。也藉此感謝所有我遇見過的學生，我希望自己沒有讓你們因為不喜歡國文課而一股腦兒的否定了一些珍貴的寶藏。這是我邁入正式執教的第十年為自己許下的小小心願。

輯一 · 國文課的邀請

一、盍各言爾志：國文課的邀請

教與學能夠完成，需要師生共同參與。教師希望營造出怎樣的課堂氣氛呢？教師是否願意多了解學生的學習經驗與學習期待呢？第一堂國文課，何妨從聆聽學生說話開始。（本文初稿發表於2017年9月5日及9月8日）

第一堂課，從聽學生說話開始

第一堂國文課怎麼開始？如何有效地了解學生的起點知識，為教學定向，營造期待的課堂氣氛？這是我每一次新接班級都會思索的問題。這幾年來，我都要求學生輪流上台自我介紹，並且回答兩個問題：第一，國中印象最深刻的一堂國文課是什麼？第二，對新一年國文課有怎樣的期待？這是兩道很簡單的問題，貌似與國文學科知識完全無關，卻蘊含著很豐富的教學能量。

學生的敘述之所以引起我的興趣，主要原因不在那些小故事，而在眼前說話的人正用獨特的方式敘說著一段回憶，回憶的內容或詳或簡、或真實或虛構、或嚴肅或逗趣，都是生命的影像記憶。我真正需要做的是開啓學生的敘述，讓彼此的記憶、話語與情感有機會參與到國文課當中。

我跟學生說：「這是我很在意的問題。我必須先知道你們印象中的國文課，才知道怎麼跟你們談我的課程安排比較妥當。我必須先了解你們對課程的期待，才知道怎樣在教學進行中提供最佳的安排。不是我預先準備好了一堆東西要塞給你們。我要知道你們需要什麼、想要什麼，再決定課程細節的規劃與安排。這是我非常在意的事。」讓學生清楚地明白「教師在意什麼」，是一件重要的事。教師若多關注學生的想法，而不只是單向宣達、齊一規範，會比較容易引發學生共鳴。

實際上，儘管學生不說，根據既往的經驗也已經能夠掌握七八分內容了。要學生表達意見，潛在的教學意義或許更甚於學生明說出來的意見。所謂潛在的教學意義，至少可以包含下面幾層。

首先是從學生「說什麼」與「怎麼說」的言語表達中，觀察學生個別的、以及班級整體的語文基礎能力；特別從措辭、咬字、台風與口條連貫方面可以評估出來。

第二層是透過專注的聆聽，了解個別學生的性格特質，以及班級整體的氣質取向；這比前一項細膩，要細察學生的語氣、聲情、肢體語言等「非口語內容」的訊息。

第三層是透過提問，訓練學生琢磨自己的語言及思考。例如學生說「我希望不要被當就好」，我反問學生「你國文被當過嗎？」「如果不想被當，你覺得自己要怎麼做呢？」又例如學生表示：「我希望自己國文能變得更好。」就可以繼續問：「你覺得自己的國文不夠好嗎？」「你覺得國文好的意思是什麼？」「你能舉出讓自己國文變好的方法嗎？」又比如學生敘述道：「我印象最深刻的一堂國文課是老師爆氣的那一節課。」可以追問：「老師為什麼會爆氣呢？」「同學的反應如何？」「後來老師如何處理？」教學生把話說清楚、說完整，這其實就是最基礎的思考訓練以及作文訓練了。進一步說，所謂的「批判性思考」其實一點都不神秘，起點就是從簡單的問答開始，釐清想法，逐步讓思考更形精確。

第四層用意是透過對話，交代國文課的內涵以及相關的安排規定。當學生提到「希望不必再一字不漏地背注釋」，我就說：「我們的國文課不必背注釋，重點在理解文意。但是你必須要掌握基本的字詞解釋才能正確解讀文意。」學生說「希望作文進步」，我就順著話題解釋寫作的基本能力有哪些，並且簡介國寫測驗的命題方向。

第五個層面，我這麼做在邀請學生真正地參與課堂，不只是表面上的言語問答而已。當學生說出了自己的「期待」，也就賦予自己學習的內在動機，同時可以視作一項自我的承諾與契約。這麼做能或多或少將學生從「被動學習」的角色轉化成為「主動學習」。自我的學習承諾一旦釋放出去，便必須在某種程度上為自己的學習負責，這與「完全遵守教師設定的目標與規定」，教育意義差別很大。

第六個層面，這項教學行為其實在傳遞下面的訊息：「我願意聽你說話，願意了解你的想法。」我希望藉此營造允許學生發表意見、鼓勵學生思考挑戰的課堂氣氛。

第七個層面，這種輕鬆的對談可以教導學生「聽」與「說」的基本禮儀，並且演練聽與說的基本技巧。視學生實際表現予以即時回饋。

這項教學策略是從朱賜麟老師那邊學來的。朱老師是我教學實習階段（93 學年度）的指導老師，後來，我有幸也成為他的同事。那一年我和他都教高二，位置鄰近，大概是察覺到一名新手教師面對開學的焦慮神態，他笑咪咪而又帶點詭譎地對我說：嘿嘿，我都先聽學生說，他們高一印象最深刻的國文課是哪一堂，你會聽到很多有趣的內容。朱老師不是那種喜歡主動解釋很多事理的教師，一般時候他更接近《禮記》〈學記〉中所說「叩之以小者則小鳴，叩之以大者則大鳴」的「善待問者」。

那之後如果新接高中一年級的班，我就會問學生：國中階段印象最深刻的一堂國文課是什麼？並且附加一題：對於新一年國文課的期待。我真正想跟學生表達的是：我希望你反思過去的學習經驗，知道對你來說哪些是有效的或者無效的經驗；並且邀請你一起參與未來的國文課，因為一堂課需要師生的參與投入才能完成。

我用兩節課進行問答，希望營造出和諧、開放、尊重、信任的課堂氣氛。並且藉此稍微淡化大家對「國文課」可能的刻板印象。這種氣氛營造看起來沒有具體的知識內容，卻替高層次的知識創造與素養提升，預備了必要的生成環境。很多重要的內涵無法「教」給學生，但可以經營出適合其生發成長的環境。想要達到那樣的理想，作為傳統課堂權威者的老師必須自己走下講壇，率先釋出聆聽與對話的誠意。這樣的課堂也是民主素養的實踐。

國文課堂的世說新語

其他老師知道我這樣安排，覺得兩堂課是「很龐大的投資」。然而就班級經營與課程的長遠規劃來看，仍是很值得的。要注意的是，這仍是正式的課堂對話，別淪為「閒聊」，也不要讓學生覺得只是打發時間而已。

學生們不只要聽故事內容，也要試著欣賞每個人講話時獨特的姿態，包括眼神與手勢、站立與走動、停頓與換氣、發音與咬字等等細微的身體細節。我跟學生說，如果你願意的話可以嘗試看看，不必一下子就用「我喜歡／我不喜歡」、「我想要／我不想要」之類的概念判斷阻礙你接收訊息，先嘗試循著說話者的話語，進入他思考的脈絡與狀態裡頭，然後在腦中轉譯成自己的理解。如果偶爾分心，也是很正常的。先挑幾個人說話的時候試試看，訓練自己，將那些會妨礙你專心聆聽的事情排除掉，習慣聽人說話、聽懂人說話。然後你會覺得很有趣，因為每個人的個性與表現都不一樣，當你有能力察覺這一點的時候，你同時也能察覺到自己的特殊性。這不僅讓你的心智開放，也會讓你更聰明。

於是我在黑板上寫下斗大的「聰」「明」二字，繼續跟學生說：以前人講「察言觀色」不是教人滑頭，而是變「聰」「明」的訣竅。常說「耳聰目明」，「聰」的基本意思是耳朵聽得清楚，引申為真正聽懂別人的意思；「明」的基本意思是眼睛看得明白，引申為觀察入微而且明辨事實、道理。「聰明」一詞，照現在一般說法稱人腦筋靈活、連結反應快，但原本是強調感知能力出眾，理解力強，進而通達人情事理。感知能力涵蓋的範圍很廣，不只停留在記憶話語內容，也不只是能分析語意邏輯，還能夠整合起聲音、身體、情境這些非語言訊息，以及你過去在類似情境底下的體驗，以達成深度理解。教室內的對話，無論是聆聽還是表達，都是感知能力的重要練習，也值得刻意練習，而不只是漫無目的閒聊而已（儘管閒聊也可能有其他意義）。

當我解釋完為什麼期待他們專注聆聽，以及應該怎麼專注聆聽，他們的注意力似乎更加集中了。我接著跟學生說：

你們國中學過《世說新語》對不對？我們高中課本的第一課就是《世說新語》。你們想一想，同學說的這些故事像不像《世說新語》呢？那些生動的情節敘述與人物言行的描繪，相較於《世說新語》來說毫不遜色啊。把你們說的故事編輯起來，不就是一本當代國文課的《世說新語》了嗎？另外，《世說新語》最精彩的是什麼？是「人」！那個時代能欣賞各種人的個性與才氣。你們剛上高中，也要學習欣賞每位同學的個性，並且慢慢找出自己的獨特性。你們能夠從同學的發表中察覺到他與眾不同的個性嗎？他的措辭，他的語調，他的肢體，他的思維模式與價值判斷，你能夠分辨出來嗎？如果懂得欣賞「人」，從而尊重每個生命個體的獨特性，你的生命也會因此更開闊、很活潑。不要以為我們只是在「自我介紹」，我們在教《世說新語》。

學生大笑。但我是認真的。大學時讀《世說新語》，最著迷的就是那個肯定「楂梨橘柚，各有其美」的時代，以及風神各異的人物。我從《世說新語》中學到最重要的一點就是「表現自我，欣賞他人」。學生描述的國文課故事，毫無疑問是生動鮮活的「世說新語」。

學生分享的國文課故事真的無比精彩。我有點懊悔沒有留下影音紀實，否則真的足以編輯一部現代國文課的「世說新語」了。讓學生印象深刻的，大抵上是「人」而非「課」。大部分人的記憶是圍繞著國文老師的言行表現的，極少提到課本內容。這是很值得注意的現象。不是說學生沒有從課堂、教材中學習成長，而是那些深刻烙印的記憶，通常伴隨著「人」。國文老師於是成為他們故事中的主角。

故事中的國文老師們「各有其美」，難以一一轉述。反覆聽到的故事是國文老師很愛生氣，生氣的時候摔書、摔考卷、摔門、摔麥克風，最高紀錄是一節課「爆氣」七次。然後很多學生印象最深刻的是跟老師衝突，「我就嗆國文老師，然後國文老師就罰我 OOXX。」

此外，學生對於一些「莫名其妙」的小插曲印象特別深刻。譬如，國文老師用一節課跟學生爭辯「啟」才是標準用法，不能寫成「啓」（我說這需要很高強的語文學知識才能講一節課吧）。又譬如，國文老師一進教室就開始擦黑板，擦了一節課都不講話（我說有種教學方式叫做「不屑之教」）。又譬如，學生玩遊戲輸了就要背誦司馬遷寫的〈報任少卿書〉（我說這是我大一國文課閱讀的文章）。

學生經常提到國文老師情緒管理差、不講道理、言行不一致或者擺弄不合理權威的例子。有些學生談起那些故事，難掩委屈怒氣；有些學生則若有所思，欲言又止，我知道那些反應都帶著他們的情緒與過去的印痕，當下不必評價，只需要聆聽，未來在找適當的機會化消那些情感上的瘀傷。比較特別的是，有些學生談起過往的那些國文課，不論是「故事」或者「事故」，語氣不慍不火，帶點幽默，沒有價值評價，好像只是用旁觀的角度在描述一件奇聞逸事而已，我挺敬佩他們的清明心智與開闊心胸，自嘆弗如。

聽到很多課堂趣聞之外，我也聽到一些生動活潑又紮實的教學。這當然是我非常喜歡這項活動的原因：我可以從學生身上學到東西，讓自己成長。記得曾有位學生在歡樂又帶著一絲戲謔的氣氛中走上講台，說他的國文老師很好，很認真，課本講得清楚，還教他們演講、報告。然後學生就哭了。是那種想到真正感動過自己的人或者事情時，情不自禁的流出眼淚。我知道他的淚水中凝結著很多珍貴的故事。

老師能滿足學生的基本期待嗎?

我低頭看了看自己的筆記，上面雜亂地記錄者學生輪流口述的課堂期待。學生真的沒有苛求什麼。少部分有個別期待，譬如說：多一些古典的詩詞歌賦，安排辯論，講中國古代的時候能與現代或西方的觀念連結，多一點課堂報告，考試希望是問答題，激發創意思考，文學創作……等等。這些「個別期待」其實都沒有超過國文課程的範疇，只不過需要分別在不同的教學單元中實現，或者比較適合課後引導學生深入學習。

然而，大部分的期待是國文課的基礎目標，像是：文言文每個字詞要講清楚，作文進步，考試考的跟上課教的一致，選擇題不要出得很奇怪，學會欣賞文章，補充文章背景和國學常識，相似字詞形音義的比較，背誦少一點，老師要提出有深度又有趣的問題，國文課跟國語課不一樣、應該要有思考，不要一直用國文課處理班務都不上課……。

有趣的是，一百位學生中只有一位直接從實際升學的角度說：「希望考試能考高分。」我的回應是：「好！」我很高興學生能夠言由心生，儘管是追求分數這樣的功利性目的，也沒必要迴避。提出這樣的目的並沒有錯，也不可恥，不必否定。只須要要找適當時機提醒大家「只追求分數」的局限，並且適時讓學生領略到「分數之外的可能性」即可，不必急著當場「糾正」。

有些厚道客氣的學生還會用「我期待自己能夠」的口吻代替「我期待老師能夠」，將「對老師的要求」轉成「對自己的期許」。

於是我回想起在私立復興實驗中學任教的第二年（97 學年度）。期初學校日，家長們端坐在教室內聽取教師的教學報告，高三學生們在門外準備好了一封「請願書」，準備向家長與老師們陳情。具體內容我忘了，但依然記得一位學生很誠懇的跟我說：「我們不需要什麼名校名師，我們只要一位能真正理解我們，願意幫助我們學習的老師！」當時聽了很心酸，為人師者最基本的自我要求，竟然成為學生甘冒不韙而提出的訴願。

我又回憶起碩士班一年級「詩經研究」課程的期末餐會。任課的張寶三老師邀請選課學生期末聚餐，同時也邀請了他的指導教授張以仁老師參加。大張老師先前重病，那時候精神卻是健朗，還能談笑風生地示範甩手功。餐後，他要每位研究生聊聊自己感興趣的研究題目。眾人依序說完，大張老師點點頭，轉頭看向開課的小張老師，意味深長地說：「不要辜負這些學生啊！」

「不要辜負這些學生啊！」我也這麼跟自己說。想想學生們的期待，有哪一項是強人所難呢？適當補充、精準評量、多元教法、目標明確、討論互動、不照本宣科，這些難道不都是「基本」的教學要求而已嗎？

回到「盍各言爾志」的課堂上。我印象最深刻的，是一名學生上台，簡潔俐落，只說了四個字：「好、好、上、課。」一時之間我竟無法判斷他是在回答哪個問題，是說印象最深刻的國文課嗎？還是直陳對於未來國文課的期待呢？是提醒我應該要讓他們翻開課本教授進度了嗎？或者那是說給自己聽的許諾呢？那充滿禪機的四個字，以及背後蘊藏的故事，令人玩味不已。

許願時間：理想的國文課

距離下課還有半節課左右，我讓同學分組討論，寫下大家心目中「理想的國文課」。我戲稱那是「許願時間」，什麼都可以寫，但希望是小組的共識。這麼做仍是為了引發學生的參與動機，邀請他們加入國文課。

我這麼做其實一點都不「創新」。毋寧說，教學上根本沒有任何新鮮事，教學的最高準則不可能是「創新」；所有號稱「創新」的花樣，其實都是基本原則的轉化與變形而已。早在兩千五百年前的課堂上，一名老師就問過學生：「平常你們都說沒人了解我，倘若現在有人重用你的才能，你想幹什麼呢？」我今天在課堂上提的問題，也就只是那個問題的換句話說而已：你們常常說國文課很無聊，如果今天你能夠自己安排理想中的國文課，你會怎麼設計呢？

從孔子開始的教育傳統，多強調為學首重立志。「志」者，心之所之也，簡單說就是一個人情志的趨向，裏頭包含了自我生命的嚮往與期待，這是一種很深刻的內在動機。孔子又說「知之者不如好之者，好之者不如樂之者」（《論語》），無論是「好之者」或是「樂之者」都具備很強的內在動機，由此也可以看出以孔子對於內在動機的看重。無論是引導學生說出自我的期待，或者表述對於國文課的期待，都有引發學生內在之「志」的用意。

我給學生 15 分鐘分組討論，要求用概念圖統整出他們「理想中的國文課」。我跟學生解釋任務：你們個別的觀點已經寫在自己的「履歷表」上了，現在只需要交換彼此的觀點，透過討論將大家的意見加以分類、歸納、連結、摘要，最後用一個概念圖呈現出集體的意見。這張概念圖最重要的是能呈現出小組中每個人的意見，以及這些意見彼此之間的關聯，行有餘力，再加上一些讓自己開心的美工設計。提醒大家，時間有限，建議討論內容的同時也想一想可以怎麼分工表現出來。

望著眼前的學生寫下學習期待，無論他們抱持著怎樣的念頭，認真也好、遊戲也好，我深知他們是幸福的。能夠擁有合理的期待是幸福的，內心的期待允許被表達出來也是幸福的；身為教師的我無疑也是幸福的，能夠被賦予期待，並且被信任有能力回

學生們分組討論心目中理想的國文課，用海報呈現

應他們的期待，就是一種幸福。

下課鐘響之前，我要學生輪流欣賞其他組別的討論結果，像是逛藝廊一樣，但是要一邊思考：有哪些與自己組「心有戚戚焉」；哪些見解很不錯，但是自己組沒有提出來；又有哪些意見是自己組的「獨家見解」。我也一同瀏覽了學生們提出的願望，那些糅和了文字、線條、顏色、圖像等多元符號形式的海報，每張都是他們集體思考的再現，充滿意義，以及喚起更多意義的可能。

學生們沒有修習過教育學分，也沒有研讀過教育理論，但都不妨害他們作為一名能動的學習者，能夠表達自己的喜好與偏向、期待與厭惡、選擇與認同。更何況，一位中學生從受家庭教育、幼兒教育開始算起，擔任學習者角色起超過十年，對於自己想要怎樣的學習（包含教材、教法、評量、活動等等），難道會完全麻木無感嗎？身為教師的我們，與其追摹考題，服膺課本，復刻參考書，或者聽別的老師告訴我們應該教什麼、怎麼教（當然也包括你現在閱讀的文章），為什麼不先直接問問學生想要怎樣的學習經驗呢？

下課之前，我要求學生把注意力集中過來，聽我總結這個活動：表達期待的同時意味著一份參與的承諾，老師會非常重視你們寫下的期待，但你們也不能忘記自己的責任。最後我（強顏歡笑）對學生說：要滿足你們每個人合理的期待，對我是很大的挑戰，但我會好好努力，以免你們未來在講述「高一印象最深刻的一堂國文課」時，我會變成故事裡的男主角。然後教室內外充滿一片快活的氣氛。

學生們不知道的是，我收好他們的學習期待，走出教室的時候，腳步也因為擔負了更多的責任而沉重起來。

志：內心深沉的嚮往與驅動力

什麼是「志」？古人言「志」，是否可能涉及情感或者道德的層面呢？《尚書》以「若射之有志」比喻人面對艱困的事不懈怠，意念有所投注，如同射時緊盯著標靶一般。這樣的意思與解「志」為「心之所之」（《四書章句集註》）類似，都指出「志」和人的主體情意相關，暗示著情感與意念有所趨往，並且蓄養著一股引領行為的內在力量。孔子自述一生學習之進境，以「志於學」發端，他又常言「志於道」，便是要學者端正心念，秉持著一份深沉強韌的內在驅力，朝向理想價值。「三軍可奪師也，匹夫不可奪志也。」（《論語・子罕》）據此，「志」是個人內在生命的驅動力量，或者說是生命理想的方向，其中蘊藏著價值的判斷以及追求理想的激情。「志」生於己，不待外求，操之在己。這句話正是對於個體生命價值的極大尊重、極大肯定。因此孔子與弟子言志，不只是探問他們有怎樣的事功抱負，更在引發弟子去探問個體生命最深沉的嚮往。「志」一旦喚醒，動機也被點燃，因此這樣的探問放在現代教育也同樣深具意義。

高一學生期待的國文課

1. 能夠在同學能理解的範圍內，做適當的補充，包含課程講義、國學常識等。
2. 能夠盡量減少考試的分量，不只是考的要精準，更要能夠「精準」的測出學生的能力。
3. 能夠以多元的方式，進行課程的方式不只是老師在前上課，而能有學生上台報告的機會，如果要維持報告的教學品質，希望在報告前能夠「明確」的指出報告內容需要涵蓋那些內容。
4. 能夠給予充分的時間進行討論與進行答辯。
5. 能夠將文言文解釋清楚，不是照本宣科。

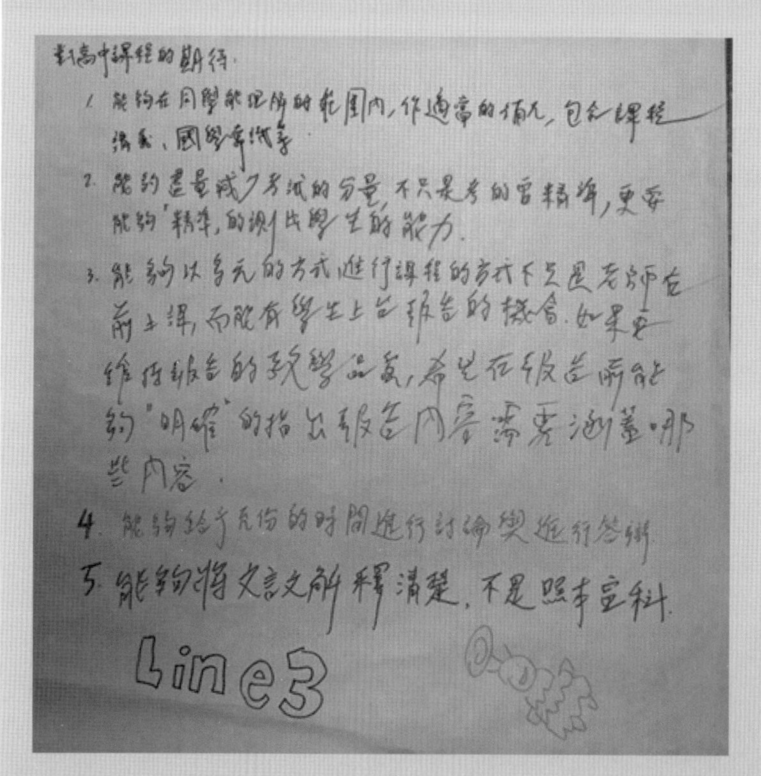

對高中課程的期待.

1. 能夠在同學能理解的範圍內，作適當的補充，包含課程講義、國學常識等
2. 能夠盡量減少考試的分量，不只是考的要精準，更要能夠"精準"的測出學生的能力.
3. 能夠以多元的方式進行課程的方式不只是老師在前上課，而能有學生上台報告的機會．如果要維持報告的教學品質，希望在報告前能夠"明確"的指出報告內容需要涵蓋哪些內容.
4. 能夠給予充份的時間進行討論與進行答辯
5. 能夠將文言文解釋清楚，不是照本宣科.

Line3

學生心目中理想的國文課（一）

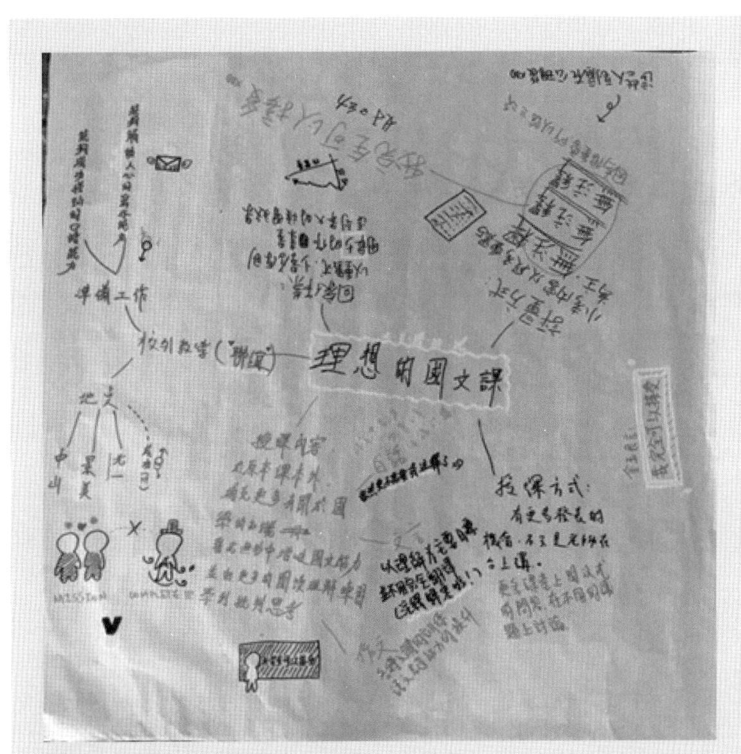

學生心目中理想的國文課（二）

學生心目中理想的國文課（三）

如何激發學生的學習動機

自主性（autonomy）是指個人能夠依據自己的原則或優先次序而獨立做決定的能力。培養學生的自主性也意味著增強他的內在動機，以及訓練學生獨立思考判斷。一名支持學生自主性的教師，可以依循若干教學原則來激發學生的動機，這些概念原則必須運用適當的教學行為（尤其是教學語言）傳達出來。參考下表，你能從本書內容或者自己的經驗中舉例（正、反皆可）說明各項觀點嗎？

項目	內容簡述	教學行動
培養內在動機資源	支持自主性的教師，會透過支持學生的內在動機資源，來激發學生的動機。	教師會想辦法協調教學活動與學生的心理需求、興趣、喜好，希望學生從自身的內在動機中，生成出「想要去做……」的意識。舉例來說，當開始一門新課程時，教師可以詢問學生為什麼想學習這門課，聽聽他們有什麼建議和偏好。
多使用訊息式、非控制的語言	支持自主性的教師，在傳達上課規則、要求與期待時，會使用訊息式而非控制式的語言，避免使用嚴厲、壓迫性或者威脅性的字眼。	例如，教師不會說：「你必須更努力用功。」這樣可能會關閉學生的自主性與溝通意願。教師可以用開放性的態度，邀請學生進入某個問題解決情境中，例如：「我注意到大家的作文，並沒有像上個禮拜寫的那樣精彩，你們想談談這是為什麼嗎？」在這個例子中，教師同時維持了上課要求及學生的自主性。
對無趣的活動賦予價值，並對要求做解釋	並非所有的課堂活動對每個人來說都是有趣的。支持自主性的教師會解釋之所以這樣要求的基本原理，藉以傳達課程的目標與價值給學生。	教師可以向學生說明為什麼課程要這樣設計與安排，希望學生學到什麼。當學生接受解釋，覺得這是直得努力的事情，他們會開始告訴自己「好的，這樣ＯＫ，這是我想做的事。」而不是認為「因為老師叫我做」、「因為會影響成績」才去做。
理解並接受學生所表現出來的負面情緒	班級中一定會有些規則或例行工作不符合某些學生的意願，他們會抱怨或者抗拒。支持自主性的教師能理解學生的觀點，並且接受那些感受。	不必用強制、壓迫的方式或者激烈的情緒、語言改變學生的惡劣態度。教師應該去了解學生抗拒的原因，徵詢他們解決問題的見解，然後一起努力將他們覺得不值得做的學習活動，變成不令人厭煩而是值得去做的活動。

資料來源：陳奎伯、顏思瑜（譯）（2009）。教育心理學：為學習而反思（Educational Psychology: Reflection for Action），頁255。Angela M. O' Donnell, Johnmarshall Reeve, Jeffrey K. Smith 著。台北：雙葉書廊。文字略有改寫。

二、在想像與現實的邊界

文學可以是一面鏡子，透過想像，映照出人性與人心的真實。國文教育同樣存在著虛實辯證的關係：有高遠的理想，也有務實的目標。有理想，但不該淪為濫情式的口號；能務實，卻不應受限於升學考試的牢籠。（本文初稿發表於 2017 年 9 月 16 日）

第一份作業，沒有限制

上一堂課的「自我介紹」希望聆聽學生的經驗與想法，建立理解與溝通的基礎，同時觀察學生語言表達能力。這一堂課，我要學生寫「履歷表」。請不要誤會，這不是求職實用的那種履歷表，也不是為了蒐集學生個資情報的制式表單。這份經過教學思維轉化過的學習工具，除了幫助我了解學生的寫作起點，還額外提供一些與國文學習相關的訊息。更重要的是，安排這項帶有「自我介紹」性質的學習經驗，不僅可以做為在切入課本選文之前的暖身活動，同時準確地指向我所預設的學習目標——認識自己。

我想讓學生發揮想像力，仿照繪本作家幾米《履歷表》（大塊文化出版，2004）圖文書寫的方式，設想自己是某個（現實生活中不存在的）特殊職業角色，用那個角色的口吻寫一篇「履歷表」。那本想像力豐富的繪本作品，透過許多虛構的職業人物及其自述，呈現出現代社會的眾生相與心靈速寫，關注的主題像是：成長過程的夢想與矛盾、職場工作的信念與質疑、生命意義的迷惘與追尋，很能吸引青年、青少年學生。我挑了書中的〈夾縫人〉、〈讀字人〉與〈高科技從業人員〉三篇作為範例，將文本內容與學生的生活、心理連結起來，想要學生仿照那種寫法，發揮想像力，以第一人稱的口吻，寫出虛構中的「自己」可能身負怎樣的特殊能力，經歷怎樣的特殊生活，感受到怎樣的成就與失落。這份「履歷表」就像是心靈的鏡子，映照出寫手內心某處的模樣，那些隱藏在內心的願望與不吐不快的話語，都可以在「想像」的掩護之下真實呈現，不論是自覺的或者不自覺的。我相信這種「自我介紹」能讓我更認識學生，而且讓他們不排斥書寫。

閱讀文學作品的時候，重點不是增加背景知識，而是擴大對於人類處境與心靈可能性的理解；基於這個觀點，這份作業應要視為文學作品。

因此我給學生的寫作規則只有一項：沒有限制。原因很單純，如果想肯定每個獨特個體的價值，如果鼓勵自由書寫，如果渴望看到學生真實的樣子，外加規則越少越好。這種帶有「道家情調」的課程設計，透過局部框架的去除，企圖引出學習者內在的真實心聲。在這時候，格式、文法、邏輯、修辭等寫作要素請暫時退讓，允許學生自由書寫。

然而，對於習慣依循著預設的軌道而行，並且在框架中滿足他人期待的學生而言，「沒有限制」其實是很大的挑戰。好幾位學生抓不到寫作的方向，接連提問：「老師，可不可以……」、「老師，這裡是不是……」，於是我增加了一條補充規則：你自己決定就好。拆掉了外在的規範，學生無法揣測「別人希望我寫什麼」，只能夠釋放自己的想像，以語文為媒介，與內心的自己對晤。在這種「虛構」的創作活動中，「真實」的自我說不定逐漸建構，就像浩瀚而渾沌的宇宙中有些什麼正在生成。

儘管虛構，卻可能比現實來得更加「真實」，更能夠洞察學生的性格，這也是文學迷人之處。

學生想像的職業有「地球彩繪師」、「讀心者」、「來自地獄的刺客」、「飛天背包客」、「托貓所所長」、「幹話型生化武器恐攻組織首腦」、「二戰時的國旗」、「落葉收集者」、「時空警察之汁妹型男部門」、「快樂販售者」、「專業尖叫雞」、「時空列車車長」、「雙馬尾蘿莉偽娘金剛」、「時間觀測者」、「會行走的自動販賣機」……等等。有別於批改「作文」的「評分」心態，我興味盎然地讀著這些想像紛呈的文字，在真實與虛構參半的自述之中、在暴露與隱藏的張力當中，解讀著青少年的青澀與深沉、輕狂與抱負。拿掉方格稿紙，取消「作文」名稱，學生的寫作令人耳目一新，相較於後來一些語文規範性較強、有明確習作性質的作品，這篇不拘格式的「履歷表」反而更容易讓人感受他們的才情、竊聞他們的心聲，像是在欣賞文學作品。

與此同時，我也發現學習單上學生替自己虛構職業的「手繪玉照」，那些類似塔羅牌的心理類型占卜圖象，其實也可以視作學生的自我圖像。

這項書寫活動跟國文課程有什麼關係呢？我跟學生說，把你們的作品編輯在一起，也是一本奇幻版的《世說新語》。兩者的性質與背景當然差異很大，但是都強調出了人的「個性」的多樣性，並且對於這樣的多樣性予以欣賞、尊重。

不只是回應《世說新語》而已，類似的作業還可以隱喻「文學」的性質。文學關注人的個別處境，不僅是歷史 - 社會方面的特殊處境，也包含在特殊的時空條件底下，人的情感像萬花筒一樣呈現出不同的面貌。如果願意再加以探究，那樣的差異性似乎又會指向一些普遍卻又存在對反面的價值探索，譬如生與死、譬如善與惡、譬如自由與限制。類似這些文學的靈根情種，就在平常的閱讀與寫作經驗中慢慢滋養。

說明：仿造《履歷表》繪本，陳述經驗，發揮想像，不拘內容與形式，完成下表

姓名	哈,口,合	手繪玉照
職業	領笑員	
用跟食物有關的比喻或類比，說明什麼是「閱讀」	閱讀是鹽巴，少了他，生活就沒了味。	＊可略筆記，上網填寫完整內容：
扼要描述一段令你難忘的閱讀經驗	去學校圖書館，衣魚突然跑出到衣服上。	
簡要自述	沉悶、壓迫在這社會如毒氣散開，擴散在每個角落。嚴肅、死版的臉，如同乾去的鉛華不易卸下。笑……最純萃的笑……是孩童般無慮的笑容，脫下心機、猜忌的不安。一位領笑員點起了第一道火，存在無垠的黑暗中的微小柔光，看似不起眼，卻慢慢渲染開來使人間充赤著笑容。領笑員的笑可以溫暖身旁的人，替他們掛上久違的純真笑容。	
國中印象最深刻的一堂國文課及理由	有次國文老師叫同學把窗簾拉上，轉瞬間眼淚落下，哭述同學教不會。老師第一次看到，很有趣。	＊可略筆記，完整內容請上網填寫：
對高一國文課的期待	希望有更多活動（像本次）。	
有想跟國文老師說什麼嗎？	老師看起來很專業也很和善喔！	

「履歷表仿作」學生作品

如果我是機車的國文老師

話說從頭，這份寫作設計是失敗之後的改良版本。我第一年正式任教（97學年度），是在臺北市私立復興實驗高級中學，那時候希望瞭解學生對「學習」的想像以及基本寫作能力，於是第一堂課，與學生初見面，就發下了長得像綠豆糕的稿紙，要學生以「如果我是ＯＯ老師」為題寫一篇作文。ＯＯ可以是任何字詞，不一定要學校裡頭的學科名稱。我當時有點得意，覺得這份作業能讓學生透過教學角色的置換，反思學習這件事，想像學習的可能性，並且提升自我的學習動機。與此同時，作為教師的我也得以一窺學生對教與學的期待，進而調整教學的步伐。

我花了十多個小時看完全班的文章，寫下回饋及評語，除了測知他們整體的思考傾向與寫作能力之外，也發現了多位深富潛力的寫作者與思考者。他們勾勒出的一幅幅理想教學的藍圖，逗引我反覆思索，關於學習的、以及未來國文課的種種可能。

我對一篇文章印象尤為深刻，學生自擬的題目是「如果我是機車的國文老師」。事隔多年，我還能一字不差地背出第一句話：「如果我是機車的國文老師，我第一堂國文課就叫學生寫作文。」這句話令我又驚訝又慚愧，驚訝的是學生有那樣的聰明與勇氣，慚愧的是自己意外成了文章中令人討厭的那種老師。儘管曉得並非所有學生的念頭都這麼負面，而且這篇文章也未必帶有惡意，我當下還是有些沮喪。我裝作若無其事，改完作文，徵得學生的同意，分享了一些作品。那篇文章的作者也同意讓我唸出第一段，我輕鬆與幽默地讚賞她的文筆及勇氣。同學們聽完哈哈大笑，她也害羞地笑了。那位學生後來獲得「報應」，大學讀了中文系，成為我的學妹。

那次經驗雖然算不上衝突或者挫敗，卻讓我反省：教學活動需要適當的「包裝」與「加工」，參酌學生心理、師生關係、現場情境、教學目標……等諸多條件，進行創造。只有通過富有意義的創造，文獻資料才可能轉化成有組織的教材，課堂活動才可能轉化成有效的學習經驗。

我說的「學習經驗」（learning experience）是根據教育學家杜威（John Dewey, 1859-1952）提出的觀點。他主張教育的關鍵是創造充分的條件讓學習者去「經驗」，裡頭包含著知識、行動、經歷、想像、感受……等等。這種學習經驗能夠真正轉化成學習者的內在條件。然而不是每種經驗都有同樣的教育價值。學習經驗的價值，取決於主體（例如某個學生）和對象（包含其他人以及環境）之間交互作用的過程、關係、結果以及對於整個連續歷程的反應與反思。

當我的教學經驗日漸豐富，懂得替學生創造各種學習經驗之後，便慢慢體會到：教學不僅是一門科學，也是一門藝術。科學那方面強調的是理性的架構、精準的設計以及可監控的歷程；藝術那方面強調直觀的感受、情感的共鳴，以及種種深入人心卻難以言說的奧祕。

有了第一年「機車的國文老師」經驗，第二年我就用「履歷表」來包裝寫作，不僅可以瞭解學生的寫作能力，並且可在其它欄位中放入我想瞭解的訊息，譬如「對國文課的期待」、「推薦一本好書，並寫下內容大意與閱讀心得」等等。我依然記得那屆學生們精彩的寫作。有一篇用「文字方陣」的形式表述，令我激賞地在空白處寫下「你是天才」的評語。那位學生從美國完成學業，目前旅居日本工作。那一班是復興實中第三屆，好幾位學生去年還跟我見過面，在梁實秋故居的日式平房裡頭，參加我與朋友們舉辦的越南影像聯展，師生情緣，光影盪漾。

之後每一年，我都設計這份作業。這份經過教學思維轉化過的學習工具，除了幫助我了解學生的寫作起點，還額外提供一些與國文學習相關的訊息。更重要的是，安排這項帶有「自我介紹」性質的學習經驗，不僅可以做為在切入課本選文之前的暖身活動，同時準確地指向我所預設的學習目標——認識自己。

有一次與已經退休的高一國文老師聶湖濱分享學生作品，她說這份作業設計得很有深度，但學生的發揮不夠精彩。我心中的「精彩」作品，並不必要是四平八穩、字正腔圓的「作文」。我尤其喜歡看到學生在不需要猜測「老師喜歡看什麼」、「老師想要看什麼」的心態下寫出的自然文字，儘管樸質或者語病百出，也有一種可愛。那是真實的語言，與文采無關。好多「作文」能力普通的學生，都在這樣的自由寫作中表現出過人的才情與詩意；習慣「作文」框架的寫手，則未必能發揮文字與思想的彈性。

老師，受教育的意義是什麼？

下一堂課，我打算向學生說明高中國文的學科知識架構，以及大學學科能力測驗的測驗說明。才進教室，一位學生就舉手提問：「老師，你覺得受教育的意義是什麼？」我愣了一下，又驚又喜地看著這位雙眼閃爍著好奇與聰穎的十六歲青少年。其他好幾位同學也放下手邊的事，抬起頭來看我如何回應。「你們真是太聰明了，會對根本性的問題感興趣。」我忍不住脫口而出，腦中快速盤算著該怎麼回應這個「大哉問」；我擔心萬一回答不了、或者回答不好，就會變成「大災問」。

我在黑板上寫下大大的「人」字，篤定地說：受教育的意義就是讓你成為真正的「人」。這裡說的不只是生物層面的「人」，而是文化層面的「人」。受教育的終極目的就是讓人自覺到自身的意義，發揮自我的潛力，創造價值。這個說法的對立面，是將教育當作工具，認為教育是要替另外一件事服務，而不在完成自己。

我又寫下「君子」兩個字。「君子」就是「有德者」。德者，得也，得之於天也。將天所賦予自身的能力自覺地發揮出來，展現人的可能性，就是「德」的表現。在這層意義上，「君子」就是自我覺醒之後、創造自我價值的人。這是中國古代的教育理想。受教育的意義就是成為真正的「人」，也就是「君子」。

我擔心學生一下子抓不到這麼「大」的意義，接著在黑板上寫下「通情」與「達理」，告訴學生要成為「大寫的人」，可以從「通情」、「達理」兩個方向做起，這也是我們國文課的目標。「通情」的起點是對於自身、對於他者、對於世界的一切「有感覺」，培養換位思考的同理心；「達理」的基本意思是能夠看清楚事實，理性地獨立思考，做出正確的價值判斷。

我望向提問的學生，「這樣的回答可以滿足你嗎？你自己覺得受教育或者學習的意義是什麼呢？」學生說：「嗯，差不多是這樣。」呼！過關了。

我後來補充，那是我個人的回答，如果是想要知道在國民教育中學階段的受教目的，照國家頒布的課程總綱，最基本就是要培養學生成為有能力適應現在社會與未來挑戰的公民，也就是具備「核心素養」。

我進一步推薦了心理學家 C.Rogers 的《成為一個人》（宋文里譯，桂冠出版，1990），這本書從心理學的角度回答了學生提出來的問題，我鼓勵在座學生有興趣的話可以自行找來看看。

那堂課以後，「人為什麼要受教育」這個問題就常常在我心上。每次接新的班級，我也會讓自己再次思考這個問題。倘若有一天，我停止問自己這個問題了，或者一旦將答案簡化成「因為要升學」、「因為要成為好公民」之類的外在目的，就代表我也喪失了某些重要而且珍貴的東西吧？

兩個月以後，課程進入到「學習」的主題單元。我依然將學生的提問放在心上，試著讓孔子來回答這個問題。只是問題轉變成「學習的意義是什麼？人為什麼要學習？」對應著閱讀文本就是問：孔子與顏淵所好的究竟是怎樣的「學」？我不確定當時提出「人為什麼要受教育」之問的學生，有沒有意識到《論語》之「學」其實就在回答這個問題。

學生們的理解與悟性不錯，都能掌握到「為己之學」的核心，知道孔、顏所好之學，不是涉獵外在的知識技能，也不是依循特定的準則規範，而是真正認識自己，實踐不懈，在互動與處世中，追求生命的覺醒。只不過，我也無法確定他們是將這樣的觀點當成「外在的知識」，還是能真正涵泳玩索，將書中的話語轉換成自身的智慧。

學生在書寫想法的時候，我將《論語》首章抄在黑板上，「學而時習之，不亦說乎？……」上次跟班上學生談這句話，是在今年六月份的畢業典禮，用來勉勵、祝福高三畢業生。今天才抄完這段話，就有同學忍不住說：「齁！國小讀過，國中讀過，高中又要讀！」我順著他的話反問：那你國中讀的體會跟國小讀的時候一樣嗎？會不會你高中再讀，體會更深一層呢？北宋的程頤就說過：你讀《論語》之前是這樣的人，讀《論語》之後還是這樣的人，那就跟沒有讀過《論語》一樣啊。不曉得是不是我不經意流露了嚴肅的口氣，還是這句話猶如一聲響鐘，大家似乎都陷入了靜默。

我順勢解說這三句話的大意。「學而時習之，不亦說乎？」透過不斷的自我探索與生命實踐，漸漸認識到自己，感受到成長，這不是令人由衷喜悅的事嗎？這句話是孔子的循循善誘，是生命面對生命的殷切且溫柔的叩問，如果當成是權威命令或刻板教條來看，韻味全失。我跟學生說，整部《論語》都不妨當作第一句這樣子的問句來讀，不必當成標準答案。說到這裡，很多人流露出來疑惑卻雪亮的眼神。

我們聽到了遠方傳來的問句，在心裡想一想，是不是這樣呢？自己有相關的經驗或者感受嗎？然後誠實的回答。經典不提供標

一、哀公問：「弟子孰為好學？」孔子對曰：「有顏回者好學，不遷怒，不貳過。不幸短命死矣！今也則亡，未聞好學者也。」子曰：「十室之邑，必有忠信如丘者焉，不如丘之好學也。」
閱讀背面的資料，綜合說明孔子與顏淵所好的究竟是怎樣的「學」？ 150字

我認為《論語》中的學是一種廣泛的集合。「學」可以是知識的吸收，也是生活的方式、態度，更是認識自己的過程，任何使自己升華到不同境界的過渡之際都是「學」，然而如此依然非「好學」。好學在孔子眼中，應該還存在消化所學，使其成為自身的財產；好學亦是追求覺醒的渴望、迫切，哪怕是「朝聞道，夕死可矣！」的精神；此外，好學也是一個實踐的堅持，學習到不算什麼，重要的是活用在對他人的互動或處事的哲學上。

98

二、根據所發的資料，《論語》第一章的「學」意義為何？作者又如何詮釋那三句話？你對於《論語》第一章的觀點或者想法為何？

「學」的意義	首章的三句話	作者的詮釋
覺醒	學而時習之，不亦說乎？	對於「自我」的認識、探索
	有朋自遠方來，不亦樂乎？	在群体中建立「自我」
	人不知而不慍，不亦君子乎？	自我完成，成為一個人
作者的總結	論語講述的是生命的喜悅，以及如何透過「學」獲得這份喜悅，進而成為「一個人」	
你的想法	天下無完人，但或許我們可以透過「學」，進而了解自己，善待他人，進而往十全十美接近，完成蛻變。	

《論語》論「學」的課堂學習單

準答案，經典也不要求標準答案。它不強迫你表態贊同，你也不必急著反駁它。如果可能，不妨將那些問句存放心底，偶爾問問自己，是不是有了新的答案？

這當然不是一種追求「客觀知識」或者「絕對真理」的閱讀方式，也不是有效的面對考試測驗時的學習方式。這種「學」不是向外的，不是預設好有一個固定的、系統性的知識，作為可供把握、操作的對象。這種「學」的前提是主體內心的自覺，屬於自我的技藝，從根本上說是一種內省的知識。《論語》裡頭講「古之學者為己」的「為己之學」就是這層意義。在「知識」不斷地被系統化與工具化的現代，這層分辨格外要緊。

「為己」不是自私，而是「成德」，成就自身的德行。「德」在這裡的意思不是向外表現的善行善果，不是抽象的道德條目或總稱，而是每個人得之於天的那份稟賦，人人自有，個個不同。很多古書上說「德者，得也」，自覺到天所賦予自身的德行，栽培他，實現他，使自己的生命開展，走向自由，就是「成德」，就是「為己之學」（也是後來王陽明說的「致良知」）。用人本心理學的話來說，就接近是自我實現。也就是我之前跟他們說的，受教育的目的在讓自己成為「君子」，一個更健全而完整的人。

錢穆（賓四）先生所說讀《論語》，在學「做人」，大體也是這個意思。只不過「做人」不是現在通俗的用法，嫻熟於人情世故，懂得照顧到應對進退的眉角；「做人」是人自覺之後，實現自己的價值與尊嚴，成為真正的健全的「人」。「學」就是朝著那個目標前進，成為更好的人。

從這樣的脈絡來讀《論語》第一章，「學而時習之」的意思就是自我覺醒之後，透過生命的探索與實踐，一步步認識到自我存在的獨特性（「習」的意思重在實踐，而不是溫習或者反覆練習）；「有朋自遠方來」的意思是在群己關係中慢慢建立自我（「朋」是指志同道合的、有共同生命關懷的人）；「人不知而不慍」所表現的境界是生命獨立圓熟，不依傍外在的因素而臻於自我完成（「君子」就是成德者，這裏側重於成就自身的德行而非施加恩澤於外）。推而言之，整部《論語》就是教人去享受生命從自覺到完成的喜悅，並且在這樣的過程中成為一個「人」，一個超越了動物性的生存衝動，而具備高度的自覺與反省能力、創造能力的人。因此也可以說，學習（受教育的目的）是讓人從自然人到文化人的歷程。

這說法是依辛意雲老師，他是錢穆先生的學生，指導建中國學社長達五十年。我高中時候就參加國學社，現在偶爾也去聽辛老師講課，仍然獲得許多生活及智慧的啟發。

課堂上，我發給學生辛老師對這一章的詮解，文章中他又引述了錢穆先生的話。那段文章節錄自《辛老師的私房國文課：從經典中學習生活智慧》（臺灣商務，2017）。我讓學生自己讀，試著理解文章如何「詮釋」《論語》第一章，摘要重點。下課前，收回學習單，我問學生：你們有沒有感受過自我成長的喜悅呢？你們聽過這樣的說法嗎？你們覺得這種說法怎麼樣呢？有沒有能夠共鳴的經驗呢？

讀《論語》，學什麼？

錢先生說：「《論語》其實很簡單，就是生命喜悅的學習！《論語》開宗明義第一章『學而時習之，不亦說乎？』而什麼是『學』？這固然有知識的學習，其實也包含了『覺醒』！按照文字學：『學者，覺也。』當我們覺醒、意識到，並開始去做一種生命的探索，讓自己生命成長的那種喜悅，可以讓我們擺脫很多我們認為不自由的巨擔。」先生又問：「你們知道什麼叫做自由、不自由嗎？你們想過這個問題嗎？生命要求的自由，其實也須透過學習。」……所以，一部《論語》就是講生命的喜悅，然後談如何去學習、獲得這份喜悅，讓自己成熟，以致成為一個人。（節錄自辛意雲：《辛老師的私房國文課：從經典中學習生活智慧》，臺灣商務，2017，頁 137-138）

國文課學什麼？學測考什麼？

接下來我帶學生瀏覽大學學測的「研究用試卷」，提醒學生，未來國文科選擇題與寫作測驗分開，測驗方向與題型都有調整。大考的測驗目標大體上反應了國文教學的預設目標，因此也可以從試題中反推回去，檢視、歸納出國文課程的教學目標。

當時與學生們討論的是 101 課綱底下的測驗說明，時至今日，108 課綱上路多年，最新的測驗說明連結請參考本章附錄（一）。我從選擇測驗題第一題開始，帶著學生逐題閱讀，不斷地問：「你們覺得這道問題希望檢測出怎樣的能力？」然後將學生的回答依序寫在黑板上。最後總結說，依據高中國文課程綱要，測驗說明指出「國文科」的知識結構包含了「語文」、「文學」及「文化」三大範疇，每個範疇之內再訂出若干的能力項目。知道這些不會讓考試比較高分，但是會讓學生成為一名自覺的學習者。希望未來被問到「國文課在學什麼」的時候，不會默然無以應。

接下來我帶學生瀏覽了「國語文寫作能力測驗」的試題舉例，叮嚀學生，題目很難，而且與大家已經習慣的會考寫作很不一樣，不要輕忽。要培養出足以應對這種測驗的寫作能力，最好的方法不是一直寫模擬試題或者歷屆試題，而是確實掌握寫作的核心能力，在未來的課程中跟著老師引導，逐步建構起全面的寫作能力。寫作教學就融入在每一堂課裡頭，包括問答思考、學習單、小組報告……，所有的教學活動其實都在替學習者建構「寫作」的能力。這樣的「寫作」之所以占分國文考科的百分之五十，乃因為它被視為國語文能力的綜合表現，而且能夠檢測出邏輯思維與形象思維等高階的思考能力。想要培養或者建構這些核心能力，需要學習的內容並無「課內」「課外」的區別。

最後我跟學生說，「考試引導教學」是很不健康的觀念，儘管有些人認為在積習已久的「考試文化」底下，透過改善「考試」來活化「教學」，不失為一種提升教學的策略，我卻認為這樣仍會本末倒置地走向「為了考試而教學」，最終依然導致教學異化。

無論如何，國語文學習必須有明確的目標，在生命教育、情意濡養、文學陶冶這些宏大而高遠的理想之外，更基本的是厚植國民教育階段的國語文知識與能力。這些知識與能力，明白揭櫫於課綱（請參考本章附錄二），應該成為一種「共同知識」（common knowledge），被教師、家長、學生以及社會大眾所知曉，並且透過一套共享的教育語言與教育概念，朝向共同的基礎教育目標。

問題是：國文老師清楚自己在教什麼嗎？學生們願意信任國文老師嗎？

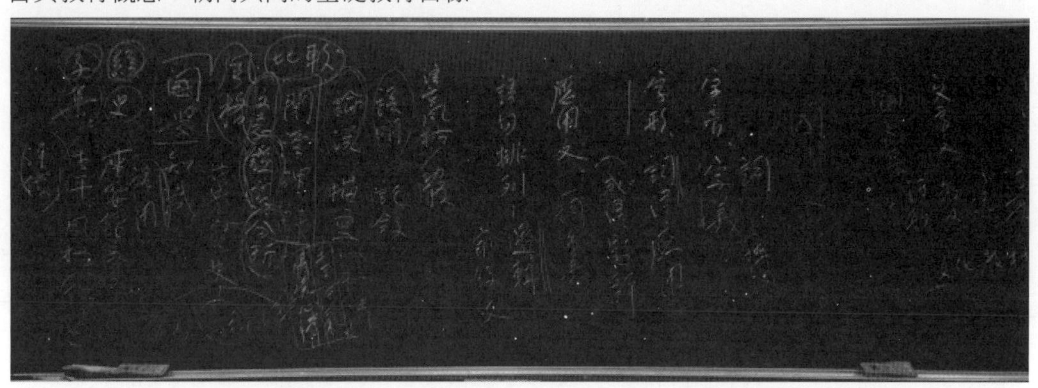

在黑板上說明國文課的學習重點

根據課綱繪製的高中國文學習重點關係圖

資料出處：國語文學科中心國文科課程地圖，取自國教署普高學科資源平臺

學測國語文綜合能力測驗，測驗目標（111 學年度起適用）

測驗目標係參採國語文課綱中第五學習階段之「學習重點」與「教材編選」原則，側重評量考生經由學校教育、生活經驗等陶冶涵融後，具備之語文、文學及文化素養。測驗目標包括兩個面向：一、國語文知識的認知與應用；二、文本的理解與探究。兩個面向測驗的能力如下：

一、國語文知識的認知與應用

A1. 字形、字音、字義的辨識與應用

A2. 語詞、成語意義的辨識與應用

A3. 語法的辨識與應用

A4. 表現手法、表述方式的辨識與應用

A5. 具備重要文學作家、作品、體類、流派的知識

A6. 具備重要學術思想、文化的知識

二、文本的理解與探究

B1. 訊息的檢索與擷取

B2. 文意的理解、比較、分析、統整

B3. 內容的延伸與反思

B4. 形式的推究與分析

B5. 結合文學、文化知識的詮釋與鑑賞

學測國語文寫作能力測驗，測驗目標（111 學年度起適用）

一、知性的統整判斷能力

測驗考生是否具備統整判斷的省思推論能力，評量目標包括：

(1) 正確解讀文字或圖表，系統理解、分析歸納，具體描述說明。

(2) 針對議題進行思辨，提出個人的見解與評斷。

(3) 文辭組織與表達能力。

二、情意的感受抒發能力

測驗考生是否具備情意、想像等感發體悟能力，評量目標包括：

(1) 具體寫出個人的生活經驗，從中感知聯想、創造抒發。

(2) 針對問題的情境，真誠抒發個人的情感與體會。

(3) 文辭組織與表達能力。

附錄（一）：學科能力測驗國文考科考試說明（111 學年度起適用）

附錄（二）：十二年國教國語文領域課程綱要（國民中小學暨普通型高級中等學校）

附錄（三）：國教院國語文課程手冊，取自國民中小學課程與教學資源整合平臺

三、通情達理：課程目標與學習內容

國文課的教學目標，除了知識層面與技能層面之外，認知與情意層面也非常重要。我用「通情達理」概括我心目中國文課的總目標。不同層面的教學目標可以怎麼與學習內容連結起來呢？這章將用《世說新語》當做例子，加以呈現。（本文初稿發表於 2017 年 10 月 1 日）

我在學校日寫下的教學總目標

資料來源：學生家長張美蘭女士（筆名：小熊媽）

不久前的學校日，我向高一家長們說明國文的課程規劃與教學安排，強調在符合課綱要求的前提之下，我的國文課總目標是培養學生「通情達理」的能力。「情」與「理」的內涵，不只是現代經常並稱的「感性」與「理性」而已，其實具備著傳統文化裡頭更深刻的意義，只是這裡不多論述。

語文教育的目標，除了知識吸收與技能應用之外，也非常重視學習者整體的認知開展，亦即是否能透過語文的閱讀、思辨、感受、表達等訓練，增強學生的「理解力」。就國語文學科來說，這樣的「理解力」同時包含了情感與智性兩個向度，分別可以用「通情」與「達理」概括說明。簡單區別，「通情」包含了觀察、感受、想像、美感、抒情、同理等能力，側重在情意教育、審美教育；「達理」包含了提問、思考、辨析、歸納、論證、說服、詮釋等能力，側重在思辨教育。這兩者就學習的心理歷程來說，很難決然分割，但就課程設計而言，不同的課程單元與教學內容，會側重於不同的認知向度。

在課堂上，搭配著第一課《世說新語》的諸多篇章，我希望在講授過程中，讓學生體會到國文課如何可能使人「通情」與「達理」。

108 課綱（普高國語文）的課程總目標

本課程呼應國語文學習之基本理念，以培育語文能力、涵養文學及文化素質，並加強自主行動、溝通互動及社會參與的核心素養為目標。

其目標如下：

一、學習國語文知識，運用恰當文字語彙，抒發情感，表達意見。

二、結合國語文與科技資訊，進行跨領域探索，發展自學能力，奠定終身學習的基礎。

三、運用國語文分享經驗、溝通意見，建立良好人際關係，有效處理人生課題。

四、閱讀各類文本，提升理解和思辨的能力，激發創作潛能。

五、欣賞與評析文本，加強審美與感知的素養。

六、經由閱讀，印證現實生活，學習觀察社會，理解並尊重多元文化，增進族群互動。

七、透過國語文學習，認識個人與社群的關係，體會文化傳承與生命意義的開展。

八、藉由國語文學習，關切本土與全球議題，拓展國際視野，培養參與公共事務的熱情與能力。

言語與思考，表現你的品味

> 謝太傅寒雪日內集，與兒女講論文義。俄而雪驟。公欣然曰：「白雪紛紛何所似？」兄子胡兒曰：「撒鹽空中差可擬。」兄女曰：「未若柳絮因風起。」公大笑樂。（《世說新語．言語》）

翻讀課本之前，我在黑板上抄錄了「謝太傅寒雪日內集」那則文章。這篇文章課本沒選，但我認為很適合作為這個教學單元的開場白。認真的同學馬上說，國中讀過了，不在課本選文，但考卷上的閱讀測驗做過。我笑著問道：你當時是在「閱讀」還是在「測驗」呢？用「測驗」取代「閱讀」，或者退一步說，以為測驗形式可以檢視閱讀成果，是目前閱讀教育很常見的迷思，而這樣的迷思容易將閱讀教育導入歧途。正如同「寫作測驗」無法取代「寫作教學」，「閱讀測驗」也無法取代「閱讀教學」。不可不辨。

順著同學的回應，我直接切入核心問題：故事中，謝安問「白雪紛紛何所似」，先後獲得了兩位家族晚輩的答案，一位回答「撒鹽空中差可擬」，另一位回答「未若柳絮因風起」，哪個答案比較好？為什麼？

有人覺得「撒鹽空中差可擬」比較好嗎？有位聰明的同學舉手。說因為他肚子餓了，想吃東西。說得很好，這是一種貼近當下身體直覺與需求的真實感受。但是吃飽之後呢，人是否還有其他的層面需要滿足呢？

大多數學生認同「未若柳絮因風起」比較好。為什麼？因為比較美。為什麼柳絮就比較美？鹽不美嗎？（這有「歧視」嗎？）問到這邊，很多人開始陷入思考，很多人七嘴八舌發表意見。

「鹽」與「柳絮」兩者孰美，固然與兩件物品的視覺、觸覺與重量感有關，然而真正重要的差別不在於「鹽」與「柳絮」這兩個詞語符號實指的物體，而是這兩個符號所喚起的聯想。這是語言重要的特質之一，它不只指向特定的物體，還能夠喚起人的經驗想像，以及附著在這個符號名稱背後的層層意涵。所謂的言外之意，所謂的美，所謂的文化云云，很多都是透過語言而抵達的境域，那裡是意義安居之所。意義的深淺厚薄與個人的生命體驗息息相關。國文課透過文學作品，啟發學生形象思維與審美的能力，便是要教學生看見後面那層意義，或者至少點出有那層意義存在。

「鹽」使人聯想到飲食、日常生活，所以有人說開門七件事，「柴米油鹽醬醋茶」；「柳絮」使人聯想到春天、詩意，所以《詩經》云：「昔我往矣，楊柳依依。今我來思，雨雪霏霏。」這樣的差別不是事實性或者道德性的判斷，而是聯想與美感的區別。我跟學生說，生活除了實用之外，還有很多超越實用的層面。這些不見得讓你獲得物質成就，但是可以讓你的心靈與感受更豐富。同樣的白雪紛飛的景象，有人覺得「撒鹽空中差可擬」，這種想像傾向，落實在日常生活、實用性的思考；有人覺得「未若柳絮因風起」，這種思維傾向，則表現出不受限於日常實用的經驗世界，讓思維飛躍到美感的或者詩意的層次。謝道韞的精彩，不在於聰明、口才好，而是她的回答超越的日常實用的層次，表現出審美品味。從「比喻」的運用就可以看出人的生活經驗，以及感受能力，甚至是更深沉的生命理想。

不相信嗎？不妨試著仿照文章句子，回答「白雪紛紛何所似」。我就曾讓學生「玩」過這個遊戲，儘管大孩子們多用一種調皮與幽默來回應問題，仍可以從中看出他們不同的生活經驗與幽微的心理傾向。

我勉勵學生能在日常的、實用的生活表象之外，品味事物的美感。這樣的美感可能無助於現實利益，卻可以讓自己更豐富，讓生活充滿趣味。現實很重要，但整個人生不只有現實生活與實用目標而已，人還有審美的需求必須滿足。這是文學之於人生的「無用之用」，也是文學送給我們的禮物。

我想起將近二十年前擔任過一位高職學生的國文家教。每次上課的時候，學生母親都會為我準備一杯香醇的手沖咖啡。母親說她不在意考試成績，那是學生自己的事。他生平最討厭「言語乏味」的男人，不希望兒子如此，所以請國文老師到家中上課，是希望教學生成為「言語有味」的人。

究竟什麼是「言語有味」呢？學習國文能不能教人「言語有味」呢？國文課可以達成「言語有味」的教學目標嗎？我不知道，但一直在思考與探索。

怎麼樣算是「理解」一篇文章？

晉明帝數歲，坐元帝膝上。有人從長安來，元帝問洛下消息，潸然流涕。

明帝問何以致泣，具以東度意告之。因問明帝：「汝意長安何如日遠？答曰：「日遠。不聞人從日邊來，居然可知。」元帝異之。明日，集群臣宴會，告以此意，更重問之。乃答曰：「日近。」元帝失色，曰：「爾何故異昨日之言邪？」答曰：「舉目見日，不見長安。」（《世說新語‧夙慧》）

課本第一則是選自「夙慧篇」的小故事，這則故事能談的點很多，我的教學目標則聚焦在思辨閱讀。

我問學生「長安」是什麼意思？「就是地名啊。」那為什麼課本注釋要說「長安」是借指「洛陽」？學生看了注釋，有些一頭霧水，有些大呼不解。我跟學生說不要急，一層一層來梳理問題。先分成「課本怎麼說？為什麼這麼說？」以及「你同意課本的說法嗎？為什麼？」這兩個層次。討論的時候，試著先理解課本的說法以及這麼解釋的原因，再進行評論與解釋。

課本為什麼要說此處的「長安」借指「洛陽」呢？為什麼不直接照著字面意思讀而要多轉一個彎？學生站在課本的立場，提出可能的解釋：

學生甲：因為下文皇帝問那人「洛下」（也就是洛陽）消息，因此要把「長安」解釋成「洛陽」，前後文比較順。

我說，這是合理的解釋。但這麼一來還需要回答：用「長安」借指「洛陽」在語文使用的規則上是合理的嗎？能找到根據嗎？

學生乙：長安在歷史上經常是首都，因此以「長安」借稱「首都」，實指西晉的首都「洛陽」。

如果要支持這樣的解釋，可以使用哪些證據呢？最強的證據是找出《世說新語》內部以及同時代的文獻記錄，若發現以「長安」借指「洛陽」的用例，則可以強化這個解釋。

如果不同意課本的解釋，針對同學甲的解釋，可以提出反駁嗎？

學生丙：長安跟洛陽很近，可能在長安就會聽到洛陽的消息，因此從長安來的人也能問他關於洛陽的消息。故不需要用「長安」來借指「洛陽」。

我沒有肯定或者否定學生丙的想法，只是問：這麼說有證據支持嗎？你可以說明長安與洛陽的距離嗎？或者有可能從其他文獻資料中，找到當時長安與洛陽兩地消息互通頻繁的證據嗎？這樣就能支持你的假設了。我看向同學，問：「還有人想要補充嗎？」

學生丁：從長安到建康，會經過洛陽，所以皇帝當然可以合理地問『洛下消息』。

我依然沒有評論對或錯，只是問學生：如果這樣的話，你可以找出當時候長安－洛陽－建康的相對位置與交通圖嗎？說不定真的能夠合理推論從長安出發到建康，中間一定會經過洛陽。

關於學生甲的討論告一段落，再回頭針對學生乙將「長安」解釋成「洛陽」的理由，可以提出反駁嗎？

學生戊：借代是說詞語『可以』那樣解釋，但不『必定』就要那樣解釋。如果客是從『洛陽』（地方）來的，為什麼不直接寫從『洛陽』」來就好了？寫他從『長安』來，再說『長安』借指『洛陽』（地方），搞得很亂，多此一舉。

學生己：課本注釋說長安從漢唐以來長時間作為首都，因此可以作為首都的代稱，但是《世說新語》編寫的時代早於唐朝，因此注釋自己矛盾，無法成立。

很好！太棒了！我對作品背景與名物考證不感興趣，也沒下過工夫，但藉由這個例子讓學生練習思辨，保持警醒的頭腦，在接收既定訊息之前思考一下，倒是不錯的機會教育。學生追根究柢的精神也出乎我意料之外。

喜歡思考的學生繼續提問：「這篇故事發生的時間真的是在永嘉之禍（311 年）發生之後嗎？」我說文章中有「東渡意」的詞語，所以推測可能是晉室東渡（317 年）之後所作。學生立刻上網查了資料，然後問：如果這樣，晉明帝（299-325）當時至少 18 歲了，要怎麼「坐元帝膝上」，不會很怪嗎？我被問倒了。跟學生說，我也不知道應該怎麼解釋，如果大家有興趣，可以再深入探究這個問題。探究的可能方向有：去查閱關於兩位皇帝的生卒年，看看有沒有異說；去查閱關於《世說新語》的研究，看看書中是否常出現年代或背景錯亂的情況；去查閱《世說新語》的注本，看看相同的疑惑是否已經有人提出，或者有怎樣的解釋。這些都是可能的思路，幫助我們思考（仍不一定能提供答案）為什麼文章會這麼寫。

除了引導學生想像歷史情境之外，這篇文章也是不錯的例子，用來說明文本詮釋的差異。根據課本「題解」的說法，晉元帝問晉明帝：「你覺得長安和太陽哪個比較遠呢？」晉明帝第一次回答「日遠」，目的在寬慰父親；第二次在群臣面前回答卻說「日近」，用意在表達感傷與戒勉群臣。我問學生：「你們覺得這樣的解釋有道理嗎？」大部分學生覺得課本的解釋想太多了，反問說：「會不會小孩子只是隨口說說而已，沒有特別用意？」這是很有趣的詮釋差異。

照課本的說法，明帝的「夙慧」表現在能夠善於體貼人情，並且根據應對的場合與對象不同，說出貌似矛盾卻意涵深刻的話。這種看法的前提是將「長安」借指為「洛陽」，擺在永嘉之禍的歷史背景底下來看，將兩人的對話視作一場言在此而意在彼的「政治寓言」。但是有沒有可能「長安」就真的只是「長安」，這就是一場父親與稚子的一般問答，而所謂的「夙慧」只是指稱明帝能夠講出不同的答案（日遠／日近）同時說出推論的理由（沒聽過人從太陽來／看得到太陽但是看不到長安）而已呢？我無法論斷，因為選文本身無法提供更多的線索進行推論與驗證了。

我跟學生說，課本的說法只是可能成立的詮釋，提供大家參考，不必視作不可質疑的定論。但究竟詮釋的效力如何呢？恐怕也是見仁見智，我沒深入研究，不敢下判斷。學生問，那考試考出來怎麼辦？「那也就見仁見智了吧！」我哈哈帶過，不想要讓「考試」成為閱讀理解的仲裁者。

總結這則選文，我跟學生說「理解」或者「讀懂」一篇文章有許多不同層次的意義。可能是認識字音、字形、字義，翻譯文句，分辨語氣，分析語法，掌握結構，瞭解時空背景，或者是更高層次的主旨解讀、連結個人經驗等等。

日前網路廣傳哈佛大學校長（Drew Gilpin Faust）的演講，她說教育的目的在教人有能力分辨誰在胡說八道。國文課所要訓練學生的，應該也包含這種批判思考的能力吧？

王子猷為什麼雪夜訪戴

王子猷居山陰。夜大雪，眠覺，開室，命酌酒。四望皎然，因起彷徨。詠左思招隱詩，忽憶戴安道。時戴在剡，即便夜乘小船就之。經宿方至，造門不前而返。人問其故，王曰：「吾本乘興而行，興盡而返，何必見戴？」（《世說新語‧任誕》）

明 周文靖 雪夜訪戴

資料來源：國立臺北故宮博物院網站

第三則選文是「王子猷夜訪戴安道」。討論這篇文本的時候，我先將明人周文靖的〈雪夜訪戴〉投影出來，作為背景。歷代以此為主題的文人畫作品很多，各具情趣，我曾在一次文學與繪畫的課堂上舉這個例子，讓學生看到不同的文人畫家對於原文的感受與詮釋不盡相同。但這次上課，課程與教學的目標設定不同，因此就不討論繪畫與文學的問題了。我只輕描淡寫地問學生：這幅畫就是根據文章畫的，你們先看看畫作，要不要猜猜看畫的是怎樣的故事呢？這個問題主要是引起學生的注意力，並不是真的要他們討論與發表。

我接著說：老師先將文章朗讀一遍，讀完之後我會問你們文章中的「關鍵詞」是哪個字眼。

朗讀完文章，我問學生，如果要從文章中找出一個「關鍵詞」的話，哪一個字最恰當呢？有人說「忽」，也有人說「興」。我沒有提供答案，而是繼續追問：這篇故事的核心事件是什麼？學生說是王子猷晚上不睡覺，去找朋友。對！那他去找朋友的動機是什麼呢？事件的結果是什麼？哪個關鍵詞比較能夠同時解釋核心事件的動機與結果呢？學生解釋道：「忽」字能夠解釋他去訪友的動機（忽然想到），卻無法同時解釋為什麼結果是「造門不前而返」；「興」字能同時解釋兩者，所以「興」字比較好作為理解全文的關鍵詞。這一番解釋，原本認為「忽」字是關鍵詞的同學也被說服了。

我向學生說明，「興」的甲骨文字象「四隻手從不同方向共同舉起一物」之形，基本的意思是「起」。但「興」不只可以指身體向上的動作，也可以指心理或者精神上受到了感動、啟發，孔子說的「興於詩」就是後者之意。

文章中王子猷用「興」字點出自己做事憑著心情與直覺，念頭來了就去行動，念頭消失了就停止行動。這種率性而為的行為模式，有別於事事出於評估規劃、利害計算之後的行動。大多數時候，人的行動是「理性」的，會要求明確的動機與目的，往往經過一番盤算與權衡才去行動。王子猷的精彩就在於「無所為而為」的行動，擺脫了現實利害，順著感覺與直覺走，「寄於過程的本身，不在於外在的目的」（宗白華，《美學散步》，五南，2022）。這種行動不單單是「率性自然」的個性，還表現出一種富有美感意義的生命姿態。當生命超越了實用與功利目的，「美」才可能出現。王子猷說：「吾本乘興而來，興盡而返，何必見戴？」就是在直覺與順任個性的行動中表現出魏晉人所崇尚的一種美感的生活姿態。

我回憶起第一次講「王子猷雪夜訪戴」，是好多年前回返母校建國中學擔任實習老師的時候，那學期的指導教師是呂榮華老師。當時《世說新語》放在高三課程，我準備試教，設定的主題是「名士風流」。備課的時候，剛好看到學生週記上寫到一則故事。故事說他原本要去補習班，不知怎麼就跑到了臺北火車站對面的新光三越大樓，從高樓上俯瞰著自己原本的補習班教室發出黃亮的燈光，心裡生出一股奇異的感受。

這個意象令我印象深刻，頗受啟發，並且與這則文章連結起來。或許生活中真的充滿太多太多的「不由自己」，已經習慣了既定軌道，已經習慣了權衡利害，已經習慣了計算投資報酬率，因此很難得有這樣的經驗，可以跳脫常軌，讓自己隔著一段距離，站在高遠的地方俯視原本的生活。那樣的意境與王子猷的行為有幾分神似，都是在一種「無所為而為」的行動中獲得生命的解放與自由。

回到建國中學任教的第一年，也遇到《世說新語》，也遇到「王子猷雪夜訪戴」，也分享了當年高三學生告訴我的故事。猶記得第一次段考結束之後，四位事前預先請好事假的導師班學生，穿了制服，在上課時間跑到台中玩，拜訪友校，還拍照留念。據說他們是受到王子猷啟發，也想要隨「興」行動。

講完了兩個版本的「學長與《世說新語》的故事」，我問眼前的高一學生：你們覺得學長們的行為是一種「名士風流」嗎？那你們呢？有沒有照著自己的「興」行事過？你感受到的是一份自由嗎？還是只想要逃避現實責任呢？你真的是瀟灑做自己嗎？還是仍然心有罣礙、在意別人的評價與眼光？

尊重語言就是尊重人我

> 王安豐婦，常卿安豐。安豐曰：「婦人卿婿，於禮為不敬，後勿復爾。」婦曰：「親卿愛卿，是以卿卿。我不卿卿，誰當卿卿？」遂恆聽之。（《世說新語‧任誕》）

課本第四則選文是「卿卿我我」的成語出處，一段富含生活趣味的夫妻應答。王戎的太太經常用「卿」稱呼王戎，然而在當時一些規範的用法中，「卿」字是地位高的人用來稱呼地位低的人，王戎可能因此經常受到旁人調侃吧，所以義正辭嚴地拿出「禮」的標準，希望太太別再用「卿」來稱呼自己。王戎太太顯然不買賬，說自己用「卿」來稱呼王戎是因為彼此感情好、關係近，於是繼續用「卿」來稱呼王戎。這可能是一種後起而流行的語言用法。

這則文章表現了（古代）漢語詞性的靈活運用，但最有趣的還是涉及了社會語言學的若干面向。稱呼不只是代稱對方的用語而已，往往還隨著時空背景的差別，帶有更豐富的語用內涵。最明顯的例子，就是傳統的書信用語，不同的稱謂反應出彼此之間親疏、尊卑的關係。然而語言不是「死」的東西，它隨時在新陳代謝。生活中的語言使用，經常表現出自身新陳代謝的痕跡。

故事中王戎和太太對於「卿」的用法所側重的語意內涵不同，因此拌嘴。王戎太太說「卿卿愛卿，是以卿卿」，但在王戎聽來卻不舒服。這種在語言情境中，對話兩造感受落差的情況經常發生。

拿我自己來說，我寫信或者與人通訊，稱呼對方時習慣用「您」，以示尊敬。會這麼做是因為我擔任張亨老師助教的時候，每與他通信，老師總用「您」相稱，於是我也養成這樣的習慣。儘管是很親近的朋友或子弟，也多以「您」稱之。很多人覺得這樣稱呼未免太生疏，也有人因此感到誠惶誠恐、難為情。其實對我來說「您」就是敬語，用在正式的書信裡頭表達尊敬，與彼此的年齡、身分、職務、親疏都不必有直接關係。

課堂上我舉了最近常聽到的「汁妹」一詞當作例子。學生說「汁妹」就是「追妹」，是追求女孩子的歡心。這可以成立。語言的日常用法很靈活，有一種情況是以聲代字，譬如到自助餐店買外帶餐盒，老闆在紙盒上寫下「ㄊ」可能是指「腿」，告訴你這份是雞腿飯。用「ㄐ」表示「雞」（肉），用「ㄓ」表示「豬」（肉）也是常見的語言用法。所以可能有人開始用「ㄓ妹」表示「追妹」，後來又因為同音的關係用了「汁」字代替「ㄓ」，出現「汁妹」一詞。

「汁妹」這個用法也可能與外來語言有關。日文漢字的「汁」字除了作液體、湯汁之外，名詞的用例也有「利益、好處」的意思。若取後者這個意思，轉成動詞使用，「汁妹」就可以是「佔女孩子便宜」，與流行語的「虧妹」意思差不多。

但是說（寫）「汁妹」的時候，還可能讓聽者產生身體交接的語意聯想，這種情況，就可能讓聽者覺得身體不受尊重而不舒服了。如果無意如此，使用語言的時候必須更加謹慎。這不是辯說「我沒有那樣的意思，對方誤會了」就能夠完全免責的。語言有社會性，語法有規範性，語意有特定脈絡下的內涵，不只是「自己」一方面的事情。退一步說，如果因為自己無心說出的話，讓人不舒服了，難道是自己樂見的嗎？

學生聽老師這麼認真解釋「汁妹」，笑聲不絕，教室內外再度充滿了快活的氣氛。我跟學生說這是很嚴肅的話題，不是笑話，希望大家認真面對。我罕見地疾言厲色起來：

語言就是你自己的表現，說什麼話就呈現出你是什麼人。光明正大的人說光明正大的話，下流的人說下流的話。自覺而謹慎地使用語言，不僅是對語言的尊重，更是對人的尊重，以及對自己的尊重！

重視對話與關係的教室

理想上，教室的行事秩序應由協同合作中產生。這樣的秩序在很高程度上可望達成，只要把基本的教學形式從獨白改變為對話。在此，學生有更高的機會來表現他們由外面帶來的關係，並使之編織在教室的行事秩序中。實際上，學生會把他們四處延伸的關係網絡帶入教室。有一位學生可能把課堂題材關聯到她的個人生活；另一位可能注入些許幽默；又另外一位可能利用相關的故事來擴大討論題材。他們的生活能更完整地帶進來，接觸到老師、其他同學，也接觸到課堂的題材。我們可以肯定，這樣做雖然一定會使「涵蓋的教材內容」變少，但卻會產出更豐富的潛力，來進行關係的參與。（引錄自《關係的存有：超越自我•超越社群》第八章〈以關係為基調來談教育〉。宋文里譯，台北：心靈工坊文化，2016）

上面這段話描述了一種以經營關係為主的教室風景。這裡所說的「經營關係」是說一種教學理想，必須通過人我關係的相互肯認與連結，才得以實現。教師需要特別留意兩點：首先要精準把握討論主題，並且熟悉問答與談話的技巧，確保談話不至於散漫失焦。其次，教師必須意識到自己的言行表現直接示範了討論與溝通的模式，也影響學生參與課堂的動機與方式。

課程意識與課程轉化

無論就一位新手教師或者老手教師而言，只要持續追求專業發展，就不能無視教師的課程意識與課程轉化。這裡所謂的「課程意識」，主要是說教師能覺知到課程的諸多要素，包含教師自身、專業知識、教學文本、教學環境與教學對象，並且在教學歷程中加以權衡、判斷的自覺意識；「課程轉化」說的是如何吸收他人或者自身先前的實踐經驗，轉化為新的、更有效的教學經驗。一方面，課程意識是課程轉化的根源，輸送轉化所需的能量；另一方面，課程轉化也會反過來帶動課程意識。

課程學者 Joseph J. Schwab（1909-1988）視課程轉化為教師、學生、內容和環境這四項課程共同要素的統合。臺灣學者甄曉蘭據此發展出三度空間的「課程實踐生態模式」，凸顯四項共同要素之間溝通詮釋的互動關係。援用他們的觀點與思路，我們提出「課程轉化生態模式」（參見下圖）。這張課程轉化生態模式圖呈現了四項課程要素的主要內涵，包含教師（及其知識、能力、態度），內容（學科知識、教材文本、學習評量、教學資源），環境（教室、學校、社區、政策）與學生（及其知識、能力、態度）。此外，由文化符號所建構的溝通詮釋活動同時表現了師生的信念與價值觀，而圍繞著四項課程共同元素者則是各自的社會文化脈絡。課程轉化重視此課程生態當中溝通詮釋的動態關聯，而不是教學技術或者行為表徵的複製。

一名具有課程意識的教師，能覺察到這些課程要素如何有機地交互運作，並且進行課程的設計、評估與遷移應用。你能根據這張圖，舉出本章或者書中的其他例子，說明教師如何進行「課程轉化」嗎？如果你是教師，你還可以怎麼進行轉化呢？

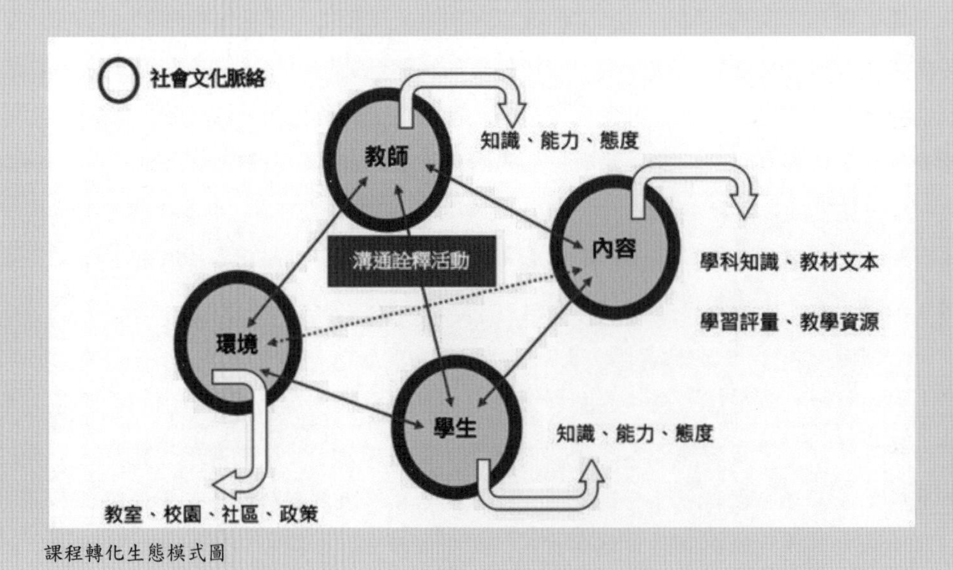

課程轉化生態模式圖

四、文字，意義的居所

國文課應該要教導學生關於本國語言及本國文字的知識。漢字的形象特質，使得它在表意的時候不純粹只是聲音的紀錄而已，同時包含著經驗現象與人的感知。漢字蘊藏了豐富的文化內涵與心理內涵，是傳統文言文與現代白話文共同享有的資源。（本文初稿發表於2017年12月2日）

文字的呼喚

2018年第一節國文課，希望學生藉著跨年的時機反省過去，並且瞻望未來。下課前二十分鐘，我發下彩色信紙，邀請學生寫下兩個字，並且簡述理由。第一個是「2017年度代表字」，第二個是「2018年度祈願字」。我喜歡在歲末或者年初的時候進行這項活動，讓學生回顧舊的一年，並且展望新的一年。學生的作品還可以用透明膠套收納起來，作為教室佈置。

活動的引導是國內外媒體或者文化機構選出的「年度代表字」。2017年聯合報票選年度代表字，最高票是「茫」。茫的字義為看不清楚，或者意識不清醒，引申的意思為迷失方向、精神迷惘，或者看不見未來。

我跟學生們說，選字的時候可以從中文字「字形」、「字音」與「字義」等多重角度聯想。比如說「茫」與「盲」、「忙」諧音，可以聯想到事忙、心盲， 或者生活忙亂而前途不明；「茫」字可以拆解成「艸」「水」「亡」，可以聯想到視線受到叢生的草木遮蔽，大水漫天、前途迷茫，或者未來的失落與消亡。這些當然未必與「造字創意」有關，也找不到學術依據，但卻是漢字的形聲表意特質能夠引發的閱讀想像。每個漢字都可以是一塊化石，包裹著沉睡的故事；都可以是一幅繪本，述說著生動的故事。或者說像是一只魚鉤，釣出那些潛游在每個人心湖中的故事。因此這個小活動不只能激發學生對漢字的敏覺，也能橋接視覺與想像，系聯文字的形象與內在的經驗。

這個活動也能搭配課程教學使用。比如我另外一個班剛好教完現代詩選，課文選讀的是徐志摩的〈再別康橋〉與馮至的〈十四行詩〉。課堂上的評量就是讓學生從文本的用字中挑選出自己的「2017年度代表字」與「2018年度祈願字」，於是同學們開始瀏覽文本，將文本還原成一個一個方塊字，看看哪個字最能釣起自己心中的念想。

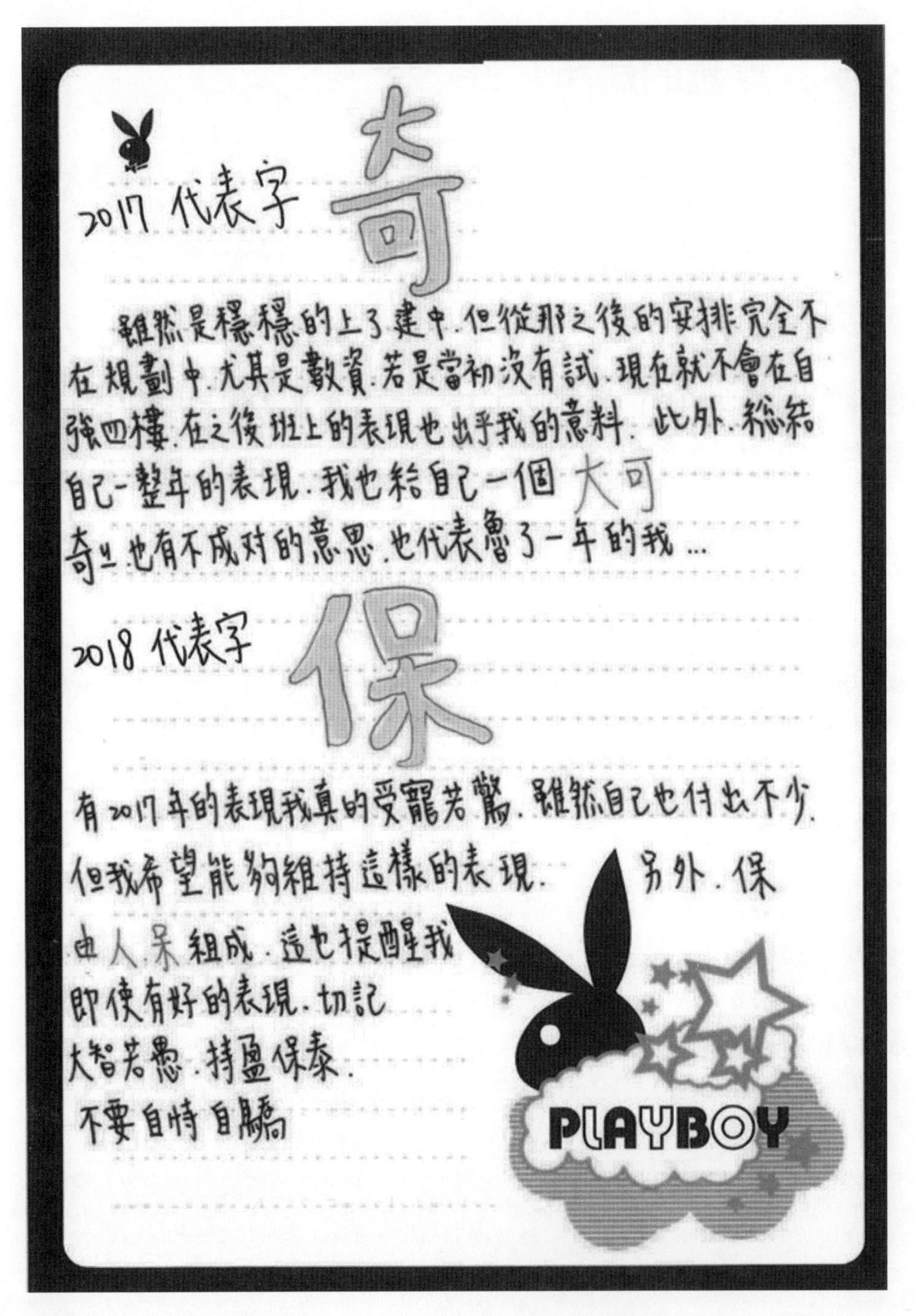
2017 代表字 奇

雖然是穩穩的上了建中．但從那之後的安排完全不在規劃中．尤其是數資．若是當初沒有試．現在就不會在自強四樓．在之後班上的表現也出乎我的意料．此外．總結自己一整年的表現．我也給自己一個大可奇ㄓ．也有不成对的意思．也代表魯了一年的我…

2018 代表字 保

有2017年的表現我真的受寵若驚．雖然自己也付出不少．但我希望能夠維持這樣的表現．另外．保由人呆組成．這也提醒我即使有好的表現．切記大智若愚．持盈保泰．不要自恃自驕

年度代表字、祈願字（學生作業）

文字的神秘力量彷彿在出生之始，就伴隨著名字一直跟著我們。另外一項課堂作業，是希望學生應用科技工具，從構字創意、文獻與歷史的角度認識自己的名字。這項文字學的應用練習，要學生運用「漢語多功能字庫」，查詢自己姓名的古文字以及造字創意，然後寫下來。字庫中包含古文字圖版、《說文》解釋與形義通解，十分豐富。以我自己的「吳」姓為例，網頁上從字形分析、文獻徵引到與古代歷史的連接，解說非常詳盡。以下節錄一段內容：

> 「大」本解作一張開兩臂的人，「大」之側加上「口」，其實象一人張口大叫的模樣。李伯謙認為「大」、「夫」古本一字，「大」讀作「夫」，亦是「吳」的聲符。許慎《說文》訓曰：「吳，姓也。亦郡也。一曰吳，大言也，從矢、口。𡗿，古文如此。」許慎以「大言」解「吳」一說正說明此理。《詩經．周頌．絲衣》「不吳不敖」和《詩經．魯頌．泮水》「不吳不揚」兩句話，毛亨《傳》兩處皆云：「吳，譁也。」「吳」與「敖」、「揚」並稱，意指喧嘩叫喊，與許慎釋為「大言」之說相合。

學生可以從搜尋到的資料中摘錄重點，或者擷取自己希望呈現的內容即可。關於文字的創意，解讀莫衷一是，很多解釋也無法斷定孰對孰錯。但是透過這項作業，學生說不定會發現自己的名字原來藏有特殊的「密碼」，那裡頭可能承載著父母的期待，可能包含著文化的積澱。也可能在探究文字根源的過程中，開展出歷史文化的視野，引譬連類的思維，或者其他因為聲音與形象所觸發的想像。有些名字裡頭的字，無法透過資料庫查到，或者不附古代文字，就讓學生試著從其他網路渠道查詢，或者根據字形結構，自行推測古代可能的寫法也行。

看著學生們俯首檢字、畫字的情景，讓我想到更早的某一年的歲末，剛講完〈蘭亭集序〉，也要學生從文章中挑出自己的年度代表字與新年的祈願字。於是，那些樂的也好、悲的也好的記憶，也就乘著文字之筏，紛紛向我漂流而來，然後漂流而去了。

走進古文字的異想世界

在很多故事裏頭，文字被賦予神秘的力量，能連結自身與萬物，或者連結那些看得見的與看不見的真實。在生活中，文字不僅是應用的工具，它影響著人如何感知、思考與行動。漢字又有更豐富的教學內涵，同時是語文應用、思辨表達與思想文化的教學。

國中階段，學生對於象形、指事、會意、形聲等漢字基本結構已有概念；高中階段的國語文課程，應當進一步要求學生認識漢字的構形與特質，從造字的創意中透視古代生活與思想文化。隨著漢字儼然成為普及的學術知識，實在有必要將它納入正式的國語文教學當中。多年前我看到香港教材，選了文字學概論的文章作為課文，那是特別請學者為中學生撰寫的專文，提綱挈領地介紹漢字特色。臺灣的國文教材也可以這麼做。

漢字文化的普及著作很多，從普及的角度來說都值得看。我特別跟高中學生推薦的是瑞典人林西莉（Cecilia Lindqvist）的《漢字的故事》（李之義譯，貓頭鷹出版，2016），與臺大中文系退休教授許進雄老師的《字字有來頭》（字畝文化，2017）系列。

《漢字的故事》是從外文譯成中文的，還記得多年前第一次翻閱此書，心中愛賞不已，覺得長了很多文史知識，也對漢字更有感情。旋即想到作者竟是一位瑞典人，心中又升起一股奇特的感受。類似那樣的感受我去年在巴黎的書店也曾有過，當時看到一本很漂亮的介紹漢字的書籍，除了正楷字形之外，也運用綿紙貼畫的方式將造字創意的圖畫表現出來。我在臺灣還不曾看到那樣美麗的漢字圖畫書。我買回來，打算等姪女大一些時送她作為生日禮物。

關於第二部書《字字有來頭》，是許進雄教授 2017 年出版的普及著作，這部書我讀起來倍感親切。許老師教我們大二的文字學，當時的課本《簡明中國文字學》（學海，2000）也是許老師自己編寫的。我最早有系統地接觸中國文字學就在那個時候。後來大四修訓詁學，任教的周鳳五老師也是一位學養深湛的古文字學家及語文學家。他問我們：中文系的專業在什麼地方？當前語文問題的爭議，中文系能不能夠提出專業的觀點？其人音容，宛在耳目。

一直到為了準備研究所考試，重溫文字學課本筆記，更覺得古文字的世界興味無窮。研究所時我也修過金文、戰國文字的課程。準備考試的時候參閱了許老師另外的著作——《中國古代社會：文字與人類學的透視》（臺灣商務，2013），這本書以分門別類的文字作為媒介，搭配豐富的考古材料、古史知識與當代學術視野，深入淺出地帶領讀者進入中國古代社會。《字字有來頭》應當可以視作這本書的普及版本。

中學的課堂教學，與大學以後專業的學科學習當然不同，應該重視自學引導與實作，才能培養學生的興趣與能力。單向說明有些時候看起來「很有效率」，但儘管是學識豐富、口才流利的教師，面對一群中學生，直接講授的啟發性其實很有限。引導學生與文本接觸，雖然比較花功夫，知識品質與密度也不盡理想，但卻可能慢慢建構起學生的學習經驗。視情況穿插一些自學或討論活動，其實會提升課堂的互動氣氛，以及師生之間、同儕之間的學習關係。

我簡單說明古代文字的特點之後，就發下幾張從《字字有來頭》的附錄中印下來的文字表，依據食、衣、住、行或者身體等分類，列出若干文字的古文字字形與文字的構造、創意。學生的任務是：分組討論，選出兩個他們覺得最有趣的古文字，在黑板上畫出來，並且上台說明。讓他們「挑選」，可以刺激參與及投入，過程中學生需要進行思考與比較，也要與組員溝通協商，這些都能帶起學習的動力。另外，提供學生選擇的機會，也意味著允許他們將更多個人觀點及偏好帶入課堂中，這種隨機的、差異化的元素可能激盪出教室裡頭新的碰撞與連結。

同學們的討論很激烈，好像發現了新大陸一樣，原來習以為常的文字，背後竟然藏

某班六組學生挑出來解說的古文字

著如此有趣的身世與故事。學生上台講解的時候，我特別分析一些常見的字形偏旁構件，加以補充說明，並且提醒他們記得這些構件，因為下一項活動會運用這些偏旁來分析其它的字形。

下一節課，我挑選了 20 個古文字，讓學生和古人 PK 創意與想像力，看看能否藉由觀察，並且應用之前學到的基礎知識，辨讀出古文字所對應的現代字形。這些文字圖片原本是十多年前我替幾位小學生（有一位後來還成為我的導生）週末授課時所用。當時承蒙研究古文字的宏佳學長惠賜檔案，儘管現在網路上已經很方便取得多種字形資源，我仍然習慣使用當時的分類古文字。這些古文字素材可以轉化成多樣的教學活動。比如說很多年之後，我替「樂之」實驗教育機構設計試讀課，排入了古文字「賓果」遊戲，參與的六年級學生們玩得不亦樂乎。

我這次挑出來釋讀的古代文字包括：兼、交、相、利、至、盡、受、典、執、射、逆、降、埋、暮、火、伐、老、既、即和監。這些字的創意都來自於日常生活的觀察與體驗，講解的時候可以讓學生從中透視古代社會的一隅，理解漢字構形中字形與字義之間緊密的關係（而不只是從字音作為連結），以及字形演變的現象，從而對於日常使用的文字多一份熟悉與情感。

比方說，「典」字是雙手捧讀的珍貴書集，古文字字形的下方是兩隻手，上方是數根竹簡用繩子編聯的書冊之形。「逆」字象道路上迎面走來另外一個人；「辶」（辵）是道路（行，省為彳）與足部（止）的組合，表示行動或者說空間上的意義。「即」字象一人跪坐、面對著盛裝在容器中的食物，表示即將要進食；「既」字是一人已經就食結束，背對食物張開大口。「射」字象一隻手彎弓搭矢之形，後來弓與箭的字形訛變成「身」，右側的手則隸寫成「寸」。「火」字是觀察自然所勾勒出的輪廓，與「山」字不同，「山」的底部是平直的筆畫而「火」字底部是彎曲的筆畫。「至」原是象一隻箭射到目標，由於書寫材料是長直的簡片，因此字形就翻轉九十度略呈狹長形了。

隸定字形之後，要問學生：是否從活動中觀察、歸納出漢字的特色呢？用一個陳述句表達出來。這是讓學生建立概念通則。

古文字之美　2018.01.02　班級 126 座號 2 姓名 王瀚德

一、從所發的古文字表中，選出兩個字，寫出他的古文字形與創意。

文字	古文字形	造字創意
奴		左邊為特化出女性特徵的人，右邊為控制他的手，表示受他人控制的婦女
赦		一隻手拿著著鞭子打人，左邊是被鞭到流血的人。指以肉刑代替罪罰

二、小組討論，隸定下列古文字，寫出其目前通行的楷體字形

	古文字	楷體字		古文字	楷體字		古文字	楷體字		古文字	楷體字
1		兼	6		盡	11		逆	16		代
2		交	7		受	12		降	17		老
3		相	8		典	13		埋	18		即
4		利	9		執	14		暮	19		既
5		至	10		射	15		火	20		監

三、運用網路的古文字查詢資源，查出你的名字中，每個字的原意。如果有古文字形，也請寫下來。

王　甲骨：鋒刃向下之斧形，斧為軍權象徵，因以稱王

瀚　本義北海，表示廣大貌。

德　金文：彳象徵道路，強調正道。全字表示人在路上行走，目光直望向前，意會行為正直，有道德。

古文字之美學習單（學生作業）

漢字的形象性與文化心理

語言及文字不僅作為學習、思考、表達與溝通的基本載體，同時具有超越工具層面的意義。對於自身使用的語言、文字缺乏必要的認識，不僅在情感上是一件可惜的事，也直接影響到思考與表達的品質。相反，若對於自身所使用的語／文有更深一層的、系統性的認識，則有助於精準地思考與溝通。由於語文的特殊性質，影響不僅只在應用溝通層面，也擴及到思考能力與認知能力。關於語言及文字的知識，以及「如何用語言學習語言」、「如何用文字學習文字」等後設知識，應當是國文課重要的學習內容。

當「思辨」作為一種被刻意標榜的學習價值或者學習方式，恰恰反映教學現場普遍缺乏思辨。大部分時候，我們使用語文進行思考與溝通，對於語文的掌握，很大程度表現思考與溝通的能力。對我來說，國文課原本是不必要刻意強調思辨的，因為語文學習本身就應該是思辨的過程，一旦抽離了思辨，語文學習也就只剩下一副空殼子。

漢字作為單音獨體、象形表意的文字系統，與拼音文字有很大的差異。第一點，儘管時間或者空間的阻隔會造成語言的變異，漢字的書寫形態卻相對穩定，不隨語音變化而改易，異時異地的人依然可以使用同一套書寫文字系統（當然也需要透過必要的學習），完成知識與情感的傳遞。

另外一項特殊之處是，由於漢字豐富的形象性，產生了獨特的閱讀趣味甚至是審美趣味。有別於拼音文字一般只作為語音系統的符號化，漢字以視覺性的表徵方式保存著許多造字原初的創意，透過不同構件呈現出來，讓我們一窺古代的生活方式與思維傾向。曾經在某處看到，說西方語文及文化傳統中，「言說」的位階高於「文字」，中國文化傳統中「文字」的位階高於「言說」；又說西方語言是一種語言命題本位的語文系統，語法嚴格，長於邏輯分析，而中文是一種字本位的語文系統，字字堆疊，長於綜合理解。這話當然不無語病，推到極端處也會產生某種語言本質論的謬誤，然而這些觀點從跨語文、跨文化的視角，提醒我們意識到漢字的特殊性。

所謂以字為本位，強調的是徹底認識「字」的本義、引申義、比喻義等等不同層次的內涵，唯有如此，才能夠精準地理解與應用這套語文系統。這跟只從讀音來判斷詞義，或者根據現代的解釋硬套在古典文獻上很不一樣。在中文字的表現中，往往是先透過具體的現象或者身體知覺進行認識，然後才進入到抽象的概念。《說文解字》說造字時「近取諸身，遠取諸物」，就是這個意思。

我們可以用〈師說〉中的「道」字舉例。「道」這個字，它用作名詞可以有「道路」、「方法」、「最高的原則」等等意思，而這多重意思都從同樣的字形派生而來。「道」的古文字形象一人走在十字路口（行），用「首」代表人，「止」表示足部動作。所以這個字的本義是人走的路。道路連接兩個地方，所以「道」可以有會通、交流的內涵。透過道路人可以抵達另外的地方，因此又引申有「方法」、「途徑」的意思。更抽象一層來說，人必須走在道路上才能通往目的地，道路是人所應當遵循的途徑，因此「道」也指涉原理、原則，甚至宇宙人生中一切自然規律、人為規範，或者最高的價值，也都可以統稱為「道」。又因為「道」是人所共行，所以言「道」的時候，經常帶有普遍性、公共性的意思。從具體可感的字形符號出發，延伸到抽象的概念，我們可以看到「道」是如何從現實的世界通往價值的世界。

「道」的西周金文字形

「志」的戰國金文字形

再比如之前討論過的「志」，有些人可能直接從現代字形解釋說：志，士之心也，代表讀書人、知識份子要立志、要有理想性。這樣的解釋不能說完全沒道理，但如果根據古人的說法與古代字形來理解，可以達到不同的深度。「志」字的古文字從「之」從「心」，所以古人用「心之所之」來解釋。從「心」的字很多都帶有情感性或者精神性，所以「志」可能牽涉到人的情感、心理活動。另一方面「之」的古代字形「ㄓ」的字根象腳之形，後來分化成「之」（前往）與「止」（停止）兩個字型，也就是說可能兼含「嚮往」與「止在」兩層意思。所以「志」（心之所之）的內涵就可能兼有精神的活動與心思的持定兩義。明白這點之後，再去看孔子講的「志於道」、「志於學」，就會有更深刻的理解。

於是我們明白，許多詞語內涵是圍繞著文字發展出來的，如果欠缺必要的文字學訓練與詮釋能力，很容易輕率地將古文「翻譯」成現成的當代語言，或者視為一般語彙，在面對文字抽象性更強的古典文本時，就不容易讀出豐富的滋味了。這樣的語源學及語文學的詮釋路徑，不專屬於古代漢語，任何文化經典中的詞彙都積澱著豐富的意蘊，這些語文中的意蘊也成為學習者所繼承的文化遺產。語文教育的基本任務應當包含傳承這份遺產（人類的公共財）。

更何況，漢字裡頭有很多種這樣形象的、身體的隱喻，透過書寫系統保存下來，成為文化心理的一部份。對這個觀點有興趣的話，推薦參閱宋文里《心理學與理心術：心靈的社會建構八講》（心靈工坊，2018）

從文字到「文言文」

前一小節我們從大致了解漢字構形中語文符號的根本意涵如何延伸到文本中，這既是精準掌握語文工具所應具備的能力，也是將語文視為橋樑，以通往更深邃的理解性心智和文化沃土，所應具備的專業知能。這一小節將接續著中文的特點，談談「文言文」。必須先釐清的是，我們從語文的特質來談，而不是要討論特定的政治意識形態。

（一）「書面語」（文）與「口語」（言）

首先要建立一項基本概念：口說語言（spoken language）不等同於書面語言（written language）。由於漢字的表意性，言／文分離幾乎是中國語文自古以來的現象。大家習稱的「白話文」其實是指現代的書面語言，仍不是說話的直接紀錄，故稱之「文」。講現代，是與古代相對；講書面語言，是和口說語言相對。口語和書面語不同，重大的差別在於書寫語言具有比較強大的保守性，無論在詞彙、句法或者篇章組織上，都較口語表達來得穩固。其次，書面語言較口語更講究表現形式的修飾及美化。方言口語固然是生動活潑的，但是時間與空間的差異性大，反而不如書面語言具有實用性，能突破時間與空間的隔閡以傳遞訊息。

這樣子語／文分歧的系統，確實使得識字與學習的階段需要花費加倍的功夫。但是對於歷史文化的深度傳承，卻是有幫助的。在這方面，「文言文」的地位更形重要，也不應該受限於狹義的實用功能。

（二）文言文及白話文的內涵、功能

「文言文」的前一個「文」字有修飾、美化的意思，後一個「文」就是指書面語言。因此可以說，「文言文」是指古代一種特殊的書面語文，它不僅是口語的約省，同時又比白話文更附有修飾性。約省只是說字詞較口說更加簡練，修視則近一步注重語言的質地內涵以及形式上的美感。因此，文言文的抽象性比一般白話文高，更需要刻意學習。

再從另外一方面來看。無論方言如何不同，或者歷史語言如何變遷，口語上的分歧並不影響書寫系統穩定。這當然也與漢字可以離開實際的語言發音而表明意義有關。過往多語言、多民族、多文化的帝國賴以維繫，就是以這套漢字符號編織而成的文言文系統，提供了跨越時空的溝通條件與認同憑藉，建構起文化共同體。就個人的閱讀理解與文化涵養這端來說，文言文也形成很方便的平臺，可以突破古今音變與區域方言的影響，透過視象符號進行書面的溝通理解。

文言文與白話文在詞彙、句法方面固然有些差異，還不至於被視作兩套平行或斷裂的語文系統。用拉丁文之於現代歐洲語文來類比文言文之於白話文，並不妥當。使得文言文與白話文無法截然分開的主要原因，在於他們共享同一套書寫符號，也就是漢字。語言文字是活的，口語、白話文、文言文之間也不斷地新陳代謝、交融互涉。

（三）文言文對現代白話文的影響

就語言及文化的角度來說，莎士比亞的作品呈現了那個時代英語使用的高峰，也展現了英語文的質地與彈性，因此成為文學與文化的重要資財。文言文之於現代也有類似的啟發作用。文言文中的精華作品，積澱著文化中的養分，同時示範了漢語符號的表現力。學習文言文，不是在拾古人之牙慧，而是汲取其中的養分，學習漢語既往的修辭表現可能，這些養分與可能性，最後都將匯注在自身的語文素養中，成為這個文化系統發展、創造的必要條件。

所謂的「修辭」，也不是空有框架的套語，或者堆砌詞藻，而是展現漢語文精準而生動的表現能力。這樣的表現能力有助於情感與思想傳遞。可以說，文言文中演練了許多表現的手段，對於現代文的寫作者來說，提供了豐富的庫藏。

作為新式書面語的現代白話文，經過了百年的演練與推廣之後，已經取代文言文成為最通行的書面語言，也由於它與口語的關係更為貼近，助長了教育普及和知識傳播。這是中國語文發展史上的大事，值得更多關注與討論。

儘管如此，在這條語文的長河當中，白話文仍持續從文言文汲取滋養。民國以來許多擅長白話文寫作的名家，經常具備深厚的文言文功底。比方說提倡白話文運動的胡適本身受傳統私塾教育成長，古文底子很深。他提倡以白話文進行文學改革，也沒有否定閱讀文言文對於白話文的助成之功。再觀魯迅作為中國現代小說創作的先行者，寫得一手好白話文，也未嘗不得益於文言文的基本訓練。倘若他的作品全以家鄉的紹興口語書寫，倒真的會「言之無文，行而不遠」吧。

由上述例子可以知道，學習文言文並不會阻礙寫作白話文；甚至不妨往前一步推測，這些白話文名家能夠寫出清暢優美的白話文，與深厚的文言文基礎脫不了關係。

（四）文言文與白話文相互滋養

白話文運動的健將陳獨秀在〈文學革命論〉中提出鏗鏘有力的三大主張：「推倒雕琢的阿諛的貴族文學，建設平易的抒情的國民文學；推倒陳腐的鋪張的古典文學，建設新鮮的立誠的寫實文學；推倒迂晦的艱澀的山林文學，建設明瞭的通俗的社會文學。」這些見解對今天的語文、文學教育都還深富啟發意義。觀其句式整練，文氣沛然，詞語雅馴，若非深得文言文之三昧，實不易發此論述。

白話文初興的時候，周作人曾很敏銳地提出：「以口語為基本，再加上歐化語，古文，方言的分子，雜揉調和，適宜地或吝嗇地安排，有知識與趣味的兩重的統制，才可能造出有雅致的俗語文來。」他講的「俗語文」就是現在習稱的白話文。周作人也是自幼受舊學訓練，還能通英語、日語、古希臘語。由他質量可觀的翻譯工作，可看出從古典文獻中吸收養分進而鎔鑄出白話表達的痕跡。這段富有洞察力的見解提醒我們，要寫好白話文，不是直接的口語紀錄，需要一番調和轉化，而方言、外國語文、文言文都是可資借鑑的語文資產。這是很有啟發性的觀點。

比周作人稍晚的美學家朱光潛，從小上傳統私塾學習古文，後來留學英、法，精通外語，他的白話文造詣也非常高。〈從我怎樣學國文說起〉這篇文章，主張白話文應該要繼承文言文的遺產，觀點十分精闢。

近代詩文名家楊牧也主張文學和語言是累積的傳統，只有演進，沒有突變。楊牧甚至相信「任何人想把白話文寫好，也非有古文的鍛鍊不可」。

一流的「白話文」既能表現書面語言的嚴整優雅之利，而無枯澀造作之弊；既能表現口說語言的平易活潑之利，而無輕浮冗雜之弊。從「語」到「文」之間，有許多值得琢磨的地方。白話文固然在歷史的推波助瀾底下取得現代書面語言的領導地位，大有助於教育普及，但是要駕馭它成為形質俱豐的語文載體，仍要從文言文中汲養轉化。

另一方面，從教與學的角度來說，白話文的素養實有助於更深刻地詮釋古典文本的內涵。這不僅是單純刻版地「以今言釋古言」的訓詁解釋，而是透過現代白話文的語彙，詮譯出古文的思想與情感。過程中，同時琢磨了文言文的內涵，也延展了自身運用白話文的能力。對於中文這種字本位的語文系統，尤其是高度抽象性的文言文，必須先深刻透徹地理解單詞意涵，才能完整把握句子、段落與篇章的情思。所有理解上的努力，最後都會增幅對於漢語文符號的掌握及體會。這同時是語文、情感與思想的淬鍊。

文言與白話

文言白話之爭到于今似乎還沒有終結，我做過十五年左右的文言文，二十年左右的白話文，就個人經驗來說，究竟哪一種語言比較好呢？把成見撇開，我可以說，文言和白話的分別並不如一般人所想像的那樣大。第一，就寫作的難易說，文章要做得好都很難，白話也並不比文言容易。第二，就流弊說，文言固然可以空洞俗爛板滯，白話也並非天生地可以免除這些毛病。第三，就表現力來說，白話和文言各有所長，如果要寫得簡練，有含蓄，富於伸縮性，適於用文言；如果要寫得生動，直率，切合於現實生活，宜於用白話。這只是大體說，重要的關鍵在作者的技巧，兩種不同的工具在有能力的作者手裡都可運用自如。我並沒有發現某種思想和感情只有文言可表現，或者只有白話可表現。第四，就寫作技巧說，好文章的條件都是一樣的，第一是要有話說，第二要把話說得好。思想條理必須清楚，情致必須真切，境界必須新鮮，文字必須表現得恰到好處，謹嚴而生動，簡樸不至枯澀，高華不至浮雜。文言文要好須如此，白話文要好也還須如此。話雖如此說，我大體上比較愛寫白話。原因很簡單，語文的重要功能是傳達，傳達是作者與讀者中間的交際，必須作者說得痛快，讀者聽得痛快，傳達才能收到最大的效果。為作者著想，文言和白話的分別固不大；為讀者著想，白話卻遠比文言方便。不過這裡我要補充一句：白話的定義很難下，如果它指大多數人日常所用的語言，它的字和詞都太貧乏，絕不夠用。較好的白話文都不免要在文言裡面借字借詞，與日常流行的話語究竟有別。這就是說，白話沒有和文言嚴密分家的可能。本來語文都有歷史的延續性，字與詞有部分的新陳代謝，絕無全部的死亡。提倡白話文的人們歡喜說文言是死的，白話是活的。我以為這話語病很大，它使一般青年讀者們誤信只要會說話就會做文章，對於文字可以不研究，對於舊書可以一概不讀，這是為白話文作繭自縛。白話文必須繼承文言的遺產，才可以豐富，才可以著土生根。（節錄自朱光潛〈從我怎樣學國文說起〉，《朱光潛全集》，安徽教育出版社）

君子必辯：一堂角色扮演的辯論課

十二年國教國文領綱，國語文的學習表現分為「聆聽」、「口語表達」、「標音符號與應用」、「識字與寫字」、「閱讀」與「寫作」六項。其中「口語表達」項目在高中階段的學習表現，包含「討論過程中，能適切陳述自身立場，歸納他人立場並給予回應，達成友善且平等的溝通」；相應的「聆聽」項目則明示「能辨別聆聽內容的核心論點、議論立場及目的，並加以包容與尊重」。這種層次的「聽」與「說」，顯然不是日常閒聊，也不僅是關係著個人生活的選擇，而是關係著公共生活或者公共議題的討論。

辯論正是訓練這種嚴肅的「聽」與「說」能力的重要方法。辯論期待學生表達的不只是「我覺得」，而是「我主張」；前者主要是抒發個人的感受與想法，後者側重於提出觀點並且舉證論述。在這個意義上來說，辯論是思考與論理的訓練。

這次辯論的課程設計，教學重點放在教導學生認識基本的「論證」形式。學生必須學會一項「論證」包含了「論點」（所提出的主張、看法）、「論據」（用來支持該主張的材料，可以是事實、經驗或者資料等等），以及兩者之間邏輯關聯性。在現場辯論之前，學生必須根據自己的論題，先準備資料，完成學習單。學習單的重點在於分別「論點」與「論據」。不論自己的立場是正方還是反方，都必須先思考兩方立場的可能論點，蒐集論據，甚至進一步在腦中沙盤推演，該怎麼反駁對方可能的論點，或者舉出讓對方無法自圓其說的反例。

配合著「語言與文字」這項課程主題，我擬出的三項論題是：1. 漢字應該拼音化（使用拉丁字母的拼音作為書寫系統）；2. 漢字應該簡化（使用中國現行的簡體字系統）；3. 國民教育應該必修文言文。我希望學生在準備辯論的過程中，吸收相關知識，並且藉由現場的交流論辯，更加釐清觀念。關於國文課上的語言探究，推薦參考吳媛媛《上一堂思辨國文課：瑞典扎根民主的語文素養教育》（奇光出版）第三章。

我沒有依循目前常見的幾種辯論比賽規則，而是讓學生抽選角色卡，設想該特定角色的生活經驗，可能會怎麼支持或者反對那項論題。這種作法使得原本可能緊張凝重的賽事氣氛，轉化成輕鬆趣味而生活化。我也發現這種角色扮演的方式，隱蔽了「個人」的意見，不僅可以減少針鋒相對的擦槍走火，更能有效抽離自身位置而進行生活中的換位思考。

（原文發表於2018年1月29日臉書專頁「故事：高中國文365　」。原文及課堂短片請參考下列網址。）

輯二 · 讀寫，故我在

五、文本探究的基礎：核心問題與思辨閱讀

文本的理解與探究，是國語文閱讀的關鍵能力。提出有意義的核心問題，能串連起不同的文本、或者文本中的不同片段，深化概念，增強理解。探究的過程中，思辨閱讀能喚起主動性，練習與文本對話，進而在閱讀中建構意義。（本文初稿發表於 2017 年 9 月 24 日）

欣賞他人，認識自己

第一課是《世說新語》。我跟學生說，這本「志人小說」最精彩之處就是人物描寫；你不必知道「志人小說」的諸多專業知識，也不必細究書中的文史知識，而要注意看它怎麼寫人。這裡強調「人物描寫」，重點也不是放在寫作手法，而是透過文本閱讀，學習欣賞不同人物的性格與風神。「風神」拆開來說就是風采、神態，用來形容人的時候也就是人格特質，尤其指的是一個人與眾不同的精彩氣質。「風」強調出靈動、不凝滯，「神」是說不受到既成的規範或價值所約制，因此足以展現那個人獨特的精神特質或者生活態度。我們常說一個人樂觀／悲觀、內向／外向、輕鬆／嚴肅等等，這些思維習慣、情意傾向或者行為態度，都是對人格特質的描述。人格特質通常會在特定的情境底下，透過言語、行動等方式流露出來；反過來說，「聽其言而觀其行」（《論語》）就可以幫助我們理解人的特質。當我們說一個人獨具「風神」的時候，是說他展現出了精彩的特質與風格。中學階段讀《世說新語》，我想問的核心問題是：能不能夠看見書中人物的獨特性？從而學習去欣賞生活中每個人物的個性？並且認識自己的性格特質？如果可以，就稱得上「會讀書」了。

魏晉是自我個性解放的時代。傳統的名教觀念，或者說東漢以來因襲的一套固有的價值體系，逐漸崩解，人的個性與自我的價值於是開展。這個時代高度重視個性。他們所重視的個性表現在一種「不改常度」的「雅量」。此處的「雅量」不是一般解釋中寬宏的度量，而帶有一層「做自己」的意味，從容淡定，不因為流俗的眼光刻意造作，也不因為突發事故而慌亂無措。例如，郗太傅派人到王家選女婿的時候，王羲之「在東床上坦腹食，如不聞」，就是這種「不改常度」的表現。

高中階段讀《世說新語》，我預設的教學目標是希望學習者學習欣賞書裡頭各種人物的獨特與精彩，並且也試著用「欣賞」的眼光看高中的新同學們。說「欣賞」是強調能夠辨識出每個人的個性與特質，先不論自己喜歡或者不喜歡，也不論與自己相同或者不相同，都予以尊重。同時在這樣的「欣賞」過程中，慢慢自覺到自身的個性與特質。

觀察《世說新語》目錄的篇目表，從所佔篇數很多的「品藻」、「賞譽」可以直接看出當時人物品評的風氣非常盛行。另外篇數很多的「言語」、「文學」也呈現出人物

透過言語談辯所表現出的個人才性極受重視。其餘篇名也大抵是從人物的言行表現或者性格特質進行分門別類。凡此種種，可以一窺當時候對於人物性格的重視與欣賞。

我憶起一段教學往事。93 學年完成教育實習之後，我曾受邀到國立師大附中國中部短期代課，那是非常愉快的教學經驗。上完《世說新語》這課，我安排的寫作練習就是讓學生仿照文章寫法，描寫一個事件中特定人物的言語及行動，刻劃出班上同學的形象與性格。後來到高中任教，也常搭配選文出這道寫作練習，用意是讓學生更敏銳地觀察與欣賞周遭人物。作業分享之前先徵詢寫作者與「文章主角」的同意。同學看到身旁熟悉的人物成為「教材」，上課更加專注與活絡。進一步還能夠引導學生思考，「別人眼中的我」與「我眼中的自己」有怎樣的異同。

大學時代聽張蓓蓓老師講《世說新語》，第一節課老師就提到《世說新語》中「樝、梨、橘、柚，各有其美」的句子，是說那四種植物的外形或者果實，形狀不同、顏色不同、氣味不同，但是各有特色，都有無可取代的好。

連結到教學現場，剛上高中的學生，對新同學好奇，也開始會強烈地渴望探索自我、了解自我，因此我從這個概念切入講《世說新語》，期待學生看一個人的時候不必立刻從優／劣、高／下的角度對他進行價值判斷，重要的是能夠辨識出每個人與眾不同的特質。在這樣的過程中，也期許自己更加瞭解自己，覺察並且接受自己的特質。

提出一個啟動探究的好問題

教師究竟該怎麼將自身的閱讀理解，以及期待達成的教學目標，轉化成學生受用的學習經驗呢？拿《世說新語》來說，這本內涵豐富的書，容許從很多層面或觀點加以深掘探勘，除了文學史角度之外，像是魏晉的士族政治、玄學思想，都值得介紹給學生。然而中學國文課畢竟與大學中文系的專書選修課有別，我們不可能將所有好東西全部擺進課堂，不可能一一照應文本內外的各條脈絡；就算真拿得出來，學生也未必有能耐消受。更何況我們都知道，關鍵不是教師「拿出來」什麼，而是透過教學傳化，讓學生「吃進去」，獲得有意義的學習經驗。

為了創造有意義的學習經驗，第一步，就是提出有意義的問題，讓這個問題成為課程單元的馬達——引起閱讀的興趣、刺激主動的思考、連結多樣的文本、激發更多的問題，藉以組織學習目標與學習活動，最後，有助於建構學習的意義。我們可以用「核心問題」（essential question）來稱呼這樣的提問。

國文課的核心問題可能在教學單元一開始就強調出來，也可能隨著文本分析的歷程而層層揭露。一個教學單元可以設置許多個核心問題，但建議一堂課選擇 1-2 個包含主要概念的核心問題就好，實際的教學內容經過分析與綜合之後，可以轉換成其他的問題類型，藉由書面或者口頭的方式帶入教學現場。

我提到的「核心問題」，可以常識性地理解成閱讀文本時所提出的最重要的問題，既是向文本提出的問題，也同時是讀者自己向自己提出的問題。只不過「核心問題」也可以是課程與教學的專業術語，尤其在進行探究式教學的時候，這個概念格外重要。

曾有一名國文教師問我：國文科也可以進行「探究與實作」嗎？我篤定地回答：當然可以！事實上，無論是用詞語概念表達的陳述性知識（declarative knowledge），或者所有的聽、說、讀、寫、做等歷程性知識（procedural knowledge），都可以探究與實作。「探究」（inquiry）既是國語文綱強調概念，也是學科能力測驗設定的目標。「文本的理解與探究」是學測國文的測驗向度之一，「篇章結構、敘寫手法的探究」是小學高年級以後一直到中學的學科教學重點。國語文課綱的基本理念明白指出語文教育與探究的關聯：

> 語文是社會溝通與互動的媒介，也是文化的載體。語文教育旨在培養學生語言溝通與理性思辨的知能，奠定適性發展與終身學習的基礎，幫助學生了解並探究不同的文化與價值觀，促進族群互動與相互理解。

探究最基本的意思，是教師不直接提供學習內容或結論，而是安排有意義的學習環境，鼓勵學生發現問題、蒐集資料、分析資料、思考問題。探究不只發生在科學實驗室或者手作課程，也不只發生在學術情境，生活情境中充滿了探究機會。探究是出於好奇，想要獲得答案。探究的過程也是知識生成與建構的過程。以閱讀及寫作來說，只要不是機械式的記憶、背誦與抄寫，而鼓勵學生在讀寫過程中憑藉著經驗、資料或工具去思考問題、解決問題，就已經帶有探究意味了。要讓探究、思考成為習慣，不需要刻意標榜他們多麼高不可攀，相反地，要幫助學生相信探究、思考是每個人都有的能力。至於更狹義的、需要講究更多方法與程序的「專題探究」，則是另外一個問題。

探究起於好奇與疑問，因此，如何提出好的問題就成為探究式教學的重要基礎。《核心問題：開啟學生理解之門》（侯秋玲、吳敏而譯，心理出版社，2016）一書深入討論了核心問題與探究教學的關係，並且針對如何應用核心問題進行課程設計，如何建立探究式的教室文化，提供了非常簡明可行的建議。

我們不必糾結「核心問題」的定義，也能在教學過程中體會到「提問」的龐大力量，進一步在教學中探究：問題有哪些類型？提問的目的是什麼？書面提問與口語提問有什麼差別？怎麼樣是一個好問題？如何提出有意義的問題？提出問題之後如何引導學生持續思考與表達？……

核心問題不一定直接等同教學目標，但可以說它替教學目標打了一盞光，或者替教學目標圈出一個範圍。用比喻來說，提出核心問題像是從燈塔照出一束光，讓某些黑暗中的東西被看見，讓學習者有前行的方向；提出核心問題也像是替船隻定錨，讓船隻在特定的範圍中浮游，學生的心智因此不會漫無目的地漂流。

核心問題的七項定義型的特徵

一個好的核心問題——

1. 是開放性的；亦即，它通常不會有一個單一的、最終的和正確的答案。
2. 能夠刺激思考與挑戰心智，經常會引發討論與辯論
3. 需要高層次的思考，比如分析、推論、評價、預測。沒辦法單憑記憶來有效回答它。
4. 指向學科領域裡面（有時是跨學科領域）很重要的、可遷移應用的想法。
5. 引發另外的問題，並引燃更進一步的探究。
6. 要求支持證據和正當理由，而非只給一個答案。
7. 隨著學習發展的時間重複出現；亦即，核心問題可以也應該一而再、再而三的重複思考。

（侯秋玲、吳敏而譯，《核心問題：開啟學生理解之門》，心理出版社，頁 4）

與文本對話：還原問題

提出核心問題，錨定了學習重點與學習價值之後，我先帶學生閱讀課本「題解」。在教學次序方面，我一般習慣跳過「題解」與「作者」，先直接閱讀文本，之後再從「題解」與「作者」欄位，進一步說明寫作的背景知識與選文的特色。但這課的處理方式不一樣，我選擇先帶學生先讀「題解」，一方面複習學生國中階段已經學過的相關內容，二方面希望示範思辨閱讀的基礎方法。

「思辨閱讀」（critical reading，或者稱為「批判性閱讀」）具有不同層面的意義。臺灣課綱中的課程總目標，就包含「閱讀各類文本，提升理解和思辨的能力，激發創作潛能」。我使用「思辨閱讀」這個詞彙，主要是強調讀者作為主動的閱讀者，與文本進行對話，進一步進行評估與省思。

印給學生的學習講義上頭，左欄是課本內文的「題解」，右欄是訓練學生閱讀與理解的提問。透過明確而聚焦的問題設計，引導學生理解「題解」的內容重點，並且提供書寫表達的機會。問題不難，用意不在於讓學生發揮想像、馳騁辭藻，而是練習精準地理解問題，清晰地陳述想法。養成國語文能力，需要持續地閱讀與書寫，將思考表述成文字，點滴蓄積，絕對不是聽聞了某種方法之後就能豁然開竅，也不是經歷過某個感動的、靈光乍現的瞬間就能文理條暢。

所謂的「讀題解」並不是逐字逐句地照念過去，而是理解每一句話的訊息內涵。我期許學生當一名主動的閱讀者。閱讀不只是被動地接受作者的說詞，將文字從書頁上複印到自己的腦袋，更需要主動去理解文本的意涵。訓練自己主動閱讀，一種簡便又有的效方式，就是將語句還原成問題。將每句現成完整的句子都當成是特定問題的答案，還

原它背後的問題。也就是懂得問作者（或者文本）「想說什麼」，而不是只看到作者（或者文本）「說了什麼」。

比如說，題解第一句「本文選自《世說新語》」，還原成問題之後是「本文的出處是哪一本書？」學生被要求依循這樣的思考方式，將整篇題解依序還原成不同的問題，並且在學習單上寫下來，相互討論。這項任務不難，卻可以透過與文本的問答與對話，開始練習批判性的閱讀。

分辨文章的內容大意與旨趣

透過閱讀「題解」，我希望教學生的第二項基本閱讀能力是分辨「文章內容」與「內涵旨趣」這兩項不同的層次。譬如題解文字這樣解析第一則選文：

> 記敘晉明帝回答其父太陽與長安孰遠的問題，既表現其聰慧，又能在機智的問答中表達沉痛的故國之悲。

其中「記敘晉明帝回答其父太陽與長安孰遠的問題」是概述文章內容大意，而「表現其聰慧」與「在機智的問答中表達沉痛的故國之悲」則是編寫者對於本則選文內涵的詮釋。這裡說的「詮釋」，是指將文章字面沒有明白陳述的意思表露出來，與透過簡單文字來解釋複雜、艱深文句的「注釋」不同，理解的深度也不同。

進一步解釋，「內容大意」是文本的表層訊息，關於素材內容；「內涵旨趣」是讀者的理解與詮釋，涉及到批評與鑑賞。一名主動的閱讀者，要能夠區辨出這句話中包含的兩層意思。

第二則「任誕」篇與第三則「惑溺」篇的選文述評，也都能區辨出這樣兩層基本的訊息。為了讓同學理解兩者的差異，我舉他們耳熟能詳的故事與電影為例。最後總結說，如果作者是透過「Ａ」這樣的故事內容與情節，表現（暗示、寄託……）出「Ｂ」這樣的意涵，這樣的情況底下，「Ａ」就是文章的內容大意，「Ｂ」則是文章可能的內涵旨趣。

解釋完之後，我問學生兩個問題：當有人問「這篇故事在說什麼」的時候，你覺得他問的是故事內容大意，還是想知道你如何解讀故事的內涵呢？如果今天給你讀任何一篇文章（特別是故事體文本），要求你用一句簡潔的話，仿照題解這樣的寫法，分別說出那篇文章的內容大要與旨趣，你能夠做到嗎？

課本寫的一定對嗎?

閱讀這課的「題解」，我希望教學生的第三件事情是：課本寫的內容也可以質疑。例如課本寫道《世說新語》「起自德行，終於仇隙，以篇名寄託褒貶之意」，這樣說對嗎？《世說新語》真的有以篇名寄託褒貶嗎？標準何在呢？能舉出證據支持或反駁嗎？

課本選錄了三則《世說新語》的篇章，其中第一則選自「言語」篇，第二則選自「任誕」篇，第三則選自「惑溺」篇。如果「言語」帶有褒貶義，請問這篇關於父子、君臣之間的兩段對話，是在「褒」誰、「貶」誰？如果「任誕」帶有褒貶義，請問王子猷夜訪朋友戴安道，這則記載究竟是「褒」還是「貶」？如果「惑溺」帶有褒貶義，請問王戎與妻子的夫妻對話究竟又是在「褒」誰「貶」誰呢？這些問題彷彿激起學生「挑戰課本」的動力了。於是我下達教學指令：你們可以自己先瀏覽一下課本的選文，文章不長，字句也不難。（有些同學開始自己翻課本讀文章了。）過了兩分鐘之後，我打斷學生的閱讀，告訴他們這個問題暫時保留，有想法的話先放在自己心上，等我們更仔細讀過文章之後再回過頭來想想。

總結這段討論：我想跟學生說的是，不要因為課本這樣寫，就認為對，對或不對要根據理由可靠與否來判斷；但也不要以為老師批評課本，講的就一定對，要評估我說的究竟有沒有道理，解釋的效力夠不夠強。判斷的依據要來自於文本事實，運用理性思辨，得出可能的解釋。課本也好、老師也好，都有自己的見地，連帶著偏見，僅提供一種可能的理解方向，不見得是唯一的或者最好的。如果學生真的還沒有自己的想法也不要緊，不妨先留存不同的說法，不急著下評價，精讀文章之後，說不定會有更清楚的想法。往後若有興趣，去看整本《世說新語》，根據更完整的閱讀經驗，做出來的判斷可能又會不一樣。

有沒有可能《世說新語》的編寫者並沒有「寄託褒貶」的意思，而只是從人物的言行著眼，將諸多條目編列在不同的篇名底下，呈現當時人物豐富的面貌與不同的特質而已呢？我不打算再深究《世說新語》「以篇名寄託褒貶之意」正確與否，但忍不住借題發揮：國文課本的「題解」和「作者」，很多既成說法過度泛道德化了，編寫者先預設選文（應該會、應該要）具備某種程度的道德教化取向，然後再根據自身觀念（而非文本性質與時代脈絡），劃定文本的意義範圍。課本的判斷能否成立是一回事，教科書能否表達價值立場也可以討論，單純從閱讀的角度來看，直接要學生接受特定答案，等於削減了探究、思考的機會，並且剝奪隨之而生的閱讀趣味——那樣的趣味不僅停留在「聽歷史故事」、「聊古人八卦」，而是學生與文本對晤的時刻，唯有如此，才能在心智上達成深度理解。

同樣地，可以讓學生回頭去想想，國中課本選錄「王藍田食雞子」與「鍾毓鍾會少有令譽」兩則故事，真的是要貶抑王藍田的「忿狷」，並且以「吉人辭寡、躁人辭多」分別兄弟兩人高下嗎？有沒有可能就是「呈現」時人不同的氣質、稟性與風度而已呢？這些問題都是可以辯論的，重點不在於答案是什麼，而在於透過思辨訓練，養成接受訊息時的敏感度，以及根據事實加以推理、判斷的思維習慣。

如果我們同意閱讀教學重在開啟思考，而非提供現成結論；學生要學習的是如何增進理解能力，而非獲取既定的知識內容，那麼，提供更多具體的例證、真實的文本，拋出有意義的問題、可能相互衝突的觀點，能讓學生有機會與文本獨處、對話，而不要太著急地給出「標準答案」（如果真有的話），無疑是更理想的引導方式。

提出疑惑與追問

儘管能將題解的文字內容還原成問題，藉此與題解文本展開對話，就能說自己「讀懂」題解了嗎？「讀懂」其實有很多層意思，還原問題之後仍然不見得能正確地分析與解釋問題。運用探究與思辨的方式閱讀題解，可以提出很多問題，這些都可以訓練學生在課堂上進行探究與思辨。

根據我的課堂教學經驗，提供教科書出版社的諮詢經驗，以及參與過奇異果版課本編輯團隊的經驗，我必須說「讀懂題解」是很困難的事。在目前的體例與書寫要求底下，「題解」的寫法很難讓學生自學看懂，需要教師提供提供更多背景知識，加以引導與解釋。

我問學生說：「你們真的看得懂題解嗎？有沒有問題呢？」沒人發言，大家似乎都覺得沒問題。於是我繼續說：

課本寫「東漢以來，世人喜好品評人物」，難道你們不會好奇嗎，什麼叫做「品評人物」？為什麼是「東漢以來」才出現的風氣？（這要講到漢代的察舉制度、東漢尚名節的士風。）

課本寫「魏晉時代又崇尚清談」，你們會不會問什麼是「清談」？為什麼是魏晉出現的時代風尚？（這要講到東漢末年的清議、東漢末年以後的政治動盪與社會不安、以及從《老子》、《莊子》、《易經》提出的問題與思考。）

課本寫「書中所記多為東漢至魏晉間名士的言行談辯、軼聞趣事」，特別強調「多為」是不是代表有例外？另外什麼叫做「名士」？（那些人能被稱作名士？那是怎樣的社會人物流品？他們擁有怎樣的生活方式與品味？）

課本還說全書文字風格「清俊簡麗」，

文本探究與思辨閱讀教學提問示例

探究式的教學鼓勵學生觀察現象、發現問題、解釋資料並且提出證據來支持自己的想法。探究性質的閱讀當然也需要批判性思維。例如，提供學生《世說新語》的篇目表以及各篇章的數量，就能夠設計出類似下面的探究性問題：觀察這張表，推測這本書的內容特質與時代背景有何特色？你的推測能夠獲得相關的資料支持嗎？有一種說法認為《世說新語》「起自德行，終於仇隙，以篇名寄託褒貶之意」，你同意嗎？能夠從書中的篇章中舉例支持你的觀點嗎？

篇名 / 篇數	篇名 / 篇數	篇名 / 篇數	篇名 / 篇數	篇名 / 篇數	篇名 / 篇數
德行/ 46	識鑒/ 28	豪爽/13	賢媛/32	排調/65	忿狷/ 8
言語/108	賞譽/156	容止/39	術解/11	輕詆/33	讒險/ 4
政事/ 26	品藻/ 88	自新/ 2	巧藝/14	假譎/14	尤悔/17
文學/104	規箴/ 27	企羨/ 6	寵禮/ 6	黜免/ 9	紕漏/ 8
方正/ 66	捷悟/ 7	傷逝/19	任誕/54	儉嗇/ 9	惑溺/ 7
雅量/ 42	夙慧/ 7	棲逸/17	簡傲/17	汰侈/12	仇隙/ 8

資料來源：數位經典 https://www.chineseclassic.com/people/suso/ch01.htm

你們能連結選文，用自己的話解釋什麼叫「清俊簡麗」嗎？（「清」「俊」「簡」「麗」分別是什麼意思？能從字面上說明或者以讀過的《世說》文本為例說明嗎？）

課本編寫的過程字斟句酌，出版之前又經過審查，內容大抵是有根據的，不容易寫錯，但是可能由於體例與篇幅限制，寫得不夠詳盡，或者無法周全不同的觀點。也有可能，課本書寫的用意原本就不在讓學生自學，而期待教師加以以補充、引導。

無論如何，練習成為一名主動的閱讀者，進行批判性閱讀的時候，可以提出來探究、思辨的問題很多。學生如果問不出來，老師可以示範怎麼問。這樣的閱讀習慣其實也就是思考習慣，值得多練習幾次，養成學生接收文字訊息的敏感度。當這些疑問發生，學生試圖根據自身已有的經驗或者資料提出答案，如果不足以解決問題，再嘗試去搜尋更多資料或者請教老師，於是，探究與思辨也就發生了。

思辨，或者說「批判性思考」

語文是社會溝通與互動的媒介，也是文化的載體。語文教育旨在培養學生語言溝通與理性思辨知能，奠定適性發展與終身學習的基礎，幫助學生了解並探究不同的文化與價值觀，促進族群互動與相互理解。（節錄自普高國語文領綱）

上述是國語文課綱的基本理念，它開宗明義地界定了語文的性質、功能，揭櫫了語文教育的目的及願景。這段陳述強調國語文教育應該重視理性思辨、反省思辨與批判思辨。從詞語觀之，「思辨」會讓人聯想到《中庸》所提出的「博學之，審問之，慎思之，明辨之，篤行之」，這段話可以詮釋為從知識探究到知識實踐的行動歷程，而「思辨」即為行動過程中思考、分析與判斷的心智活動。

除了這層意思，「思辨」在現代語境中經常可與「批判性思考」（critical thinking）畫上等號。根據當代心理學與教育學者的研究，批判性思考指的是一系列有目的進行反思性判斷的心理認知活動。訓練認知思考與訓練身體肌肉一樣，有方法也有技巧。學者們歸納出六項批判性思考的核心技巧，包含：解讀（interpretation）、分析（analysis）、推論（inference）、評估（evaluation）、說明（explanation）、自我調節（self-regulation）等。詳細內容可以參考底下的連結。

每項批判性思考技巧都涉及更豐富的思考概念與思考活動，它們可以透過提問被引發。善於引導學生批判性思考的教師，往往能夠釐清這些思考性詞語的內涵，並且適當地融入自己的教學活動。在教學中適當運用思辨的詞語，能夠促進學習的心智活動，有助於提升學生的思辨能力。你能從本書的課程案例中發現教師在哪些地方使用了哪些思辨的語言嗎？

六、何謂寫作？為何寫作？如何寫作？

將「寫作」（書寫表現的歷程）與「寫作測驗」（檢視寫作能力的評量）混為一談，是長期以來寫作教學的嚴重問題。這篇文章採取對學生（「你」）說話的口吻，說明關於寫作的基本概念與知識。（本文初稿完成於 2023 年 2 月）

螞蟻、蜘蛛與蜜蜂：寫作的隱喻

寫作是什麼？讓我們從一則比喻開始。

英國哲學家培根（Francis Bacon,1561-1626）曾用三種動物行為來比喻做學問的不同方法：第一類是「螞蟻囤糧」，自歷史或者自然經驗中收集材料，原原本本地保存下來；第二類是「蜘蛛結網」，只靠自身的本能與心智，建構出細密的體系；第三類是「蜜蜂釀蜜」，從外面汲取素材，再運用自身能力將原料轉化為鮮新鮮的產物。培根認為「蜜蜂釀蜜」是比較理想的方式。

我們腦袋稍微轉個彎，將這三種動物行為分別隱喻成不同的寫作狀態。「螞蟻囤糧」式的寫作，意指從記憶與經驗中提取素材，再原封不動地搬移到稿紙上；「蜘蛛結網」式的寫作，暗示不依賴現實經驗與外部訊息，僅憑藉自身的推理與想像編織文辭；「蜜蜂釀蜜」式的寫作，則隱喻擷取外部經驗作原料，再透過自身的吸收與轉化，醞釀出獨具風味的篇章。

三者當中比較理想的寫作狀態是「蜜蜂釀蜜」。單純「螞蟻囤糧」，就像只知道背誦名言佳句、復刻現成套路，或者直白陳述事實經驗，流弊是文章缺乏自身的觀點、感受與詮釋；單純「蜘蛛結網」，盲點為虛浮不實，又由於缺乏真實經驗作為寫作基礎，因此文章容易耽溺於個人感受與偏見。相較於前兩者，「蜜蜂釀蜜」不光是汲取現成的花蜜，搬到蜂巢儲存起來，也不僅是守在蜂窩，靠自身本領分泌蜜質，而是先到外頭尋找蜜源，再由內部轉化生成蜂蜜。蜜蜂所釀，統稱曰蜜，成分與滋味卻不相同，既與外頭採集到花粉、花蜜的品類有關，也與蜜蜂自身的屬、種有關。

「蜜蜂釀蜜」的寫作隱喻提示我們：寫作是複雜的過程，需要個體內在與外在環境交互作用，又經過時間的蓄積醞釀，才得以完成。

儘管這樣的說法可能與你目前的寫作經驗大異其趣，但我希望你明白：寫作起源於表達與對話的欲求，它促使你從記憶與經驗中提取素材，加以轉化、組織，而後因應外部的環境，選擇適當的詞語，完成有意義的溝通與交流。寫作的核心的價值，便是完成有意義的溝通與交流（不論對象是自己或者其他人）。接下來將提供文獻的佐證與學理的論述，闡明這個觀點。

寫作是認知與思考的歷程

提到寫作，一般的定義是：運用文字媒介進行表情達意的活動。這麼說沒毛病，但仍然不能解釋「書寫活動」背後複雜的心理狀態與心理機制。

什麼是寫作？寫作的時候發生了什麼？中國古代的文學批評經典《文心雕龍》已經回答了這個問題，並且有生動的描繪及分析：

> 因此，要醞釀文章的情思、發展文章的想像，最重要是能虛心持靜，摒除內心的雜慮與成見，這樣子人清明無限的認識能力才能獲得洗淨。接下來，需要累積學識及經驗，如同儲藏珍稀的寶物；明察事理，用探究與思辨來豐厚自身的才學；深入地連結這些素材，進行徹底的審視與理解；依據心得感受，用流暢的語言文字表現出來。如此一來，深富創造與想像力的精神主體，會找到和諧的聲音節奏、文字意象來進行文章創作；如同契入妙道的工匠，根據心中浮現的意念形象而揮動斧斤。這就是文章創作的首要方法、文章經營的重要起點。

這段話出自《文心雕龍》〈神思〉篇，指出寫作（不只是狹義的文藝創作）是一系列複雜的心理歷程，情感、思考、想像、經驗、學識這些認知要素，連同語文的節奏與意象，在寫作者身上交互作用。

直到近代，認知心理學家透過科學論述與實徵研究，提出了寫作的認知歷程模式（cognitive process model），進一步描繪並解釋了寫作的心理歷程。寫作可以視作一項目標導向的行為歷程，寫作者的目的是完成任務，在這樣的活動中產生了複雜的認知思考。整個模式可以參考下圖。我建議你先瀏覽歷程圖，評估哪些項目你能理解，哪些項目是你覺得陌生、疑惑的。

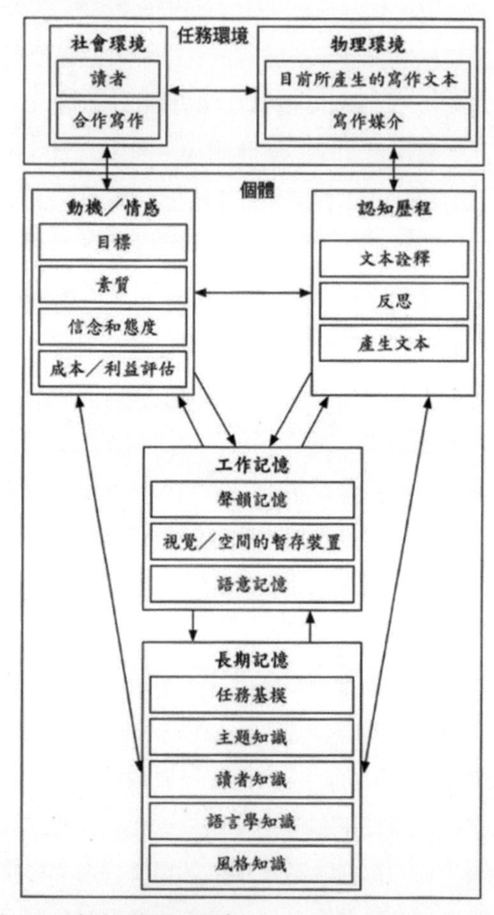

Hayes 的寫作認知歷程模式

資料來源：轉引自劉佩雲，《教出讀寫素養》，心理出版社，2018，頁 118。）

希望你不會被這麼多陌生的專有名詞嚇到，而是驚喜地發現：寫作原來是一件那麼充滿挑戰而且了不起的事！你也許會疑惑，知道這些名詞概念難道就能寫出好文章嗎？

我不敢斬釘截鐵地回答，然而能確定的是：有意識地覺察與調度這些內容，將幫助你成為更自覺的寫作者，這意味著，你將更主動地投入寫作，從而創造屬於你的意義。一旦成為自覺的寫作者，就更可能享受寫作帶來的「思理為妙，神與物游」（《文心雕龍》）的樂趣，以及成就感。

以下分別就寫作的認知歷程模式中的「任務環境」、「認知歷程」、「動機／情感」以及「工作記憶／長期記憶」四方面扼要說明。

（一）任務環境：

寫作的任務環境包含社會環境與物理環境兩個部分，兩者都是指向寫作者外面的環境，而不指向寫作者內在的心智。「社會環境」首先牽涉到讀者，這就提醒我們寫作時要有讀者意識，針對不同讀者的需求、背景與條件，採取不同的溝通方式；其次，社會環境也與合作的寫作者有關，比如說參與一項集體創作計畫，與研究夥伴聯名發表論文，或者與你的老師、同學們討論如何修改文章。「物理環境」包含了目前產生的文本，比如說你會在筆記或者草稿上增補、修改，以呈現出思考歷程；此外，應用不同的寫作工具及媒介，例如國寫稿紙、圖畫海報、典雅的信紙、電腦文書程式……，都會影響構思、生產與修改的歷程，這也是「物理環境」影響寫作。

（二）認知歷程

這部分比較貼近一般經驗的寫作歷程，為了方便你理解，容我姑且將原本學術文章中使用的「文本詮釋」、「產生文本」、「反思」這些學術語彙，轉化成學校裡通用的寫作語言。這裡對應到的差不多就是「構思」、「書寫」與「修改」三項寫作階段，以下分別說明。首先，「構思」包含了決定寫作目的與寫作對象，以及替「寫什麼」（立意取材）與「怎麼寫」（組織結構）擬定大綱。其次，「書寫」是將腦海中抽象的想法寫定成文字，這個步驟你必須整合自身的經驗、認知與感受，並且調度所有與主題相關的內容知識與寫作知識，脫胎成文字。最後，「修改」包含了對於文章從內容、結構、詞句到標點符號與格式的修訂。值得注意的是，修改不只是完稿之後的潤飾，也包含寫作過程中的「反思監控」，意思是說，寫作的時候你會隨時檢視自己的寫作狀態，並作出適當的回應、調整。相關的研究顯示，熟練的寫作者通常會進行比較多自我修正，並且內化成可以遷移的寫作素養。

打個比方，「構思」就像室內設計師在施作之前先畫好設計藍圖；「書寫」就是實際動工施作；「修改」是施工細部的更動與裝修。設計藍圖及實際施工的過程中，當然可以視情況隨機修改。

從寫作步驟來看，三者似乎有先後次序的關係，先要「構思」，繼而「書寫」，最後「修改」。教學上為了方便，也常這麼說。然而，就實際的寫作體驗，或者從心理認知的角度來說，三者互相作用。我們可能在書寫的過程中重新構思，隨時修改；也可能在修改的時候微調文章的素材、架構與詞句。人的心智是活潑流動的，寫作歷程也一直是動態的交互作用，不只是單向線性的發展。

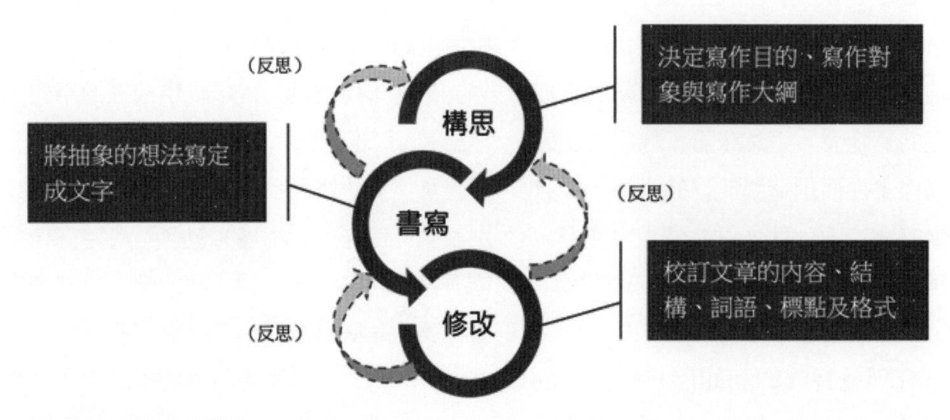

寫作認知歷程對應的寫作階段

（三）動機／情感

讓我替你摘要目前的重點：上述第（一）點討論，說明寫作不只是個人行為，而是社會互動行為，很多時候寫作牽涉到自己以外的人、事、物；第（二）點告訴我們，寫作不只是起點與終點固定的書寫行為，還是複雜的心智活動歷程。現在要加上第（三）點：無論從社會互動或者心智活動來看，寫作都離不開動機與情感；具體言之，寫作者的目標、信念、評估、動機與情感反應，都會影響寫作的投入程度以及採取的策略。

舉例來說，當你在寫一封送給好朋友的生日卡片，或者在填寫一張受處分的自我陳述表，情感的投入程度與性質不可能一樣。另外，你的人格特質、價值信念這些情意層面的因素，也左右著書寫對你的效應與意義。了解這點，便可以解釋為什麼老師總希望你以自身的經驗作為寫作的起點，因為那比較可能包含真實的情感與深刻的體悟，才有意義。

在中文書寫的傳統中，這點格外受到重視，甚至成為後來文學、詩學的綱領。《詩經》前的序言說：「詩者，志之所之也，在心為志，發言為詩。」這裡直接談的雖然是「詩」，但不妨擴大成所有語言文字的創作。句中的「志」可以理解成情懷、情志，照古書的訓解，「志者，心之所之也」，因此志又包含了一層精神活動的意思，強調的是情感的驅動力。整句話可以這麼詮解：所有的文字創作都是情感活動，這份生而俱有的情感，在心中統稱為情志、懷抱，透過言詞表現出來，就是詩。這樣的創作觀點，特別聚焦在個人情感與懷抱，與偏重於寫作技術、表現手法的觀點很不相同。

（四）工作記憶／長期記憶

記憶與學習密不可分，這裡簡單介紹工作記憶及長期記憶對寫作的影響。工作記憶不只具備短期儲存訊息的功能，它也對訊息進行選擇、判斷與執行。工作記憶還負責操作語音、語意與視覺迴路，而寫作正是聲音、文字、視覺意象、語意概念交互作用的複雜活動。因此心理學家認為，當寫作活動進行的時候，認知歷程都在工作記憶中發生。由於工作記憶有時間與容量的限制，寫作歷程中遇見不連貫或者停滯的情況，都可能是工作記憶的認知超載或者缺乏聯結所致。

顧名思義，長期記憶則是指保存時間較長的記憶，它也作為工作記憶的運作背景，或者說作為工作記憶提取訊息的資料庫。與寫作相關的長期記憶，可能包含了：關於任務模式的知識，關於寫作主題的知識，關於讀者的知識，關於文字書寫、語法規則等語文知識，關於文體與風格的知識等等。熟練的寫作者將這些知識與技能「內化」成長期記憶的一部份，讓寫作成為自然而然的事。有意識的大量讀寫、反覆溫習或者從既有的訊息中建構新的連結，是形成長期記憶的重要策略。

長期記憶的觀念可以解釋為什麼歐陽脩說的「看多，作多，商量多」一直以來被視為學習寫作的重要方法；與此同時，我們也知道光是「看多，作多，商量多」不能保證寫出好文章。訊息的連結、意義的建構都可以鞏固長期知識，而且對外部社會環境、物理環境的認識，對自身情感與動機的掌握，也都與寫作歷程息息相關。

蜜蜂釀蜜的過程耐人尋味，寫作的認知經驗也是如此。

寫作，幫助我們重新認識自己

由於寫作與個人的認知思考、社會環境、情感與動機、經驗與記憶緊密相連，因此被視作重要的學習項目，也成為鑑別才能的重要方式。古代中國的科舉考試，無論測驗經義或者策論，原本也期望透過文章展現人的學問、涵養、見識，以及分析、論述等批判思考能力，可惜後來在形式與內容方面多有限制，箝制了一般讀書人的思考及表達。現今國內外各級考試，或者謀職就業，寫作往往也是檢測項目。寫作測驗之所以在這些場合佔有一席之地，乃預設了文章能反映人思考的條理、閱歷的深淺，以及見解的精粗。寫作不僅是生活應對的重要憑藉，工作場合的必備技能，研究也指出高等教育學生的寫作能力與學術表現成正比。

多年以來，寫作課都是美國哈佛大學唯一的必修課程，他們期待藉由密集的要求與訓練，讓寫作不僅成為一種學習方式，同時是一種生活方式。主持寫作課程的教授表示：寫作時會先考慮自己關心的對象，或者熱情所在，真正進入一場論辯，有話想說。唯有深入思考某件事情，對此才有話可說。修課的學生則表示，自己藉由掌握感興趣的主題，學會了思考及寫作，並且從同儕與教師的回饋中獲得更強的動機與成就。寫作教師相信，只要每天堅持寫作，寫作就會成為自己想做的事，就會變得有趣。

2020 年世界經濟論壇（WEF）的調查報告發現，該年度在職進修者最重視的技能，寫作能力排名第一。這樣的結果正好呼應該報告所提出 2025 年最重要的跨領域專業能力，包括：產品銷售、數位行銷、廣告、網頁開發、創業、使用社群媒體等等——這些專業想要頂尖，都需要傑出的寫作能力輔助。

那麼，到底為什麼寫作具備這麼不可思議的力量呢？接下來，我打算從敘述個人經驗以及應用文字符號這兩方面，討論中學階段學習寫作的意義。

根據敘事心理治療的觀點，當人們被邀請重新描述自己，或者重新描述自己與他人的關係，這些故事將被賦予經驗新的意義，同時強化個人的自主感受。這樣的自主感受讓人產生一股力量，相信自己可以做生命的主人，而不是被環境拖著走。

當你以自身的經驗為基礎，進行第一人稱寫作，這些既有的經驗在運思書寫的過程中不斷地重組、改寫。過去的你成為故事的表演者，現在的你成為戲台邊的觀眾。這種過程讓你與經驗拉開了距離，得以仔細地檢視、關照在時間推移的過程中，生活經驗有何變化，然後提供新的解釋；這種新的解釋讓你對自己有新的認識，並且重新界定人我關係。自我敘述的書寫過程不僅幫助你確認「我是誰」，還可以助你突破重重框架，思考「我可以是誰」，然後促使它成真。

舉我自己的寫作經驗為例。我大學聯考（這對你可能是陌生的名詞了）那年，作文題目是「假裝」，我在應考文章中追憶了一段參與戲劇演出的經驗。一開始扮演那名角色，我嫌他個性呆板、臺詞生硬；後來漸漸入了戲，才體會到角色豐富的生命層次，以及重重的壓抑與衝動，如何構成他性格上的彆扭與矛盾。我起初對演出的抗拒，一半源於不認識角色的內心世界，一半源於不敢面對真實的自己。我當年透過寫作，追述那段經驗，賦予故事新的意義，從而對自己與身邊的關係有了新的理解。

非常有趣的是，我此刻的書寫，不僅重新賦予當年聯考作文新的意義，也藉由回憶的溫習與經驗的敘述，從高二那次戲劇演出中醞釀出新的意義。借用本章一開始的比喻，這就是「蜜蜂釀蜜」的過程。

寫作，幫助我們與更大的世界交流

為什麼書寫能夠賦予經驗新的意義？文字提供了一條重要的思考線索。

教育哲學家杜威曾說：「意義本身並非有實體的事物，它們必須以某種實體來確定。符號（sign）或象徵（symbol）是特別用來確立以及傳達意義的實體。」我們使用的文字，正是人類文明所創造出來，重要的符號與象徵，它將抽象的意義透過可見的樣式傳達出來，方便人溝通交流。從這項觀點出發，所謂的學習就不是孤立地學習事物，也不是孤立地學習符號，而是學習事物的意義。學習事物的意義需要借助符號；最通行的符號就是語言和文字。因此，熟悉本國的語言文字，乃是學習的重要基礎。

文字是一套系統性的視覺符號，最初主要用來記錄語言。這是一般語言學的基本觀點。然而許慎在《說文解字》的序言中指出，遠古時代，伏羲氏作八卦，觀察天地自然的各種現象及紋理，最後取象於人的身體、生活事物、自然現象等，創造出一套符號系統，這被視為文字的起源。就這點來說，文字不只是聲音的紀錄，它本身有意義。中國最早的一部文學批評典籍，《文心雕龍》，第一篇就將文字與文章的根源推溯到天地自然的運作法則。所有的自然現象與人文活動，那些蘊藏在符號裡頭的的意義，都統攝在「文」的豐富內涵當中。我無法針對中文的特質與文化意義多加闡述，那不是此處的重點，說這些是想提醒你：不要小看書寫，無論是書寫的活動或者書寫的產物，都是一座橋樑，連結你自身與自身以外的世界。

從心理認知的角度，你使用的語言與文字，已經在某個程度上建構了你所感知到的世界；語文的詞彙或者邏輯，提供你一套基本模式去探索這個世界。在這個意義上，寫作固然不等於思考，但寫作可以啟動思考；寫作固然無法取代感受，但寫作可以喚醒感受。另一方面，你的想法與感受也得以藉由寫作，化成可見的符號，突破時間與空間的藩籬，成為表情達意與溝通互動的媒介。

寫作是文字符號的應用，文字符號產生於社會文化，因此寫作必定有社會文化的內涵。杜威強調，語言的首要目的是透過表達期望、情緒和思緒，影響他人的活動；語言的次要用途，是和他人建立更緊密的社會關係。或許我們能借用一個形象的比喻來說明這整件事：寫作像是用圓規畫圓，你的關係網絡，意義生成的世界，就是以語文為半徑所畫出的範圍。

諾貝爾文學獎作家大江健三郎（1935-2023）在〈為什麼孩子要上學〉（收錄於陳保朱譯，《為什麼孩子要上學》，時報出版，2002）一文中回溯自己與兒子的求學經驗，藉此反思上學的意義。該文結尾，他說上學的理由是為了「深刻了解自己」並且「與他人交流」。我大膽猜想，他恐怕不純然是先有了結論才動筆寫作，而是在運用文字淘洗經驗的過程中，伴隨著寫作的社會環境、物理環境、長期記憶等因素，新的意義一一浮現，又經過一番醞釀及交互作用，最後撰寫成文。我們不必成為專業作家，但值得領受寫作的贈與，寫作幫助我們認識自己，並且與外界建立關係。

深刻了解自己，與他人交流，這兩項正好也可以是寫作的理由。

寫作手法：
敘事、描寫、說明與議論

前面我們討論了「什麼是寫作」與「為什麼要寫作」，思考這些根本問題的同時，也從寫作認知歷程的角度，涉及了「如何寫作」。現在要接續談「如何寫作」，只不過，會更多從表現手法與表現形式的觀點切入。

寫作的表現手法分成「敘事」、「描寫」、「說明」與「議論」四種。現實生活中的寫作，不論選擇何種文體與目的，都可能同時應用到一種以上的寫作手法。一般來說，寫作教學上習慣將應用「敘事」、「描寫」等手法為主的文章稱為「記敘文」，應用「說明」手法為主的稱為「說明文」，應用「議論」手法為主的稱為「議論文」。後兩者又常合稱為「論說文」。至於大家常聽到的「抒情文」與「應用文」，則是從「寫作目的」而非「寫作手法」進行的分類。「敘事」、「描寫」、「說明」與「議論」等手法，也用在「抒情文」與「應用文」寫作，

卻很難在表述形式上將「抒情」與「應用」也歸類為寫作手法。

就寫作表現來說，中學階段的寫作目標，就是學會如何正確而且流暢地「敘事」、「描寫」、「說明」及「議論」，並且揉合這些寫作手法，組織篇章，應用於不同的寫作場合，達成特定的寫作目的。以下分別說明這四種寫作手法的內涵以及特點。

（一）敘事（Narration）

「敘事」的特質是時間性，它強調在時間流中，人物、對象、行動或事件的變化歷程。日常對話中的經驗陳述、故事分享都是敘事。運用敘事手法，會特別陳述事件背景、人物面對的情況或衝突、人物採取的言語或行動、事件情節的發展與結果，以及，從事件中獲得的啟發或者感悟。最後這點也可能被理解成「抒情」。由於「敘事」具備這些特點，書寫時要特別注意時間標記、情節之間的接續關係，以及人物的心理感受是否產生變化。

（二）描寫（Description）

相較於「敘事」重視時間性，「描寫」則重視空間性，它呈現特定時刻中，事物的性質與狀態。人的五官知覺，包含眼睛所見、耳朵所聽、鼻子所聞、舌頭所嚐、身體所感，用文字描摹下來，就是描寫。描寫的時候，我們運用詞語捕捉經驗所引發的各種感官印象，不僅僅直接使用形容詞，也可能使用類比、轉化等各種修辭手法，生動地再現某個時刻的感官經驗，讓讀者跟著我們置身當下的情境。這時候，寫作者不只客觀地描述對象的性質與狀態，更投入了自身的感受與理解。有人因此將這種主觀感受的描寫稱為「抒情」。

（三）說明（Exposition）

「說明」的特色在於客觀性，通常用來傳遞訊息或者知識，不帶有個人的情緒色彩。我們透過「說明」手法呈現事物的狀態、關係，或者進行解釋。這項寫作手法，無論是在日常情境，與學術情境，都最常遇見，也最實用。常見的說明手法包括定義、舉例、解釋、分類、程序關係、因果關係、比較與對照等。運用「說明」手法，講求精確易懂，而非引發審美想像，因此寫作的時候特別重視概念清晰、邏輯無礙。

（四）議論（Argumentation）

相較於「說明」的客觀性，「議論」則突出寫作者的觀點與主張，並且表現出「說服對方相信自己」的意圖。從一般寫作的觀點，完整的「議論」通常包含三個部分：「論點」、「論據」以及「論證」。這裡的「論點」就是所提出的觀點，或者說希望讀者相信的主張；「論據」是用來支持「論點」的證據，通常是事實或者客觀性強的資料；「論證」是指「用論據來支持論點」的推論過程，或者說連結起論據與論點的邏輯關係。

介紹到這裡，我特別希望你留意，這四種表現手法，背後涵蓋了不同的認知思維，牽涉到自身的存在感受，也牽涉到自身如何去認識並且回應世界。當我說「存在」的時候，主要是指身心對於時間、空間的知覺及反應；當我說「回應」的時候，包含了分類、找出關聯性、作出評價與選擇 ...... 等等。

四種表現手法，又可以兩兩分組。「敘事」與「描寫」主要呈現人如何經驗事件、感受環境，前者重視人、事在時間之流中如何生成變化，後者強調自我對於空間性的知覺感受，以及知覺喚起的形象與情感；表現在篇章上就是一般習稱的「記敘文」。另一方面，「說明」與「議論」主要呈現事物的狀態，以及人如何解釋與評價現象，寫作時會運用比較多抽象的邏輯思維，前者偏重於客觀陳述事理關係，後者含有說服的意圖，常帶有表示主觀判斷的語句成分；表現在篇章上就是一般習稱的「論說文」。

對應到學科能力測驗的「國語文寫作能力測驗」（簡稱「國寫」），「記敘文」接近國寫「情意題」期待的寫作方向，而「論說文」接近國寫「知性題」期待的寫作方向。當然，任何一篇文章都是「敘事」、「描寫」、「說明」及「議論」等不同手法的綜合表現，只是根據不同的寫作的目的與要求，各有偏重，呈現出不同的風格與調性而已。

寫作歷程與寫作教學（給教師）

根據之前的說明，完整的寫作歷程包含「構思—書寫—修改」三個階段。平常的「國寫測驗」其實是將三個階段濃縮在一個時段完成，因此無法充分訓練「構思」與「修改」。將「寫作訓練」（培養寫作能力）與「寫作測驗訓練」（培養應試的寫作能力）混為一談，是寫作教學的大問題。寫作能力可以應試，但教考試作文不等於教寫作。只教「考試作文」，很可能導致學生上大學之後還是不知道怎麼「寫作」，必須從頭學。

寫作的「構思」階段，包含了主題發想、資料蒐集與主題聚焦，就是寫作評分標準裡頭的「立意取材」。在真實的寫作歷程中，這是最花時間的。不像寫作測驗的時候，「自動化」要求很強，一看到題目就要立刻從舊經驗中提取出寫作的觀點與素材，要不然就得天縱英才，方容易有出色的測驗表現。在真實情境中，寫作構思與動筆書寫的

四種基本的寫作手法與相關的寫作概念

階段甚至是重疊的，寫作是深度閱讀文本，與之反覆對話的過程。過程中琢磨思考、反思經驗，是寫作最珍貴的地方，為測驗而教、為測驗而學的寫作恰好就缺少這部分。

寫作的「修改」階段，學生要自己檢查基本的標點、字詞、分段，然後在課堂上分享與互評。同儕評量是非常有效的寫作教學方式。在學習階段，互評的時候可以使用評分規準，列出評量的向度，以及評量的等級、說明，甚至可以要求評閱者具體寫出作品的優點、缺點、特色以及修改建議。學生收到同儕回饋之後，自我修改，最後上傳修訂稿。教師的評分會根據修訂稿，也參酌從初稿到修訂的過程是否有所反思修正。如果給與同儕建設性的回饋，會額外加分。

最後，與「寫作測驗」時預設的讀者為閱卷老師不同，真實情境的寫作必須要求「讀者意識」，文章的遣詞造句、風格選擇、結構安排，都跟讀者有關，唯有如此，才能彰顯寫作的溝通意義。發表的刊物、媒介也與讀者有關。理想上教師安排的寫作任務，還必須提供真實的情境，要求寫作者在特定的情境中表情達意，回應問題。凡此種種，皆與預設的讀者為閱卷教師、寫作的目的是獲得高分，而閱卷者根據寫作指標評量學生立意、取材、組織結構、遣詞造句的「寫作測驗」非常不一樣。

系統性的寫作教學，便須要針對學習者的程度與需求，連結閱讀經驗與生活經驗，設計合適的題目，將這些寫作手法安排在各類型的寫作教學中。

如果放入目前國文課「讀寫合一」、「以讀帶寫」的課程格局中思考，最可行的方式是連結課堂精讀的範文，根據每篇文章的主題或者寫作手法，設計延伸的寫作教學活動。這不是創新想法，很多教材已經這樣規劃，很多教師夥伴也早已這樣實踐了。

然而，搭配著每學期、每學年、甚至更大範圍的課堂閱讀文本，擬出系統性的「寫作教學地圖」，連結閱讀文本、寫作手法與文本類型，循序漸進、整體周全地培養寫作能力，仍是未來值得努力的方向。

從文法的角度界定四種寫作手法

寫作手法	文法角度的界定
敘事 narration	敘述是說故事的寫作類型。事件句順著某種時間條理連貫起來，即為「敘述」。若全憑事件句展演出一段動態歷程與變化結果，稱為「敘事」，否則是「陳述」。陳述與描寫合成的篇章即為「記敘」。
描寫 description	主題句是「描寫」常用的格式，包括以指認動詞、存現動詞、形容詞充當謂語中心語的靜態句，以及「像」、「如」、「彷彿」等喻詞構成的譬喻句。
說明 exposition	就句子而言，主題句和事理關係句是「說明」最倚重的句式。就事理而言，並列與因果比轉折更常見於說明。典型的說明不使用言說主觀標記。
議論 argumentation	所謂的「議論」，其實涵蓋「論述」和「評議」兩小類。前者偏重事理的推演，後者偏重立場的表達。議論以事理關係為篇章合成依據，並穿插著表示言說主觀的成份。

參考資料：劉承慧《寫作文法三十六講》，翰蘆，2016

與楊曉菁老師談寫作

今天購得了曉菁老師《階梯寫作》一書，覺得多年以來期待看到的的「基礎寫作入門」就在眼前，遂忍不住與您分享一些想法。

我猶記得小時候看作文書學習寫作，大抵就是從「說明、記敘，描寫、議論、抒情」的格局開始建立讀寫的概念。也會談字—詞—句—段—篇章的層次。後來接觸一些國外的寫作教材，大致上也都是有個這樣的格局，只是沒有特別列出「抒情」來的。許多大學寫作中心的寫作教程也都是用外國的系統。

我與您的觀點相同，接受國外的寫作手法劃分，只有「敘事、描寫、說明、議論」。其基本內涵，亦照PISA所界定即可。所不同者，您提及「抒情」是一種「寫作目的」（從作者言），而我更常用的說法是「寫作效果」（從讀者言）。

但我出來教書之後，很驚訝學生讀了國小、國中之後卻連那樣子基本的寫作概念都沒有建立起來。我教高一的時候必須從頭有系統地講一遍。學生從國中獲得的更多是「文體」（論說文、抒情文、記敘文……）的概念，而非「寫作」的概念。這是語文教學的一大漏洞。

於是大批的學生號稱學了將近十年的作文，卻談不出「作文」究竟是怎麼一回事。很多高一學生一開始是連「句子」都寫不好，「段落」也很不清楚。

基本的寫作概念要在教學現場重新建立起來，已經很困難了；雪上加霜的是，國文科領綱的內容竟然沒有這樣的觀念，反而在「文本表述」一端忽略了「描寫」（似與「敘事」合為「描述」），而將「抒情文本」與「應用文本」平行並列。這顯然是很不清楚的分類方式。我有機會對外交流的時候，就一定談這件事，因為這呈現出臺灣目前寫作概念的模糊，也預示未來仍可能繼續模糊下去。

要建立基本的寫作能力，除了釐清寫作的範疇與概念之外，同時要將「寫作」視為一門獨立的科目，有自身的教學目標、方式、架構與步驟。長久以來將「寫作」融入在「國文」課程當中，對於寫作教學的系統化，以及學生的自覺學習都大大不利。我自己是勻出特定的國文教學時段為「寫作課」，有獨立的教材與系統。這樣學生才能循序漸進。

再讓我多說一句好了。從五四那批現代國語文教育先驅以來，我很懷疑我們的國文教育（包含讀寫、文言文）其實不進反退。要怎麼因應現代與未來需求，進行本國語文讀寫教學的轉型，是目前很重要的工作。沒有這樣的基礎，根本侈談思考的創造與哲學思辨。

話說遠了。很高興看到這樣一本概念清晰而又切要不賣弄的寫作入門書。希望大家都能循序漸進，掌握寫作的敲門磚。非常感謝您！（原文發表於2019.05.02）

有效的讀寫教育

讀寫教育不只關乎學科知識，而是與整個人的心智發展息息相關。臺灣的讀寫教育，整體而言依然離不開升學應試的格局與工具目的，以至於談論閱讀、寫作，很容易就扭曲成如何拿高分、如何應對寫作測驗，實在令人感嘆與惋惜。

旅美新聞工作者曾多聞曾在 2018 年出版《美國讀寫教育改革教我們的六件事》（字畝文化），非常值得關心讀寫教育的教師、家長們閱讀。書中提到美國國家寫作計畫進行過一項讀寫教育調查，調查結果將「真正有效的讀寫教育」與「流於形式的讀寫教育」對照呈現，相當富有啟發性（頁 194-195）。這裡將「真正有效的讀寫教育」編號節錄於下。

你如果有興趣的話，可以思考那些陳述中自己覺得最重要的是哪幾項？回顧自己的學習經驗，以及瀏覽本書的課堂案例，能否找出（正面或者反面的）例子來印證、補充或者反駁這些觀點呢？

1. 教師鼓勵學生把自己的生活經驗、曾經學習過的知識、現在正在學習的內容都應用在作文上，讓學生在寫作時有機會提取背景知識。
2. 教師出作文題目時，會向學生闡明文章的目的，以及設定的目標讀者群。
3. 學生知道自己是為了學習而閱讀、為了溝通而寫作。
4. 學生有機會選擇自己想看的讀物，寫自己想寫的東西。
5. 學生可以根據作文的範圍與目的，提出自己認為需要的時間及恰當的字數，並與教師討論。
6. 學生有機會打草稿，並與教師討論、修改。
7. 教師給學生的評語指出文章的優缺點，不只是抓錯字。
8. 教師提出對於文章風格、思想組織的具體建議。
9. 學生在課堂上讀彼此的文章，練習編輯，抓出對方的錯誤並互相討論。
10. 教師多半時間花在講課上。
11. 學生有機會自我評量或互相評量。
12. 學生知道自己為什麼得到這樣的成績。
13. 學生被指導將不同的修辭、元素，應用在不同文體的文章當中。
14. 學生被指導在閱讀時，以各種策略來判斷文中主張與推論的可信度，並將之應用在作文上。
15. 作業的設計有明確的步驟，幫助學生運用「查找」的技巧，來集中主題，組織並發展思想。
16. 學年結束時，學生知道自己哪些方面進步了，哪些方面待加強。
17. 學生有機會觀摩好的作品，並透過作業練習如何發展思想、駕馭想像。
18. 學生被鼓勵重寫、編輯、改善自己的作品，以獲得更好的成績。
19. 學生在下筆前有機會思考自己想寫什麼，跟教師討論，或跟其他同學腦力激盪，練習預寫或自由寫作。
20. 學生被鼓勵找出自己的聲音，發展出自己的寫作風格。
21. 學生與教師都熱愛閱讀，並為寫作感到興奮。

七、後設認知的學習意義：從回饋自評到課程設計

十二年國教希望培養學生成為「終身學習者」，這不只是說對於知識或事物常保好奇，關鍵在於成為一名自覺而有動力的學習者。想要達成那樣的理想，「後設認知」就扮演重要角色，成為不斷開啟學習意義的源頭活水。（本文初稿完成於 2018 年 2 月）

關於回饋與自我評量的故事

昨天聞知有位學生實習結束，取得了教師資格。他是我到建中任教第一屆的導生。我還記得他在高一上學期的期末自評中寫道「人社班是讓我成為自己的地方」。那是我我的教學理想，聽到有學生說了出來，心中很感動，因此一直記得。除了這個例子，我還記得許多學生的學習回饋與自我評量，那些話語不僅幫助我更貼近他們的學習感受，也一直是鼓勵我、敦促我的力量。於是想談談學習回饋與自我評量。

記憶所及，最早收到的正式教學回饋來自於中山女高學生，那是 92 學年度，我在臺灣大學修習賴哲信老師開設的「語文領域教材教法」，課程安排要入校觀課一週，再試教一週。賴老師介紹我到吳明津老師的班級觀課與試教。試教結束，學生竟然頒發一張「畢業證書」給我，還附上了一張寫滿鼓勵話語的卡片，封面畫上我的形象。有位女孩提到我有一雙修長又漂亮的雙手，令她自嘆弗如，然後寫道：

> 想到這雙手以後都要沾滿粉筆灰，就覺得有些可惜，不過它一定會是一雙貢獻極大的雙手！

每次想到這句話，我經常也不禁發笑，覺得這名學生實在太可愛了，很謝謝她的賞識。隨後仍會感到一陣暖意浮上胸口，有種受到激勵的感覺。接著便會自問：這雙至今仍沾滿粉筆灰的手，真的產生了怎樣的貢獻嗎？

那之後不久，我返回母校建國中學擔任實習老師。那時候仍是採用舊制，實習一學年，原則上每學期上台試教兩個單元，每單元四節課。由於機會有限，每檔課程都絞盡腦汁設計，當成是一件嚴肅無比的作品，深怕因為自己的不成熟而浪費了學生時間。課後，為了讓自己更了解學生的學習情況與想法，作為自我策勵之方，就讓學生填寫課程回饋單。當然這麼做也有「取暖」的用意，畢竟學生不乏體貼暖心者，願意給予用心的實習老師鼓勵。眾多學生當中，怎麼樣也不缺乏品味調性與自己相投之人，他們的回饋對於初登講台的我十分重要。看到學生肯定那些學習經驗，從中獲得學習成就，忝為教者，也因此更篤定自己的教學，進而由那分篤定中獲得力量，逐漸發展出自信與教學風格。也有許多回饋點出了教學不夠成熟的地方，比如說上課中眼神偶爾會無預警地飄向窗外，讓他不自覺也看向窗外而分神；或者

是我經常講課講到一半，就自己笑了起來。

實習那一年除了國文課跟課之外，我也協助特教組的沈容伊老師處理第一屆人社班的課程事務。上學期的「人文及社會科學導論」課程結束，我們設計了學習自評與回饋表，讓同學回顧整學期的課程與作業，一方面重溫課程內容，二方面透過後設的提問去統整、鞏固自己的學習認知。這份學習反思與回饋表，添進學生的學習資料夾，就成為一份學習歷程檔案。下學期校外委員入校訪視，會場中也擺置了每一位學生的學習歷程檔案，供委員參閱。那年實習結束，我只保留下兩份資料，一份是自己四次登台試教所編製的教案與教材，另外一份就是人社班每位學生的作業複本與期末反思自評。其餘文件，包括課本，我都丟了。

後來正式執教，無論是必修課程或者選修課程，我通常也都要求學生填寫期末反思與自我評量，有時列為額外加分項目，有時是作為正式的評量項目，列入國文期末成績計算。曾有一次與私立復興實中畢業的學生相逢，相問之下，得知他竟保存著十年前（97 學年度）完整的國文課學習檔案，包含每張學習單、補充講義以及寫作練習。我非常驚喜與感動。那些資料我手邊也不齊全，他借我複印，讓我重溫了一回當時的課程。當時我在評量表的頁首寫下這段話：

> 設計這份期中學習檔案評量表，意在督促同學將國文科的相關學習資料分類整理，並且在整理的過程中反思自己這一階段的學習歷程，同時展望將來。資料整理的過程中，你會瀏覽、會訂正、會思索，必然勞心費時，但卻可以讓走過的每一步留下更深的腳印。但願各位的付出都能獲得報償——不論是可量化的或不可量化的；外在的或內在的；在現在，或者將來。

設計那些自評表與回饋表，不是為了申請任何補助或榮譽，不是為了做行動研究，也不是為了滿足外在的體制要求。它具有很純粹的教學功能。我通常會跟學生們說：你們填寫的資料不僅反映出自身的學習經驗，對我也非常重要，我希望從裡頭看到你們對於課程的收穫與學習，了解你們對於教學的感受與期待，這樣我才能調整教學，滿足更多同學的需求與期望。也是在眾多的學生回饋中，我慢慢看見自己是怎樣的一名老師，看見自己的腳印，看見自己的背影，以及前方的教學道路。

國文課的回饋與自評表

以 106 學年第一學期的國文課教學來說，我教高一，但進行兩套課程：一套是全年級統一課本與定期評量的課程；另外一套是我為數理資優班設計的課程，從擬定教學目標，到單元設計、教材安排、評量實施，一以貫之。後者將持續三年，預計是一場充滿驚喜與冒險的教學實驗。兩套課程我都設計了「國文課期末回饋與自評表」，讓學生在期末完成，連同學習檔案一併繳交。學習檔案不只是講義冊、作業集，必須包含學生的學習歷程、學習心得、學習反思。

臺北市私立復興實驗高級中學 教務處 作業抽查

你的學習單設計得也頗有專業水準！

【97-1 國文科期中學習反思與課程回饋】

1. 這次學習範圍中令我印象最深刻的單元(或者一堂課)是：花道中學

因為：有親自體驗教學的過程。備課、演戲、上台解說，才知道老師上一堂課要花許多心思。

2. 這次學習範圍中我覺得受益較多的部份有：

品味文章的能力 good!

3. 這次學習範圍中我不夠清楚或者仍需要加強的部份有：

我還無法延伸課本內容，對於考試不知從何準備 → 需要更多時間，自己融會貫通！

4. 整體而言，我對自己這個階段的學習過程感到：□很滿意 □尚可接受 ☑不夠滿意 □很不滿意

因為：缺乏閱讀

5. 我第一次段考的分數是：66 分；第二次段考的分數是：64 分；我期待期末考：80 分。

整體而言，我對自己這個階段的學習成就感到：□很滿意 □尚可接受 □不夠滿意 ☑很不滿意

因為：有仔細的唸，但考出來成績卻不理想，尤其是作文部份，常構思很久才下筆，因而很少完成

6. 我希望教師提供一些學習協助：給予讀國文的方向與方法

7. 對於課程、評量、班級管理以及教師的授課方式等，我有意見或者建議：

能有時間欣賞更多作品 ok!

教師的話：

△優良作業！

97 學年度第 1 學期設計的「學習反思與課程回饋表」

自評表的最左側列出學習的單元主題或者學習內容，然後列出該單元的學習重點、學習活動或者評量方式。以上兩欄在學期初發給學生的課程大綱中已經大體列出，期末回饋表則是針對實際施行的情況，加以修潤。列出學習內容、學習重點與學習表現，有助於學生回想課程內容，並且在課程結束前再一次宏觀掌握學習的規模架構。自評表的右側增列「學習狀況與自我評量」的欄位，讓同學反思自己的學習情況之後勾選。

除了勾選方式之外，我也曾經讓學生用文字描述每個單元的學習狀況與心得感想，這樣一來，學生就必須回顧每個單元或者核心文本的學習內容，我也可以收到更紮實的學習回饋。

表格之外，也可以用問答的方式讓學生寫出自己的想法。那些問題可以歸納為「學習經驗」、「學習心得」、「自我評量」、「學習期待」與「教學建議」等層面。對我而言，這些學生的聲音，不僅提供我進行教學診斷與教學評量，也可以當作未來課程設計的重要的參考。

類似這樣的回饋與自評，不一定要在期末才實施，每次段考前後都可以做，而且教學效果可能更即時、更有效。

教書經年，雖然資歷尚淺，心性修養也未臻成熟，不敢說在面對學生回饋的時候能夠做到「不以物喜，不以己悲」，但是對於自己的教學表現與學生的可能反應，大抵有個準頭。不太容易因為學生的正面回饋而心花怒放，產生欣逢知己之樂；也不太容易因為學生的負面意見而心生惱怒，產生徒勞沮喪之悲。學生千百種，人心千百樣，課程內容的屬性多元不一，使用的教材與教法隨之變換，因此現場的教學無法求全責備。學生的學習除了在課堂上吸收之外，課餘時間的投注與內心的反芻轉化影響著實深廣難測。此事古難全，但求無愧而已。

隨著經驗累積，對於教學內容、教學方式、教學節奏、評量方式等課程要素，已經有基本的自知，也可以預測到學生整體而言可能產生的回饋及建議了。但我仍認為這項教學程序十分重要。除了藉由學生的反應自我惕勉、精進教學之外，我比較重視的，倒是從中觀察個別學生的學習傾向與學習期待。特別是平常學習表現不出色的學生，提供這個機會讓他們多說兩句想法，我會更曉得用什麼方式來提振他的學習動機與學習成就；有些同學比較沉默寡言，透過書寫方式，或許可以讓他暢所欲言。

從課程角度來說，我在課堂上運作課程，但每位學習者經驗到的課程不同，對課程的感受與評價不同，我自然無法滿足各項需求。但無論如何，學生的回饋都從學習者的視角，讓我看見課程的眾多可能，其中有「不虞之譽」、有「求全之毀」，也包含了自己原本的盲點與死角，這些都可以幫助我反思知覺課程與運作課程的差異，並且重新調整自己的理想課程。

提供學生課程回饋的機會，意味著教師願意脫下身上那襲「權威」的華袍。對學生來說，這種「解放」的過程能夠提升他的主體意識，練習成為一位負責的學習者；對我來說，這是教學過程中非常迷人而且引人入勝的部分。如果我還是一位持續成長的老師，一定與我重視學生的回饋及自我評量脫不了關係。

上面談比較多的教師觀點，再轉回學生的視角。這項評量活動對於學生來說，最關鍵的學習功能不是溫習課程內容或者鞏固學習知識，而是藉此強化後設認知的學習能力，並且逐漸養成後設認知的反思習慣。

下一小節繼續討論「後設認知」的學習意義。

106-1【125/126】國文課期末回饋與自評表 1/2 班級____座號____姓名________________

項目	課程設計與教學安排			學習資料	單元的參與、表現與學習情況
	主題	核心問題或學習內容	學習表現與評量要點		
1	個性自覺與認識自己	自我介紹與課程想像	1.《履歷表》仿寫 2.討論對國文課的期待	☐有	☐良好 ☐還可以 ☐待加強 ☐沒印象
2		如何學習高中國文	學測方向與試題分析		☐良好 ☐還可以 ☐待加強 ☐沒印象
3		自我覺醒與尊重個性—《世說新語》	學習單_課文分析閱讀	☐有	☐良好 ☐還可以 ☐待加強 ☐沒印象
			學習單_理解的不同層次	☐有	☐良好 ☐還可以 ☐待加強 ☐沒印象
4		如何名士，怎樣風流？ —《世說新語》選讀	學習單_文章歸納與分析（關鍵詞、概念連結、文字轉化成關係圖）	☐有	☐良好 ☐還可以 ☐待加強 ☐沒印象
5		嵇康〈與山巨源絕交書〉	學習單_主旨、摘要、自身連結	☐有	☐良好 ☐還可以 ☐待加強 ☐沒印象
6	學習	學習的意義—電影《春風化雨》	影片討論與觀後心得撰寫：內容概述、經驗連結、抒發感受與想法）	☐有	☐良好 ☐還可以 ☐待加強 ☐沒印象
7		學生責任—歐巴馬〈開學日的演講〉	學習單_演講內容與表現分析（筆記、提問、心得）	☐有	☐良好 ☐還可以 ☐待加強 ☐沒印象
		上學的理由—大江健三郎〈為什麼孩子要上學〉	學習單_文章理解與自我反思		☐良好 ☐還可以 ☐待加強 ☐沒印象
8		我們需要怎樣的老師—韓愈〈師說〉	文章抄寫、朗讀與筆記	☐有	☐良好 ☐還可以 ☐待加強 ☐沒印象
9		天賦與努力—王安石〈傷仲永〉	分辨文章的主旨、內容 分析文章的層次與結構	☐有	☐良好 ☐還可以 ☐待加強 ☐沒印象
10		成為更好的人—《論語》論學	學習單_理解與反思	☐有	☐良好 ☐還可以 ☐待加強 ☐沒印象
11	語言功能與文本風格	簡媜〈夏之絕句〉	學習單_修辭：想像：聽覺描寫	☐有	☐良好 ☐還可以 ☐待加強 ☐沒印象
12		梁實秋〈下棋〉	學習單_引用；敘事；人物描寫		☐良好 ☐還可以 ☐待加強 ☐沒印象
13		劉克襄〈古橋之戀〉	學習單_描寫、敘事、說明、議論	☐有	☐良好 ☐還可以 ☐待加強 ☐沒印象
		豐子愷〈梧桐樹〉	學習單_象徵；結構；視覺描寫	☐有	☐良好 ☐還可以 ☐待加強 ☐沒印象
14	語言與文字	漢字的構造與特色	學習單_甲骨文釋讀與名字本義（2017 關鍵字與 2018 祈願字）	☐有	☐良好 ☐還可以 ☐待加強 ☐沒印象
		呂叔湘〈語言和文字〉 許進雄〈字的演變，有跡可循〉	討論與報告：語言的定義、語言與文字的特質及關係	☐有	☐良好 ☐還可以 ☐待加強 ☐沒印象
15	語文應用與基礎寫作	如何掌握關鍵詞與篇章結構—賈伯斯的演說	學習單_用圖表呈現關鍵詞、內容大意與結構	☐有	☐良好 ☐還可以 ☐待加強 ☐沒印象
16		如何撰寫摘要—王鼎鈞〈語文功能〉	學習單_摘要寫作與自我檢核	☐有	☐良好 ☐還可以 ☐待加強 ☐沒印象
17		如何結合內容與心得—〈好好照顧我的花〉	學習單_敘述大意、抒發感想	☐有	☐良好 ☐還可以 ☐待加強 ☐沒印象
18		如何寫作讀書心得—〈星沉海底〉	討論_如何寫作散文式的讀書心得	☐有	☐良好 ☐還可以 ☐待加強 ☐沒印象
		如何閱讀影像與廣告文案—廣告	學習單_影像的敘事、價值訴求	☐有	☐良好 ☐還可以 ☐待加強 ☐沒印象
		如何分辨事實與意見—〈理想丈夫〉與新聞報導	討論：選擇新聞報導，摘述大意、找出事實、區別意見、說出評論	☐有	☐良好 ☐還可以 ☐待加強 ☐沒印象
19		如何提出論點與論據：1.是否贊成漢字拼音化？2.是否贊成漢字簡化？ 3.是否贊成文言文為國民中學必修？	學習單_辯論大綱 辯論_角色扮演與模擬辯論	☐有	☐良好 ☐還可以 ☐待加強 ☐沒印象
20	校外教學	觀摩北一女國文科作業展	學習單_觀察、感受與思考	☐有	☐良好 ☐還可以 ☐待加強 ☐沒印象
21	專書導讀—文學	Saint-Exupery《小王子》	影片欣賞與分組報告（摘要內容、解讀內涵、連結經驗、活動設計）	☐有	☐良好 ☐還可以 ☐待加強 ☐沒印象
22	專書導讀—非文學	E.O. Wilson《給青年科學家的信》	心得札記與分組報告（札記：摘要、心得、佳句；報告：影片呈現）		☐良好 ☐還可以 ☐待加強 ☐沒印象
22	期中評量	複習段考範圍的學習內容與重點	段考試題與答案卷	☐有	☐良好 ☐還可以 ☐待加強 ☐沒印象

整體而言，我給自己的平時學習表現________分（滿分 100），因為______________________________。

106 學年度第 1 學期「國文課期末回饋與自評表」（正面）

106-1【125/126】國文課期末回饋與自評表 2/2 班級 126 座號 6 姓名 李承益

1. 請簡單描述您本學期國文課學習的整體情況，寫出學習的心得感想，以及對於課程（教材、教法、評量……）的建議。

我覺得在這學期的各種討論中，我學會用更多樣化的角度，更深入地探討文學，這是以前從未有過的體驗。謝謝老師堅持我們共同的理想，大家已經慢慢地站上桌子，不再受限。O Captain, My captain!

（下學期會飛起來）

2. 本學期你是否有參加過任何語文相關的競賽，或者演講座談等活動？（努力回想）

北市多語文競賽作文項目、與昌政老師在梁實秋故居討論文學

很高興你來！

3. 教學單元中，您印象最深刻的單元或者某一堂課是那個？為什麼？

〈星沉海底〉

這一篇文章以《小王子》的理念貫穿全文，寫出自己對童話的信念和對孩子的思念，讓我很感動！

承益也可以做出那樣的寫法、寫一篇「心得」嗎？

4. 本學期共讀了《小王子》，並且進行報告。請您回憶《小王子》與同學的報告。寫出您的心得與收穫。

大家在共讀的過程中，體會到這本童話的深奧。也許從前沒有這樣的感受，以後或許會有不一樣的感想，重要的是我們學會用認真的眼光看待它。好棒！

希望可以應用到閱讀其他作品！

5. 您覺得怎麼樣的授課內容、教學方式或者評量要求，能夠讓你的國文學習更加進步？

課堂作文實戰練習（限時）

就用「段考」吧！

106 學年度第 1 學期「國文課期末回饋與自評表」（背面）

國文課回饋與自評表的問題

1. 這次課程範圍所選讀的文本中，你最感到興趣的是哪篇？為什麼？
2. 這次課程範圍所選讀的文本中，你最感到困難或者困惑的是哪篇？為什麼？
3. 這次課程範圍中，你印象最深刻的一堂課是什麼？請描述並且解釋理由。
4. 整體而言，你從這個課程階段中學到什麼？寫下心得感想。（100 字以上）
5. 整體而言，你給自己這階段的表現幾分？為什麼？自己哪裡可以再進步？
6. 請針對課程內容、授課方式與課堂活動等各方面，提供具體建議。
7. 你覺得怎樣的學習內容、教學方式或者評量要求，能讓你更加進步呢？

後設認知的學習意義

後設認知（metacognition）是人類心智的高階活動，有些地方稱之為「反思」或者「自覺」，儘管用詞不同，內涵都側重於自身認知過程的察覺與思考。因此也有一種說法稱後設認知是「關於認知的認知」、「關於知識的知識」、「關於思考的思考」、「關於理解的理解」。十二年國教課綱要裡頭多次提到「反思」，所指的應該就是這種高層次的思考活動。

認知活動包含專注、理解、記憶、思考、創造、聯想、推論、符號運用、溝通表達等層面，這套複雜的結構呈現出人的心智狀態與發展趨向，同時與外在世界相應互動。「後設認知」的能力，就是去覺察、監控、調整、深化、應用這些「認知」的能力。

學者認為後設認知能力的強弱，關乎這個人的知識整合能力、創意思考能力以及解決問題的能力。由此觀之，後設認知的能力也與學習能力息息相關。

培養後設認知的方式，首先是讓學習者不只「知其然」還要「知其所以然」、「知其如何然」。應用在教學上，不只是教授孤立的知識，還要說明「這個知識怎麼來的」、「這個知識為什麼這樣」、「這個知識為什麼重要」、「這個知識與其他知識的關聯是什麼」。其次，也要引導學習者建立與學習對象之間的聯結關係，這種關係不只是機械性的記誦，而是能關照、評估自己在學習過程中的狀態，比如隨時問自己：「這個概念我懂了多少呢？」「什麼地方我仍感到困難的呢？」「我對自己的表現滿意嗎？」這些認知過程與經驗交互作用，產生學習意義。

自我評量最重要的學習意義，就是透過那樣的演練過程，強化學習者後設認知的能力。透過恰當的課程回顧與自我評量，學習者可以從學習過程中再次提煉出意義，成為更好的學習者。

後設認知是指能夠意識到自己的認知，在學習上強調能夠監控自己的學習，也就是明白自己知道什麼、不知道什麼。《論語》中曾子「吾日三省吾身」，孔子說「知之為知之，不知為不知」，都可以從後設認知的觀點加以理解。「後設認知」這種高階的心智能力，也與學習主體的養成密不可分。

以國文課來說，讀寫的過程本身就是對

於自我概念的反芻、監控與調整的過程，具備很強的後設認知色彩。此外在教學上，教師可以透過教學大綱的說明，讓學生通盤了解每一個單元的內容，以及每個內容為什麼重要，期待他們學到什麼能力。同時透過期末的自我評量與學習檔案，再次強化後設認知，鞏固學習。這裡所指的「學習」也就不限於特定的學科知識內容，更重要的是認知主體的覺知與建構，也就是培養學生成為一名「自我覺察的學習者」。

從後設認知的觀點來看，課程經驗不是只發生在某個課堂時刻，很多有意義的學習，發生在課後練習或者事後回想，由於那時候的反思活動，學習者獲得另外一種更為深廣的視野，得以回看自己的學習經驗，從而產生新的學習意義。無論是我自己還是學生，都經常有這樣的體會。

「學習」並非努力蒐集很多顆星星，而是讓每顆星星彼此相連，而且持續、綿延，直到整條銀河都產生關聯。當我認真思索「後設認知」的意義，彷彿也碰觸到「學習」最深邃奧妙之處。十二年國教課程綱要期許每位受教者成為「終身學習者」，後設認知（反思），或許也是成為終生學習者不可或缺的條件吧？

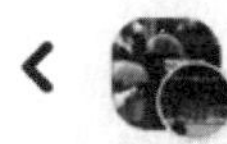

105-2建中城市旅行企劃
2018年3月4日 ·

突然整理臉書社團，來這裡回顧一下我的學習感言。

坦白說，這堂課的主題跟我原想的內容差距頗大呢，沒想到以旅行一以貫之。
因為那時的我，思考相關議題的時間實在少之又少，每次出去玩就是跑景點、照相，然後就不知道幹麻了。
直到後來自己出去走走幾次，以及和社團寒假後的環島經驗，才有了一些理解，把之前的天馬行空想像的那些個旅行企劃書具象了起來，我似乎更能去思考世界更深的意義。
不得不佩服老師在設計教案時將語文能力包裝的很好，可恨特色課程一週僅僅兩節，許多很重要的能力只能蜻蜓點水般帶過，不過這樣的實踐我從老師的FB看的很過癮，很精采呢。

所有留言

吳昌政
哇！現在才看到這段話。「學習」是一連串過程，回顧與反思能夠幫助我們覺察到自己的改變與成長。這樣的學習意義，最重要的不是知識或技能的提升，而是自我主體的成長。

學生在課程結束三年之後提供的回饋與反思

資料出處：105 學年度的臉書選修課課程專頁

使用評分規準提升後設認知

使用概念精確的評量規準也能夠提升學生後設認知的能力。以國中教育會考寫作測驗為例，這項測驗訂出的評分規準，包含立意取材、組織結構、遣詞造句、錯別字、格式與標點符號等向度，如果要求學生根據這份評量規準進行寫作互評，也是一種關於寫作的後設認知教學。該測驗將寫作試卷評為六個等級，底下是六級分文章的描述：1. 立意取材：能依據題目或寫作任務，適切地統整、運用材料，並能進一步闡述說明以凸顯主旨。2. 結構組織：文章結構完整，脈絡分明，內容前後連貫。3. 遣詞造句：能精確使用語詞，並有效運用各種句型使文句流暢。4. 錯別字、格式與標點符號：幾乎沒有錯別字，及格式、標點符號運用上的錯誤。完整的評分規準請參考下方網址。

國中教育會考寫作測驗評分規準

後設認知與教材編輯、課程設計

從後設認知的學習觀點，教材編輯與學習次序非常重要，零散無章的編序將使得課程扁平化，削弱了學習深度。這原本不是這章主要想談的問題，但既然已經呈現出自評與回饋表，就附帶一提。

據我觀察，目前高中課本的編輯概念，首先是根據課綱所示的課次與文言／白話比例，安排每冊之中都有文／白的小說、詩歌、散文，外加雖是「必修」但是併入國文學分的「中華文化基本教材」。以往的思路是唐、宋、明、清文放在前幾冊，至於先秦、兩漢、魏晉文，由於文詞較深且背景知識複雜，多放在後幾冊，但現在似乎也沒有明顯的分隔了。古典詩歌與古典小說選，分散在各冊當中，綜合各冊觀之，便能看出文學史的發展流變，號稱「螺旋式的課程結構」。現代文學方面，作家與作品的代表性都要考量，有時是先選作家，再從他的作品中挑選適合作為高中教材的篇文。課次安排方面，文／白、詩歌／散文交錯，考量到教學節數，要配合三次定期考查的考試進度而定。上述各點，除去關於文言文／白話文的比例乃根據課綱而定，故且不論，其餘幾項預設都頗有再深入討論的餘地。

以前到現在，有機會遇到出版社企劃或者課本的編輯教授們，我都會提出這些疑問。當我追問：「一冊課本中，有什麼學科知識結構或者學習心理的內在邏輯嗎？」最後的答案大抵是：噢，因為考試進度的安排，老師們認為文言文要花比較多教學時間，教學密度大，而白話文比較容易彈性教學，再考量每次段考的分量，所以交錯排列。儘管我遇見的編輯企劃與編輯教授們對目前的教科書都不盡滿意，也只能接受教學者的建議與市場選擇。

上述說法令人沮喪而且困惑。何以我們國文教材的選文次序，不是以知識結構或者學習者心理發展做基礎，而是根據統一的考試進度和教學者的習慣呢？何以預設白話選文的教學時數一定少於古典選文？無法呈現國文學科知識系統的課本是理想的課本嗎？無法照顧到學習者的心智結構進而深化學習的課本是理想的課本嗎？

聽起來有點不可置信，但我任教中學的起點是一份「新編高中國文教科書芻議」。當時我已經在攻讀中文研究所博士班，但覺得有點悶，想出去做點事，剛好有機會，就去報考了復興實中的教師甄試。面試的時候，我拿出那份新編教科書的構想，希望李珀校長支持，最後校長說：「我們實驗中學就是要進行教學實驗的。」原本我只希望兼任，但人事室發給我一張專任聘書。

執教的第一年（97 學年度），高二年段只有我教，進度、教學與評量都自行負擔，加上學校環境與學生素質各方面的條件都好，我就開始重編課本了。由於學生們已經學完前兩冊，因此我避開重複的選文，將三、四、五、六冊的內容整合重組，建構出新的學習系統。那個學期，第一個單元是「詩歌」，第二個單元是「小說」，第三個單元是「寓言」。每個單元先總述文類特質與閱讀門徑，而後依照文學史脈絡講述選文。從教學過程中觀察，兼之參考學生的期末回饋與測驗表現，教學效果令我滿意。這次難得的經驗，也讓我更相信具備清晰的學科知識結構的教材，更有可能是合乎教育原則與教學原理的教材。

那樣的課程能付諸實現，還與其他條件有關。當時我是高中部唯一的國文科專任教師，被派任為高中國文的領域召集人，要負責銜接教育部課程綱要，發展出高中部的特色課綱，因此需要研讀課綱，也深思如何將課綱的良善精神轉化到年級的課程設計與班級的教學實踐。另外一項難得的機緣是，學校聘請上海進才中學的創校者袁小明校長擔任課程發展顧問，她與李珀校長在我初任教的階段，開啟我的課程視野與課程思維。

那之後十年，也就是 106 學年度，我受命任教高一的數理班，允許自訂教學進度與評量方式，才得以有機會將更成熟的想法實踐出來。很令人興奮的，這項提議竟然獲得教務處、導師、學生與眾家長的支持。我給學生的承諾是，六冊課本中的篇章我們都會教，而且更有系統、更有主題，同時會補充額外的文本。我在課堂中徵詢兩班學生的意願，幾乎全數支持課程「獨立」。學校日我向家長提案，心中已經備妥腹案，準備應對各種質疑，誠惶誠恐。沒想到，家長竟然毫無異議，甚至獲得從事中學教育工作的家長贊聲支持。我想表達的是，教師的課程與教學熱情，有時候需要尋求學生共鳴，也需要行政同仁與家長們的支持。

接下來三年的國文課，就被學生津津樂道是「脫綱教學」，但我總說，我不照課本教，不用現成題庫與測驗卷，但絕對貫徹新課綱的精神。 儘管那時「108 課綱」仍未正式實施，我們走的就是那樣的方向。

教學的內涵當然還是聽說讀寫，但是課程結構大幅調整。先訂出大結構，再配合課程架構中的各項教學主題與教學單元，選用課本內、外的教學素材。

在我的構想中，面對高一新生，首要之務是讓他們認識自己，建立自我意識，因為「自我認知」是所有後設認知的基礎；其次，學生必須思考圍繞著「學習」的重重問題，建立關於學習的後設認知；第三，學生要認識「語言和文字」，建立關於語文的後設認知；第四，學生要有「文本」與「閱讀」的概念，建立關於閱讀文本的後設認知；第五，學生要有「寫作」的概念，建立關於寫作的後設認知。這五項是第一學期的課程骨架，都是為了建立國文學習的後設認知能力。另外，我期待每學期的課程都包含一本文學書，以及一本非文學書。第一個學期的文學讀本是《小王子》，非文學讀本是《給青年科學家的信》。

每學期一開始，我會向學生說明當學期的教學計畫，包含課程的主題單元、學習文本、學習內容以及評量方式。我會從課程與教學的角度說明為什麼這些內容重要，以及期待他們在學習過程中有怎樣的表現與成長。當我清楚地呈現課程架構與教學素材，學生會更信任我的教學引導。學生們也會因為掌握了基本的學習地圖，更有效地規劃自己的時間，準備好學習的胃口，以接受知識的饗宴。這麼做的最終目的，仍是培養他們成為更自覺的、富有反思性的學習者。

六個學期的教學內容與課程進度表，請參考後面的附錄。

附錄（一）：高一上學期教學內容與課程進度表

台北市立建國高級中學 106-1 國文科教學、作業進度表

【125/126】

週次	日期（1-5）	教學進度：主題	教學進度：核心問題與核心文本	教學進度：讀寫表達（星期一）	教學活動與評量	備註
一	8/30	開學				
二	9/4-9/8	個性自覺與認識自己	自我介紹	《履歷表》仿寫	學習單／口語表達	
三	9/11-9/15		如何學習高中國文—學習重點與試題分析	名士風流—竹林七賢	學習單	
四	9/18-9/22		自我覺醒與尊重個性—《世說新語》選	嵇康〈與山巨源絕交書〉	學習單	
五	9/25-9/30	學習	學習的意義—電影《春風化雨》	影片討論／如何詮釋文章	課文聽寫／學習單	
六	10/02-10/06		學生的責任—歐巴馬〈開學日的演講〉	為什麼要上學—大江健三郎〈為什麼孩子要上學〉	演講影片／學習單	10/04 中秋節假日
七	10/9-10/13		【課程統整與複習】			10/12-13 第一次定期考查 10/9-10 國慶放假
八	10/16-10/20	學習	我們需要怎樣的老師—韓愈〈師說〉1	段考檢討與作文討論	課文抄寫與筆記	
九	10/23-10/27		天賦與努力哪個重要—王安石〈傷仲永〉	我們需要怎樣的老師—韓愈〈師說〉2		
十	10/30-11/03		成為更好的人—《論語》中的教與學	《小王子》音樂劇欣賞	學習單／討論與報告	
十一	11/06-11/10	文本與風格（1）	文章的風格與功能：梁實秋〈下棋〉簡媜〈夏之絕句〉劉克襄〈古橋之戀〉豐子愷〈梧桐樹〉胡適〈容忍與自由〉	專書閱讀 《小王子》導讀 1	學習單／討論與報告	第一組：1-4 節 第二組：5-9 節
十二	11/13-11/17			《小王子》導讀 2	學習單／討論與報告	第三組：10-13 節 第四組：14-18 節
十三	11/20-11/24			《小王子》導讀 3	學習單／討論與報告	第五組：19-22 節 第六組：23-27 節
十四	11/27-12/01		【課程統整與複習】	如何寫作閱讀心得	12/5 以前上傳小王子讀書心得（800 字以上）	11/28-29 第二次定期考查 12/01 廚藝競賽
十五	12/04-12/08		段考檢討與作文討論	（12/04 校慶補假）模擬辯論抽籤分組		12/2 校慶，12/4 補假
十六	12/11-12/15	文本與風格（2）	文本與多元的文本類型			12/13 作文抽查（作文、學習單或摘要任選 6 篇）
十七	12/18-12/22	語言與文字	文明與文化的起點—語言與文字	專題研究：批判性思考與閱讀 （一）從結構脈絡到摘要		專題分組：3-5 人一組 讀書會分組：5 人一組
十八	12/25-12/29		漢字的特色—許慎〈說文解字序〉	（二）從問題意識到論證		專題研究主題：語言
十九	01/01-01/05		模擬辯論：1.你是否贊成漢字拼音化？2.你是否贊成漢字簡化？3.你是否贊成文言文列為國民中學必修？	（三）從資料搜集到計劃		提交專題小論文構想
廿	01/08-01/12	專書閱讀	《給青年科學家的信》讀書會：摘要與導讀		文章摘要與心得 分組讀書會	1/14 之前上傳摘要與心得
廿一	01/15-01/19		【課程統整與複習】			1/17-19 期末考

附錄（二）：高一下學期教學內容與課程進度表

台北市立建國高級中學106-2國文科教學、作業進度表【125/126】

週次	日期(1-5)	主題	龍騰課本	資料冊	學習重點	學習活動與評量	
							非文學書籍閱讀備忘
三	02/26-03/02	詩經	蒹葭	01	詩歌的興發感動特質 詩歌的情感與表現手法	葉嘉瑩演講聽講筆記 文字資料的圖表統整	閱讀《語言與人生》的指定章節，第一次段考之後繳交報告摘要初稿，基本要求如下： 1. 兩人一組 2. 每組報告一章 3. 篇幅限A4一面 4. 包含內容摘要 5. 設計提問與思考 6. 運用結構圖表呈現 7. 連結到自身經驗 8. 提出疑問或反駁
四	03/05-03/09	楚辭	漁父	14	知人論世的閱讀途徑	學習單／課堂討論	
		【詩人專題1】屈原		17	屈原的生平與作品內涵		
五	03/12-03/16	樂府詩	飲馬長城窟行	34	文本細讀的閱讀途徑	學習單／課堂討論	
		古詩	行行重行行	61	詩歌語言：節奏與意象		
六	03/19-03/23	【詩人專題2】陶潛		71	陶潛的生平與作品內涵	學習單／課堂討論	
七	03/26-03/30	課程統整 03/26-27 第一次定期考查				期中評量與試題檢討	
八	04/02-04/06	專題探索：符號與溝通	一、媒體、傳播與廣告行銷			外賓演講 撰寫閱讀推廣企劃書	04/04-06 清明連假
九	04/09-04/13		二、符號、文本與影像			影片欣賞與討論	繳交閱讀推廣企劃書初稿
十	04/16-04/20		海外學習				
十一	04/23-04/24		三、影像的敘事性與抒情性			校園影像故事： 你所不知道的建中	
十二	04/30-05/04		【課堂報告】《語言與人生》分組導讀			分組報告與同儕回饋	繳交校園影像故事作業
十三	05/07-05/11	賦		114	賦的特質與發展流變	古典韻文發展史統整	05/08-0 第二次定期考查 [報告的觀摩與互評]
十四	05/14-05/18	唐詩選1	旅夜書懷 夜雨寄北	116 120	近體詩的形式與特質 詩歌中的時間與空間 唐詩的風格與美感特質	律詩重組 詩歌聽寫	**文學書籍閱讀備忘** 1. 從推薦的六本成長小說中，任選一本閱讀， 2. 根據指導與格式要求，分組撰寫閱讀推廣企劃書。 3. 企劃活動中必須包含設置臉書粉絲專頁，並且透過網路平台發表至少四次的推廣行銷活動。 4. 行銷推廣活動的形式不限，可以包含廣告傳單設計、廣告短片、廣播劇、朗讀、採訪報導、書評、歌曲製作…… 5. 推廣活動必須表現書本內涵並且吸引人。 6. 六本選讀書籍包括：《徬徨少年時》、《花開時節》、《福爾摩沙惡靈王》、《向光植物》、《邊城》、《台灣成長小說選》。
十五	05/21-05/25	唐詩選2	長干行 走馬川行…… 琵琶行	42 123 140		學習單／課堂討論	
		【詩人專題3】杜甫		128	杜甫的生平與作品內涵		
十六	05/28-06/01	宋詩選	泊船瓜洲 寄黃幾復 書憤	167 174 181	詩歌與書畫 宋詩的風格與美感特質	學習單／課堂討論	
十七	06/04-06/08	詞選	念奴嬌 一剪梅 南鄉子	220 209 214	詩歌與音樂 詞的格律與美感特質	詞境詮釋與改寫 學習單／課堂討論	
		【詩人專題4】蘇軾		196	蘇軾的生平與作品內涵		
十八	06/11-06/15	散曲選	大德歌 慶東原 落梅風	229 232 237	詩歌與戲劇 曲的格律與風格	學習單／課堂討論	
十九	06/18-06/22	戲曲選	竇娥冤	246	傳統戲曲的特質與美感	崑曲欣賞	
廿	06/25-06/29	課程統整	閱讀推廣成果分享、期末回饋與自評、繳交學習歷程檔案				06/27-29 第三次定期考查

學期成績計算：定期考查60%、課堂學習單與學習表現30%、學習歷程檔案10%

附錄（三）：高二上學期教學內容與課程進度表（期初版本）

台北市立建國高級中學107-1國文科教學、作業進度表

【225、226】

<table>
<tr><td rowspan="2">週次</td><td rowspan="2">日期（1-5）</td><td colspan="4">教學進度</td><td>專題與讀書會</td><td>備註</td></tr>
<tr><td>主題</td><td>學習重點</td><td colspan="2">學習內容與教學評量</td><td>（星期五）</td><td></td></tr>
<tr><td>一</td><td>8/30</td><td colspan="4"></td><td colspan="2">本學期課程說明與上學期期末考檢討</td></tr>
<tr><td>二</td><td>9/3-9/7</td><td rowspan="6">如何閱讀短篇小說</td><td>閱讀小說的門徑</td><td>建中紅樓文學獎作品選讀</td><td>小說評審</td><td rowspan="5">專題探究：
台灣宮廟文化</td><td>0830 開學</td></tr>
<tr><td>三</td><td>9/10-9/14</td><td>主題、視角與象徵</td><td>魯迅〈孔乙己〉、賴和〈一桿稱仔〉</td><td>象徵分析</td><td>9/5-6 模考 10
9/14 學校日</td></tr>
<tr><td>四</td><td>9/17-9/21</td><td>人物、行動與對話</td><td>〈鴻門宴〉、曹雪芹〈劉姥姥〉</td><td>人物分析</td><td></td></tr>
<tr><td>五</td><td>9/24-9/28</td><td>故事、情節與結構</td><td>蒲松齡〈勞山道士〉
黃春明〈蘋果的滋味〉</td><td>情節分析</td><td>0924 中秋假</td></tr>
<tr><td>六</td><td>10/01-10/05</td><td>時間、空間與歷史</td><td>〈虯髯客傳〉、洪醒夫〈散戲〉</td><td>時空分析</td><td></td></tr>
<tr><td>七</td><td>10/08-10/12</td><td>感官、心理與風格</td><td>張愛玲〈金鎖記〉、白先勇〈秋思〉</td><td>心理分析</td><td>【第一次段考】</td><td>10/10 國慶
10/11-12 段考</td></tr>
<tr><td>八</td><td>10/15-10/19</td><td colspan="4">專題探究分組報告 OR 電影欣賞與討論</td><td colspan="2">非文學讀書會說明、分組與提問教學</td></tr>
<tr><td>九</td><td>10/22-10/26</td><td rowspan="5">古典小說史作品選讀</td><td>神話與象徵思維</td><td>從先秦神話到六朝志怪</td><td rowspan="5">課堂討論與學習單</td><td rowspan="5">專書共讀一：
《人類大歷史》</td><td></td></tr>
<tr><td>十</td><td>10/29-11/02</td><td>敘事動機與結構</td><td>從六朝志怪到唐傳奇</td><td></td></tr>
<tr><td>十一</td><td>11/05-11/09</td><td>案頭小說與劇本</td><td>從唐傳奇到元明戲曲</td><td></td></tr>
<tr><td>十二</td><td>11/12-11/16</td><td>圖像與口說文學</td><td>從唐代變文到宋代話本</td><td></td></tr>
<tr><td>十三</td><td>11/19-11/23</td><td>風格與文化詮釋</td><td>從宋代話本到明清章回</td><td></td></tr>
<tr><td>十四</td><td>11/26-12/30</td><td colspan="5">電影欣賞與討論：《月光下的藍色男孩》</td><td>11/26-27 段考</td></tr>
<tr><td>十五</td><td>12/03-12/07</td><td rowspan="5">現代小說選讀（一）</td><td>小說·自我·認同</td><td>曹麗娟〈童女之舞〉
田雅各〈最後的獵人〉</td><td rowspan="5">小說鑑賞與評論</td><td rowspan="5">專書共讀二：
《天橋上的魔術師》</td><td>12/08 校慶
12/10 校慶補假</td></tr>
<tr><td>十六</td><td>12/10-12/14</td><td>小說·歷史·社會</td><td>呂赫若〈冬夜〉
郭松棻〈雪盲〉</td><td>12/13-14 作文抽查</td></tr>
<tr><td>十七</td><td>12/17-12/21</td><td>小說·愛情·慾望</td><td>王文興〈欠缺〉
朱天文〈世紀末的華麗〉</td><td></td></tr>
<tr><td>十八</td><td>12/24-12/28</td><td>小說·親情·家庭</td><td>張耀升〈縫〉
楊富閔〈逼逼〉</td><td></td></tr>
<tr><td>十九</td><td>12/31-01/04</td><td>小說·道德·哲學</td><td>七等生〈我愛黑眼珠〉
張系國〈傾城之戀〉</td><td></td></tr>
<tr><td>廿</td><td>01/07-01/11</td><td colspan="5">專題探究與專書共讀成果發表</td><td></td></tr>
<tr><td>廿一</td><td>01/14-01/18</td><td colspan="5">【課程統整與複習】期末學習反思與自評回饋</td><td>1/16-17 期末考</td></tr>
</table>

寒假作業：短篇小說創作

I

附錄（四）：高二上學期教學內容與課程進度表（期中修改版）

台北市立建國高級中學107-1國文科教學、作業進度表【225、226】

期中修改版 2018.11.02

主題二：古典小說史作品選讀（一）

週次	日期	教學進度					專題與讀書會
		主題	學習重點	學習內容與教學評量／活動			（星期五）
八	10/15- 10/19	期中考試題檢討&電影《你的名字》欣賞與討論					非文學讀書會說明、分組與提問教學
九	10/22- 10/26	古典小說史作品選讀（一）	中國小說史流變	**介紹中國古典小說流變與內容提要** 補充閱讀：魯迅〈中國小說的歷史的變遷〉（演說記錄稿）	P.001 P.009	課堂討論與學習單	專書共讀： **《人類大歷史》** 基本要求： 1. 每個人都有讀書。 2. 拍攝5次短片，皆10分鐘以內，分別介紹書中重要內容。上傳youtube 3. 影片必須包含至少6項問題與回答。 4. 完成五次討論紀錄表，包含分工、提問與學習反思。 進階要求： 1. 設計角色、劇情，讓五部短片成為一系列說書節目。 2. 讓人想看，且能夠獲得知識。 3. 發揮組員個別的創意及才華
十	10/29- 11/02		神話與象徵思維	**〔神話〕《山海經》神話** **希臘神話—帕修斯與美杜莎** 補充閱讀： 1. 林宏濤（譯）《神話學辭典》（商周） 2. 樂蘅軍〈中國變形神話試探〉 3. 何敬堯《妖怪台灣》（聯經）序言 4. 邱于芸〈神話與現代世界〉、〈英雄的十二個歷程〉，《用故事改變世界—文化脈絡與故事原型》	P.030 P.032 P.036 P.038 P.067 P.073	1.《山海經》仿作 2.台灣原住民神話報告	
十一	11/05- 11/09		追尋·啟蒙·回歸：故事中的原型結構	**〔志怪小說〕《幽明錄·楊林》** **〔唐傳奇〕沈既濟〈枕中記〉** 補充閱讀：張漢良〈楊林故事系列的原型結構〉	P.096 P.101	理想之夢——短篇創作	
十二	11/12- 11/16		求仙成道與人間情愛	**〔唐傳奇〕李復言〈杜子春〉** **〔翻譯小說〕芥川龍之介〈杜子春〉** 補充閱讀：康韻梅〈傳奇與話本小說敘述話語及意義建構的差異〉	P.115 P.120 P.125	1. 繪製生命歷程圖 2. 小說情節比較	
十三	11/19- 11/23		真情的追求與實現	**1.〔明代擬話本小說〕** **《警世通言》〈杜十娘怒沉百寶箱〉** **2.〔清〕蒲松齡《聊齋誌異》** **〈蓮香〉、〈促織〉** 補充閱讀： 1. 畢飛宇《小說課》〈看蒼山綿延，聽波濤洶湧—讀蒲松齡〈促織〉〉 2. 周建渝重讀〈杜十娘怒沉百寶箱〉	P.151 P.165 P.188 P.205	課堂討論與學習單	
十四	11/26- 12/30		期中考與試題討論 11/26-27 段考				
十五	12/03- 12/07		情／理的衝突與消解	**〔元明戲曲〕** **1. 王實甫《西廂記》〈拷紅〉、〈長亭送別〉** **2. 湯顯祖《牡丹亭》〈閨塾〉、〈驚夢〉** **3. 高濂《玉簪記》〈秋江〉** 補充閱讀：辛意雲〈精彩的傳承〉	P.223 P.232 P.243 P.255	崑曲欣賞	12/08 校慶 12/10 校慶補假

附錄（五）：高二下學期教學內容與課程進度表

台北市立建國高級中學 107-2 國文科教學、作業進度表【225、226】

週次	日期 (1-5)	教學進度：單元	教學進度：學習主題	教學進度：學習文本或教學評量	教學進度：學習表現	專書閱讀（星期五）	備註
一	02/11-02/15	寒假作業討論:《天橋上的魔術師》			小說朗讀分析	論文摘要寫作教學	
二	02/18-02/23	明明德：人與自我（從認識自我到實現自我）	學／覺： 成為更好的人	《大學》、《中庸》首章	朱子讀書法討論	專書閱讀一： 朱光潛《談美》學習任務：參考 pisa 閱讀素養試題，出 6 道題目。必須涵蓋不同題型、文本類型與閱讀層次。	02/20-02/23 教育旅行 02/24 崑曲
三	02/25-03/01		希望成為怎樣的人 有所為，有所不為	《論語》選——盍各言爾志章 顧炎武〈廉恥〉	課堂討論 學習單		03/01-03/05 東埔寨義診
四	03/04-03/08		個人的品味與趣味 自我的迷惘與發現	袁宏道〈晚遊六橋待月記〉 柳宗元〈始得西山宴遊記〉	課堂學習單	《談美》1-2	
五	03/11-03/15		典範的追求 幸福擁有各種可能	范仲淹〈岳陽樓記〉 歐陽脩〈醉翁亭記〉	段落分析 朗讀聽寫	《談美》3-4	03/14 家長座談會
六	03/18-03/22		統整與複習	【第一次段考】		段考試題討論	03/20-03/21 第一次段考
七	03/25-03/29		良知的自覺與實踐 應該對人性樂觀嗎	王陽明《傳習錄》選讀 電影欣賞與討論：《蒼蠅王》	課堂討論 學習單	《談美》5-6	03/29 紅樓文學獎截稿
八	04/01-04/05	親民：人與他人（倫理、社群、政治）	族群與歷史傷痕	鄭用錫〈勸和論〉或外賓演講	紀錄片與討論	清明放假	04/04-04/07 清明連假
九	04/08-04/12		空間與家族記憶 繼志述事與師生情	歸有光〈項脊軒志〉 方苞〈左忠毅公逸事〉	課堂討論 學習單	《談美》7-8	
十	04/15-04/19		是知己還是君臣	諸葛亮〈出師表〉	類文選讀分析	《談美》9-10	
十一	04/22-04/26		職場上的禍福進退 民主的腳印與代價	《戰國策》〈馮諼客孟嘗君〉 紀錄片欣賞：《牽阮的手》	學習單	《談美》11-12	04/22 生命書寫徵文
十二	04/29-05/03		政治就是你的生活	《郁離子》—〈良桐〉、〈九頭鳥〉、〈賣柑者言〉、〈狙公〉	語用情境模擬	《談美》13-15	
十三	05/06-05/10		統整與複習	【第二次段考】		段考試題討論	05/07-05/08 第二次段考
十四	05/13-05/17		愛情．家庭．信仰	電影欣賞與劇本閱讀：《威尼斯商人》		《威尼斯商人》讀劇	
十五	05/20-05/24		自保與說服的技藝	李斯〈諫逐客書〉 《史記》〈李斯列傳〉	課堂討論	專書閱讀二： 《一九八四》第一部[短論寫作]	
十六	05/27-05/31	電影欣賞：《黑豹》【專題成發】				《一九八四》討論	05/3 作文抽查
十七	06/03-06/07	止於至善：人與世界（理想的生活）	禮樂—公共的理想	《禮記》選〈大同與小康〉	政見草擬	06/07 端午節	06/03 畢典
十八	06/10-06/14		有更好的世界嗎	陶淵明〈桃花源記〉	陶潛的履歷表	《一九八四》第二部[短論寫作]	
十九	06/17-06/21		存有的限制與自由	蘇軾〈赤壁賦〉	字帖摹讀	《一九八四》第三部[短論寫作]	
廿	06/24-06/28		【課程統整與複習】期末學習反思與自評回饋				06/26-06/28 第三次段考
廿一	07/22-08/16	暑期輔導:國寫指導(學測實戰篇);歷代古文;國學知識					

I

附錄（六）：高三上學期教學內容與課程進度表

108-1 國文課程大綱_325、326(10 月修訂版)

周次與日期		教學進度與教學內容				備註
		一、二節	三、四節		五、六節	
		現代散文閱讀與寫作	文化思想文本選讀		專書導讀	
		1. 課前必須預習，課後必須複習。 2. 教材為《南海遺珠》(課本白話散文)、九歌出版《106 散文選》。 3. 第 8-17 週包含同學報告，針對課本選文的寫作主題或者寫作手法，參讀年度散文選，舉出可供參讀的篇章段落，加以說明與分析。	1. 教材由教師準備，隨堂發放。 2. 掌握每個單元的核心議題，閱讀多元文本，理解不同文本的觀點與限制。並且連結核心議題與個人經驗、當代生活。 3. 核心古文與補充選文的學習資料已經上傳雲端，請善用。		1. 指定閱讀書籍為《研之有物》、《一首詩的完成》。 2. 建議先行閱讀。上課時由教師提問並且導讀。課堂導讀之後，課後自行詳讀全文。 3. 隨文劃記重點與摘要、眉批。 4. 納入段考命題範圍。	
1	08.26-08.30	［高中生涯最後的暑假？］				0830 開學
2	09.02-09.06	暑輔講義討論與成語測驗				9/5-6 模考 1
3	09.09-09.13	第一次北模檢討與討論［選擇題+國寫］				0913 中秋放假
4	09.16-09.20	選讀篇章：〈我的書齋〉 讀寫練習：生活空間｜情懷抒發	人性與道德衝突	關於「人性」： 孟子和荀子的各自表述	《研之有物》：1-8 章 《一首詩的完成》：1-6 章	
5	09.23-09.27	選讀篇章：〈飛魚季〉 讀寫練習：文化體驗｜價值衝突		角色衝突與道德兩難： 儒家的倫理情結		
6	09.30-10.04	選讀篇章：〈髻〉 讀寫練習：懷舊憶往｜物件象徵		超越價值的對立： 老子與莊子的觀點		
7	10.07-10.11	**[統整與複習]**				10/10-11 國慶假 10/07-08 段考 1
8	10.14-10.18	選讀篇章：〈稻菜流年〉1-3 讀寫練習：成長變遷｜時空對照	社會秩序的想像與建構	關於政治及領導：《禮記·禮運》、《墨子·兼愛》與《韓非子·定法》	《研之有物》：9-16 章 《一首詩的完成》：7-12 章	
9	10.21-10.25	選讀篇章：〈玉山去來〉4-6 讀寫練習：遊記見聞｜摹寫譬喻		關於戰爭：《孫子兵法》、墨子與其他諸子的觀點		
10	10.28-11.01	選讀篇章：〈翡冷翠在下雨〉7-9 讀寫練習：敘事記遊｜資料剪裁		賈誼〈過秦論〉 黃宗羲〈原君〉		
11	11.04-11.08	選讀篇章：〈許士林的獨白〉10-12 讀寫練習：人物獨白｜故事新詮	語言、經典與書寫	關於「經典」與知識	《研之有物》：17-25 章 《一首詩的完成》：13-18 章	
12	11.11-11.15	選讀篇章：〈在迷宮中仰望星斗〉13-15 讀寫練習：社會思索｜概念具現		書寫的理由：《文心雕龍》選；〈典論論文〉		
13	11.18-11.22	選讀篇章：〈我的四個假想敵〉16-18 讀寫練習：家人親情｜人物描寫		王羲之〈蘭亭集序〉；〈寒食帖〉；〈祭姪帖〉		
14	11.25-11.29	選讀篇章：〈十一月的白芒花〉19-21 讀寫練習：存在感受｜抒情瞬間	**[統整與複習]**			11/28-29 段考 2
15	12.02-12.06	選讀篇章：〈呼喚〉22-24 讀寫練習：價值追求｜借事抒情	生命完善的追求	生命的理想境界：儒、道、佛的觀點		12/05 作文抽查
16	12.09-12.13	選讀篇章：〈美是心靈的覺醒〉25-27 讀寫練習：美感體驗｜概念闡述		通向生命的安頓與超越：蘇軾〈赤壁賦〉、蘇轍〈黃州快哉亭記〉		
17	12.16-12.20	選讀篇章：〈容忍與自由〉28-30 讀寫練習：價值思辨｜論述建構	**[統整與複習]**			12/17-18 模考 2
18	12.23-12.27	［核心古文 30 篇統整與複習］				
19	12.30-01.03	［核心古文 30 篇統整與複習］				0101 元旦放假

附錄（七）：高三下學期教學內容與課程進度表

台北市立建國高級中學 108-2 國文科教學進度表_期中修訂
【325、326】

週次	日期（1-5）	單元主題	教學內容 星期二	星期三	星期四／星期五	備註
一	02/24-02/28	第一次指考模擬考				03/26-27 高三指模一
二	03/02-03/06	文學與文化專題（一）：《史記》與生命哲學	模考檢討	備審資料寫作	電影與哲學	03/06 學長升學座談
三	03/09-03/13		課程說明	〈報任安書〉	〈伯夷列傳〉	
四	03/16-03/20		〈留侯世家〉上	〈留侯世家〉下	〈管晏列傳〉	03/20（五）1500-1700《空橋上的少年》博學講堂
五	03/23-03/27		〈刺客列傳〉上	〈刺客列傳〉下	第一次期中考	03/26-03/27 第一次段考 ［範圍：史記選讀］
六	03/30-04/03	文學與文化專題（二）：小說與哲學	《鼠疫》《異鄉人》	小說與哲學導論	［國定假日停課	04/02-04/05 兒童節清明節連假
七	04/06-04/10		《百年孤寂》《變形記》	《桑青與桃紅》	《海鷗》／文本討論、影片欣賞：摩登時代	補充／推薦閱讀：1.《好的哲學會咬人》 2.《第二性》 3.《我們在存在主義咖啡館》 4.《人的條件》 5.《哲學淺談》 6.《偽理性》
八	04/13-04/17		《玫瑰的名字》	文本討論／影片欣賞：美麗佳人歐蘭朵	《伊凡伊里奇之死》	
九	04/20-04/24		《動物農莊》	《分崩離析》	文本討論／影片欣賞：漢娜鄂蘭_真理無懼	
十	04/27-05/01		《金閣寺》	《流浪者之歌》《水神》	［調課］	
十一	05/04-05/08		高三指模	文本討論／影片欣賞：第七封印	期末回饋	05/04-05 高三指模二
十二	05/11-05/15		期末考		課程統整與評量	05/12-05/13 期末考 ［小說與哲學十回顧］
十三	05/18-05/22	文學與文化專題（三）：攝影與視覺文化	卡爾維諾〈攝影師奇遇記〉	文學與文化專題（四）：中國古代文學史與先秦諸子	中國古代詩歌史概說	1. 上課時間原則上依照原課表。上課地點也在原班級。 2. 06／02 的外賓演講，希望將 326 的課掉到上午 3-4 節。 3. 上課以文獻閱讀為主，請準備好講義。 4. 06/12 畢業快樂
十四	05/25-05/29		約翰・伯格《觀看的方式》導讀		中國古代散文史概說	
十五	06/01-06/05		【文學與哲學】 1. 從鄉土文學看美日帝國風貌 2. 從香水資本主義探討人性		中國古代小說史概說	
十六	06/08-06/12		約翰・伯格		先秦諸子概說：	

I

期待更好的高中國文課本

日前，臉書朋友熱心分享了馬來西亞華文獨立中學的高中國文課本目錄，很有參考價值。下文打算就這份馬華課本目錄加以觀察、分析，對照臺灣課本的情況，希望引發關心國語文教育的朋友們對於教材有更豐富的想像。

首先，這套課本希望涵蓋「聽、說、讀、寫」的語文能力。因此除了範文選讀之外，每冊課本另立「寫作訓練」與「聽說訓練」為專門單元。反觀臺灣國語文課綱數十年來也都期待培養學生「聽說讀寫」的語文基本能力，但是課本仍以範文選讀為主

其次，每冊的「寫作訓練」有各自的訓練主題。從「如何寫好一篇作文」、「如何寫好一首詩」、「文章本天成」、「材料作文」、「小說創作」到「議論文」。臺灣的寫作教學不乏老師們提煉出來精彩紛呈的創意教學，但無論是「作文」教學或者各種形態的寫作，大抵是點綴在範文教學中，或者作為教學單元的延伸活動，沒有明確的系統。

第三，每冊的「聽說訓練」有系統性的設計，由淺入深。從「簡述與複述」、「發問與答問」、「交談與討論」、「演說」、「訪談」到「辯論」。如果我們希望學生具備在不同真實情境中使用語言溝通達意的能力、希望培育出課綱中強調的具備「自主學習」與「獨立思考」能力的公民，就應該思考怎麼系統地教授這些知識與能力。

第四，每冊選文依照主題編排，主題下方標註單元學習的範疇或方向。主題編排是費心而且無法盡善盡美的作法，但是整體而言能表現出該學科的知識結構，局部觀之也提供了選文教學重點的學習脈絡。以這份目錄來看，背後的分類原則至少包含四個向度：文體、寫作手法、作品內涵與文學流變。臺灣單冊課本的課次編排，主要仍考量文白比例與授課節數、考試進度。

最後，每冊有「語文知識」單元，涵蓋語言應用、漢語知識、古典文學常識、當代文學史與馬華文學史等方面。這是在範文選讀與主題分類之外，將一些應當具備的語文、文學與文化知識系統陳述。臺灣的課綱也有指示這些教學內涵，考試也會考，但這些教學內涵不在以範文為主體的課本中佔有一席之地，卻豢養出無數使教學失焦的考卷講義參考書等輔助教材。

透過以上簡單的分析、比較與說明，希望指出臺灣國文課本可以再進步之處。臺灣的教師與學生值得更好的高中國文課本！

（案：本文節選自我所撰寫的〈期待更好的高中國文課本——從馬華獨中的課本目錄談起〉一文，原文發表於2017.08.29獨立評論@天下。全文請參考附錄連結。我另外寫過〈政治、升學與教育理想：五十年來的國文教科書〉，從歷史與社會發展的脈絡談國文教科書的出版現象，也可供參考。該文收錄於張俐璇主編的《出版島讀：臺灣人文出版的百年江湖》，時報出版，2023。）

八、認識你自己，寫出真實作品：備審資料寫作心法

「備審資料」是申請入學需要提供的重要文件，總結了高中階段的學習歷程與反思。從寫作的角度來說，撰寫備審資料也深具意義：第一，綜合各項寫作技巧，表現真實情境的應用寫作；第二，整理相關資料，展現出探究與問題解決的能力；第三，透過反思與展望，強化自我的探索與認識。（本章原是應「青春博客來」之邀所撰寫的專文，發表於 2020.2.25，網頁連結附在文末）

每次接高三班級，總能看見學生們為了撰寫申請入學的備審資料而焦頭爛額，甚至影響到了常軌的課堂學習。這是升學壓力與制度下的無奈，難以苛責。況且，無論對於升學規劃或者生命成長而言，這毫無疑問是一段重要的經歷。儘管不見得每個人最後都能夠如願上榜，從學習成長的角度來說，細心製作一份升學備審資料也深具意義。

這章將從高中教師的身份，與高三學生們簡單說一下製作備審資料的意義、目的以及基本原則。希望澄清了基本概念之後，高三的申請者能安下心來，開始準備。

你可能會嫌我迂曲囉唆，為什麼不直接告訴你「備審資料怎麼寫才會上」，或者教你幾招「製作備審資料的小撇步」？我能理解高三升學的緊張壓力，內心擺盪在種種選擇之間的不安，也了解你身邊充滿著各種引發焦慮的因素。

然而，製作備審資料難道只是參加一場幾萬人的吹牛比賽嗎？或者是一場文字表達與版面設計的包裝選秀？還是一場蠱惑人心的遊說話術大賽？如果是這樣，你又怎麼能肯定自己的「包裝」與「話術」較之同儕技高一籌，而且能順利矇騙經驗老到的大學委員們呢？顯然這不是一條通衢大道。

我必須坦白說，你已經高三了，要有能力從根本的地方理解問題，透過反思之後，誠實地面對自己，找出對於現在的自己來說最好的選擇，並且憑著自己的理性與努力將這些表現出來。我當然祝福你如願地投向理想科系的懷抱，但是那條路沒有直達的捷徑，你必須要回到製作備審資料的起點，才能夠真正抵達屬於你的終點。倘若你已經做了最誠懇的準備，儘管最後沒有通過也不必自責怨嘆。

寫作備審資料的意義與原則

當你只看到「目標」而忽視「意義」，可能會犧牲掉更深刻的學習與表現的機會；當你只重視「策略」而忽視「意義」，並不能保證你將做出最合適的選擇。

因此我給你的第一項建議是：試著去發現或者去賦予製作備審資料的意義。唯有如此，你才不會陷入在繁瑣的文獻與形式的泥淖之中，而能夠靜下心來盤整自己的經驗與想法。然後你可能會很驚喜地發現，當你撰

寫出一份備審資料，過程中充實它的意義，這時候它很可能就是一份神采奕奕、與眾不同的備審資料。寫作的原則其實就包含在你所體認的意義當中；充分發揮備審資料的意義，也就意味著你掌握了寫作原則。為了更清楚的說明這點，以下將從申請者的角度，說明製作備審資料的幾層意義：

（一）真實情境的應用寫作

一般科系要求的備審資料，包含了自傳、申請動機、讀書計畫以及個人簡歷等等項目。這可能是你第一次被要求，在真實的生活情境中應用寫作能力，而且第一次感受到寫作的力量原來如此龐大，足以表現出你如何看待自己，從而影響你如何被別人看待，決定了你選擇未來的可能性。

這項真實世界中的寫作能力，不容易表現在國寫知性題或者情意題，然而極有可能才是你未來最需要的寫作能力，很值得藉由這個機會好好琢磨。從寫作的角度來看，一份優秀的備審資料，綜合展現了申請者中學階段的語文表達能力。也因為它內容訊息駁雜、應用性質突出，值得你悉心講究，反覆增刪、潤飾。好好經營，這份資料足以當成你高中階段寫作素養的總成。

真實寫作的起點是確定你的對象（寫給誰看的）、目的（為什麼要寫），從而選擇合適的語調以及書寫策略。寫作備審資料，最高原則毫無疑問是「誠實」。然而那些真實的內容如何透過自覺的篩選、有機的組織，最後完成它被賦予的任務，就要依賴各種寫作技巧能否恰如其分地綜合表現。

這種應用寫作本身是極重要的「溝通」訓練。不過它不是面對面的對談，因為無法從察言觀色中展現即席應對的能力，它所要求的是一種在心智層面同理對方的能力，或者用更流行的詞彙來說：換位思考。具體而言，你要一直將「讀者」放在心上，反覆問自己：對方想看什麼？對方為什麼要看我寫的東西？對方看到這個之後會有什麼反應？對方在哪些地方可能會產生共鳴或者質疑？諸如此類的自我提問，能幫助你透過備審書寫來琢磨換位溝通的能力，錘鍊表情達意的功夫。

最後請你不要忘記，說明事實、表達觀點、描述經驗、抒發情懷等等基本寫作能力，正是眾多大學校系對於入學生的期待，他們看不到你的課堂作文、國寫卷子，但是能看到你提交上去的備審資料，那是真實的作品，是評估你是否合適入學的重要憑證

（二）專題探究與問題解決

在申請入學的情境裡頭，要解決的問題不只是表面上的「做出一份備審資料」而已，真正關鍵的是那 份書面資料能夠「適當表現出自己的能力與特質」，目的是提供特定的大學科系作為選才參考。

根據這樣的設定，不妨將製作備審資料視作一項專題探究活動。首先你必須要搜集相關的資訊（譬如歷年來不同科系的錄取率、錄取成績……等等），透過觀察與統整，再參酌各種主觀條件（譬如你的學測成績、在校成績、多元表現……等等）與客觀條件（譬如不同科系的申請員額、篩選條件……

等等），決定你想要申請的標靶科系。然後，你可能會透過網絡搜尋或者諮詢，更加深入地認識選定的標靶科系，知道他們在課程上有哪些要求與特色，或者是與相近的科系有什麼區別等等。你功課做的越足，就越能說服對方相信你是經過了自主而理性的選擇才提出申請，不只是遵照著社會價值觀或者過去的分數排名。最後你要提出關鍵事實，透過具體的經驗（最好附上佐證資料）有效地證明自身的能力表現與人格特質，正符合對方的招生需求。這點涉及到自我探索的深度，留待下面再談。

將備審資料視作一項專題探究的成果，對於大學校系而言是很有吸引力的的。因為絕大部分的校系，都期待錄取具有基礎學術能力或者具備學術潛力的學生，而學科成績畢竟只能表現出學術能力的其中一環。更何況，進入到第二階段，申請者的學測分數可能相同，這個時候，大學端怎麼優先選擇錄取者呢？備審資料固然不必用學術論文的格式寫就，但是它重要的意義之一，就在於可作為檢測申請者學術探究能力的依據。如果你高中的學習歷程大多是靜態而且被動的，無法表現出主動學習與探索研究的傾向，那你更加需要將備審資料視作專題探究的成果，一來彌補學習的缺憾，二來滿足大學端的期待。

（三）自我的探索與認識

你有沒有想過，為什麼升大學不全部考試分發「一試定江山」（我不說「一試定終生」，那太浮誇了）就好，而要勞師動眾，忙壞學生、家長與教師，設定出「多元入學」方案？這裡頭有很多結構性的問題，主要牽涉到社會公平與正義，中學教育體制的僵化與限制，以及對未來教育與人才的想像，這裡暫不細談。我們只講一個和你最切身的理由：適性揚才。

從適性揚才的觀點來說，學測成績作為學術性向與能力分流的門檻，只是升學參照的條件之一，並非唯一，也不見得是決定性的。申請入學不是沒有弊端，也勢必付出更龐大的教育成本，但它最珍貴的精神就在這裡，讓制度層面容許、鼓勵每個人表現出自身的獨特性。

根據研究與教學經驗，大學教師發現申請入學的學生在畢業時的學術表現不遜色於考試分發（只比成績）的學生，而且呈現出比較顯著的學習動機與學習潛力。這個觀點當然不適用於每一個個案身上，但是卻可以向你提出一個問題：考試成績之外，你能否拿出其他的條件與證據足以說服大學委員，你適合就讀某校某系呢？

大學端期待學生具有獨立思考的能力，而獨立思考的起點就表現在自我認識。製作備審資料最重要的意義就在於促使學生探索自我、認識自己，並且根據自身的獨特經驗與條件，抉擇自己新階段的學習領域。

為了完成項任務，你必須面對一項異常困難的課題：自我反思。首先你可以想像自己像一條洄溯源頭的鮭魚，重新回返到成長的起點，檢視自己的成長背景與經驗，然後將生命軸線上重要的事件刻度劃記下來，說明你之所以成為現在的你，尤其在人生觀、性格以及興趣的養成上，與那些過往的重要經驗有什麼關聯。

其次，你可以多說一些高中階段的歷練與體會，盡可能找出那些經驗與你自身的紐帶。可能是某一門課、某一次旅行、某個課外活動或者某篇繳交過的作業，他們或許曾經在你的胸口別上一朵花，帶給你榮耀與自信；或許曾經在你的手掌上留下一道疤，讓你疼痛哀嚎；或許是那些你以為微不足道的痕跡，高三回首，才終於有機會拂去覆蓋其上的灰塵，再次確認它與你的關係。

這趟記憶的旅程不見得平順愉快，但是你因此有了重新認識自己的機會。一旦與過去的自己重新晤對，你的生命感開始累積，而現在的選擇與目標將更為篤定。這樣的篤定將使你的備審資料更具感染力，因為你所呈現出來的內容不會只是一些未經反省的陳言套語，猶如出示一張預先準備好的面具；相反地，你會呈現出一張不完美但是真實、獨一無二的臉孔。誠懇的自我表述，是對自己也是對申請校系的最大尊重。

基於以上幾層意義，我甚至認為分科考生也應該試著製作「備審資料」，或者就說「自傳」、「學習歷程總述」吧，儘管那與他們現階段的升學落點無關，對於高中階段的學習而言，卻具備回顧與總結、反思與展望的重大意義。

寫作備審資料的目的與建議

掌握了備審資料的意義與原則之後，我們接下來談談製作備審資料的目的，以及一些建議。如果你覺得前一個段落過於冗長，我可以保證這個大段落的內容會趨於「實用」。但我忍不住先提醒你，「實用」的說明固然能夠幫助你寫出備審資料的「樣子」，但無法賦予它深度與靈魂，而後者說不定才是審查委員期待看到的內涵。無論在格式、內容或者表述上，一味迷信「必勝秘笈」的結果，倘若不是被套上鐵面具這麼難堪，至少也像是硬被裹上一件不合身材的衣衫，要當心產生反效果。

寫作備審資料的目的，一言以蔽之，就是「說一個自己的故事」，讓對方認識自己，並且相信你的興趣、傾向以及人格特質（相較於其他人來說）適合進入該系就讀。非常重要的是，這個故事必須是真實而且邏輯一致的。真實的基本意思就是「不造假」，符合邏輯的意思是說所有的內容要盡可能彼此關聯，最後指向同一個方向：你適合進入某校某系就讀。因為是真實的，所以重點不在將自己視為待價而沽的商品加以「包裝」，而在於通過精心思考之後的篩選及組織，將內容編整成一個有意義而且脈絡明確的故事。想要說出這樣的好故事，自然須要彰顯這個故事的意義，並且試圖獲得審查委員的認可。這時候你須要運用高中階段習得的寫作技巧，發揮專題探究的精神與能力，同時展現出現階段清晰的自我認識。

以上就是製作備審資料的目的，用這個當作前提，接下來我打算根據一向以來的經驗，分點談談具體寫作時的建議。必須先說明的是，由於每個人的背景、條件不一樣，想要申請的校系也不同，因此我只能挑出你最可能疑惑或者產生迷思的問題來談，而這些問題之間沒有次序關係，彼此的內容也可能略有重疊。最後請務必記住，這些只是寫作建議而已，不是什麼金科玉律，你必須要自己斟酌判斷，因為那畢竟是你的備審資料，不是我的，也不是其他人的。

（一）「申請動機」可以怎麼寫呢？

我們先釐清「動機」的意思。「動機」指的是人內在產生的一種驅動力，使人產生行動，朝著特定的目標前進。所以「申請動機」，說簡單一點，就是回答：你為什麼想要申請這個系？回答的時候可以往幾個方面思考：動機可能跟你的家庭背景有關，例如說：母親從事保險業，自己從小耳濡目染之下，也對於風險控管產生興趣；動機可能與一段生命經歷相關，例如說：你的家人曾經不幸感染新型冠狀肺炎病毒，當時自己與其他家人都受到檢疫隔離，度過了驚恐難忘的一段時日，從此深深感受到健康醫療與風險管理的重要，希望加以鑽研，給自己與家人更多保障；除此之外，動機可能與個人的興趣有關，可能與未來的時代趨勢有關，就不具體舉例了。

（二）寫作「申請動機」的時候，有什麼忌諱嗎？

比較常見的缺失，是申請動機與目標科系之間的關係，交代不夠明確。另外也常看到，申請者其實沒有真正的內在動機，只是為了寫而寫，很明顯就在「瞎掰」。如果發生這種情況，我建議你再好好盤整自己的經驗，搜尋一些可能的連結。若是自己的動機不夠充分，或許考慮申請其他校系。

（三）「動機」一定要很積極正向嗎？

不一定。很多動機是中性的，不必要刻意迴避，但建議你完整說明思考的脈絡。比方說某人申請財經系的動機是「想要賺錢」或者「獲得更高的社經地位」，這未必就是虛榮功利，也未必就是惡，但是我會建議他再去思考那兩項追求的背後，是否存在著更深刻的動機，譬如說希望改善貧窮的家境。大人們對於現實的辛苦，未必沒有同理心的。當然如果你說進化學系的動機是學習製作炸彈，報復情敵，這就太離譜了。

（四）我覺得自己的「申請動機」是真實的，但寫起來很虛偽，該怎麼辦？

必須先能說服自己。比方說你要申請法律系，動機是希望伸張正義，我就會問你：「真的嗎？」如果你很篤定說 YES，我接著會希望你思考：為什麼伸張正義對你來說是重要的？你覺得法律的基本目的是伸張正義嗎？你覺得律師或者檢察官的責任是伸張正義嗎？什麼是正義？……

提出這些問題不是為了應付面試，而是希望你更深一層地挖掘自己，重組自己的經驗和感受。如果你能夠完整的描述某些具體的經驗和感受，在動機與抉擇間建立起合理的連結，就更有說服力了。

（五）我出生平凡，家人也都很普通，沒什麼特殊的成長經歷，怎麼辦？

首先你要明白，備審資料希望看到你的

特別之處，尤其是那些成績、名次等數字看不出來的地方。然後，備審資料的目的也不是要看你是否做過國際志工、是否獲得過競賽成就，而是要辨識出你的能力、興趣、特質等各方面與該系的期待是否吻合。你要表現出具備服務的精神，不一定要做過國際志工；你要表現出自己的學科專長或者專注能力，也未必要透過競賽成就。重要的是，你能不能從平凡的生活經驗中加以反思，提取價值，並且將那些經驗如何形塑你的過程加以描述。懂得這一點，你就曉得，為什麼之前我這麼強調認識自己的重要，因為一個自覺度高的人，對於生活細節所傳遞出來的種種意義通常也比較敏銳。你覺得平凡無奇的生活經驗，說不定正好就是別人無法取代你的地方。退一步說，大部分學生的生活真的就是很平凡無奇的，而能夠從平凡的經驗中有所思考感悟，就是一種精彩。

（六）我懷疑，做過國際志工之類的特殊經驗真的不會增加錄取的機會嗎?

要我來說，做過國際志工只能告訴我他家的經濟資本與文化資本可能比較高，並不會增加錄取機會。「擔任過國際志工」只是一項經驗，特殊的經驗可能容易令人印象深刻，但不必然對備審資料加分。寫作的重點仍應放在你想用這項經驗來證明什麼，比如說：是想要說明自己比較具有國際觀嗎？是想要說明自己的外語能力比較強嗎？是想要說明自己有獨當一面的領導能力嗎？是想要說明自己具有勇於接受挑戰的個性嗎？你會發現，以上這些論述都可能成立，但也都不保證成立。因此重點還是放在你的描述與連結是否完整。這裡的完整就是指「經驗／事蹟」和「能力／特質」之間的邏輯關係是否詮釋恰當。我們也可以從另外一個角度來思考，當你想要證明自己的外語能力優異，或者具備接受挑戰的特質，不必然要擔任過國際志工。你可以找出其他更好的例子，加以連結，說明你契合目標校系需要的能力。

（七）照你剛才那樣說，成績、名次都不重要，也不需要強調嗎?

不是的。成績、名次當然可以反映出你的基本學科能力以及一般學術能力，但它不是唯一、也不是最高的參照點，如果完全照成績決定率取次序，就不需要大費周章審查、面試了。如果你覺得自己的成績卓越，那當然可能成為你的優勢，比方說你對文學院科系感興趣，你的國文、歷史成績又剛好十分出色，自然就能夠成為有力的證據，證明你的學生能力出眾，這個時候，其他弱勢科目不見得會讓你扣分，反而可以襯托出你在特定科目具備更高的學習動機或天賦。

與備審資料中出現的任何個別經驗一樣，學科成績代表的意義也需要解釋。比方你要強調的可能不是數值本身的意義，而是你的理解能力、專注能力、責任感等等，或許還可能找出其他各種意義。所以我要再次強調，你必須賦予經驗意義，在這個過程中你同時表現自己的自我覺知與思考能力。

（八）除了上述之外，我還可以怎樣表現出自己的特色與優勢呢?

這也是關鍵的問題。審查過程中，你的資料與其他的資料會被並置比較，因此你更需要凸顯出自己的特色。你不需要造假包裝，但是令人留下越深刻的印象，你獲得面試的機會越大。有幾個方面可以注意：第一，你要優先表現那個科系期待的特色與優點。比方你申請的若是廣告、設計等科系，他們對於想像力、創造力的重視，可能大於嚴謹遵守規範；你申請的若是基礎科學類的學系，你可能更需要強調自己對於自然原理的好奇心，而不是生態保育。在那些情況當中，你要能夠剪裁訊息，讓你的故事完整而有焦點。第二，找出你的長處，可以平衡那個學習環境（或者未來可能的就業環境）可能帶來的負面效應。比方說你想要申請醫學院的科系，你知道系上的課很重，壓力很大，因此你可能就會強調自己是個有幽默感的人，而且喜歡變魔術，幫助自己跟別人放鬆心情；又或者你喜歡唱歌、喜歡打球，那些活動經常幫助你紓解壓力。注意到了嗎？唱歌、打球、變魔術這些課餘的興趣，放在這個故事裡有著特殊的意義，如果是放在另外一個版本的故事，它們可能被用來強調團隊合作（合唱、團體球類比賽）或是情緒控制力佳（變魔術）的特質，故事有無窮的版本。第三，如果備審資料中提及更長期的學術發展或者就業規劃，你可以結合自身的能力或者興趣，表現你對那個學科的特定相關領域有進一步的興趣。比方說你想要申請社會工作系，將來打算從事社會福利工作，這樣子寫還太籠統，如果你能夠更深入地了解社工系內部的學科系統，或者說明社會福利工作的具體內容項目，就更能夠說服人你已經思考過相關的問題，並且有了基本的概念及準備。

（九）我可以怎麼樣表現出對於那個校系的了解？

首先你要真正去「了解」那個校系在學什麼，它裡頭的學科分類、學科架構是怎麼樣的，之後才能談如何「表現」出對它的理解。要怎麼樣去了解目標校系呢？最直捷的方式是連上他們的網頁，瀏覽相關的訊息。幾乎每個學系都會介紹自己的發展特色，這是你的基本功課，去看看那個學系的性質與發展，是否真的符合自己的期待。從官方網頁的介紹中，你也可能掌握到那個領域的關鍵概念、發展趨勢，或者那個系與其他相關的校系有什麼異同，這些都是有意義的訊息，幫助你判斷它是否合適你申請就讀。在備審資料中，如果適當地融入那些相關的訊息或者概念，也能夠證明你是下過功夫的，不是散彈打鳥隨機申請，也不是盲從落點預測。此外，我也建議你查詢他們系的課程表，看一看課程地圖與大綱，曉得大一有哪些必修課程，探索這些課程的實際內涵，並且嘗試與自身的興趣、專長、人格特質結合在一起，這樣子會讓你的故事會更有魅力，也更符合那個校系的需求。

（十）備審資料的內容，需要使用到圖表嗎？

不一定，但是我建議你適當地運用圖表。有幾個理由：第一，委員要瀏覽很多份資料，無法預期他們會逐行細讀你的文章，這時候善用圖表，將自己的亮點提綱挈領表現出來，幫助閱讀者迅速掌握重點，不失為一種有效的表達方式。第二，圖表製作表現出一種「化繁為簡」的能力，想要將龐雜的文字訊息轉化成圖表的形式，需要的不只是應用軟體的美術編輯能力，更考驗出你是否真正理解內容並且具備分析、組織的能力，而這些能力正是學術研究的基礎。所以我很建議你在恰當的地方運用圖表，重點不是讓排版看起來活潑美觀，而是你多了一處機會，表現自己統整、分析、組織的理解能力，並能夠有效地將文字內涵用其他種方式表述出來，進行真實而且具有目的的溝通。

附錄：本文最初發表的網頁

學習歷程檔案

因應108課綱的理念與政策，自111學年度起「學習歷程檔案」已作為大學甄試入學（學測申請）的重要書面審查資料。學習歷程檔案期望展現學生在高中三年的學習歷程與成果，展現多元能力，從真實表現中勾勒出獨特的學習軌跡，展現個人特質與發展潛力。然而執行幾年下來，受到的挑戰與質疑也不少。面對學習歷程檔案產生的風波，我的建議是回歸到制度創設的原點，思考並且滿足它的良善立意。新增的制度可能引發各種麻煩，但若能夠造就整體更公平、理想的教育環境，仍是值得實施。就學生來說，重點是把握住制度的精神，不必被坊間許多危言聳聽式的言論弄得焦慮不安。關於「學習歷程檔案」，「作伙學」網站呈現了受教育部委託而執行的計畫成果，包含可信而充分的說明、指引、範例。其中，臺大社會系林國明教授的說明影片相當值得參考；可供下載的《作伙做學檔 —— 課程學習成果呈現建議》也是具體而簡明的指引。一名期待自己變得更好而且希望展現學習能力的高中學生，難道不應該嘗試負責而獨力地完成這件事嗎？

教育部學習歷程檔案審議計畫—作伙學

輯三 · 從課本到文本

九、文本．脈絡．閱讀理解

從「課本」解放到「文本」，國文課的閱讀教學，可以強調作者的時代背景，文本的形式與內容，學生的閱讀感受。但無論如何，閱讀之筏總是在作者、讀者、文本與脈絡之間悠遊、探索，泛起一圈又一圈意義的漣漪。（本文最後一節根據2023年「第一屆全國高中國文教師研習營」的演講內容改寫而成，研習營由臺灣大學現代中華文明研究中心主辦。）

讓文本連結自己與世界

課程說明的時候，我意識到「文本」這個詞彙有的學生可能不熟悉，然而這是國語文課綱的關鍵詞，也是我們上課經常使用的概念，因為必須與學生達成概念共識。

我使用板書向學生解說：你們在國文課會一直聽到我說「文本」，什麼是文本呢？文本原來是英文 text 的中譯，也有翻譯成「本文」或者「篇章」的，但我習慣說文本。教育部課綱也使用文本這個詞。文本基本的意思是用書面語言表達出來的訊息，是在特定的情境中被創造、閱讀的一段有意義的訊息。不論形式與功能，符合上述界定的都可以稱作文本。比如說，國文課本是一種文本，課本中的單篇文章也是一種文本，課本前面的目錄也可以是一種文本。再看看我們四周，教室門口張貼的功課表是文本，教室牆上的對聯和黑板上的標語也是文本。根據這個定義，你們看看四週，自己的書桌上、抽屜裡，是不是能發現各種文本呢？

生：「桌子右上角留下的考生資料貼紙，算是文本嗎？」

我：「你看看上面有哪些訊息呢？」

生：「上面有考生的名字、准考證號碼、考場試場……」

我：「這些訊息是否都具有意義呢？」

生：「可以區別和辨認身份。」

我：「你覺得這些訊息是給誰看的？」

生：「給考生和監考老師。」

我：「所以他符合我們剛才對文本的定義嗎？」

生：「符合。」

另外一位學生問：「老師，只要有文字就可以嗎？那漫畫算不算？」漫畫當然是一種文本。狹義的文本專指用書面語言（也就是文字）寫成的訊息，廣義的文本可以包含口語、圖像、音樂、舞蹈、建築等等視覺、聽覺的對象，這些文本都具有意義，而且用一種系統性的符號（像是文字、音階、線條、色彩、節奏、韻律）表現出來。

讓我繼續「說文解字」。從字源上來說，text 這個詞的拉丁文字根與編織有關，可以想像任何一段話、任何一篇文章都像是用一連串的文字符號所編織的織品，像身上穿的衣服一樣，具有各種花樣與紋飾，代表不同的意義。中文翻譯成「文本」也挺有意思的。由字形的角度分析，「本」象樹根之形，引申作根本、根源的意思；「文」的古文字字形，用人身體上交錯的筆畫表示出文身或者紋飾的意思。從字形與字源的角度來看，以身體意象創造的「文」，一開始就充滿了人文的想像與內蘊。

甲骨文（上排）與金文（下排）中的「文」字

資料出處：https://kknews.cc/culture/3x6rrja.html

在我的理解與用法中，「文本」已經不單純是 text 的翻譯，而加入了源於漢字字形與傳統文獻的意義。這樣的意義是文化性的，也是學生們對於本國文字該有的認識。根據《說文解字》及《文心雕龍》、《論語》等典籍，傳統「文」的意義，不限於文字篇章，也不只是直接引申出來的紋飾花樣，而包含了日月星辰、山川草木、音聲五色，乃至於日常的視聽言行、複雜的文化活動，整個自然世界與人文世界的秩序，那些蘊藏著意義的符號，無非不是「文」的表現。「文」被視為「道」（真理、最高價值）的顯現，是意義棲身的地方，也是價值的顯現。「文」一方面指具體可感的現象層面，但現象中即蘊藏意義，意義通過人自身與「文」的交互作用而生成。透過「文」的豐富形式，人類感知意義。從這個角度也可以講通文本與意義的關係。

因此，國文課帶學生讀「文本」，可不只是學習文詞、篇章而已。課本選文是入門，補充篇章是延伸，「國文課」最後希望透過相關聯的各種文化創造，在學生、文本、教師、生活世界之間喚起各種可能的對話與意義。如果說 AI 或者新興科技融入教學能有意義，也必然是在這樣的前提底下。

108 課綱中的「文本」

「技術型高中國語文領綱」（技高領綱）的「學習內容」提到「文字篇章」包含了「口頭語、書面語及影音圖像」，而「文本表述」的內容包含「閱聽理解」與「說寫創造」，文化內涵即是各種文化學習。可以推想它背後的「文本」概念，應該就是以多元方式呈現出來的各種文化創造。相形之下，「中小學暨普通高中國語文領綱」（普高領綱） 特別強調「文本表述」之 「文本」是指「語言文字及其他符號，遵循語義規則所組成的句子、段落或篇章」，而沒有指出「文本」可以涵蓋口頭語、書面語以及影音圖像，也未提到「閱聽理解」之類明確指稱多元文本的詞語。然而普高領綱針對「文本表述」列出了各類學習文本：

■記敘文本：以人、事、時、地、物為敘寫對象的文本。

■抒情文本：由主體出發，抒發對人、事、物、景之情感的文本。

■說明文本：以邏輯、客觀、理性的方式，說明事理或事物的文本。

■議論文本：以論點、論據、論證方式，表達對人、事、物看法的文本。

■應用文本：因應日常生活、人際往來與學習的需要，靈活運用各種表述方式而產生的實用性文本。

這些文本類別指出了國文課的學習篇章與重要內涵，但仍側重於書面文本。

到底是「13」還是「B」？

講完了「文本」，接著跟學生談「脈絡」。什麼是「脈絡」呢？先從英文詞語 context 來說，常被翻譯成前後文、上下文、語境、背景、情境等等，因著使用場合有別，具體內涵也不一致。比如說，一段文字或者話語的 context 可以稱為前後文、上下文、語境，能幫助閱聽者理解整段語文的意思，避免沒頭沒尾地斷章取義；又比如說，一件事情的 context 可以稱為背景、情境，幫助人理解整件事情的來龍去脈，不致於輕易做出偏頗的判斷。

Context 被翻譯成「脈絡」，則又被附上一層身體的隱喻了。從傳統醫學的觀點，人的身體是整全連動的系統，經絡與經脈作為氣血運行的網絡通道，密佈周身，連結臟腑與肢骸，輸送生命能量。「脈絡」一詞強調整體、連結、系統的特點。了解事物的脈絡，意味著不將它視作孤立的對象，而是從更大的、動態的系統中理解他的意義，那樣的系統可能是繫聯著歷史、社會、文化或者個人心理等錯綜複雜的因素。

為什麼脈絡重要？因為當我們想要理解某個對象，不僅會受到對象所在的情境影響，也會憑藉著自己過去的經驗與知識背景，也就是說，主觀與客觀的脈絡都會影響意義。比如說我問學生，下圖中央的符號，究竟是什麼意思呢？有學生說是阿拉伯數字 13，也有學生先看到是英文字母 B。其實都沒錯，放在橫排英文字母 A 與 C 中間，你會說他是 B；放在直行的阿拉伯數字 12 與 14 中間，你會說他是 13。我又舉「T」這個符號為例，對於只學過注音符號的人來說，可能覺得寫下的是「ㄐㄑㄒ」的「ㄒ」；對於只認識英文字母的人來說，可能會認為寫下的是「ＳＴＵ」的「Ｔ」。倘若那個「T」符號出現在路旁紅色三角形的交通標誌上，指的可能是「前有岔路」。這些例子都可以說明脈絡影響意義。

由此可見，脈絡總是與理解息息相關。理解一個對象（無論是一段話或者一件行為），也就意味著「理解在某個脈絡當中的對象」，或者「透過某個脈絡來理解對象」。

脈絡影響意義

作者、文本、讀者的三角關係

解釋完「文本」與「脈絡」之後，我在黑板上用虛線畫了三個交疊的圓，圓圈內分別寫上「作者」、「讀者」與「文本」，並且注明虛線的區域就是「脈絡」。我跟學生說，這是閱讀的要素與關係圖，國文課教大家閱讀，就在教這個圖。關鍵的問題是：閱讀的意義如何產生？

閱讀從來都不簡單，它是非常複雜的認知活動。我們可以將閱讀的層級從淺入深分做三道關卡：第一道關卡，是字詞解碼，必須整合文字的形、音、義，辨識詞語的基本意思與順序；第二道關卡，是梳理文本，掌握文本的主要內涵，分析、推論文本形式與內容之間的關係；第三道關卡更複雜，要求連結自身的生命經驗，回應文本，並且允許文本對自己的認知、情感與行動產生作用。每一道關卡都需要不同程度的努力，調度先備知識，進行批判思考，引發情意想像，並且覺知自己身處的閱讀狀態。通過這三道關卡，閱讀活動之於讀者，就不僅是語文習得與文本擷取，進而懂得分析文本、鑑賞文本，最後能夠與文本對話，生成意義。

那麼，文本的意義應該在哪裡尋獲呢？文學批評理論提供了三條途徑：由文本自身呈現，由讀者賦予，由作者決定。這三種途徑並不相互排斥。事實上多數人相信文本意義並不是靜態的，它隨著文本的性質、讀者的性格與作者的創作意識不同，而有不同的落腳處。那怕是同一位讀者面對同樣的文本，在不同的閱讀機緣底下，所生成的意義也不盡相同。然而，無論採取何種閱讀途徑，脈絡都是不可或缺的閱讀要素。

意義像是一隻古靈精怪的兔子，在作者、讀者與文本之間掘穴棲身，而脈絡像是一張層層疊合的網，籠罩著那三處穴窟，那隻兔子無論怎麼跑跳都脫不開身。

為什麼說脈絡是不可或缺的閱讀要素呢？因為作者、文本與讀者都有屬於自己的脈絡，脈絡與脈絡之間疊合，意義得以生發與流動。因此構成了那樣的關係圖。就作者來說，脈絡可以是他的時代背景、出身背景、交遊情況、文學風格、文學主張、特殊經歷……，或者創作某篇作品的特定背景。就文本來說，脈絡除了指它被創作出來的時空背景之外，也可以是將它放在文學史發展過程當中，展現出的文體特徵、風格傾向，或者，是文本自身篇章形式與內容的複雜關係。就讀者來說，脈絡與個人的背景知識、生命經驗、性情特質與時空處境有關，這些因素都影響讀者如何從文本中獲得意義。可以說脈絡的半徑越長，所圍出來閱讀的意義也更開闊。

國文課的閱讀教學，可能強調作者的脈絡、文本的脈絡，或者重視學生的閱讀觸發與感受。但無論如何，閱讀之筏總是在作者、讀者、文本與脈絡之間悠遊、探索，泛起一圈又一圈意義的漣漪。

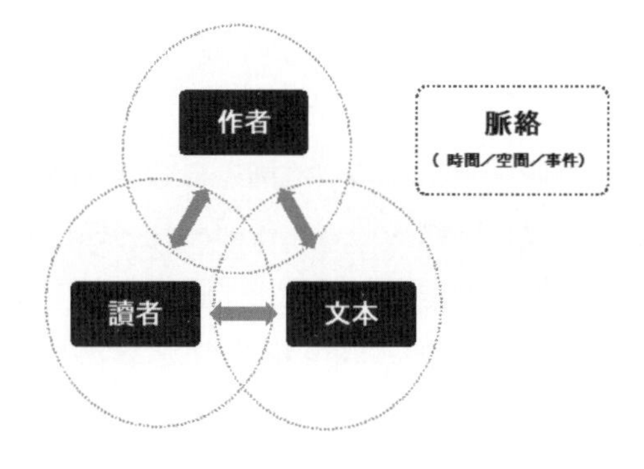

閱讀的要素與關係圖

國文教學的新視界

「文本」這個詞語在文學批評或者文化研究領域不是新鮮貨，也早已經是文學院、社會科學院學生耳熟能詳的學術通用概念。然而自國語文領域的課程與教學脈絡觀之，「文本」確實是新概念。我認為從「九年一貫課程綱要」到「十二年國民基本教育課程綱要」，國語文領綱在學科內涵的表述上，最核心的變化（也是進化）就是提出「文本」取代之前的「篇章」或者「作品」。這不只是抽換文字玩語言遊戲而已，裡頭寓涵更深刻的讀、寫教學預設，也將開啟國文教師們對於課程設計與教學更豐富的想像。

為什麼我認為在教學現場引入「文本」概念，可能開啟國語文教學轉化的可能性呢？

第一，使用「文本」而不是「作品」，暗示閱讀的意義在閱讀過程中向讀者開放，而不是尋求一個（由作者決定的）權威的、特指的、固定的解釋。這個開放的關聯系統中，所有的文本與時空脈絡、讀者的生命經驗、前後的各式文本之間交織成一個多元而繁複的互動網絡，意義在其中生成、流動、轉化。用文學領域的詞語來說，「脈絡」（context）與「互文性」（intertextuality）必須以「文本」（text）為基礎發展。

其次，使用「文本」而不是「篇章」的時候，意味著字一詞一句一段乃至於標點符號這些篇章成分都可以包容進去。「文本」不只是用來指稱一篇首尾完整的文章，可以是指帶有訊息內涵的各項成分，例如一個段落、一個句子、一個關鍵詞；「文本教學」不必得要梳理整篇文章，因此可以彈性選擇需要的文本，進行主題式或者概念式教學。

最後，「文本」不只是用書面語言寫定，也可以包含口語以及視覺的表現形態，甚至可以包含展覽、演出等更複雜而且多元的形式；一篇小說是文本，一段演說是文本，一頁漫畫是文本，一支廣告、一部電影是文本，一場動漫展、一齣音樂劇也是文本。就現代文學生產與傳播的觀點來看，文學轉譯盛行，學生生活在一個更豐富而且多元的文本世界中，因此不只需要學習閱讀書面文字的「文本」而已。

這將如何影響教學現場呢？

首先，也是最關鍵的一點，一旦「文本」概念成為國文課程的共同知識，教學與評量的思考焦點更容易從「課本」與傳統的紙筆測驗跳脫出來，賦予更活潑多元的形式及內容。

其次，「閱讀」的概念將被擴大，不專指釋讀書面文字，也包含去理解以各種符號表徵為媒介的文化產品，這不僅符合時代潮流，也可以促進認知發展。

第三，多元文本作為教學材料進入課堂之後，妥善搭配教學方法，將更容易引發教室裡的交流與溝通，共創學習經驗。最後，教師的任務會從「教授學生課本內容」逐漸轉型為「引導學生與文本溝通對話」，在意義的生成當中培養學生成為主動的學習者。

第四，文本將成為國語文學科「跨領域」教學的媒介，在「跨領域」的潮流中錨定國文教學的學科範圍與特質。比如說我不會說我在教「媒體釋讀」，而是在談「新聞、報導文本」的特質，以及在這樣的文本在書寫及傳播過程中產生的文化現象；我不會說我在教「科普知識」，而是帶學生學習「科普文本」的閱讀途徑；我不會說我在教「哲學」，而是教學生如何分析性地閱讀「哲學文本」，從閱讀中分析哲學論述的語言形式；我不說我在教統計或者數據分析，但是我能教學生閱讀「數據文本」，這是一種文字符號與非文字符號之間的文本轉譯。國文老師不必擁有跨學科知識，但「文本閱讀」應該要成為受過語言、文學、教育學基礎訓練的國文教師的核心專業。

最後，也因為「文本」所具有的內涵、特質，以上對於中學國文教學現場的影響將延續到大學國文。因此可以說，課綱引入「文本」概念之後，亦足以橋接中學國文與大學國文。

概念為本的課程與教學中「文本」的關鍵地位

概念為本的課程與教學（concept-based curriculum and instruction）強調概念理解對於學習的意義。在概念為本的語文課程中，文本居於關鍵地位。文本被界定為「用來溝通想法、情感或資訊的任何印刷或非印刷媒介」，這暗示文本不只是書面形式，也可能以其他（口頭的或者視覺的）形式表現；其次指出文本的意義可能是思想、情感或者訊息，而意義在溝通當中產生。這裡對文本言簡意賅的定義，可以幫助我們重新思考臺灣國語文課綱所提的學習內容與學習表現。

概念為本的課程並非使用「學習內容」（通常用名詞表述，多屬於陳述性的知識）與「學習表現」（通常用動詞表述，多屬於歷程性的知識）的架構，而是提出了四條支線（strands）作為語文學科各種歷程之間整合與密切關聯的基礎。四條支線都以文本為基礎，他們的名稱與界定分別是：

■瞭解文本（understanding text）：代表為了從閱讀、聆聽或觀看的文本中建構意義，學習者必須懂的概念。

■反應文本（responding to text）：包含閱讀者、寫作者、聆聽者以及觀看者為了生成優質反應，並在對話中扮演有效角色而必須懂的概念。

■評析文本（critiquing text）：找出閱讀者與聆聽者為了鑑賞文本而必須懂的概念。

■生成文本（producing text）：處理有關文本生成或產出的重要概念。生成的形式包括演講、簡報、視覺表達、多媒體或寫作等。

在這樣的課程架構底下，文本概念整合了「知識性結構」（學習內容、知識）與「歷程性結構」（學習表現、技能）等課程要素，而且依靠支線組織起單元網絡中的主題、次概念、單元標題、概念透鏡，用簡潔而有說服力的表達方式呈現學科標準所期許的能力。

關於概念為本的語文課程與教學，推薦閱讀《創造思考的教室：概念為本的課程與教學》（劉恆昌譯，心理出版社，2018）、《邁向概念為本的課程與教學—如何整合內容與歷程》（李秀芬、林曦平、李丕寧譯，心理出版社，2021），以及《設計概念為本的英語文課程》（劉恆昌、李憶慈、李丕寧譯，心理出版社，2022）。

劉恆昌：概念為本的五個關鍵提醒

來源：社會領域教學研究中心

〔小學組〕YouTube 頻道

十、直面文本：閱讀與寫作的教學轉化

文本只是教學素材，它的教學意義取決於教師如何將它放置到複雜的課程脈絡中，進行教學轉化，而後成為學生的學習經驗。在文本探究與思辨的過程中，讀寫結合的教學開啟了學生與文本之間的深度對話。（本文初稿發表於 2017 年 10 月 9 日）

要先讀「題解」「作者」嗎？

羅青寫過一首很有意思的詩，題為〈吃西瓜的六種方法〉，詩文中實際提及五種吃西瓜的方法，包括「西瓜的血統」、「西瓜的籍貫」、「西瓜的哲學」、「西瓜的版圖」與「吃了再說」。

自從讀過那首詩，我在中文系每一門課開始「辨章學術、考鏡源流」的時候，都會忍不住先翻閱作品，然後在心裡疑惑：既然美食當前，為何不「吃了再說」，直接用自己的舌頭品嚐滋味，反而要先閱讀一長串的食材履歷以及其他人吃過之後的感想、評論呢？為什麼不是直接閱讀文本，分析、體會，產生興趣之後再加以探究辨析，而喜歡先談作者生平交遊、版本考證，以及歷代評註呢？到中學教書之後，我也常常問自己這個問題。

如果將「吃西瓜的六種方法」詮解成「閱讀的不同途徑」，則每條途徑都有獨到而精彩的風景，並且提供了理解作品的不同視角。然而身為教師的我不禁自問：中學生需要的語文教育、文學教育是大學中文系的先修課程嗎？許多中文系訓練習以為常的教學思路，合適移植到中學課堂上嗎？了解作者生平與作品的外部脈絡，在多少程度上有助於文本解讀？或者，長年以來採用「題解」、「作者」為前導的教學模式，會不會抑止了讀者與作品之間的「素面相對」，反而有礙於閱讀品味的自然養成呢？

將這樣的反省置放在最近的教學情境中，就可以反問：了解簡媜散文創作的歷程與成就，有助於體會〈夏之絕句〉中語言應用的技巧嗎？知道梁實秋的生平偉業，就能與〈下棋〉中幽默詼諧的筆調產生共鳴嗎？答案顯而易見。作品的外部訊息或許有助於解讀作品的局部內容，或許提供了延伸閱讀與探究的指路標，然而絕對無法取代文本閱讀。正如同想要知道西瓜的滋味，最直截的方法就是吃了再說；想要分辨作品的滋味，最好的方法就是讀了再說。

讀了再說。先求入乎其內，再談出乎其外。倘若國文教學只能一味地在文本外圍打轉，傳遞背景的知識與既成的觀點，對於實際培養學生的閱讀興趣與閱讀能力而言，幫助恐怕很有限。

文學背景知識 = 作品解讀能力？

如果學習目標預設在「了解作者生平」或者「認識作者的文學成就」、「認識作品的評價與地位」，那自然可行，就好好講。

儘管如此，也必須清楚知道，掌握這些背景知識並不保證能夠高明而深刻地解讀文本，那是不同類型的「知識」。倘若教學現場習慣將過高的課堂比重與評量目標放在「作品周圍」，或者總是習慣截取作品中的隻字片語來和別的作品中的隻字片語比較，結果就是一方面感嘆教學節數不足，一方面又由於過度去脈絡化的「觸類旁通」，致使學生的閱讀理解能力無法有效提升。這可能是目前中學語文（語言／文學）教學最大的盲點。

回想起教書的歷程，曾讓學生做過很多課堂報告，每次都必須反覆提醒報告者「文本解讀」才是重點；如若不然，報告內容很容易就朝向靜態的知識面傾斜。即便如此，學生在報告的時候仍然太習慣從文本外邊切入。比如說報告「四大奇書」，講《金瓶梅》，總長預計30分鐘的報告有超過20分鐘在談作者與成書背景，5分鐘談後人對它的評價，另外5分鐘概述內容大意。為什麼報告者寧願選擇講一堆聽起來很有學問，但其實自己不真正了解的話，而不是直接截取令自己擊節讚賞的小說原文讓大家品讀呢？我推測是長年下來「有系統」的國文課教學，已經在無形中提供學生一套理解作品的框架，而可嘆的是，文本自身卻在這樣的框架裡缺席，或者只能佔據角落。

第一次段考範圍要學兩篇白話散文，簡媜的〈夏之絕句〉與梁實秋的〈下棋〉。我特別提醒學生：文學背景知識不等於作品解讀能力，學習重點應該放在本文的閱讀理解。我特別擔心習慣「刷題」的學生，保留國中以來的習慣，主動寫很多選擇測驗題，記憶很多相關資料，但偏離文本閱讀。這種學習方式無助於養成健康的閱讀習慣。

文本理解與教學轉化

問題於是轉到：怎麼進行作品解讀呢？這是真正的教學問題，也真正考驗教師的課程自覺與教學能力。難處在於，一篇文章可供切入深掘的層面太豐富了，在有限的課堂節數之內，企圖「面面俱到」的結果可能導致淺嚐即止，而希望「單點深入」的代價可能是顧此失彼。無論如何，不會存在「完美的教學」，教學的每一刻都在進行選擇，由教師先行設定教學目標，朝著預期的方向走，而這過程又受到教師、學生、文本、環境等課程要素的交互牽引。

先以〈夏之絕句〉來說。有的老師用它作為「簡媜散文選」的引言，略讀之後，再介紹多篇簡媜不同時期與內容風格的作品；有的老師用它作為「女性散文作家」的選文，之後選讀其他女作家的作品；有的老師抓住作品中「回憶」或者「童年」的母題（motif），大肆發揮；有的老師藉此補充歷代文學作品中的「蟬」及其指涉；有的老師談「聽覺摹寫」，參讀許多描寫聲音的名篇段落；有的老師在闡發「何處惹塵埃」的時候，講了半節課神秀與惠能的故事；有的老師從由蟬入禪，直逼物我兩忘的美感體會。

再舉〈下棋〉為例。有的老師以此談「雜文」或者「小品文」的風格，上溯明代文學，旁涉法國蒙田；有的老師帶著棋盤與黑白子到課堂上，教學生體驗對弈之趣；有的老師發揮在遊戲中呈現人性的觀點，大書特書；有的老師結穴於人性之好鬥，針對「爭」的哲學發表宏論；有的老師著墨在梁實秋的翻譯貢獻。凡此種種，不一而足。

在以範文為核心的課本編排架構中，以上的教學切入點都可以成立。如何講解文章主要依靠教師的閱讀品味與教學籌劃。教師可以針對文章中的單一面向加以延伸探究，也可以視課文為過渡到另外一項主題或者另外一篇文本的橋樑，端看教師選擇在怎樣的教學脈絡中呈現文本的意義，很難說一定要怎麼教才對、一定要怎麼教比較好。我想起遠行多年的杰錩老師曾說，講義與學習單這類教學工具，就像是每個人的貼身衣物一樣。這句話真有意思。

然而，這意味著教材詮解可以毫無邊際嗎？我想到兩週前參與的一場「素養導向」課程發展聚會。近來甚囂塵上的「議題融入範文教學」成為討論的話題之一，文件中所附的例子是教〈台灣通史序〉時融入「海洋議題」；教〈桃花源記〉融入「人權議題」；教〈虯髯客傳〉融入性別平等議題。令人讚嘆國文真是博大精深、出古入今、左右逢源。不禁想問：國文學科的基本知識範圍是什麼呢？怎麼樣的「融入」與「跨域」才不會消解國文學科自身的知識內涵呢？

思考到這邊，更難解的問題就產生了。照本宣科的教學固然不足為訓，但是國文課本的選文是讓教師「盍各言爾志」的嗎？在編輯意圖、背景知識、文本特質、學生需求、教學環境與教師品味等諸多向度綜合考量之下，一篇課文究竟要「教什麼」？該「怎麼教」？由誰的脈絡來決定？如何判斷是在文本細讀而非強作解人？如何判斷是在拓增視野而非東拉西扯？文本作為「課文」的時候，能在多少程度上接受意義的聚斂與發散呢？這些問題經常盤繞在我心中。

我沒有答案。這些問題應該回到每一堂國文課，由每一名教學者自己回答。儘管有現成教案與教學資料可供採用，教學者也應該要考量整體的教學情境、教師對文本的理解詮釋、文本的學科教學價值，為學生籌劃合適的學習經驗，進行課程轉化與教學轉化。正是諸如此類的課程決策與教學推理，才顯示出一名教師的教學專業能力。

文本的風格與修辭

我決定將〈夏之絕句〉與〈下棋〉兩課連著講，教學重點只有兩項，一項是分析鑑賞文章經由「鍊字鍛句」所形成的修辭效果；另一項是分辨出兩篇文章大異其趣的寫作風格與調性。這兩者都不涉及到文本外緣的知識，學習者必須直接面對文本，而文本自身即足以回應這些問題。

考量到教學文本是第一次段考範圍內的兩篇白話文，我覺得那是非常適當的教學目標。首先能讓學生從語文的基本層面意識到「文學的語言」與「日常的語言」有別。遣詞差異所影響者，不只是表層的語意，而是語言的形式質地與召喚出的心理想像，這些細微的元素形成文章的風格（style）與調性（tone）。正如同每個人的髮型、服裝風格不同，文章的書寫特徵所呈現的風格也各不相同；又如同每個人說話的腔調（咬字、語速、氣音、高低……）與情態有別，文章的口吻、調性也大異其趣。語文及文學的基本訓練要求學生能夠分辨期間的差異。

其次，作者靈活地調遣不同的詞句與比喻以形成文章的特殊風格，並且在字裡行間透露一種情感態度，意圖傳達給讀者特殊的想像及感受，這就是一種修辭能力。真正的「修辭」能力恐怕不是指套用譬喻、排比、設問、頂真等語句表面形式的能力，也不是「修辭格」知識，而是懂得駕馭詞句、形成作品特定風格或調性的能力。

目前「國語文作文競賽」所標榜的作品美感，同時也是一般寫作測驗所欣賞的風格，乃重視詞藻豐贍精美、語句鋪排整練、音節和諧流暢，長處在於展現遣詞造句的功力，毛病則是陳腔濫調太多、意象營造不自然，又缺乏獨特的感受與真實的敘寫能力。那樣的「作文」由於缺乏真實感，讀多、寫多了怕會傷害真正的「文學」品味。課本選錄的文章，有哪些是那樣的「作文體」呢？

最後我也希望學生很清楚地看到，兩篇文章儘管風格相異，但都是文學書寫，與日常口語涇渭分明。儘管使用的文體是「白話文」，卻一點都不「實用」。將「白話文」與「口語」、「實用」不加辨析地連結起來，是很明顯的謬誤。

請問，這樣寫好嗎？

依據我的教學經驗，青春期男孩們表達感受與經驗的詞彙相對貧弱，也比較缺乏閱讀的耐心與習慣。為了讓男學生們專注感受修辭的力量與趣味，我要求學生闔上課本，另外發給每人一張教學講義，講義中仍有完整的文章，只是有些詞語或者句子被挖空了。我先讓學生根據文章的前後文，在空格中填入恰當的詞彙或者句子。重點不是聽寫或揣測原文的詞句，而是憑著自己的想像與理解，調用自己的詞語，完成前後文連貫的段落。自己先「實作」一次，更能感受到作家在遣詞造句時的別出心裁。

「我提筆的手勢□□在半空中」，學生說空格的地方可以填入「停止」、「懸浮」、「凍結」、「滯留」等等，我在黑板上一一抄下學生的想法，然後逐項討論，分析每個詞語的修辭效果（或者說閱讀所產生的情趣反應）有何不同。「停止」只是一般狀態的描述，無法喚起其他聯想；「懸浮」給人細且輕的感受，強調的是手部沒有施力也沒有方向性；「凍結」運用了液體凝結成固體的隱喻，而且有溫度陡降的觸覺聯想；「滯留」是盤旋不去，暗示手部其實還是有細微的動作，但是有些遲疑與不確定。這樣的討論很費工夫，但很有趣，用意在於讓學生對於詞彙運用「有感」。

這樣的修辭討論所講究的不是語句「通不通順」、「可不可以」而已，而是怎麼用比較「好」，「好」的標準是能夠喚起更多新鮮而且生動的視覺想像，並且與前後文脈絡一致。簡媜原文用的是「擱淺」，原指船隻或者水生生物受困在岸邊動彈不得，而「我提筆的手勢擱淺在半空中」的用法就將兩樣原本無關的事物、或者說兩個原本各自獨立的視覺形象聯繫起來了。運用文字所搭建的想像之橋，找到事物之間新的聯繫，並且重新喚起讀者的經驗，這是文學語言最突出的功能。這篇文章做了很多精彩示範。

然而文章中也不乏負面的寫作例子，同樣值得與學生一起思辨探究。比如說，作者描述心思不由自主地被窗外蟬聲所吸引，用了「就像鐵沙衝向磁鐵」的比喻，借用物理現象比擬情感與心思受到吸引。這個比喻其實不夠妥當，呈現出的形象與文章的情境也不全吻合。鐵沙衝向磁鐵是物理反應，無法表現出情感的趨向性，而且鐵沙與磁鐵的色澤是灰黑色，溫度是冰冷的，跟作者身處的綠意盎然的夏日情境不相類，無法形成整體的意象。這些當然也都是我的個人觀點，提供給學生參考，學生可以自行判斷。

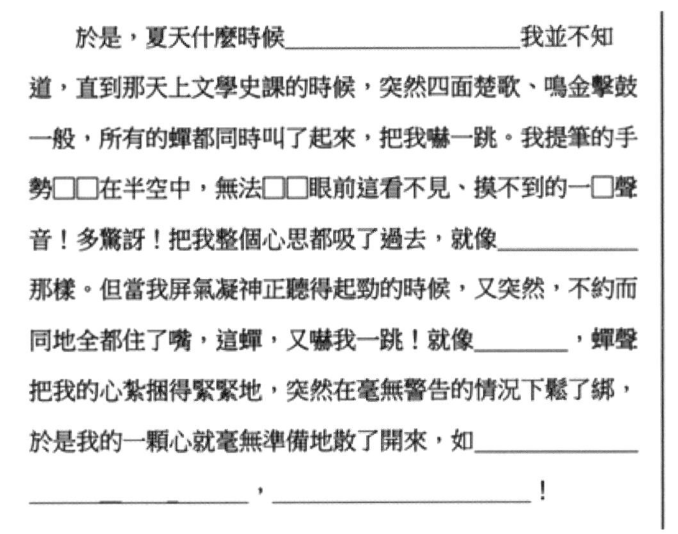
於是，夏天什麼時候＿＿＿＿＿＿我並不知道，直到那天上文學史課的時候，突然四面楚歌、鳴金擊鼓一般，所有的蟬都同時叫了起來，把我嚇一跳。我提筆的手勢□□在半空中，無法□□眼前這看不見、摸不到的一□聲音！多驚訝！把我整個心思都吸了過去，就像＿＿＿＿那樣。但當我屏氣凝神正聽得起勁的時候，又突然，不約而同地全都住了嘴，這蟬，又嚇我一跳！就像＿＿＿＿，蟬聲把我的心緊捆得緊緊地，突然在毫無警告的情況下鬆了綁，於是我的一顆心就毫無準備地散了開來，如＿＿＿＿＿＿＿＿，＿＿＿＿＿＿！

2.思考文章中的「□□」適宜填入哪些詞語。與同學討論不同的詞彙可能形成怎樣的修辭效果。並且與原文作者的用法比較。

〈夏之絕句〉教學學習單（局部）。提問的焦點是文章風格與修辭效果。

除了這點之外，文章中也出現轉折生硬、矯揉造作或者刻意說教的段落，這些都可以引導學生觀察、感受文章之後指陳出來，並且一起探究如何刪除與改寫。當學生發現原來他們可以「批改課文」，精神就來了。教材中選錄了可容商榷及挑戰的文本，相較於選錄完美無暇的文本，說不定也別具一重教學意義吧？或許有些教師會認為，挑課文毛病有礙於引導學生欣賞文章，我不這麼想。與其將課文視作不容質疑、挑戰的典範，我寧可學生只是將它當成文本，去理解它、討論它、評析它，從而提升語文素養與鑑賞品味。

為了讓學生意識到文學作品的語言應用與一般用法不一樣，教學中可以不斷地提問：這樣寫好在哪裡？這個詞語產生什麼效果？這段是必要的嗎？這個比喻恰當嗎？這句話刪除或者換個位置之後意思會不會改變？這裡的轉折思路是什麼？這段的內容與文章主題符合嗎？這段如果刪除文章會產生怎樣的變化？學生會覺得很有趣，也慢慢學習到如何閱讀一篇文學作品。

欣賞文學，一如欣賞其他的藝術門類，是需要學習的。文學既然作為一種以語文為媒介的藝術類型，國文課責無旁貸，需要教導學生欣賞語言、文字所傳遞的美感。認為白話文就理所當然讀得懂，顯然是一種迷思。文學層面的「懂」不止於「能夠正確讀出字音，理解詞義」，也不盡然等同於日常意義、說理意義上的「懂」。

讀寫整合的課堂教學

從選文編輯的角度來說，課本挑選白話文篇章，需要照顧到很多面向，包括作家的文學史地位、作品的代表性、主題與當代議題的連結性、課堂教學的適切性等等層面。此外很重要的一點，還包含了是否符合篇章寫作的「範文」取向。理想的選文，本身足以作為某種書寫題材、文章佈局、寫作手法、寫作風格的示範，故曰「範文」。這也是我們一直將「寫作教學」融入在「國文教學」的重要理由。課本編選的初衷，無論是文言選文或者白話選文，都期待學生在鑑賞文章的同時，能夠轉化成為寫作的養分，並且進行習作。在這個意義上，閱讀教學應該連結寫作教學，也就是讀寫整合。

「讀寫整合」，或者說讀寫合一，有很多種樣式。課堂上我通常會設計相關的學習單，要求學生完成文章分析及局部寫作。學習單設計了若干問題，引導學生解讀文本的關鍵問題。至於局部的寫作訓練，有可能是句子或者段落的仿寫，用意是讓學生有焦點地練習寫作。倘若每次都是長文寫作，不僅花時間，學生容易有挫折感，批改討論的時候也不容易對症下藥。我好幾次聆聽作文教學名家林明進老師的講座，也很幸運有不少親炙、請益的機會，無論在著作或者談話中，林老師都強調「局部練習」與「片段仿寫」，認為是循序漸進、打好寫作基礎的重要工夫。

每輪新教高一班級，都感到學生整體的寫作表現正走下坡。甚至多方聽聞到這樣的消息：由於國中會考寫作的占分不高，不影響高中入學，很多國中已經不教寫作，將國文課的時間都用來大量刷題。倘若如此，那些學生的寫作學習經驗就還停留在小學階段。這恐怕是目前升學考試制度下的扭曲現象，結果就是，學生在國中階段「過度練習」選擇題，輕忽了寫作訓練，連帶著原本該在寫作過程中培養的邏輯思維與形象思維，也沒有很好地發展。

我相信從「理解」到「表達」必須「刻意練習」，倘若國中階段訓練不足，高一必須要補強。鞏固基礎最有效的方式不是寫很多篇作文，而是多練習片段寫作，強化字、詞、句、段的基礎，熟練記敘、描寫、說明、議論等寫作手法。這樣的寫作練習應該與範文教學結合。

語文學習不只要求記憶相關知識、理解抽象概念，也不只是尋求彩色泡沫般的感動，而該有具體的表現要求，要求學生將自身的知識、理解及感受透過語文形式反芻出來。這固然是「表達」的訓練，也同時是深度「理解」的途徑。寫作教學不能被化約成修辭教學獲應試作文教學。然而，語文表達能力包含遣詞造句與段落鋪寫，這些能力可以透過局部的訓練而熟練，只要求「情感真誠」與「思想深度」，卻沒有相應的表現訓練，仍然不是健全的寫作教學。

每篇文章都可以選定關鍵的讀寫概念或讀寫技巧，找出合適的「寫作教學點」，設計成 100-120 篇幅的段落寫作練習，寫作時間 10-15 分鐘。當堂課完成之後，即時觀摩討論，成效最佳。建議可以讓學生三三兩兩分組，相互觀摩，如果時間足夠，推派數名同學向全班分享佳作。並透過具體的讚美與評分，帶給學生更多成就感，讓他們不害怕、不排拒寫作。如果安排為回家作業，下次上課仍要觀摩與討論，這樣做能夠有效激發學生的寫作動機，也最能讓學生感受到自己「有學到東西」。倘若不滿足於「段落寫作」，想提高要求，能讓學生運用完成的寫作片段，組織、融裁成一篇完整的文章。

如此，學生會知道寫作練習是每週國文課的「基本菜單」，不是一學期才幾次的「特餐」。為了完成寫作任務，學生必須要先細讀文本、鑑賞分析；寫作時對遣詞造句、表現形式的講究，也會回過頭來增強文本理解。如此一來，讀與寫就能並轡前行。

你能想像一群小學生，穿卡其短褲、戴著黃色小帽子，或吊帶褶裙，乖乖地把「碗公帽」的鬆緊帶貼在臉沿的一群小男生小女生，書包擱在路邊，也不怕掉到河裡，也不怕鉤破衣服，更不怕破皮流血，就一腳上一腳下地直往樹的懷裡鑽的那副猛勁嗎？只因為樹上有蟬。蟬聲是＿＿＿＿＿＿＿＿，不小心掉進小孩子的心湖，於是湖心□出千萬圈漣漪如千萬條繩子，要逮捕那陣浪。「抓到了！抓到了！」有人在樹上喊。「趕快！」下面有人打開火柴盒把蟬關了進去。不敢多看一眼，怕牠飛走了。那種緊張就像天方夜譚裡，那個漁夫用計把巨魔騙進古罈之後，趕忙封好符咒再不敢去碰它一般。可是，那輕紗般的薄翼卻已在小孩們的兩顆太陽中，留下了一季的閃爍。

3.仿照左側劃單底線的句子，運用類比或者譬喻的手法，任意描寫一種情緒。

那種＿＿＿＿＿（請填情緒）就像

＿＿＿＿＿＿＿＿＿＿＿＿＿＿＿＿

＿＿＿＿＿＿＿＿＿＿＿＿＿＿＿＿

＿＿＿＿＿＿＿＿＿＿＿＿＿＿＿＿

＿＿＿＿＿＿＿＿＿＿＿＿＿＿＿＿

＿＿＿＿＿＿＿＿＿＿＿＿＿＿＿＿

＿＿＿＿＿＿＿＿＿＿＿＿＿＿＿＿

4.寫出左側畫雙底線句子的文意。

＿＿＿＿＿＿＿＿＿＿＿＿＿＿＿＿

＿＿＿＿＿＿＿＿＿＿＿＿＿＿＿＿

〈夏之絕句〉教學學習單（局部）

第六種吃西瓜的方法

回到本章開頭所提到的羅青的詩，題為「吃西瓜的六種方法」，詩文中卻只提到五種方法。第六點是什麼呢？羅青刻意不寫，或許是邀請閱讀者自行想像與創作吧？這些教學經驗與省思，其實也該視作我發出的邀請而非答案。如果教學在某種意義上能稱為藝術，興許是能保留教師的個性與品味吧？

書寫，連結閱讀與寫作、連結文本與生活

在〈夏之絕句〉與〈下棋〉中，對應著文本中精彩的寫作段落，可以設計短文仿寫的題目，使得閱讀與寫作有機地連結起來，也使得文本閱讀與生活經驗相互滲透。

例如〈夏之絕句〉的結尾處，作者抒發了聆聽蟬聲的感悟，就可以設計這樣的寫作練習：請參考文章倒數第二段，或者本文中其他的描寫聲音的段落，以「聆聽□□的聲音」為題，寫作一篇短文。文長120-150字。注意，寫作的焦點在描寫特定的聲音，以及聲音帶來的感悟，不必過度鋪敘背景事件。

又例如〈下棋〉一文的第一、二段，運用類疊的手法呈現出棋局中相爭中，人物的種種情狀，語言活潑，形象生動。教師可以讓學生仿照那樣的寫作手法，任意選定一個對象，描寫那個對象在特定情境中的生動表現。

從學科教學知識到教學轉化

1980年代，美國教育心理學家Lee S. Shulman開始進行一系列關於教師專業與教學專業的研究。Shulman提出來的問題是：教師需要怎麼樣的知識？教師知識的來源有哪些？這些教師知識如何應用在教學上？

Shulman曾提出七類教師的知識基礎，包含：學科內容知識；一般教學法知識；學科教學知識；有關學習者及其特性的知識；教育情境知識；有關教育目的、目標、價值及其哲學與歷史基礎的知識。這當中，學科教學知識整合了教師的教學內容與教學方法，幫助我們理解特定的主題或者問題是如何在教學歷程中被組織、表達與呈現，以適應學習者多樣的需求和能力。因此學科教學知識具有特殊意義，並能夠區分學科專家知識與教師知識。

Shulman進一步分析，教師的教學知識至少有四個主要來源：第一項是有關學科內容的學術知識，這關係到教師如何理解並且傳述自身的學科知識內涵與學科結構；第二項是有組織的教育材料與教育環境，例如教科書、學校組織、教師社群、升學體制……等等；第三項是教育相關的學術知識，諸如學校教育、社會組織、人類學習、教學與發展研究，以及其他影響教師行為的社會和文化現象研究；最後一項是來自於實踐智慧，這是優秀教師經過反思與實踐之後形成的準則，但是通常缺乏紀錄也缺乏系統。

Shulman進行過一項影響深遠而且貢獻卓著的研究，希望探究教師如何結合教育的方法、策略以及教育的目標，透過理解、推理、轉化、反思等過程，充滿實踐智慧地展現學科教學知識。經過觀察、訪談、分析數十位優秀教師的教學之後，他提出一個模型解釋教師的教學推理與行動。這個模型包含六個步驟，但不意味著存在一套固定的階段與順序。那六個步驟是：理解、轉化、教學、評價、反思、新的理解。以下打算集中討論轉化（也就是我稱的教學轉化）這項。

Shulman這裡談的轉化其實就是教師在備課與授課時該做的事情，簡單的說就是教師怎麼把自己知道的東西教會學生。首先，教師要能夠批判性地理解教材文本，設定教學目標，加以組織教材；其次，教師要能夠根據目標與教材，找到合適的表徵方式呈現教學內容，幫助學生理解；另外，上述過程中，也會自豐富的教學方法與教學策略中做出選擇；最後，教師必須考量到學生的能力、性別、語言、文化、動機、先備知識、群體規模、人際關係……等，安排授課的內容與方式，再進一步考量更多細節，像是為學生量身訂做一堂課。

Shulman的研究當然不僅是我所譯述、摘要的那樣簡單。如果你想檢測自己的理解，不妨嘗試將上文用心智概念圖呈現出來，然後結合本章內容說明我如何進行「教學轉化」。

案：這篇文章主要根據Shulman1987年發表的"Knowledge and Teaching: Foundations of a New Reform"所撰寫。關於教學轉化的探討與文史教學應用，推薦參考唐淑華《青少年閱讀素養之培育》（學富文化，2019）第三部分；卯靜儒〈構繪一位歷史教師的教學轉化〉（《課程與教學季刊》，2015）；蔡曉楓〈Shulman的教學推理在國中國文教師訊息類文本教學轉化之應用研究〉（《師資培育與教師專業發展期刊》，2020）。

十一、設計問題引導式的讀寫學習單

這篇文章主要以鍾理和〈我的書齋〉一文為例，說明問題引導式的學習單設計思路與方法。學習單要能呈現文本的特點，回應教學目的，並且成為引發課堂上聽、說、讀、寫等學習表現的媒介。（本文初稿發表於2018年2月26日）

寒假的慵懶未去，新學期又緊湊開鑼了。新學期的課次安排，第一課是歸有光的〈項脊軒志〉，第二課是鍾理和〈我的書齋〉，都與書房空間有關，寫作的主題與調性卻大異其趣。星期五下午的課，又是開學第一節正式上課，我需要「暖身」一下，也替自己與學生灌注希望的氣象，於是決定從〈我的書齋〉開始。

空間的經驗與記憶

我跟學生說，這篇兩篇文章都跟書房有關，問他們現在誰擁有「自己的房間」呢？如果說空間可以視作個人性格與品味的延伸，那麼房間內的佈置與擺設，是否呈現出自己的嗜好、品味或者個性呢？環視教室，沒人點頭。

我說自己到國中時候都還跟哥哥同個寢室，直到哥哥北上就學了，國三的我才有自己的房間。高中賃居在外，第一年住建中附近的巷子裡，與另一名室友同住。房間沒有對外窗，四坪不到的空間，放了兩張鐵架床、兩張書桌、兩個書櫃，以及兩座組合式衣櫃。

不曉得是否因為放假太久，一時之間切換不回慣常的上課節奏，還是空間對於記憶的銘印真的深刻得超乎預料，當我開始描述高一寄宿的房間，那白日與黑夜同樣的光線，混著老舊抽風機聲，就夾雜著各種感官細節在我的腦中運轉起來。包含制服上洗衣粉的味道，脫水機空隆空隆的聲音，書架上發黴的橘子，以及夜間八點的廣播節目。

空間像是回憶的容器，保存著許多故事的線索，哪怕只是追想它，都能夠記起許多往事。講完了自己高一的房間，我開始談我的教室。高一時候為了校慶園遊會，我們將教室後方的一面白牆油漆成金黃的樹林小徑，甚至還在校慶清早到植物園撿拾枯葉作為實景佈置。高三時無暇發揮巧思，就去割字行印了「半畝方塘一鑑開，天光雲影共徘徊」的詩貼在白牆上，配上簡單的插畫。地理老師看到時還稱讚了一番，要我們解說那首詩的意涵給他聽。講完了教室，我開始談學校，談這所男校和鄰近女校的空間氣質，談男生班教室跟女生班教室不同的風情。空間是存在的憑藉，也是存在的見證。自我與空間交互滲透的關係，是生命玄妙的奧秘。

然後我還聊到去年參加了一系列的攝影計劃，在一堂「空間」主題的課程，主持人 Raymond 帶我們前往拜訪插畫家 Blue 的住所，既充滿個人的性格與品味，又插入了因為小孩而作的必要調整，混搭著成年與童稚的、陽剛與柔嫩的、設計與雜亂的矛盾元素。一如房間主人的心情與關係那般。最後聊到咖啡店與速食店的裝潢色調與氣氛。

我幾乎已經忘了，自己是怎麼轉回課本的〈我的書齋〉。當我結束自言自語，發現台下的眼睛都盯著我看，好像我洩露了一些令他們好奇的事情，而這些對我的好奇心遂轉到文本上。只記得這一切關於空間與記憶的故事，是以自己的書房作為起點。

教師是「講授者」還是「引導者」？

我跟學生說，這篇文章不難懂，可以搭配學習單上的問題引導，在課堂上自學。又因為這篇文章遣詞造句與段落鋪陳的技術性動機很明確，因此很適合用來分析寫作手法。辨識這些寫作手法，成為自己內隱的寫作知識，未來寫作的時機，就更可能應用出來。這課學習單的重點就放在寫作技巧分析。

事實上，課本中的白話選文大部分是精選的範文，足以作為不同文類、風格、主題或者佈局組織的寫作範例。以這篇文章來說，幾乎展示了主要的寫作技巧，容易理解，方面操作，因此非常合適作為文學寫作分析的範文。

如果是我自己照著課本脈絡來分析文章，想必也能講得眉飛色舞、一氣呵成，但那種演講式的教學恐怕不適合多數學生。講授式的教學除了看重教師的學識涵養、語言魅力之外，也期待學生有穩定的專注能力以及足夠的內在動機，否則學生們一下子就覺得無聊，或者神遊物外了。更何況，就算我能滔滔不絕地講授文本，陶醉在自己的語言與思維中，仍然覺得不夠踏實。因為我總覺得，國文課堂上應該要先讓學生與文本直接接觸，這種初始的閱讀經驗很可貴，儘管一開始學生可能沒耐心、讀不懂，要慢慢訓練，未來才可能成為獨立的閱讀者。

所以我期待自己的身份從文本的「講授者」轉換成閱讀的「引導者」。「講授者」的基本立場是：我是經驗豐富的讀者，來，跟著我，我帶你進行文本的探索，尋幽訪勝，告訴你這篇文章有多精彩！「引導者」則會這麼想：我希望介紹你先跟文本面對面、說說話，你可能會有點尷尬，甚至不知所措，但那是很珍貴的經驗。當然，高明的「講授者」的確能夠引人入勝地帶領讀者探索文章，而缺乏經驗的「引導者」也沒辦法恰如其分地讓讀者領略文章之美。他們之間的高下優劣並不是絕對的。況且在一堂課當中，教師隨時可以轉換身份，以不同的節奏與姿態，周旋於學生和文本之間。

處理這篇文本的時候，我打算先讓學生與文本「第一類接觸」，然後再跟他們說我的觀點。但學生仍然不是「自由閱讀」，而是循著我設計的問題，一步一步走向文本。這樣的做法可以保有學生獨立閱讀文本的機會，也能夠在不同觀點的碰撞中擴大、提升學生的理解。從另外一個角度來說，當學生與文本先產生了互動關係，我進行講述的時候，學生才會覺得與自己有關，也更容易獲得有意義的理解。

訂做一張讀寫學習單

想要扮演一名稱職的引導者，首要之務是問出對的問題、問出好的問題，設計一份概念清晰的學習單，將有助於理解文本的重要問題呈現出來，作為學生閱讀文本的橋樑。這樣的學習單是如何發揮閱讀引導的作用呢？首先，分析文章結構，將整篇課文切分成幾個有關聯的意義段落（一個意義段落包含了若干個自然段落）；接著，抓出段落裡頭的重點文意或者寫作手法；然後，將文本的重點轉換成具體問題，提問中要精準包含國文學科的重要概念；最後，要求同學扼要地寫下自己的看法，以利討論與修改。

這種問答式讀寫學習單，既非強調天馬行空地想像，也非訓練洋洋灑灑地論述，而是在問題導向的課程模式底下，厚植學生基本的閱讀與表達能力，並且以閱讀、理解、思考、整合、討論、表達等多重的語文學習過程，取代逐字逐行的單向講授。使用的時候可以視授課時數與學生需求彈性調整，把握住基本精神就好。

這種課堂學習單的觀念與應用，絕對不是什麼新鮮的教學主張，也不需要安上任何名目花樣。況且，訓練了分析文章的能力，也不代表就真正能品味文章的內涵。表格式的內容擷取或者統整解釋，只是非常基本的閱讀階段，不僅還沒推展到省思評鑑的深度，離文學教育更有一段距離。但必須要先有這種解讀文本的能力，才能進一步談省思評鑑與文學詮釋。要不然，所謂的「省思」很可能已經落入了套語辭令的窠臼，所謂的「評鑑」只能停留在陳述個人意見，而所謂的「文學」也說不定只是一廂情願的直覺感動而已。

更何況，這樣的讀寫學習單能夠賦予學生獨立閱讀文本的機會，從中獲得挑戰與成就；如果缺少這個過程，課堂上都只聽老師講，然後依據考試卷的選項來評量理解程度，這樣的閱讀經驗是不完整的。猶如覽觀山水，國文老師再如何繪聲繪影地描述山水之美，都不如讓學生親臨山水。

總體觀之，這樣的課堂學習單有幾項特點，而這些特點也應該是設計問答式學習單之際，必須把握的基本原則：

1. 問題的內容具體反應文本重點；
2. 問題的次序恰當對應篇章脈絡；
3. 問題的用語精準指出關鍵概念；
4. 問題的設計涵蓋不同理解層次。

國語文課程所要培養的基礎能力，不外乎「聽、說、讀、寫」，而單向講授的國文課重視「聽」更甚於讓學生「說」，重視「讀」更甚於讓學生「寫」，如果採用問題引導式的讀寫學習單，搭配討論與發表，就可以同步照顧到「說」與「寫」的訓練。與此同時，由於提問已經替同學搭起了學習鷹架，提示文章寫作的技巧與文意理解的重點，這種教學模式，也能使得學生在「聽」與「讀」之際更具方向性，大幅提高學習效率。不僅上課時較能集中精神，課後複習也能收事半功倍之效。

我還記得第一年在建中上課，第一課是陳之藩的〈哲學家皇帝〉，我這樣教，用了兩節課。學生剛從國中升上來，覺得不太習慣，說：「老師，這樣會不會開太快了啊？」我回答：「駕駛技術可靠，乘客素質優良，這樣剛好。」如果掌握每篇文本的學習重點，真的不需要通篇講解字音字形、修辭文法，而是針對預設的核心問題或者核心概念加以發揮就好。

就教師教學來說，還可以採用學習單當作平時成績的評量依據，以手寫性質的真實表現作業取代選擇題為主的測驗卷。如此一來，教學活動即是評量活動，可以加強同學完成學習單的動機，給予適當的壓力，要求課堂參與。我自已的習慣是，盡可能讓學生在課堂上完成學習單，與其提供更多教學資料，不如讓他們有更多機會反芻文章的重點，並且透過口說與書寫強化理解。

總結來說，透過引導式的讀寫學習單，同學被要求主動地閱讀與理解文章；加上適當融入的討論與發表的活動，同學增加了聽講與口說的訓練。針對學生背景知識與語文能力差異，學習單的提問設計以及課堂進行的時間、模式都必須加以調整。學習單只是教材，不要被它綁住。另外，深度的討論無法依靠學習單達成，仍要由教師引導，學習單可以是思考的紀錄，未必是最終的結論。

提問設計與討論

這份學習單將課本輯錄的十六個自然段落，依照文意承轉以及作者心情變化，切分成六個大段落，要同學閱讀之後先寫出每段作者的心情，以及文章段落大意。這樣的問題有助於學生統整全文，並且由作者的心理轉折，串連出全文的寫作脈絡。右邊的欄位是寫作分析。以下逐題討論。

Q1. 作者用何種手法強調書房對於文人的重要？

如果學生已經學過歸有光的〈項脊軒志〉，便可進一步比較兩篇文章開頭的寫作手法。〈項脊軒志〉是首段直接破題，說明項脊軒的位置與空間特色；〈我的書齋〉則以議論開篇，先強調書齋對於文人的重要，再述及他發現書齋的前後歷程。另外，本段採用類比的寫作手法，也是值得學生學習之處，如果學生的基礎閱讀能力不足，可以提供表格工具協助他們進行分析。

Q2. 作者如何具體描寫飯桌的破舊與不方便？

Q3. 作者在飯桌上寫作的心情如何？

這兩道問題，試圖讓學生留意「具體」「描寫」的寫作手法，包括物體的描寫與心情的描寫。文章先具體描寫飯桌的特徵，包括飯桌老舊到已經是「家中的四代功臣」，桌面破了兩個「大得幾乎碗都漏得下」的洞，以及「桌腳已腐朽得不得不拿木頭綁住」。而後寫出在這樣不方便的條件下寫作的心情，包含了使用搖擺不定的桌子教人「難過」、「心驚膽顫」，以及可能因為分心而靈感消失的「傷心」。

Q4. 本文點出題目「我的書齋」的關鍵句為何？

Q5. 承上，作者用什麼手法突出全文的主題句？

學習單第 4 題希望問的是全文承上啟下的「主題句」，既直接扣題，又指出所謂的書齋並不是大家原先可能想像的室內空間，而是整個大自然。作者告訴我們，他不必花錢，不必費心營造，而是「發現」了他的書齋——「我的書齋是我們的大天地」。突出那個句子的手法是運用懸疑的筆法，同時讓那個句子單句成段，在形式安排上給它更醒目與獨立的地位。這是平常寫作可以嘗試的手法，佈局和分段大膽、靈活一些，不必都是硬梆梆的「起承轉合」。

Q6. 作者發現書齋的機緣為何？

Q7. 作者如何運用對比手法道出在書齋寫作之樂？

學習單第6題對應課文的第7、8個自然段落，說明在某個冬日偶然發現木瓜樹影提供了陰涼樹蔭，靈感一來，便搬動藤椅、木板到樹影之下，權作書齋。這道問題的學習重點是「敘述」的摘要能力。

Q8. 第11段，作者用何種手法寫出對書齋的讚嘆？

Q9. 根據第11段，作者的書齋有哪四項特點？

Q10. 第12段，哪句描寫從書齋俯瞰所見的田野風光？

Q11. 第12段，作者如何評價農人勞動的貢獻？

Q12. 第12段，作者從農人勞動中感受到什麼氣氛？

Q13. 您認為第14段在整篇文章中有什麼作用？

第9題也是針對「描寫」手法而設計，重點是突出作者自覺地、有次序地寫出由這露天的書齋向外望，視線由俯視而仰視。細緻描寫雲朵和光影的變化其實是寫出創作時內心的悠然與平靜。第12段是用俯瞰的視角描寫所見風景，尤其肯定了農人勞動的意義，認為他們在「給人類找尋生命的養料」，雖則忙碌，卻是和平、勤奮而且快樂。第13段滿有意思的，「還有裊裊的炊煙；遠山如黛」，這句話的作用除了寫出自然風景之外，也透過視線變化與延伸，承接上個段落。作者依序描寫白雲、雲影、田野、農人、炊煙、遠山等豐富的景觀之後，又用了一段文字總合他對於大自然書齋的評價，讚嘆地說那是「一幅偉大壯觀的圖畫」、「一首宇宙的詩」。強調「宇宙」是指稱無限、奧秘，而「詩」則表示耐人尋味的美感。

Q14. 作者的書齋需要哪些配備？

Q15. 本文最後一段，流露怎樣的人生觀？

文章到此，漸入收尾之勢。學習單第14題是「提取細節」的問題，難度不高，但也有總結全文內容、「回扣文題」的功能。文章最後一段，貌似閒筆，實則意涵深遠，如果少了這段，作品的精神性與價值性大減，與一般寫景抒情之作也就相距不遠。最後寫到颱風過後，原本的木瓜樹一株不留，但是來年新的木瓜樹又會提供書齋涼蔭。作者在此點出大自然書齋的生生不息，也藉由期待書齋再生，寄託隨遇而安的豁達心境。空間是人格精神的延伸，至此方獲註腳。

講到這邊，第二節下課鐘響，我喜歡這樣切分清楚的課堂節奏，不會留下一條未完結的尾巴。但我也喜歡在課堂結束的時候拋出問題，供學生思考，下次上課再從這個問題開始。我問學生：文章結尾那種積極樂觀的看法，與「阿Q式的精神勝利法」有什麼不一樣呢？這個問題是我跟辦公室一對同事夫婦聊天的時候，從他們那邊學到的。

下次上課，我還預計讓他們看一段紀錄報導，介紹鍾理和的人與時代。看紀錄報導之前，我會先問他們：加上了作者與時代的背景知識，再去讀〈我的書齋〉，有沒有產生新的體會呢？

【〈我的書齋〉段落大意與寫作分析】班級___座號___姓名______________

段落	心情	段落大意	寫作分析（簡單回答下列問題）
第一大段（1段）			1. 作者用何種寫作手法強調書房對於文人的重要？______
第二大段（第2段）			2. 作者如何具體描寫飯桌的破舊與不方便？（1）______（2）______（3）______ 3. 作者在飯桌上寫作的心情如何？______
第三大段（3-6段）			4. 本文點出題目「我的書齋」的關鍵句為何？______ 5. 承上，作者用什麼手法突出全文的主題句？（1）______（2）______
第四大段（7-9段）			6. 作者發現書齋的機緣為何？______ 7. 作者如何用對比手法道出在書齋寫作之樂？______
第五大段（10-14段）			8. 第11段，作者用何種手法寫出對書齋的讚嘆？______ 9. 根據第11段，作者的書齋有哪些四項特點？______ 10. 哪句描寫從書齋俯瞰所見的田野風光？______ 11. 第12段，作者如何評價農人勞動的貢獻？______ 12. 第12段作者從農人勞動中感受到什麼氣氛？______ 13. 你認為第14段在整篇文章中有怎樣的作用？______
第六大段（15-16段）			14. 作者的書齋需要哪些配備？______ 15. 本文最後一段，流露怎樣的人生觀？______

〈我的書齋〉教學學習單

挑選一首「主題曲」

〈我的書齋〉的作者鍾理和，是值得介紹的臺灣文學作家。怎麼介紹這位作者呢？我想起有一年設計的「國文週報」活動。「國文週報」是100學年度帶高二班級進行的課堂報告活動。發想的起點是，講到課本的題解、作者時總有「意猶未盡」之感，倒不是說課本寫錯，而是很多的描述及評價憑空而降，在缺乏脈絡的情況下讓人看不懂。具體來說，就是課本的介紹方式過於抽象，對於人物使用了許多概括性的描述，但沒有提供足夠的作者生平事蹟；對於作品則下了許多評價性的論斷，但也缺乏實際的作品佐證。在「文獻不足徵」的情況下，也就很難真正引發學生的思考與興趣，到最後很容易變成「因為課本這麼寫，所以是對的」，或者「不管三七二十一，背起來考試可以拿分就好」。這是為什麼老師們上課的時候，經常要提供額外的資料給學生，讓學生掌握文本外部的訊息、補足跟作者相關的脈絡。於是我就想，為什麼不乾脆提供出版社的補充資料給學生呢？於是想安排一項學習表現任務，由學生篩選，補充資料，在課堂上報告。

至於呈現的方式，我要求學生不要堆砌字句或條列說明，那會讓資料看起來像是「講義」，我期待看到「報刊」形式的作品。每組學生必須搭配每篇課文，編製B4大小、正反兩面的「國文週報」，作為上課的教材。內容可以取材自電子資料，但必須編整、改寫。報告前先跟我討論過，以確認完成度及組員分工情況。版面設計可以自行發揮，但是必須要有圖文配合，並且一定要包含表格形式的訊息。為此，我還特別跟他們講過一堂平面編輯課程。

「國文週報」的課程設計姑且省略。這裡想說的是，當時要求他們替報告的課文或者作者找一首「主題曲」，並且寫一段文字，說明為什麼這首歌可以代表文章或作者。清晰記得，當時有些組別不是運用影音播放，而是用吉他等樂器伴奏，LIVE演唱。可惜當時沒有留下現場錄影，如今只能在我自己的腦中播放。

那些課堂上的青春之歌，一直在我心裡。有一組幫鍾理和挑選的主題曲是韋禮安演唱的〈兩腳書櫥的逃亡〉。歌詞中有這樣的句子：

> 就算沒有承諾 就算沒有屏障／就算讓我曬傷／這就是我選擇的逃亡／我的雙腳 離開了別人眼中的地表上／我的大腦堆放著自己選擇的寶藏

「我的大腦堆放著自己選擇的寶藏。」報告的同學詮釋道，鍾理和的書房中也堆放著屬於自己的寶藏。這觀點觸發我思考：

一篇篇課文之於自己，會不會也就像是一間一間的房，每個房間裡都澱積了教學的回憶，那些是我選擇的寶藏。平常不會刻意想到，卻也未曾忘卻。一旦重新走進了文本空間，所有似曾相識的記憶又都迎面招呼而來。在記憶的積存之所，我們定期相會。房間裡有鍾理和的木瓜樹，歸有光的枇杷樹，白先勇的義大利古柏。還有還有，那棵安棲在烏何有之鄉、廣漠之野的大樹。

臺灣文學延伸閱讀

關於鍾理和的生活與作品更完整的面向，延伸到其他臺灣文學作家的故事，推薦參考朱宥勳《他們沒在寫小說的時候：戒嚴台灣小說家群像》（大塊文化，2021）

從讀寫整合談寫作的教與學

這篇短文希望從「讀寫整合」的觀點切入，提供一些寫作教學的建議。這些建議不是解題技巧，而是希望釐清讀寫關係，進一步思索在「讀寫整合」的教學、評測趨勢底下，可以怎麼樣厚植真實的寫作能力。我主要根據學者 Fitzgerald & Shanahan 的研究，分別從修辭關係（rhetorical relations）、程序關聯（procedural connections）以及共享知識（shared knowledge）等三個讀寫關聯的面向，尋思文本所扮演的腳色，以及可能從中獲得的寫作啟發。針對理論更深入的說明，可以參考梁雲霞的研究論文〈多讀，就會寫嗎？閱讀和寫作關係之檢視〉。

修辭面向的讀－寫關係，會特別重視文本的形式。從字詞運用、句段連接到篇章組織，這些不同層次的文本形式特點將會成為寫作模仿的對象。這種關係似乎預設了模仿寫作便可以達到潛移默化的學習遷移之效，可能導向「多讀，自然就能寫得好」的迷思概念。這種思路的弊端是讓讀－寫關係簡化成為一種模仿的歷程，學習者獨特的生命經驗及書寫語調必須退讓。但不可諱言的是，這種讀－寫策略很容易操作，比較容易獲得成就感，也可以在一定程度上幫助學生掌握寫作形式、建構寫作概念。

程序關聯的讀－寫關係，可以說是基於一種「問題解決」或者「目標導向」的思維，將閱讀與寫作功能性地連結在一起。在這種讀－寫關係中，閱讀文本可以是達成寫作任務的條件，寫作成果也可能作為檢核文本理解的憑據。又或者，閱讀與寫作以更複雜的關係相互支援，協助達成一項重要的任務，比如說撰寫一篇閱讀心得、分析評論一篇文章、草擬一份行銷企劃案……等等。在教學上，設計文意理解的問答學習單，要求學生連結文本內容與自身經驗，比較、分析兩篇文本的異同，遷移文本內容到其他情境加以應用，這些寫作練習都屬於這條讀－寫思路。

最後是從共享知識的角度來探討讀－寫關係，學者綜整出四種閱讀與寫作所共有的知識：首先是學習者關於文本閱讀、寫作功能、讀者和寫作者的關係以及監督意義形成過程等「後設認知知識」；第二是學習者從閱讀文本與生產文本中發現的概念內容，或稱為「領域知識」；第三種是「文本屬性的知識」，包含對於文本類型、文本結構等相關的所有知識；第四種是整合了從閱讀到寫作的複雜認知歷程的「程序性知識」，這裡頭也包含了閱讀經驗如何轉化成寫作能力的知識。這些讀－寫關係中的共享知識，不僅可以視作中學閱讀與寫作教學的核心目標，也可作為「讀寫整合」型的寫作測驗的理論基礎，很值得深入探究。

你可以根據這本書所描述的教學案例或者你自己的讀寫經驗，舉出例子，進一步說明你如何理解這三類「讀寫整合」的關係嗎？

案：這篇文章節錄自〈從「讀寫整合」 談寫作的教與學〉，原文發表在第 17 屆聯合盃作文大賽作品集。附錄是聯合學苑網站，裡頭有值得參考的歷屆佳作以及其他讀寫學習資源。

附錄：聯合學苑網站

十二、文本的形式與結構：字、詞、句、段、篇

無論是文學作品或者非文學作品，文本的形式與內容均密不可分，想要深入解讀文本內涵，必須要掌握文本的形式與結構。這篇文章以〈醉翁亭記〉為例，呈現字、詞、句、段、篇等文本形式、結構的學習，如何與文本內容的學習結合。（本文初稿發表於2018年2月13日）

掌握文本的形式與內容

上週末天冷，在屋裡待得慌，臨時起意一趟京都小旅行，希望能看到生平第一場雪。第一站就去拜訪陶藝家河井寬次郎的故居兼工作室。那是一處結合了工作室以及生活起居的傳統日式住宅。理想的藝術家居心地。其中一座凹間安置著「樂在其中」的掛軸，我猜想，那個「樂」字頗能表達河井先生的藝術境界與生活情趣吧。藝術涵養到了最後，作品就非技藝的鍛鍊與表現，而是呈現一種圓熟的生命，一種將美感與生活融合的生命樣貌。這種層次的「樂」其實不只是情緒反應，也不只是遣興逍遙的人生觀，而具有更深邃的美學意涵，流露出對於生命完善性的感受。這樣的「樂」讓我聯想到歐陽脩的〈醉翁亭記〉。

〈醉翁亭記〉是一篇令我每次講讀都快樂無比的文章。我無法具體分析它的魅力從何而來，但每次讀著讀著，心情不自覺地就跟著舒展開來了。有一次與梅廣老師談話，他也讚嘆地說唐宋古文寫得真的是好啊，讀了五十年了還是覺得精彩，而且越讀越有滋味。他當時舉的例子正是〈醉翁亭記〉。他說這文章的內容與形式非常精妙，結合得恰到好處，而且讀起來有音樂性。

這章就打算以〈醉翁亭記〉的文本教學為例，聚焦討論文本的內容與文本的形式如何整合在讀寫教學當中。這個問題不僅是閱讀理解的關鍵，也是文學閱讀的核心。「內容」就是作者說了什麼，「形式」就是那些話怎麼被說出來，所有的文學、藝術作品都有這兩部分。朱光潛在《談文學》中曾經強調形式與內容不可分割：

> 在完成的作品中，內容如人體，形式如人形，無體不成形，無形不成體，內容與形式不能分開，猶如體與形不能分開。

就國文教學來說，任何的文本解讀都必須要同時照顧到文本的內容與形式。

現在很常看到用「擷取與檢索」、「統整與解釋」、「評鑑與省思」之類的架構來討論閱讀理解，這原本是PISA國際素養評量計畫（Program for International Student Assessment）所提出的閱讀歷程，乃針對閱讀的認知歷程，或者說讀者對文本的認知方式進行的分類。就我來看，它給教學上最大的啟發，是提醒閱讀教學者不要總停留在基本的理解層次，而要能結合文本內外的訊

息，發展學生更高的認知層次；另外，它也提供了一組評量架構，用來檢視評量是否照應到不同的認知層次。

然而，類似的認知理解架構不能和閱讀策略畫上等號，更無法取代實際的文本教學。首先，文本教學的情意價值無法在那樣的認知歷程中呈現出來。其次，文本教學必須回歸到個別篇章的內容與形式，有了那樣的基礎，才可能產生有意義的理解以及有意義的評量。PISA 評量也很重視這點。如果不辨本末、不察終始，一味追隨評量形式與評量架構，很容易遺忘文本教學才是根本。

所謂的文本教學，或者說篇章教學，無論是文學或者非文學性質的文本，都不能不講究形式及內容的分析探究。《文心雕龍》說：「夫人之立言，因字而成句，積句而為章，積章而成篇。」其實就指出了一篇文本的形式結構，包含字（詞）、句、章（段落）、篇等局部到整體的成分。這些成分環環相扣，彼此照應，形成有機的整體。閱讀教學的基本任務，包含能分析文本中字、詞、句、段、篇等形式結構與文章內涵（意義）之間的關係；倘若這些問題弄不清楚，不可能產生有品質的、深度的閱讀。

PISA 2018 的閱讀素養與閱讀歷程

PISA2018 對於閱讀素養的定義為：對文本的理解、使用、評估、反思和投入，以達成目標、發展知識或潛能，並參與社會。

PISA2018 提出的閱讀歷程，明確指出「流暢的閱讀」不同於其他的文本處理歷程（定位訊息、理解、評鑑與省思）。閱讀流暢性是指個體能輕鬆又有效率的閱讀理解文本，而先決條件是已經掌握字音、字形、詞彙、語法等閱讀基礎，因此才有可能處理更複雜的閱讀歷程。我們可以進一步說，能夠達成流暢閱讀與否，跟字、詞、句、段、篇的內容與形式有關。因此，教學者若只倡言「閱讀理解」、「閱讀策略」而輕忽文本教學，那些美好的閱讀願景恐怕終將淪為空談。

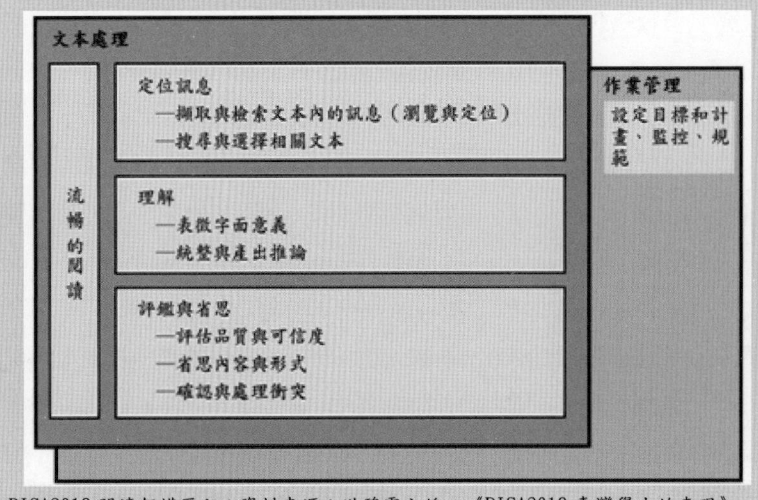

PISA2018 閱讀架構歷程；資料來源：洪碧霞主編，《PISA2018 臺灣學生的表現》，心理出版社，2021，頁 32

以提問引導閱讀

講這一堂課的時候，我提醒自己要面帶和煦的微笑，輕快步上講台，從容地準備好所有的教材與輔助工具。最好先講幾句輕鬆的開場白，讓教室裡瀰漫著愉悅的氣氛。

然後我跟同學說今天要一起讀〈醉翁亭記〉，這是一篇讀完之後會很快樂的文章。接著請同學「將課本收起來」，學生聽到那句話的反射回應就是：「蛤？要考試喔？」我跟他們說：這篇文章的聲情很美，我們先用「聽」的，去感受一下古文聲情的抑揚頓挫之美。同時，我們先不急著看課本的現代標點本，而是看蘇東坡的書法作品，你們一邊聽老師朗讀，一邊跟著朗讀的速度與節奏，對著讀文章，並且標點、分段。韓愈〈師說〉裡頭講的「小學」就是辨讀文章、標點斷句，你們不要覺得那很簡單，我們今天就來玩玩看。

接著我在黑板上寫下四道問題，要學生聽、讀文章之後加以討論：

1. 請跟著朗讀，將文章標點斷句。並且標記生難字詞的讀音。
2. 根據文章內容，你覺得全文可以分作幾個段落？為什麼？
3. 你覺得整篇文章中最關鍵的是哪一個字？為什麼？
4. 文章中是否反覆出現相似的句型或者字詞？你覺得有什麼效果？

聽完一遍之後，學生對於文章的遣詞造句、篇章結構與內容大意已稍有概念。他們要求聽第二遍，我鼓勵他們跟著讀書聲音來。

連結聲情與文情

聽讀的教學，首先要求學生能夠專注地將文本的字形、字音與字義進行連結。學習標點斷句，稱不上能深究文意，但畢竟是閱讀的基本功夫。基本功夫不到，無法流暢閱讀，可能連篇章大旨或者段落大意都掌握不了，更不用說省思與評鑑了。在高中階段的國文課程，適當的朗讀、聽寫訓練仍屬必要，不僅是基本訓練，也是認識語言風格與文本形式最直截的方式。

至於古文寫作，原本就重視語言節奏，不僅是詞章文意可觀，遣詞造句也兼及美聽之效，表現出聲情之美與句式變化。〈醉翁亭記〉的語言整練而又活潑，駢散兼行，回還往復的聲情變化頗受稱道，是一篇很適合訓練聽讀與朗誦的古文。

曾經教這課的時候，要求學生背誦整篇文章。背誦其實有學習意義，特別是聲情節奏優美的詩文，憑藉記憶誦讀出來，不僅可以熟悉詞彙與句式，也會增強對文章整體的感受能力，前提是不死背。後來我更多選用的測驗方式不是默寫，而是「聽寫」。聽寫練習的試題將文章中幾處句子空下來，也特別標記句子間、段落間的連結關係。進行時透過講讀，讓學生根據字義提示，寫出正確的句子。測驗的過程中，學生會再次回憶重要的字詞、句子，再次分析文章的段落、結構，再次強調文章的立意思想，因此這樣的測驗也等於溫習。

朗讀透過舌齒發聲的生理器官，口熟心誦，達到與作品情感的交融密契。古人學習文章，重視朗讀，有許多經驗性的學習依據。只是能否從教育心理學的角度建立起一套現代化的學習論述，還有賴研究。

醉翁亭記
環滁皆山也其西南諸峰林壑尤美望之蔚然而深
秀者琅耶也山行六七里漸聞水聲潺〻而瀉出于
兩峰之間者釀泉也峰回路轉有亭翼然臨于泉上
者醉翁亭也作亭者誰山之僧曰智僊也名之者誰
太守自謂也太守與客來飲于此飲少輒醉而年又
最高故自號曰醉翁也醉翁之意不在酒在乎山水
之間也山水之樂得之心而寓之酒也若夫日出而
林霏開雲歸而巖穴暝晦明變化者山間之朝莫也
野芳發而幽香佳木秀而繁陰風霜高絜水清而石
出者山間之四時也朝而往莫而歸四時之景不同
而樂亦無窮也至於負者歌于途行者休于樹前者
呼後者應傴僂提攜往來而不絕者滁人游也臨谿
而漁谿深而魚肥釀泉為酒泉香而酒洌山肴野蔌
雜然而前陳者太守宴也宴酣之樂非絲非竹射者
中弈者勝觥籌交錯起坐而諠譁者眾賓歡也蒼顏
白髮頹然乎其間者太守醉也已而夕陽在山人影
散亂太守歸而賓客從也樹林陰翳鳴聲上下游人
去而禽鳥樂也然而禽鳥知山林之樂而不知人之
樂人知從太守游而樂不知太守之樂其樂也醉能
同其樂醒能述以文者太守也太守謂誰廬陵歐陽
脩也廬陵先生以慶曆八年三月己未刻石亭
上字畫淺褊恐不能傳遠滁人欲改刻大字久矣元
祐六年軾為潁州而開封劉君季孫自高郵來過滁
〻守河南王君詔請以滁人之意求書於軾〻於先
生為門下士不可以辭十一月乙巳眉山蘇軾書

蘇軾書〈醉翁亭記〉的復原與後製圖　　圖片來源：https://m.nipic.com/index.html#/detail/3356652

分析段落結構

篇章教學有不同的途徑。有時候我們用篇章完整的文本材料直接教導學生；有時候我們提供表格與架構圖，引導學生分析閱讀；有時候我們讓學生自己探究形式與內容的關係，練習整理與分析材料。以〈醉翁亭記〉來說，段落極其分明，每段行文造句也連貫綿密、前呼後應，非常適合用作分析閱讀與寫作教學的範文。幾乎所有的老師都曉得善用這篇文章清晰的結構，引導學生組織與思考。這樣的分析方式，可以教學生明白什麼是「文理」，也就是文章的思路與結構。

凡稱為「文」者，必定有一套規律與秩序。所謂「文章」，可以視為運用文字語言構築出的世界，那個世界具備自身的條理及秩序。古人以文章舉才，所重者一方面是才情與見識，另外也認為「文章」若做得好，想必頭腦清晰，有清晰的思考，才足以條理複雜的事務。從這個角度來說，讀、寫文章本身就是思考訓練。

如果給學生一篇「白文」（沒有現代標點斷句的文本），他們能夠透過聆聽朗讀而正確的分析出篇章結構嗎？答案是肯定的。學生會仔細地發現有些特殊的發語詞，像是「若夫」，似乎可以做為文章段落轉折的訊號。學生會察覺到寫作內容轉換了，從描寫自然四時之景，轉入人事活動的敘寫。學生會推想「至於」之後可能進入新的層次。學生會從「已而」這樣的詞彙，知道文章中的時序推移了。學生還可以根據朗讀時的停頓間隔、聲情轉化等聽覺形式，推測文章斷句及分段讀的形式。也就是說，學生會從中玩味出文章形式與內容的關聯。

學生一開始會說分成三段、四段、五段、六段，都有可能。重點不是說分幾段，而是能否提出分段的依據。這其實不見得有「標準答案」，關鍵是讓學生說說他們分析段落的理由，不要急著否定批評，也不必急著肯定讚美。讓多幾組說說不同的看法，找出異同的觀點，陳述支持的理由，然後引導學生去思考，那一種解釋最有道理。這樣的過程其實就是訓練分別段落的形式與內容。

如果最後學生選擇的分段方式，跟課本的不一樣，那該怎麼辦？不必怎麼辦。原本的文章就沒有分段標點，課本有課本的分法，學生有學生的判斷，讓學生知道課本編輯所持的想法可能是什麼，提供他們斟酌參考，不必定就要接受課本的分段。但根據我的經驗，最後學生討論出來的分段，仍會與課本相同。

找出關鍵的字詞

分析出段落結構之後，再讓學生思考「文章中最關鍵的一個字」是什麼；換句話問，就是文章中哪個字眼，最足以概括整篇文章的內涵。這個問題在之前討論分段的時候也會涉及，因為形式與內容緊密相連。

根據經驗，學生會提說是「樂」或者「醉」（當然還有說「也」字最重要的，因為出現了最多次……），並且都能夠說明初步的理由。

如果照課本或者試卷上的說法：本篇以「樂」字貫串全文。這種直接告訴學生「標準答案」的教學方式真的好嗎？如果教學的重點在於訓練學生具備自主閱讀與鑑賞、分析的能力，顯然不能夠輕易接受現成的說法。要花時間。要給學生更充裕的時間，從文本中梳理出脈絡與結構，根據自己的理性，根據自己涵泳在字句之中的感受，選擇理想的答案。不論對象是文言文還是白話文，閱讀理解的訓練都是一種心智的啟迪，而不是現成物的填塞。

有趣的挑戰來了。一位學生堅持「醉」字才是文章的關鍵詞，因為首段最後以「醉翁之意不在酒，在乎山水之間」開啟後文，中間說「蒼顏白髮，頹然乎其間者，太守醉也」，尾段又提到「醉能同其樂，醒能述以文者，太守也」，加上文章題目也標舉出「醉」字，可見得「醉」字最為關鍵。他說得字句響亮，頭頭是道，十分精彩。

我的回應是：正因為文章裡出現了「醉翁之意不在酒」一句，可見得「酒」只是一種寄託物，他要強調的不是酒後的「醉」，而是藉由那樣的縱情呈現出「樂」的心理，所以「醉翁之意不在酒，在乎山水之間」之後便接著「山水之樂，得之心而寓之酒也」。至於最後一段說「醉能同其樂」，重點依然不是樣態上的頹然而醉，而是精神上的「樂」。我跟學生說，不管你怎麼解釋，都必須要同時兼顧文本的形式與內容兩方面，才能表達統整性的理解。

在分段與篇旨的討論過程中，幾乎已經觸及到文本中所有重要的字、詞、句，接著就能帶他們逐字精讀文章。逐字精讀的過程，可以探討每個詞語的用法與效果，學生會驚訝於這篇文章遣詞的講究與造語的精準。也唯有透過逐字精讀，才可能疏通全篇脈絡，讓學生感受到「文章」背後的「文

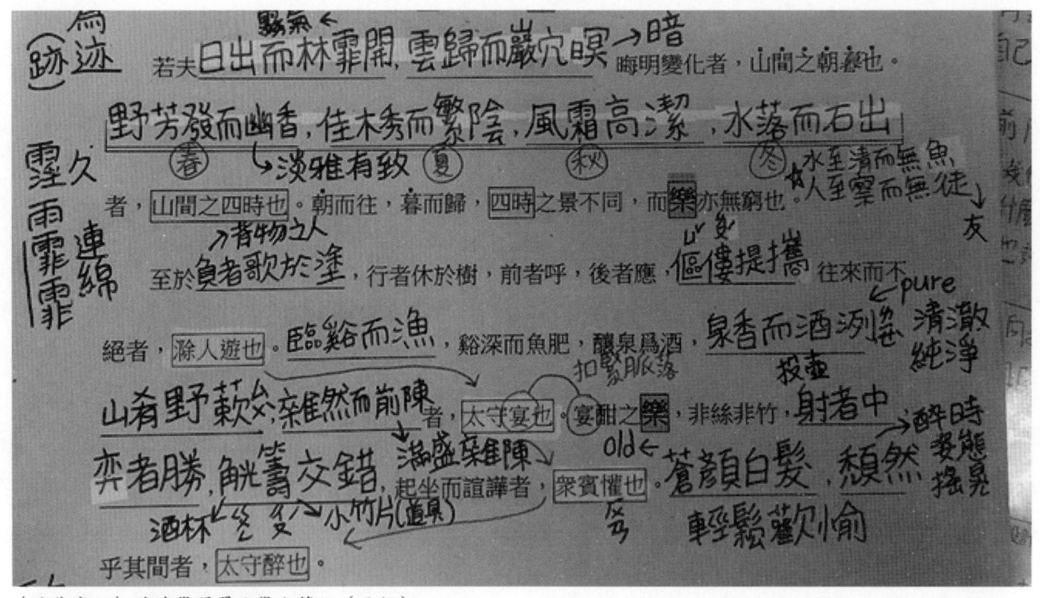

〈醉翁亭記〉聽讀學習單及學生筆記（局部）

理」。為了達到這樣的學習目標，這次使用的學習單上面也另作設計，聽寫之餘，提醒學生這篇文章的佈局結構與行文細膩之處。

文章的核心問題與層次

講讀完全文，學生應該可以掌握文章中所提到的「樂」的不同層次了。第一個層次是「山水之樂」，或者，也就是歐陽脩說「朝而往，暮而歸，四時之景不同，而樂亦無窮也」的樂，也就是禽鳥所知的「山林之樂」。第二個層次是「出遊之樂」，也就是「宴酣之樂」的樂，或者最後所說的「人知從太守遊而樂」的樂。第三個層次是「太守之樂」，或者說是「太守之樂其樂」的樂。文章的關鍵問題就是：這三個層次的「樂」有怎樣的差異與關聯呢？

這個主題非常容易引起學生共鳴，因為「快樂」或者「幸福」的追求，是每個人的願望，也容易引發切身體驗。我會再問學生，去反芻自己的生活中有那些「樂」事？然後設想一些衝突的情境，看他們能不能依照重要性排出順序來？如此引導他們釐析出「樂」（類同於「快樂」、「幸福」）其實有不同的層次與深度。

每個人心中對於不同向度的「樂」，需求強度不同，這或許反映了每個人的生存狀態與道德發展的程度。這樣的提問可以將討論引到生命教育或者倫理學的方向，觸及了幸福如何可能以及如何尋求幸福的問題。但要闡述這個問題，可能還需要對讀其他作品，這裡就不展開了。

回過頭來看文章，那三個層次的「樂」分別對應的是「人與自然」、「人與社會」以及「人與自我」。由此觀之，「太守之樂」究竟是怎樣的快樂呢？若只講成試題選項中所謂的「與民同樂之樂」、「民胞物與之樂」、「後天下之樂而樂」，都未必浹洽。那樣的說法將儒者情懷局限在入世有所作為的廟堂形象，讓人仰望，卻遙遠而嚴肅。我心中的歐陽脩不是那樣的人。

儒學中自有「樂」的傳統，呈顯出來的是一份倫理與美感交融的生命境界。從孔、顏樂處，到曾點之樂，都呈現出一種不汲汲營營於事功，不刻意想要有所作為，轉而能夠安貧樂道、樂以忘憂，實現自我之樂。我以為歐陽脩所說的「太守之樂其樂」的樂，應該也具有這樣的況味才對，不必然是「先憂後樂」那種與憂國憂民相對的樂。太守之「樂」這裡頭包藏著一份成熟的自我對於生命完善性的感受，無論是面對自然、面對社會、面對自我，都是通達而和諧。當然，這還只是我一廂情願的解釋，必須進行多篇文本的比較與討論，才能更有說服力。

108 新課綱的十五篇推薦選文中，〈醉翁亭記〉缺席了。但我相信國文課不會忘記這篇形式與內容俱美、音節悅耳、又能呈現出精彩人格氣象的佳作。太守究竟在「樂」什麼？這樣的「樂」如何透過文本的形式與內容被表現出來？這會一直是引人涵泳玩索的問題。

多文本閱讀教學

這裡說的「多文本」（multi-texts）乃是相對於「單一文本」。多文本閱讀不僅出現在學術情境，也是生活情境必備的能力，因此重視真實情境的素養導向教學及評量，也重視多文本閱讀。多文本閱讀的教學能夠促進學習者比較、歸納、整合文本之間的訊息與內涵，進而提供概念探究與意義建構等比較深度的學習經驗。學測試題的比較閱讀、混合題或者國寫試題，在命題時也經常運用多文本閱讀的概念。

教育學者唐淑華在《青少年閱讀素養之培育》（學富文化，2019）一書中綜整學者們的研究，列出五類不同關係的多元文本，分別是：

- 補充式文本（complementary texts）：根據一個中心主題，安排多篇相關文章環繞著這個主題來進行延伸閱讀，使學生學習藉由不同文本來建構、重建或統整相關訊息。
- 衝突式文本（conflicting texts）：提供對立或衝突觀點的文章，以訓練學生能以多角度、不同立場來思考事情。
- 控制式文本（controlling texts）：是以某一文本為參照架構，透過此文本的權威地位來閱讀其他相關文本，並以之作為審視及批判的對象。
- 綜觀式文本（synoptic texts）：是針對某一故事或事件呈現不同對象的思考角度，抑或是單一故事不同版本的比較。
- 對話式文本（dialogic texts）：指針對某個主題採用一系列書籍，進行持續對話與討論的機會，使學生對某主題、角色、人物、事件有更多元面向的探討。

吳敏而根據研究，提供了多文本閱讀活動的設計原則：1. 儘量增加不同文本的數量，盡量給學生機會挑選文本；2. 盡量引導學生思考較抽象、模糊的概念。這些概念不必清楚在文本中呈現，讓學生推論出來；3. 盡量讓學生討論，不求結論，但要求他們找出共識；4. 不斷培養學生的溝通和表達能力。（參見吳敏而〈多文本閱讀的教學研發〉，《國立臺北教育大學語文集刊》23 期，2013 年 3 月）

你可以嘗試應用上述概念，分析下一頁的教學案例，檢視教師如何在教室中進行多文本教學。提出你的觀察與評論。

師培生的觀課回饋：多文本閱讀教學示例

110學年度，陳嘉英老師介紹了兩位師培生前來觀課，觀課結束之後，她們根據自己的觀察、體會以及過程中的口述訪談，撰寫了觀課回饋。底下的文章分別節錄自兩位師培生的觀課回饋。最後附上一張課堂影像紀錄，以及一段課堂教學影片。

【主題式的課程與多文本的比較閱讀】

老師非常重視的課與課之間，以及學生的舊經驗與新知識，甚至是單元與單元之間，要能前後相互連貫、呼應，使學生達到學習遷移的效果。像是觀課期間，也就是第一次段考的範圍，老師將「玉山去來、丁挽、晚遊六橋待月記、醉翁亭記、岳陽樓記」這幾篇課文，以「地景文學」為主題，串接連結成一個立體的架構。老師會讓學生對讀多篇文本，進行比較與分析，並練習歸納或評鑑賞析。像是在「晚遊六橋待月記」這一課，老師先進行了課文的教學，接著利用衛星文本郁達夫的〈山水及自然景物的欣賞〉與錢穆的〈品與味〉，請學生根據文本內容與自己的理解，思考若是〈晚遊六橋待月記〉的作者會如何評價這兩篇文章，以及其原因為何。（顏利蓁）

【山水之美，得之心而寓之文字也】

主題式課程的尾聲，昌政老師讓學生分組比較〈醉翁亭記〉、〈晚遊六橋待月記〉、〈岳陽樓記〉三篇文本的差別，學生踴躍討論：有人以寫作目的來分析，有人以出場人物來比較，也有人比較三篇文本的格局觀點。他們在紙上振筆疾書，試圖從三篇文本中抓出共同的脈絡，老師在聆聽各組的觀點後，將其整理在黑板上，且針對學生的發現去補充文章中的重點，讓學生藉由腦力激盪再次梳理文本脈絡。地景文學的主題中，風景的描摹固然是重點之一，然而在山水下所蘊含的作者情思，更是在文學中不可忽視的存在，山水之樂，得之心而寓之酒也，寄託於文字當中流傳百世也，最後進入到課堂中，成為串連過去與未來、連接教師與學生的文學橋樑。（王宜方）

教師將學生討論之後發表的內容記錄在黑板上

十三、「非文學」文本，能不必再開外掛嗎？

國文教育應包含文學教育，但國文課不只是文學課。「非文學」文本的讀寫能力日形重要，然而目前的國文教材仍以文藝作品為主。這篇文章描述了非文學文本的閱讀課程、教學及評量經驗，同時提出了一些相關的觀察及討論。（本文初稿發表於 2018 年 2 月 18-19 日）

閱讀教學的課堂與外掛

教師首先是一名實踐者。實習的時候，實習導師黃春木曾跟我說：「做一位老師，最基本的是對你服務的對象負責，其他都是次要的。」這句話給當時的我很大的安慰與鼓勵。所謂「服務的對象」，當然就是指自己的學生。如果學生沒有在課堂上感受到老師的用心與愛，如果學生沒有在課堂上感受到自己的成長與進步，教師頭頂的光環只是一張標籤，常掛在嘴邊的名目也只是標語。

就拿閱讀來說吧，一位教師光是口說「推廣」或者開列書單還遠遠不足，重點是要說明推薦的目的、推廣的方法、引導的策略，以及期待學生從具體的閱讀活動中獲得的內涵。唯有如此，「推廣閱讀」才不會成為一句廉價的口號或者跟風的旗幟而已。

106 學年第 1 學期，我指定數理班的學生閱讀 E.O. Wilson 的《給青年科學家的信》（聯經，2014），檢測的方式是繳交個人的閱讀札記，並且分組拍攝短片，呈現書籍的內容大意與閱讀心得。

挑選這本書的理由，首先很單純是希望學生能有「閱讀一本書」的經驗。目前國文課本的設計像是「古今詩文選讀」，充其量收錄短篇小說，沒有引導學生讀一本書的機會，十分可惜。很多學校因此利用寒暑假，安排作業讓學生課外閱讀，就是為了彌補這樣的缺憾。但我一直疑惑為什麼要「課外閱讀」呢？如果那樣的學習經驗是重要的、必要的，就應該運用課堂時間帶學生閱讀，設計一套可實施的課程，將學習表現列入教學評量不是嗎？因此，我希望每學期利用課堂教學時間，至少帶學生閱讀一本文學作品與一本非文學作品。

一般來說，國文課堂教學主要扮演「精讀指導」的任務，主要分析課本選文，行有餘力再加以延伸、補充。然而無論怎樣的指導，畢竟無法取代學生真實的閱讀經驗；倘若缺乏實際的閱讀經驗，再好的指導怕也只能隔靴搔癢。與其讓他們花時間寫測驗卷，獲得片斷的觀點與局部的閱讀訓練，倒不如將準備紙筆測驗的時間挪出來，要求學生讀一本書。閱讀過程中自有機會提升閱讀理解能力，倘若搭配課程設計，效果更好。

這學期選讀的非文學著作是《給青年科學家的信》。這本翻譯的科學普及著作，文字風格簡潔，語調輕鬆幽默，加上篇幅不長，不會給學生太大的閱讀壓力。書中內容主要涉及作者的科學研究，他投入科學領域的歷程，以及希望提供給年輕科學家的建議。對於高一學生（特別是理科傾向的學生）而言，是理想的入門讀物。

當一名主動的閱讀者

這次閱讀教學，我不要求學生繳交完整的一篇「讀書心得」，而是希望他們閱讀每一章的時候都練習當一名「主動的讀者」。這個概念是《如何閱讀一本書》（郝明義、朱衣譯，臺灣商務，2016）的核心概念。作者認為閱讀的時候，讀者的角色接近於棒球比賽的捕手，貌似被動，實則必須綜觀全局，與投手（作者）進行互動。理想的閱讀活動就是讀者與作品（或者作者）之間有建設性的交流對話的過程。

回想起大一國文課，柯慶明老師要我們每週閱讀若干篇《大一國文講義》的文章，撰寫摘要與心得。一學期下來累積了將近二十篇閱讀札記，這樣的訓練對我後來閱讀的時候，能夠準確而直觀地分別「文章的內容」與「自己的看法」，幫助非常大。我也在課堂上跟學生聊到了這段閱讀與摘要的學習經驗。

這學期要求學生們通讀《給青年科學家的信》，期待他們針對書中的二十個章節，分別寫出「閱讀摘要」與「心得札記」。由於這項作業無法當場完成，也不需要即時發還，反而需要一段時間累積成果，因此我在線上教學平台開設了作業區，讓學生期末的時候繳交作業。我跟學生說，字數不限，有想法就寫，沒想法的話不必刻意編造「作文」，我一看就知道，不必自欺欺人。我建議學生邊讀邊寫，在印象猶新的時候要求自己思考，記下來。這其實也是一種很實用的讀寫技巧，特別要面對大量讀寫需求的作業時，必須妥善運用時間。如此反覆演練二十遍，我相信可以「內建」成為自身的閱讀理解能力。為了鼓勵大家閱讀與筆記，這項作業的評分標準很寬鬆，只要完成作業要求，就能獲得 80 分以上，表現了自己的思考、見解及經驗連結，則可以獲得 90 分以上。

除了指定撰寫的「閱讀摘要」與「心得札記」此外，學生也可以自由抄錄書中的句子。學生根據自己的閱讀感受和時間安排，自行決定要投入多少時間與心力在寫作作業上。批閱作業的時候，有的學生繳交了千字以內，堪稱「惜墨如金」，但篇幅最長的總字數超過六千字。

差異化教學

湯林森(Carol Ann Tomlinson)根據她在公立學校教學二十年的經驗，結合相關理論，在 1995 年出版了《能力混合班級的差異化教學》（張碧珠等譯，五南，2014），發展出一套在學業表現不齊的班級內創造有利環境、提高學習效能的差異化教學模式。根據 Tomlinson 的研究與實踐，教師針對班級內學生因材施教，可以進行各樣的差異化教學策略，包含學習內容的差異、學習過程的差異、學習成果的差異與學習環境的差異，以幫助不同的學生掌握學習單元中的重要概念與技能。然而要注意的是，差異化教學雖然重視學生的個別差異，但不等同於學生自學而教師給予輔導的個別化教學；差異化教學根據學生的興趣、能力、需求進行教學調整，不等同於混齡教學和補教教學。差異化教學是以學生為主體的教學。你能從本書或者自己的經驗中舉出例子，說明教師在學習內容、學習過程、學習成果或者學習環境方面，如何運用差異化策略嗎？

閱讀摘要與心得札記的作業說明

〔作業說明〕：

請根據下表，完成《給青年科學家的信》一書的閱讀摘要（字數不限）、心得札記（字數不限），並且摘錄書中精句（可有可無）。內文請用 12 級新細明體或者標楷體。繳交日期 1 ／ 14（星期日）；補交日期 1 ／ 23（星期二）。檔名請註明班級與姓名，檔案內也必須註明個人資料。

〔閱讀摘要〕

作者試圖回答什麼問題？作者主要想說什麼？為什麼作者要說這些？作者提到了那些關鍵的概念？作者如何陳述或者論述他的觀點？文章中各個部分有什麼關聯？

〔心得札記〕

你從書中的那些觀點獲得啟發？你從書中的內容聯想到什麼？你贊同或者不贊同作者的某些觀點？你被作者感動或說服了嗎？你對書中內容感到疑惑不解嗎？

走，一起來拍影片！

繳交閱讀摘要是學生的個人作業，能夠表現出個人學習的情況，但是無法讓學生透過討論與交流，增進自身理解的廣度與深度。閱讀固然有自得之樂與「獨享」之趣，團體的交流與討論卻可能使閱讀的效果增幅，或者強化閱讀印象。

這學期由於過年較晚、寒假較長，放假之前需要先補下學期的課時數。但這樣的時機上課，同學想必心浮氣躁，很難靜下心來學習。因此我就規劃運用期末考之後、寒假之前的兩節課，讓同學分組交流閱讀所得，同時作為檢測閱讀成果的評量方式之一。

評量當然可以透過教學活動達成，甚至於，評量本身也可以作為教學活動。「評量」是檢測教學效果的手段，寫測驗卷是常見的一種評量方式，但絕對不是唯一一種，也不可能總是最有效的一種。過度依賴紙筆測驗作為教學單元的評量活動，是國文科長期以來的弊端。說弊端的原因是，很多情意向度的教學目標，例如溝通互動、團隊合作等等，無法透過紙筆測驗加以檢核或者養成，要觀察、檢核這些能力就需要另外設計合適的評量方式。紙筆測驗將教學的向度扁平化，壓到知識的層面，而更寬廣的學習可能與學習活力也因此受到壓縮，十分可惜。

講回具體的評量活動。這次要求學生拍攝三分鐘以內的短片，形式不限，目的是「行銷這本書」，讓人看了影片之後，會想要找出整本書來讀。影片內容必須要呈現這本書的內容，以及大家的閱讀心得。經過與學生的協商，評量標準包含內容（60%）、創意（20%）與團隊合作（20%）。小組的整體呈現會有一個基本分數，再根據個別表現（小組貢獻度與互評表填寫）酌予加分。

第一堂課，我先說明進行方式，師生商量出評分標準，然後就讓學生分組討論腳本。學生被容許在不影響其他班級上課的前提下，到校園各處拍攝影片。拍攝完畢之後，可以選擇是否剪輯與後製。第二節上課之前，將成果短片上傳到國文課的教學平台，以利觀摩互評。

第二節課，先輪流播放各組拍攝的短片，其他同學必須認真觀看，完成互評表與課堂回饋。評分表上的評分項目分為「內容」、「創意」與「合作」三個向度，另外必須書寫「評語」，描述該組表現最精彩的、或者可以改進的地方，也可以針對影片的局部表現給予回饋。最後回答兩項問題：自己學到了什麼？簡述小組分工的情況以及自己的貢獻。我跟學生說，填寫用心與否，反應出有沒有認真參與課堂觀摩，是我個別評分的重要依據。

很多組在短片中採用了訪談、報導與廣告的形式，也有很多極短篇式的創意小品。學生在一節課內拍完的短片，當然無法盡善盡美，無論是劇情分鏡，或者腳本文案，都可以再琢磨。然而作為課堂的作業呈現，影片內容的知識性、創意性、娛樂性已經令我相當滿意。透過多媒體工具的應用與分享，也是一種有趣的學習體驗。

設計課堂上就可以完成的評量活動，既可以達成評量之效，又不會佔用學生的課餘時間。如果要求學生表現得更加細膩周全，就要花費更多的引導時間，甚至事先檢閱學生的腳本內容，要求字幕、配樂、特效等等後製。那樣的作品當然會更精彩，然而付出的教學成本也更高。更高的要求能夠幫助學生精進突破，但也會造成更大的學習壓力；反之，如果要求不足，學生的潛力不容易被激發，也無法獲得更高的成就感。教學的選擇與權衡，永遠是現場的難題。

學生在校園角落討論腳本與拍攝影片作業

學生在教室內進行觀摩與互評

106-1《給青年科學家的信》影像作業__評分表 20180122

組別	人員	評分項目 內容（60分）	創意（20分）	合作（20分）	總分（100分）	評語 寫出你覺得該組表現最精彩的，或者可以改進的地方，也可以針對局部表現給予回饋
一	19 22 28 29 30	50	15	15	80	鏡頭轉換&配樂，讚
二	9 13 3 17 18	55	20	12	87	可以有一些演員互動
三	5 14 16 23 24	50	20	15	85	特效太強了，運用影片軟体，讚
四	10 15 2 11 1	45	20	20	85	結合當代手遊，一定引起廣大迴響，創意可以給滿分。
五	6 7 8 26 27	55	20	15	90	故事有說服力
六	25 21 4 12 20	50	20	20	90	故事吸引人，令人感受到此書的重要

1. 你學到什麼：如何吸引別人注意到一個東西和安排劇情

2. 簡述你們小組分工的情況以及你的貢獻：

3 18 13 演員 9 後製

17 攝影

學生作品觀摩

圖 「書籍行銷」影片作業的評分表

評量可以藉由教學活動完成，或者說教學即是評量。一種觀點認為，課堂活動能夠激發學習動機、驗收學習成果、深化學習意義；另一種極端的觀點主張，課堂活動雖然很熱鬧，但學習不夠扎實。兩種觀點都能成立，重點取決於教師的教學自覺與引導能力，能否清楚預設教學目標，並且確保教學內容、教學評量能夠與之一致。

每一種教學策略（當然也包含評量策略）都是一種選擇。就像選擇工具一樣，沒有一種萬用的工具足以解決所有問題，不同的情況我們選用不同的教學策略，達成不同的教學效果。任何的教學途徑都讓學生看見一部分的風景，同時看不見另外一些。所幸，教學本身具備歷時性與整體性的特質，不必求全責備。這次無法提供的學習經驗，可以在其他堂課提供；這次無法達到的目標，可以透過其他機會補強。

國文課的「非文學」閱讀

藉由上述的課堂教學例子，我想多討論一點非文學文本與國文課的關係。這裡說的「非文學」文本，主要是與文學類別的小說、散文、詩歌、劇本相對的作品。概括來說，文學作品的用詞深刻而優美，能夠激發想像力與審美感受，然而那樣的作品比較大程度反應作者創造出的、或者感知到的世界；相對來說，非文學作品（諸如報導、傳記、遊記、論述以及不同學術知識的文章）比較能夠擴充讀者的知識，認識到不同領域的概念與思考方式。這樣的粗略分類當然不排除「文學作品」中也會涉及知識層面，而「非文學作品」也可能有很出色的文學表現。很多時候非文學文本會與「非虛構寫作」（non-fiction，或稱記實寫作）重疊。如果用「故事體」（narrative）、「資訊體」（informational text）、「論辯體」（persuasive text）三種文本類型的區分來比附的話，「非文學作品」基本上包含了「資訊體」與「論辯體」文本。

相較於文學作品透過間接的方式喚起讀者的情感與想像，非文學作品直接建立閱讀者與真實世界的關聯，引導讀者去看見生活周遭的種種現象，進而思考其中的意義。這兩類文本的性質不同，功能相異，學習策略也有區別。因此談文本的閱讀與理解，需要先分辨文本類型，才能談得清楚。

文學閱讀，很大一部分屬於個人的品味與天賦，也訴諸文學專門的閱讀訓練；非文學的閱讀，佔了日常生活中接受與溝通的大部分，其實才是一般「閱讀理解」的適用範疇，若涉及到更專業的報導、論述或者領域知識，也需要專門的閱讀訓練。

大學端的文學專業科系，經常在一年級開設有「文學概論」或者「文學作品讀法」等必修課程，顯然是將「文學閱讀」視為學科專業內容。國民教育階段的本國語文課程其實要兼顧「文學閱讀」與「非文學閱讀」。就文學那方面來說，提供的應該只是必要且基礎的文學入門知能。此外，一般性的閱讀訓練、學術性的閱讀訓練不可或缺，那些非文學的閱讀理解能力，是大學不分文學科系與否都需要的能力，必須在中學階段獲得系統且有效的學習。

無論就生活應用、學術準備或者應付升學考試，非文學文本都很重要。但國文課本的編輯選文，仍是以「古今文學選集」為主，所選的非虛構作品又多是文藝散文。因此許

主持	導讀	提問	自由發言	紀錄
•每周由組長擔任主持人，負責順暢討論流程，維持討論品質，調控討論進度。並且在討論前確定導讀資料已經完成，在討論時確保每位參與者都有足夠的參與及貢獻。	•每周輪流由至少一位同學擔任導讀者。導讀者必須針對閱讀範圍，製作A4雙面以內的摘要印發給同學參考；摘要內容以提綱挈領、化繁為簡為上。導讀時間10-15分鐘為宜。	•每周由至少一位同學擔任提問者。提問者必須針對閱讀範圍，設計4-8道討論問題，提供參與者思考，並且帶領討論。問題與摘要列在同份資料上。	•各成員可在導論或者提問過程中適時發表意見、心得與疑問。	•每周輪流由一位同學擔任討論紀錄，簡扼紀錄讀書會進行的過程與大家的發言內容，並完成討論紀錄表。可用電腦打字。討論紀錄連同導讀資料最遲於討論之隔日繳交老師。

「讀書會」課程的小組分工與進行方式

多老師都透過不同的「外掛」方式補充非文學文本，以提供學生更完整的閱讀經驗。「外掛」在這邊不是欺騙取巧的意思，而是透過額外的連結方式，針對「主程式」（正規課程與教材）進行必要的修正或者補足。

我在104學年度第2學期開過一個大「外掛」，運用每週一堂國文課，指導學生開讀書會，自選非文學性的書籍，由同學輪流導讀、摘要、提問，最後舉辦一場虛擬的書籍銷售會（這是從臺南一中梁佳雯老師那邊學到的教學策略）。期末發表時，小組「各顯神通」，輪流簡報全書內容，再由全班同學共同評選評哪本書最吸引人。那時候的書單，都是由同學推薦的，我先進行篩選與簡介，再讓全班同學自行決定閱讀哪一本書。相關的教學方式，已經寫成〈閱讀放山雞的飼養手冊〉一文，發表在《幼獅文藝》2016年7月號。

之所以「下重本」設計那樣的教學活動，除了希望提供學生自由選擇、獨立閱讀一本書的經驗之外，就是因為課本教材以文學選文為主，而我深深覺得非文學的閱讀能力也必須在國文課堂養成，那樣的能力能夠開展他們對於知識的好奇心與吸收力，是上大學之前就應該準備好的。

讓我開心的是，學生們也多能照著課程設計，完成閱讀、摘要、討論與發表的任務。許多「文學」造詣普通的學生，在這項「語文」課程中，無論就摘要、討論、簡報等方面，卻有精彩的表現與成長。

同一屆學生升上高三，我還幫他們從《科學人》、《哈佛商業評論》、《經典》等雜誌中選印了不同領域與題材的報導、論述文章，要求學生閱讀之後，製作投影片進行導讀報告，我再加以補充。我跟學生說，熟悉這些領域的詞彙概念，對你們吸收知識很有幫助；熟悉這些議題與觀點，對你們思辨能力很有幫助；熟悉這些文章的鋪陳與論述方式，對你們的寫作很有幫助。我曉得學測在即，許多學生擔心考試，覺得用心在「課外」會有罪惡感。我跟學生說，多讀不同領域的文章不僅可以避免大腦鈍化，保持思考活絡，也對考試有幫助。因為閱讀理解測驗的選文，從來不只局限在文學領域。

導讀報告的評量要求是「讓沒有讀過文章的人聽懂」，因此，講者不是平鋪直敘地摘要文章內容而已，而是要把握文章的核心

評量規準的設計與應用

評量規準（rubrics）是教師進行實作評量或者表現任務時重要的評量工具。然而一份理想的評量規準不只提供教師作為評量工具，它同時是學生的學習工具。評量規準替學生將「學習內容」與「學習表現」搭建鷹架，作為自我評估、後設學習的參照指標。就學生來說，這樣的評量方式不只可以檢測學習成就（assessment for learning），評量本身就是學習歷程（assessment as learning）。

設計一份表現任務的評量規準可以參考以下步驟：1. 預擬評量的內涵；2. 分析評量的向度；3. 說明評量的概念；4. 安排評量的層級；5. 區別評量的內涵；6. 修改評量的規準。更詳細的說明可參考筆者參與撰寫的《中學專題研究實作指南》（商周出版，2018）第 336 頁。

下方提供的簡報能力評量規準，由我設計，並且施作於 102 學年建國中學開設的選修課程，當時設想將課程目標（亦即期末總結評量的要求）透過評量規準呈現出來。如何具體結合評量指標與教學歷程，可參閱我寫的〈語文表達課程的理念與實踐——以「基礎寫作與簡報」課程為例〉（收錄於《教材教法理論與實務》，臺灣大學師資培育中心，2017。）

你不妨觀察底下這張評量規準，根據上文提到設計步驟，想像它是怎麼樣被設計出來的。然後你可以參照這份資料，嘗試將本書 143 頁的影像作業評分表轉製成一份評量規準嗎？進一步思考：這兩種評量工具分別在怎樣的條件下適用，又有者樣的限制呢？

層級說明 評量向度	【簡報】能力的評量層級與文字說明			
	4. 達人	3. 老手	2. 學徒	1. 生手
A. 內容 關於內容的熟悉度與素材選擇，能否助於了解主題	深入瞭解報告內容；能選擇貼切的素材或例子；讓聽眾深入認識主題。	熟悉報告內容；能選擇相關的素材或例子；有助聽眾更加認識主題。	稍有涉獵內容；素材或例子有些不符聽眾程度；能讓聽眾稍微了解主題。	對報告內容陌生；選材與舉例不當；對聽眾了解主題幾乎沒有幫助。
B. 組織 關於報告內容的組織與邏輯性	內容的分類與層次分明；承接與轉折明確，富邏輯性。	按照順序呈現重要內容；有留意承接與轉折處的邏輯性。	局部的內容尚稱清晰；調換內容次序後則更富組織邏輯。	呈現了基本內容；組織結構紊亂，幾乎沒有邏輯性。
C.PPT 應用 關於 PPT 的重點呈現，視覺美感，及輔助說明的功能	能突出內容重點；編排精美富創意；加深聽眾對主題內容的認識與興趣。	能呈現報告重點；視覺美觀清晰，閱讀無礙；能達成輔助說明的功能。	平實呈現報告大綱；用字、配色偶會造成閱讀障礙；還算與口頭內容結合。	完全沒有使用 PPT；版面閱讀困難；呈現內容與報告主題幾乎無關。
D. 表達能力 關於口語表達的基本要素與演說技巧	口條流暢；用詞精準；咬字清晰；聲調富抑揚頓挫；善用手勢與眼神接觸吸引注意力。	表達堪稱流暢；用詞清楚；咬字正確；聲調有抑揚頓挫；自然表現手勢與眼神接觸。	表達偶有停頓或重複；用詞偶有失當；咬字不夠清晰；聲調略平板；偶爾有手勢與眼神接觸。	語言紊亂；語焉不詳；咬字不清；聲調毫無變化；眼神不看聽眾。
資料來源：作者自製				

觀念與鋪排的思路，掌握作者要回答的問題究竟是什麼？作者的論點與主張是什麼？作者透過怎樣的論據材料與論證邏輯說服讀者？作者說的有道理嗎？文章內容與我們（聽眾）有什麼關係？

學生報告得很精彩，到底是高三學生，理解與表達普遍都比較成熟。但我仍輾轉聽到，個別家長對於這樣的教學安排心存疑慮。畢竟是「開外掛」的教學，我能懂家長可能的疑惑。但我沒有改變原本的教學安排。因為我提供的課程與教學雖然不在「國文課本」裡，仍是「國文課」應該要接受的訓練，這種經驗對養成學生閱讀能力非常必要而且有益。從學生的投入、回饋與表現來看，也能支持這樣的教學活動。

比文、白比例更重要的事

一般的閱讀理解訓練，無法充分引導學生一窺文學的堂奧；文學的鑑賞品味，也無法有效提升非文學閱讀所需要的理解能力。國文課要包含真正的文學教育，也迫切需要納進報導與論述等非文學文本的讀寫教育。

近年來「閱讀理解」、「批判思考」、「思辨寫作」等幾乎成為國文教學的關鍵詞，有志教學、銳意圖新或者期待市場回應者無不朗朗上口，也有很多可觀的作品。這些概念主要對應的範圍其實正是非文學文本而不是文學作品，不能將之與「文學教育」混為一談。否則，不僅會模糊了文學教育特有的內涵與目標，也可能使得閱讀、理解、表達、批判思考這些詞彙披上玄虛縹緲的偽抒情面紗。

大學入學考試測驗一直以來非常重視非文學的文本閱讀。學測的測驗目標主要是測驗考生理解、詮釋、欣賞、評析「各類文本」的能力，從來不只針對文學作品。新式國寫測驗的測驗目標，乃因應各大學校系期待學生的文字表達能力，歸納出「知性的統整判斷能力」與「情意的感受抒發能力」兩項。大學校系最期待學生的寫作能力是：

- 能觀察、了解、歸納現象，並提出意見；
- 能清晰具體地描述事實；
- 能寫出個人的經驗，表達內心的情感與想像；
- 能正確解讀圖表；
- 能正確穩妥地遣詞造句、謀段成篇。

上述能力與課綱所示的國文讀寫教學的目標也是吻合的。但我們不妨思考一下，以文學選本為主軸的課本教材，是否能夠有效率的達成上述教學期待呢？

因此，現在面對的困境是：大家都承認非文學的閱讀理解與表達十分重要，但是課本缺乏非文學文本，導致實際的課堂教學中，教師必須費很大的工夫引入相關的教學素材與教學策略（開外掛）；或者，學生就必須從單元測驗卷及坊間的參考書中練習各式文本的閱讀技巧（還是開外掛）。原本用來檢測教學成效的評量輔助工具，竟然諷刺地成為學生學習非文學文本的重要窗口。

主程式已經跟不上時代，無怪乎各種「外掛」頻仍，在在提醒著主程式：你該更新了！如果要讓教學正常化，更滿足國文學習的需求，則課程或者課本勢必要納入更多非文學文本，讓老師有足夠的時間在課堂上帶領學生辨析各類文章的讀寫策略。如若不然，老師們就必須要「外掛」一些「必要」的內容，或者藉由「閱讀測驗」進行「閱讀教學」，遂形成目前國文教學現場習以為常的畸形面貌。

簡單來說，我們先自我設限地編選了難以周全課程需求的課本，努力複製不夠完備的教學型態，然後用更大的努力在課本之外開掛，尋求自救的解方。師生皆苦。

有論者大聲疾呼應該壓低文言文比例，增加白話選文，以強化學生的語文實用能力。此等主張顯而易見的盲點，在於混淆了兩個不同的範疇。「文言／白話」是語文表現的形式，而「文化思想／文學美感／實踐實用」是語文習得的能力。文言文可以有文化、美感與實用的教育功能，白話文亦可以有文化、美感與實用的教育功能。不同的教育內涵取決於教師選擇的教材與教法，不必然受到選文是文言或者白話所限制。

很弔詭的是，課本選的文言文很高比例是可以歸類為「非文學」的實用文體（但文字的藝術價值也很突出），反觀所選的白話文仍以文學作品為大宗，實用性質很低。如果要倡議國文教學更具實用價值，關鍵而有效的方法應該是增加非文學文本，用來取代目前以抒情美文、文藝創作為宗的白話選文，而不是削減文言文選文。新增的非文學文本可以是思路清晰而筆調動人的報導或者論述文章，也不必只選一些被認為「兼具知性與情感趣味」的報導文學。但我們願意讓「文學課」從「國文課」中消失嗎？

若課本中完全不選文言文，取而代之的是抒情或虛構的文學作品，如此一來，成為「白話文學讀本」的課本，實用向度的教學價值不會更高。但我們能接受「國文課」等同於「文學課」嗎？

更進一步思考，討論文學／非文學文本的比例也沒有辦法解決教學困境。釜底抽薪之道，應該是從課綱層面釐清國語文教學的不同向度，再針對不同的向度安排適切於教學內容的課程規劃、教材教法與評量方式。所謂的不同向度，基本上包含了語文表達與應用、基本閱讀與理解、文學鑑賞、語文及文化知識等等。目前這些不同向度、不同層面的學習內容，都統攝在範文教學底下，倘若授課時數充裕，勉強可以面面俱到。但事實是，社會各界對國語文教育期待殷切，愛深責切，國文科的授課時數卻不斷壓縮，以致於脈絡模糊不清，內涵混淆不明。這些都是結構性問題，非一線教師可解。

從這個路徑思考，與其去爭執課本選文的文言／白話比例，倒不如認真討論文學／非文學的課文與比例，或者更根本地，重新思考整套國文課程的性質、目標與架構。

107 學年下學期，我在高三班級實施了《我是誰》哲普閱讀讀書會。最後一週，同學陳述柏拉圖的洞穴比喻，在結尾說：「是不是我們某種程度上也就是這些犯人，每個人的感知都有一些限制，我們的視野不是全面的，而是非常狹小、非常局部。當有人給我們一套價值觀、一個更開放的心態，我們卻難以接受，只因為這不是我們曾經驗到的東西？這就留給大家思考。」我們真的身在洞穴面對影子嗎？我們有可能走出洞穴嗎？我們願意相信在目前重重限制的外面，還有一個更為真實而迷人的、教與學的世界嗎？

輯四 · 觀乎人文，以化成天下

十四、耳得之而為聲，目遇之而成色：詩歌教學分享

原題文章發表於2012年全國高中國文教學研討會，很能夠呈現我對詩歌教學與美感教育的關懷。這次改寫，刪除了有版權疑慮的歌詞與圖片，又新增更多教學資料，除了融入美感教育，亦想凸顯課堂評量的多元可能。文章最後補上一段「興於詩」的詮釋，我真正想說的是：可以從古典的文化資源中汲取養份，灌溉現代的教育與教學。

自己先感動才能感動人

本章希望從美感教育的角度切入，分享若干詩歌教學的教材與教法，而非剖析特定的詩歌文本。我會呈現比較多具有美感教育性質的課程設計，以及學生表現，並且扼要說明課程與教學的思路。

這樣的寫法不代表教師對文本的理解不重要，正好相反，我想強調在詩歌教學的時候，教師的文學品味、情感深度與見識更加吃重，因為那深深影響學生所能感受到的「詩」的質地與境界。另一方面，教師的言語表現及口語魅力也更形重要，搭配著詩歌文本的情感特質，教師要運用恰當的聲情、肢體、表情等可以感知的教學方式傳遞自己的感受，那樣的教學情態本身也有美感教育的意義。

如果教師自己的生命深度有限，文本理解不足，或者言語的情感渲染力貧血，不能充分詮釋出文本的優美與深刻，那麼所有的學習單、教學策略什麼的，很大程度將會失效，變回單純的文學知識與寫作技藝而已。所有作為教材的影像、音樂、詩歌等文本，原本就是為了提供更真實的、「興於詩」的學習經驗，為了喚起學生的感受與思考，所搭建出的通道。

莊子說「得魚忘筌」，這也能提醒教學者不要只注重方法與工具，而忽略了教學的核心。教學的目的與方法，本末關係必須清楚，才不會捨本逐末。教學目的、教學重點與教學策略，會與文本的性質、學生的狀態、教學的情境等諸多要素相互連動。每堂國文課都講究「閱讀理解」，都演練「文本分析」，但面對不同體裁與屬性的文本、不同背景與需求的學生，教學的內容與方法不可能只有一套。

我大學時代修師資培育課程，授課的賴哲信老師與丁亮老師都這樣提醒我們，教學演練的時候要注意不同體裁與內容的文本，找到合適切入的教學重點與教學方式，文本的「味道」才會出來。如果不講究這些，過度依賴「模組」、教學手冊式的賞析，或者迷信有什麼「放諸四海皆準」的教學黃金法則，註定很難深入到文本的肌理中，找到精彩的東西，獲得閱讀的感動。

哲學家與教育家雅斯培（Karl Jaspers，1883-1969）說：「只有內心帶有火花的人，才會被傳承的真理所點燃。」（杜意風譯，《論教育》，聯經，1997）姑且不要說真理那麼高遠，如果教師自己對於所講的內容都不曾感動，又要怎麼讓學生感

動呢？更何況以教學工作來說，自己感動尚不足以使人感動，所有的課程設計與教材教法，都必須經過教學者轉化，才能成為對學生有效的學習經驗。

如果說「節奏」與「意象」適足以概括詩之所以為詩的特殊性，那麼，在教學過程中，若能適切地融入音像或者書畫等感官素材，是否有助於學生體會詩境與領受詩情呢？如果這樣，國文課堂上的詩歌教學，是否也能被賦予一層美感教育的色彩呢？這裡說的「詩歌」包括課程內容中的《詩經》、樂府詩、古詩、近體詩、詞曲以及現代詩。在教學方式與教學活動方面，也儘量包含認知（例如文學史知識、詩歌體裁）、情意（詩歌賞析及感受能力）與技能（詩歌習作與分析評論）等不同的學習向度。分成「認知」、「情意」、「技能」三個向度來說，只是為了陳述方便，在真實的教學經驗中，三者經常交疊、融合在一起。

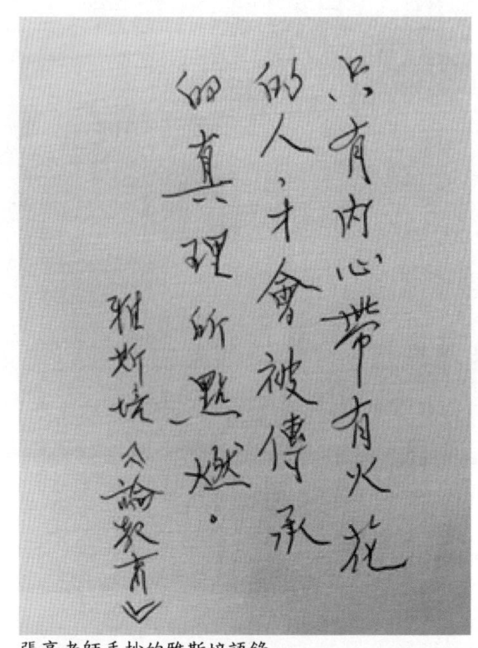

張亨老師手抄的雅斯培語錄

美感教育與美學教育

1. 美感不是美學，美感是美學研究的具體內容，美學是美感經驗的抽象論述。美感教育不是哲學教育，不是知識學科，而是一種企圖將美感融入各種學科領域的教育理念。因此，美感教育不是美學教育，前者是讓人的學習歷程充滿美感經驗，後者是讓人學會思考美的定義、性質、要素、類型、表現形式、判斷標準等。

2. 美感教育的「美」字：一方面可以指涉與價值有關的事實；二方面可以反映出一切實在的內在秩序，以及事物之間的理想關係；三方面也具有滿足人類情感需求的性質。更重要的是，美的理念是知覺的內容，美的事物是判斷的內容，美的思想與美的感受，乃是相互隸屬而共同具有價值。

3. 美感教育的「感」字：一方面必然和感官有密不可分的關係；二方面卻也不能狹隘地只化約為感官的感受，而是應該逐步提升至生命、心靈與精神層次的感受；三方面更需注意從感受朝向「美」之價值與認知。

（節錄自李崗，〈美學與美育〉，收入於簡成熙主編《新教育哲學》，台北：五南，2016 年 9 月）

認知向度的教學錦囊

（一）聽演講，做筆記

2003 年 4 月，葉嘉瑩教授應洪健全基金會邀請，在臺北市「敏隆講堂」進行一系列古典詩歌講座。第一講的主題為「感發生命——進入詩歌生命之門鑰」。這場演講，葉教授深入淺出地介紹了中國古典詩歌「興發感動」的核心特質，有詩歌理論的闡述，也有實際作品的分析。由於演講內容觸及許多古典詩歌的核心概念，是極佳的「（古典）詩歌導論」。因此我從任教以來，就選用這場演講的 DVD 作為詩學課程教材，

在欣賞名家授課風采、吸收古典詩歌知識之餘，我針對葉教授演講的內容，設計了一份學習單，提綱挈領地呈現演講的結構與重點，然後要求同學一邊聆觀影片內容，一邊順著脈絡完成學習單，練習「聽講」與「筆記」的技巧。

我從演講四十分鐘處開始播放影片，這樣到演講結束，正好呈現完整的內容與結構。從聽講到補述，理想中兩節課可完成。

課程進行當中，我會隨著演講內容，在黑板上記下聽講重點，一方面向學生示範筆記技巧，一方面也在內容分段處略作暫停，複述先前演講的重要內容，並且運用板書，詳加解說演講中所引述到的《毛詩．大序》、《禮記．樂記》、《詩品．序》以及其他詩詞文本的內涵。

觀看葉嘉瑩老師演講，同步進行筆記（照片為卓育如老師拍攝，2013）

運用板書，講解演講中提到的文本

■ 表達的三種方式：「賦」、「比」、「興」；引發感動的三種途徑；「心」與「物」的三種關係

	意義	心物關係	例子與說明
興	見物起興	由物反心	〈關雎〉：「關關雎鳩，在河之洲。窈窕淑女，君子好逑。」 見物 起興
比	以此類彼	由心及物	1.〈碩鼠〉，以碩鼠比喻剝削者。 碩鼠碩鼠，無食我黍 2. 秦觀：欲見迴腸，斷盡金爐小篆香。 千迴百轉的感情
賦	直陳其事	即心即物	〈將仲子〉：將仲子兮，無踰我里，無折我樹杞，豈敢愛之，畏我父母，仲可懷也，父母之言，亦可畏也。

■ 結論：詩歌的興發感動讓我們不論何時都可以透過體會古人的感動，讓自己也感動，進而提升心靈，它是無窮的。

聽講學習單（局部）與學生的筆記

（二）將文字段落轉換成圖表

將文字（連續文本）轉換成視覺性的圖表（非連續文本），是重要且實用的摘要能力。轉換過程中，學生必須理解文字段落的意義，分辨不同概念的層次與關聯，然後加以組織與重現。至於要如何「視覺化」？我沒有規定，但會鼓勵學生運用多種顏色的筆以及不同線條、符號，以別區不同概念。層次與關聯。

這裡分享的課堂例子是將《詩經》的課本題解轉換成圖示。教授其他的文學知識或國學常識，也很適合透過這種練習，幫助學生自行閱讀與分析文本內容。如果學生還不能自行完成，可以考慮提供提示、範例或學習鷹架，但不建議總是直接用現成歸納好的表格給學生「填空」。那樣作固然也能幫助他們分析訊息，有引導閱讀的效果，但如果要啟發更高層次的思考，就要讓學生自己設計架構，歸納訊息，這樣才能促進理解。

學生完成之後，可以挑選兩位同學到黑板上畫出他們的統整圖，藉由比較與參照，進行概念釐清，並且補充相關資料。運用學生作品作為討論的教材，難道不比使用現成表格而要學生記憶，來得更有吸引力嗎？

（三）先感受作品，再分析形式與內容

「詩」與「詞」在表現形式與內涵情韻的比較，是語文教學必定涉及的議題。關於這個議題，歷來詩評、詞評多有涉及，諸如：「詩莊詞媚」、「詞之為體，要眇宜修。能言詩之所不能言，而不能盡言詩之所能言。詩之境闊，詞之言長」（王國維《人間詞話》）等評述，均凸顯了「詞」與「詩」在表現型態與或美感特質上的差別。這些言論都是熟讀作品之後歸納而出，自有見地，在此不多評述。我想分享的教學觀念是：與其空降理論，直接介紹成說，不如引導學生自己去體會、發現文體的特質。教授本單元

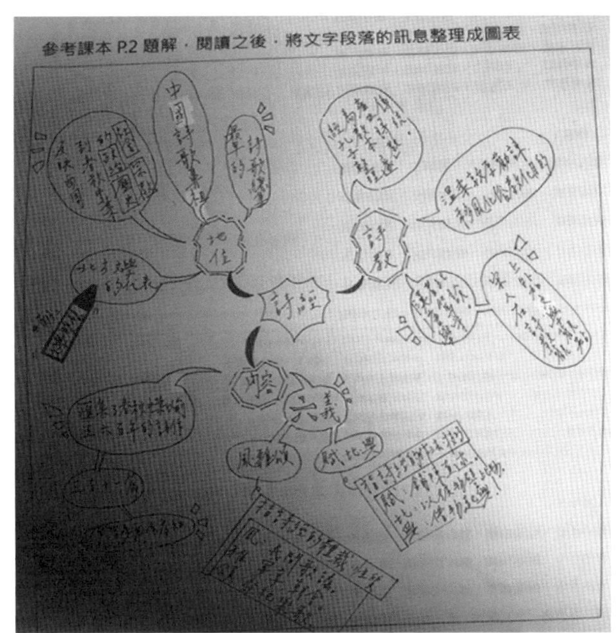

文字轉譯成視覺圖表（學生作品一）

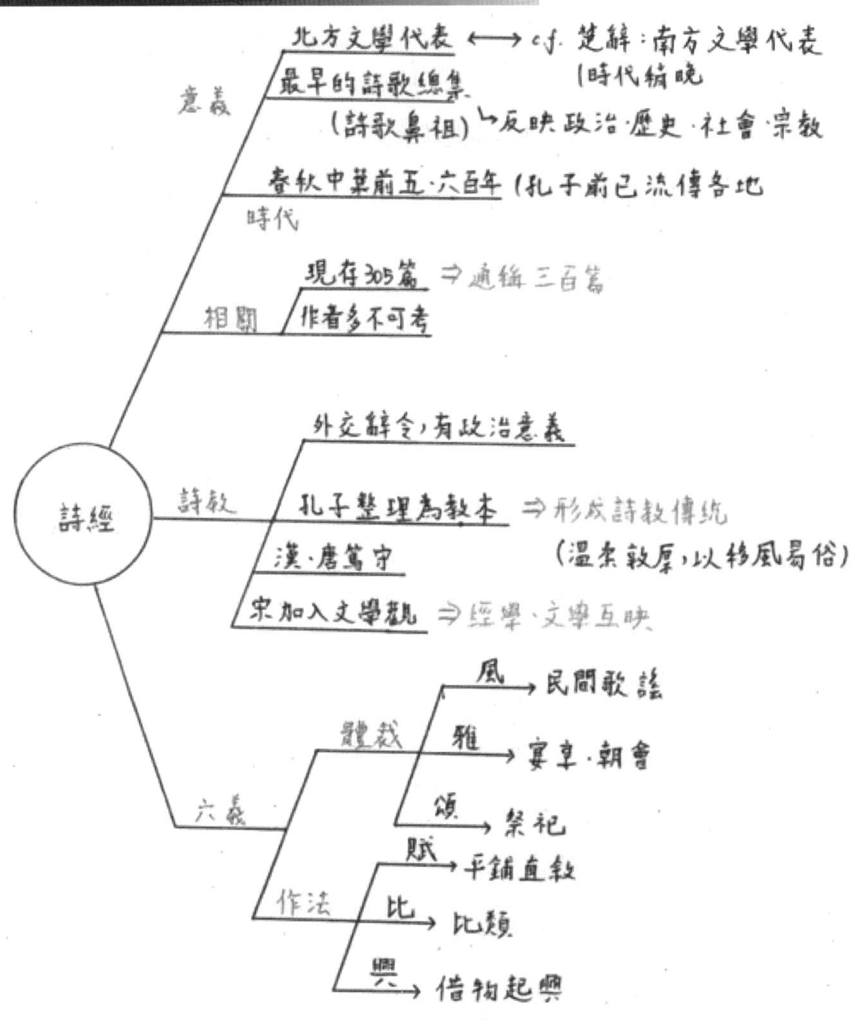

文字轉譯成視覺圖表（學生作品二）

時，我會將坊間出版的詩詞書法作品印發給同學，要同學自己斷句，之後請同學朗讀，討論出正確的斷句，再加以解說。透過網路，也很方便找到各種書法作品做為閱讀的文本，可以兼收美感陶冶之效。

透過斷句與朗讀，同學自有機會體認到「長短句」的語言節奏，而這錯落有緻的語言節奏原是為了配合音樂演奏成形成。為了讓學生體會到「詞牌」的音節形式特點，可以找出不同的作品（沒有標點斷句），先讓學生觀察、解讀。例如要解說李煜〈相見歡〉（林花謝了春紅）時可以比較另一首〈相見歡〉（無言獨上西樓），這樣學生會對「詞牌」的內涵有更具體的認識。

同樣的思路，在講授「樂府詩選」單元時，與其一下子就從文學史的角度切入，闡述「樂府」及「樂府詩」的特質、流變，比較漢代「古詩」與「樂府詩」的異同，倒不如「反過來」，讓學生先讀具有代表性的作品，再經由觀察、思考與討論，引導同學歸納出漢代民間「樂府詩」的主要特質。

作品的文學史知識，或者與文本形式、文本內容相關的知識，到底要先告訴學生呢？還是讓學生們先有閱讀經驗，之後再引導他們探索、歸納、產生知識呢？兩種做法有不一樣的教學意義以及預設的學習觀。

（四）解讀意象與主題

不同於日常語言及科學語言，詩歌的語言是一種「意象」的語言，透過形象表達自身的思考與感受。能認識意象語言，便掌握了進入詩歌世界的一把金鑰。什麼是「意象」呢？簡單來說：「象」是外在的、具體的、客觀的形象；「意」是內在的、抽象的、主觀的感受。詩中的「意象」便是用外在客觀可感的形象，傳達出內在主觀的情感。借用古人的話來說就是「立象以盡意」。如果直接抒情，容易失之露骨，缺乏感人的韻致，藉由形象的運作與中介往往能將情感拉開審美距離，從而喚起讀者的想像與觸發。關於「意象」，非常推薦參考林士奇《文章偶得》（萬卷樓，2024）中〈意象〉一文，十分生動透闢，而且能從古典轉出新意。

「意象」的觀念既然是認識詩歌的關鍵，那麼，如何引導學生體會「意象」呢？根據我的教學經驗，一種有效的方式是選定一個常見的形象（例如水、月、花、鳥），舉出不同文本，說明同一個「象」在不同心情背景底下，可能傳遞出詩人不同的「意」。教學的時候可以呼應環境脈絡而選定不同的主題意象。比如說課程若在中秋節前後，我可能就會搭配投影片（因為能強化視覺性），舉出數首含有「月亮」意象的詩作，透過分析比較，呈現出同樣一個客觀的月，會被詩人投影上不同的情感色彩。例如「共看明月應垂淚，一夜鄉心五處同。」（白居易〈望月有感〉）寫的是因明月而興起的故園之悲、骨肉之情；「深林人不知，明月來相照」（王維〈竹里館〉）卻可能道出以月亮為知己的心靈靜謐；王陽明的「吾心自有光明月，千古團圓永無缺」（〈中秋〉）更以月亮象徵了人與生俱足的「良知」。我也曾讓學生選擇帶有「月亮」形象的流行歌詞，分析各首歌詞中的月亮意象。

蘇東坡的詩詞作品中，「月亮」意象很耐人尋味。有「但願人長久，千里共嬋娟」的人情祝願；有「人生如夢，一尊還酹江月」的歷史感懷；有「缺月挂疏桐，漏斷人初靜」

的惴慄不安；也有「雲散月明誰點綴，天容海色本澄清」的廓然豁達。臺大中文系劉少雄教授曾撰文比較東坡的幾首月夜詞，收在他寫的《讀寫之間：學詞講義》（里仁書局，2006）一書，推薦參看。劉少雄教授開授的「東坡詞」可以在「台大開放式課程」網站觀看，並且下載講義。

「意象」不僅傳達詩人內心感受，更可能成為詩人自身生命主體的象喻，形象了詩人各自殊異的生命型態。例如諸多詩人都曾在筆下描繪過不同的飛鳥，若將其詩口吻、內容，結合其人的性格抱負與身世感懷觀之，若合符契，饒有興味。唸書時曾聽中文系的方瑜教授講古典詩，舉過這些例子，如今我也在任教的課堂上向學生導讀這些漂鳥意象的詩篇。詩人們筆下寫的是鳥，其實寫的是自己；我們眼底讀詩，讀的其實是人。我給學生的講義中，選錄了陶淵明、李白、杜甫、李商隱、蘇東坡等人的作品，誦其詩而知其人、論其世。希望同學們經過「詩」與「人」的互涉，不僅認識詩歌中的「意象」表達，更能探知中國文學傳統中以象喻情的比興寄託傳統。上完這堂課，我都跟學生開玩笑地說：「我們今天上了一堂『鳥』課。」

劉少雄：東坡詞

來源：臺大開放式課程

（五）批判性地閱讀文本

接下來想討論的新詩教學篇章，也與「鳥」有關。每次教白萩的〈雁〉，我對課本「題解」的說法總感到困惑：「詩人藉由雁的不斷飛翔，暗寓人生應該為實踐理想、目標，排除萬難，無悔地追求。」然而我從文本中讀到的，更接近是對人存在的生命意義感到困惑與無可奈何。於是我很好奇，在接受課本或者老師的說法之前，學生們原初的閱讀感受會是如何呢？

我先播放由李泰祥作曲、齊豫演唱的〈雁〉，希望同學們在音樂中感受到這首詩的情感與意境，聽完之後再針對詩文本進行討論分析。文本分析當然不像選擇題測驗一樣，提供了預設的、籠統的答案，而要求學生從詩中的用字、意象，說明何以產生那樣子的閱讀感受。學生一下子抓不到問題。於是我問：「你們覺得這首詩是表達對生命的一種正向的感受呢？還是負向的感受呢？」大多數人都說是負向，只有少數說正向。我沒有給出評價，繼續追問：「你們可以從詩歌文本中找出那些意象或者詞彙，支持自己的觀點嗎？」兩方說完之後，我再問：「你們有被對方說服嗎？如果沒有，是否能夠試著去說服對方呢？」

「詩」本身當然不可辯論、也不必辯論，但是釐清文字如何引發人的感受，以及有怎樣可能的歧異與侷限，毫無疑問是文學教育的重心，也是讀詩趣味所在。這裡讓學生提出不同的觀點，用意不在「取得共識」，而在呈現不同的閱讀經驗與解讀視角。這些閱讀經驗很難說有絕對的好壞優劣，然而從文學教學的角度來說，可以藉此刺激學生精讀文本，重新恢復文字的感知能力。

下課之前我跟學生總結：詩，不是要你相信什麼或者反駁什麼，而是讓你敏銳善感，聽見自己的聲音。話說到這兒，有些學生的眼神發出光芒，有些學生的嘴角透露困惑。一位學生面露尷尬地舉手發問：「老師，那考試的時候怎麼辦？」

情意向度的教學錦囊

詩歌固然是透過語言文字的媒材所表現的藝術形式，但其特質在於「節奏」與「意象」，因此透過聲音與形象的引導，能使得詩的感動更加沁入人心。由感官接入，滲透到心智的內層。以下針對詩歌學習的情意向度分享若干教學觀念與教材教法。

（一）詩歌與音樂

許多古今詩歌名篇都已有朗讀或演唱的版本，甚至以綜合藝術的方式呈現，這些都是可以善加運用的教學素材。

以徐志摩〈在別康橋〉的教學為例，我會先撥放聲樂家杭宏所翻唱的音樂版本（選自《詩樂園》專輯，原動力文化，2000），美聲唱法、現代編曲，很能展現原詩情韻。聆聽同時，請同學將兩耳所聞分行分句地寫下來。聽寫過程中，學生必須完全專注於聆聽音樂與歌詞，也自然感受了原詩獨特的節奏與情韻。聽寫完畢後，加以引導，同學自然能夠「發現」本詩的形式規整，並有押韻，正是「新月派」格律詩主張的代表作品。

我記得第一次放這首歌讓學生聽寫，是在私立復興實驗中學任教的時候，班上有男生、有女生，班級氣氛跟我後來任教的純男校非常不同。當時有些對音樂敏感或喜歡唱歌的同學，不僅隨著歌聲晃動身軀、打著節拍，幾位女同學甚至還隨著樂音引吭高歌起來。再播一遍的時候，好多人自然而然都跟著一起唱。詩樂的動人力量如斯。

後來承蒙建中郭素妙老師指點「現代詩歌與流行歌曲」，受益匪淺。她提供的資料裡有夏宇（李格弟）作詞、陳綺貞演唱的〈（失明前）我想記得的四十七件事〉，這

仿作一：請仿照左側歌詞，自由聯想，寫出你想 記得的具體的「形象」
題 目（關於基隆）我想記得的8件事情
我想記得 凜冬裡的綿綿細雨
我想記得 港邊潮溼的凝重空氣
我想記得 街道上擁擠的來回車潮
我想記得 頂著傘的匆匆行人
我會想念 停舶着的龐大郵輪
我會想念 小蘿蔔頭緊牽著媽媽的手
我會想念 學生情侶在雨中純情漫步
我會記得 一幕幕的基隆印象
我必須全部記得
因為
那是一種對家鄉的情感

題 目：（關於基隆）我想記得的8件事情
我想記得 凜冬裡的綿綿細雨
我想記得 停泊港邊的巨大郵輪
我想記得 街道擁擠的來回車潮
我想記得 穿著雨衣的機車騎士
我會想念 小蘿蔔頭緊牽媽媽的手
我會想念 步履蹣跚的拾荒老人
我會想念 拖著行李箱的觀光旅客
我會記得 魚販聲嘶力竭叫賣著？
我必須全部記得
因為
那是家鄉的港都風華

學習單：意象的提煉與轉換（學生作品）

篇文本最有意思的地方，是用了一連串可觀可感的事與物，代表記憶所繫之處。我很喜歡用這首歌當作初階的「意象」練習，能喚回記憶中那些渴望記住的時刻與畫面。原本的做法是，先讓學生仿造歌詞，在左欄寫出（某段時間）想要記得的 8 件事，但是只能運用「形象」，之後在右邊寫出那 8 件事的所蘊含的情感。

但是我 106 學年用這個方法教學，發現太多學生仍無法清楚掌握「形象」這個概念，以致於左偏那欄的內容，也都雜入了許多抽象的「心情」或「感受」。我就用了一些例子，先讓學生修改作品，確認大家清楚具體「形象」與抽象「意念」的區別。教學的時候經常會遇見這樣的情況，需要彈性調整教學目標與評量方式。

其他中學課本中常收錄的現代詩歌篇章，例如〈一棵開花的樹〉、〈錯誤〉、〈雁〉...... 等等，都有很好的演唱版本，網路上不難找到。許多現代音樂家將古典詩歌譜曲、演唱，也都是很好的課堂輔助教材。

（二）流行與古典的對話

再者，由於詞原本就是音樂文學，而且一開始的時候情調婉約細膩、內容浮靡多情。為了突顯這些特點，我曾借用周杰倫演唱、方文山作詞的〈菊花台〉作為引導，讓同學感受到詞所具有的抒情魅力。課程進行時，先播放〈菊花台〉歌曲（收錄於《依然范特西》專輯，阿爾發唱片，2006 年），引起同學興趣之後，再從詞彙的角度分析，指出這首歌之所以具備了濃厚的「古典中國風」，可能與「月」、「夜」、「霜」、「淚」、「雨」、「風」、「夢」、「花」、「愁」、「秋」、「江山」、「馬蹄」等意象有關，而這些意象也可能正是構成詞作具有婉約深情的美感質素。

隨後，筆者發下一張學習單，裡頭選錄了近 20 詞作名篇，每首作品當中有些詞彙被挖成了空格，要同學運用〈菊花台〉歌詞出現的詞語意象，根據詞篇的格律與意境，將其填入。這個練習旨在讓同學多讀幾首詞作，並且涵泳在她特別的美感意境之中。

106 學年第 2 學期，我用「興於詩」當作整學期的課程主題，帶學生順著文學史的脈絡，從《詩經》一直講到戲曲，那真是非常過癮的講課經驗。期末回饋，很多學生對詞的印象最深刻，主要原因就是被裡頭細膩、不易覺察的情感所感動。

（三）詩歌與圖像

詩歌重視意象，意象的語言就是形象的語言。講授詩歌如能搭配適當的圖像，可能透過感官印象，增強形象的思維能力。

坊間出版不少圖文並茂的詩歌圖冊，教師可以掃描圖片，在課堂上斟酌運用。此外，有些詩意圖像可以從生活中尋找素材，自行拍攝，也可以從名家畫冊中尋獲資源。例如我曾在雨霽的傍晚，從學校對面的植物園拍攝到的「天光雲影共徘徊」（朱熹〈觀書有感〉）的景象，上課投影當做背景，頗能渲染詩境，也能觸發學生去連結生活景象與詩中的意境。

又如畫家傅抱石的許多作品，都從古典文學中尋找創作靈感，我曾花了一些工夫翻閱畫集，掃描可能用做教材的圖片，現在那些圖在網路上都很容易找到了。如果講授作品時能善用投影片，或能收「境教」之效。

從生活中發現「天光雲影共徘徊」的詩意圖

（四）詩歌與書法

若干詩詞佳作，已被歷代書家寫成書法作品，比起鉛字排印的版本，平添不少趣味與韻致。收錄在課本中的名篇，幾乎很容易找到書法寫成的版本。我平常逛二手書店或者簡體書店，都會特別蒐集這些素材，教學的時候可以排上用場。在教學時，可以要求學生判斷詩體，加以標點，以標準楷體字抄錄一遍，之後再加以解說。教學的變化很多，但總希望在過程中可以讓學生「慢下來」，感受漢字線條之美與意境之美，兼收人文陶冶之效。

拜網路資源所賜，歷代書法名家書寫的古典詩歌作品不難找到，而現代詩歌也容易找到詩人手稿或書法作品做為教材，讀起來比印刷體更有情味。

（五）古典詩歌吟唱

詩歌作品的音樂性，可以透過聲情、姿態表現出來，這是一種通過聲音與身體深入理解詩歌的途徑。根據臺灣師範大學王更生教授的說法，朗讀、誦讀特別適用於白話文與現代詩；吟唱藝術則以傳統詩詞曲文為主。關於詩文朗讀與吟誦的方法與示範，推薦參考臺師大潘麗珠教授的《潘麗珠詩文吟誦學二十講》（萬卷樓，2018）。下方另外提供兩段相關的影音。

王偉勇：詩詞吟唱訴衷情

來源：東吳大學校友服務暨資源拓展中心 YouTube 頻道

簡崇元：詩歌吟誦教學

（六）詩行重組與分析

這裡想舉兩個例子。第一個例子是教何其芳的〈秋天〉一詩，我先不讓學生看整首詩，而是將原作的 12 行詩句打散，要求學生考慮詩句中的意象與聲律，試著重組這些分散的詩行。這個練習的重點是訓練學生觀察詩中的意象以及意象之間的連結，近一步探究怎麼將詩歌中意象與文本的形式、內容結合起來。學生重組之後的作品，不必與原作相同，但要能解釋自己那麼排列的理由。我鼓勵他們說，重排之後的作品不一定會遜色於原作，可能有另外的邏輯與趣味。

另外一個例子，是我將鄭愁予多首作品的詩行打散，混在一起，讓學生任意挑出 8-10 句，排列成一首詩，並且自命詩題。這麼做的用意是讓學生發現「意象」的排列、組合雖然沒有固定的次序，但有些讀起來順暢、有些很彆扭，這是因為意象的語言也有自身的邏輯，只是詩歌的邏輯與一般論述事理的邏輯不一樣。另外一個用意是讓學生更深入地了解鄭愁予作品的風格與主題。

學生寫完之後，還要朗誦作品給另一位「詩友」聽，「詩友」要負責分析、評論作品的主題和意象。這份作業每位學生會獲得兩個分數，一個是詩句重組的分數，從寬給分，主要看作品的主題與意象是否連貫。第二個分數就是他給「詩友」的評論分析是否能否中肯而完整，最多可以加 5 分。

【何其芳〈秋天〉課堂學習單】　　班級：　座號：　姓名：

◎詩句選項：

（A）	用背簍來裝竹籬間肥碩的瓜果	（G）	伐木聲丁丁地飄出幽谷
（B）	震落了清晨滿披著的露珠	（H）	牛背上的笛聲何處去了
（C）	蘆篷上滿載著白霜	（I）	收起青鯿魚似的烏桕葉的影子
（D）	溪水因枯涸見石更清洌了	（J）	草野在蟋蟀聲中更寥闊了
（E）	那滿流著夏夜的香與熱的笛孔？	（K）	向江面的冷霧撒下圓圓的網
（F）	輕輕搖著歸泊的小槳	（L）	放下飽食過稻香的鐮刀

根據文本的的意象與節奏重組詩行

【現代詩學習單_重組、朗讀與賞析】

一、詩句重組：從所發詩句中任選8-10句，重組成一篇作品，並且自訂詩題

題目：心底的情愁

我是來自海上的人，

但你問我航海的事兒，我們天笑了。

當輕愁和往事就像小小的潮的時候，

揮灑了半個夜的星星。

然而，我又是宇宙的遊子，

起落的指指之間，反論出我偏傲的明暗。

滑落過天空的下坡，我已是熄了燈的流星，

在一個隱隱的思念上，

留我們未完的一切，留給這世界。

二、詩歌朗讀：掌握上方作品的情感與節奏，向同學朗讀。

三、詩歌賞析：與同學交換作品，針對這首詩的主題與意象，加以分析、評論

隱隱的思念，如同題意，是隱藏在心中的情愁，也很隱晦的，被情愁託給星星。

賞析者簽名：

根據文本的意象與節奏重組詩行、再創作

技能向度的教學錦囊

賞讀詩歌之美的同時，也能夠延伸出若干討論、報告與寫作練習，透過心織筆耕，使得古今詩情得以交融共感。

（一）詞作比較

還記得那是一個飄著秋雨的下午，這種天氣最適合談詞。我準備好發表用的白報紙、彩色筆等工具材料，讓同學分組討論，題目是比較課本中的三首詞：蘇軾的〈念奴嬌〉、李清照的〈一剪梅〉與辛棄疾的〈南鄉子〉。比較什麼呢？什麼都可以，可以是作品的內容（主題、意象、情感），可以是作品的形式（篇幅體制、寫作技巧、佈局結構、平仄用韻、風格），也可以比較作者。由於設定的學習目標是讓他們瀏覽課本的題解、作者與作品，因此我規定不可使用網路工具搜尋資料，只能夠從現成的課本資料中加以統整、分析。

這項教學設計是我從一位南京袁老師的公開課學來的。我很佩服這樣的教學方法，給學生一個範圍，讓學生探究文本資料，然後教師憑實力「接招」，在貌似輕鬆的互動應答間，發揮教學專業，周全而深入地鑑賞、分析文本。因為覺得對文本夠熟悉了，學生的屬性也適合，因此我這堂課想採用這樣的教學方法。學生輪流發表，我再跟他們對話、討論、補充，五組討論下來，課本翻來覆去，不曉得已經讀過多少遍，而且討論內容涵蓋了文本鑑賞的各個層面。相較於自己講課，我越來越喜歡先聽學生說，然後在回應的過程中提出自己的看法。

這個班我從高三（107 學年度）才開始帶。他們既活潑、又專注，有野性但又能收斂，常常提出很精闢而富思考性的問題，讓我不自覺就講得更多、更深。如果課程節奏太慢、邏輯不連貫或者缺乏挑戰，他們就會覺得很無聊。他們的文學領悟力普通，但學術特質突出，也習慣討論，加上或多或少爭勝好強，因此分組討論的效果非常好。

翻看課堂照片的時候，我才想起來，當年仍在實習的詩人、詹佳鑫老師固定來觀課，那天我也邀請他參與教學，可以進到組內聆聽同學討論，適時提供協助。如今，佳鑫老師也已成為一名獨當一面的教師了。遂附上另外一次觀課的時候，佳鑫寫的小詩，像是時間的書籤一般，讓它夾在這頁。

學生分組進行多文本的比較與分析

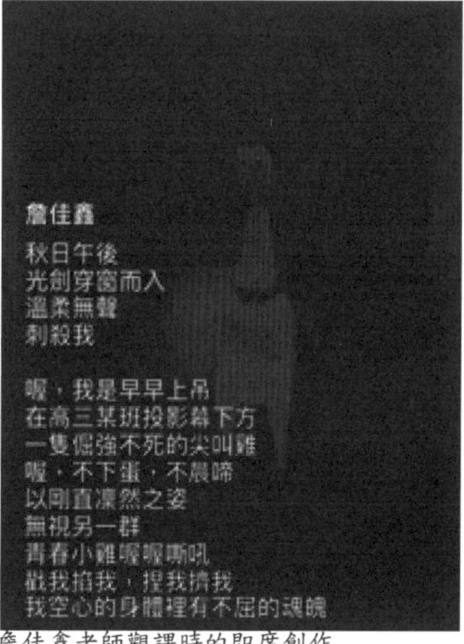

詹佳鑫老師觀課時的即席創作

（二）詞境詮釋

同樣配合詞選教學，可以設計延伸的寫作練習。仍然借用周杰倫演唱、方文山作詞的〈菊花台〉作為引導素材。在《青花瓷——隱藏在釉色裡的文字秘密》一書中（第一人稱出版，2008）。方文山將〈菊花台〉改寫成散文，而我將他的作品轉化成教學素材，設計一張歌詞與散文改寫的學習單。

隨後，我要求學生仿造方文山「散文改寫」的書寫模式，針對課文所選的詞作——那年是李煜的〈浪淘沙〉（簾外雨潺潺）、辛棄疾的〈破陣子〉（醉裡挑燈看劍）與李清照的〈一剪梅〉（紅藕香殘玉簟秋），任選一首進行改寫。需要提醒學生，這個練習並非「翻譯」，而是把抓住句中明確的意象與字裡行間飄忽的情感，融入個人體會，加以渲染，並用流暢優雅而富含文學感動力的文句寫下來，呈現完整的意境。

這項寫作練習，一則訓練同學「體會」與「詮釋」詞境的能力，一則訓練他們感性抒情的書寫筆法。我發現好幾位原本文筆不特別出色的同學，這次習作都寫出了帶有抒情味道的佳篇。

以下以〈浪淘沙〉首句「簾外雨潺潺，春意闌珊」為例，選錄若干改寫佳句。

詞境詮釋佳作觀摩：

1. 清脆的雨聲穿透簾幕傳進我的耳裡，提醒了我春季將盡，就像我曾有過的燦爛時光一樣，逐漸散去，終至消失無痕。
2. 竹簾外的綿綿細雨聲，若有似無的滲進了窗櫺，向外望去，將盡的春意勾起了已逝去的往事，離我遠去的春天……
3. 靜謐的簾外送來潺潺的雨聲，幽幽裡，我聽見春天隨著雨水緩緩的流走。
4. 打在簾幕外的潺潺雨聲，提醒了春天的衰敗，彷彿正述說著我心中以凋零的春光。

（三）流行歌詞賞析

現在的「古典」也是曾經的「流行」。很多詞作都是當年配樂歌唱、膾炙人口的作品。事實上很多流行歌曲的歌詞，也是精彩的詩作，經得起咀嚼玩味。

93 學年我返回建中實習，看過高中教過我的郭麗華老師出給學生的一項作業，那是詞選教學的延伸寫作，請同學任擇一首自己喜歡的中文歌曲，附上歌詞，介紹演唱者或相關創作背景，並附上自己寫的歌詞賞析。賞析裡頭要分析歌詞的內容意境、修辭手法，並且聯結經驗，道出喜歡這首歌的理由。同時，可以展現美感，配上插畫、插圖，自行設計版面，彩色列印，使得整份作業美觀優雅。誰說寫作一定要用「稿紙」呢？

學生可以挑自己喜歡的歌詞，可以書寫自己有感的內容，可以自行設計作品的視覺，這份作業做起來想必會很開心。如果學生不熟悉「賞析」的寫作方式，可以提供幾個例子，加以分析說明，讓學生觀摩。

關於歌詞的跨領域閱讀，非常推薦參閱蔡振家、陳容珊合著《聽情歌，我們聽的其實是 ......；從認知心理學出發，探索華語抒情歌曲的結構與情感》。

（四）詩歌創作

97 學年我剛開始在私立復興實驗中學任教，曾經設計一道「指物作詩」的新詩習作。我將辦公室一盆金魚缸以及一盆單葉的佛手芋拿到教室展示，希望同學能觀察該物的特質（顏色、形狀……），以富涵詩感的筆觸，自定標題，應用我們教過的「詩化語言」的特質：意象交替、類比聯想、活用動詞、對比鮮明，寫出三行以內的小詩。

這樣的創作練習主要是建立起「心」（意）與「物」（象）之間的聯繫關係。因此借用攝影或者繪畫作品當作引發創作的題材也很適合。我很喜歡讓學生在校園中取景拍攝，並且仿照古代「題畫詩」那樣，搭配著影像作品寫一首詩。很多平常「作文」語句不甚通順的學生，這項作業卻表現得十分精彩。我曾經讓不同學校的學生都做過這項作業，根據不同的課程主題，調整學習任務，無論是私立復興實中、建國中學、北藝大舞蹈先修班，還是臺北市區域衛星課程的國中生，都表現出色。作品成果也可以輸出成書籤、明信片等形式，甚至策展陳列。

小詩創作佳作觀摩：

1. 在透明裡摻些　綠／圓外佐以勉強的自然／好讓反光不那麼　刺（〈魚缸〉）
2. 囚錮在綠海的一尾　豔麗啊／只能不知日月地 跳著／沒有雙足的 霓裳曲（〈魚伶〉）
3. 莫名的和諧背後／呢喃著／腳好痠（〈代價〉）
4. 在一盆汙泥中／撐起了一片天／卻長成一株　問號（〈未來〉）
5. 養尊處優的盆栽／站在窗緣／斜視著世界（〈冷眼〉）

111 學年，我與中山女高的美術老師合作教學。根據兩校的教學目標與內容，我們選出詩人楊牧的〈盈盈草木疏〉組詩，先讓中山女高的學生任選一首，發想創作版畫，再讓建中學生替每件版畫題上二行詩。跨校共創的圖文作品不僅公開展覽，也製作成明信片義賣。二行詩教學參考瓦歷斯·諾幹《當世界留下二行詩》，讀冊文化，2019。

（五）分析闡述

接著分享從洛夫名篇〈愛的辯證〉延伸的寫作題。這項練習在文本分析之前或者之後施作，有不同效用。我問學生傾向於詩中「式一」或者「式二」的愛情觀？這題目可以藉由閱讀文學作品，反觀自身的生命價值與信念。立場或觀點沒有對錯，重點是要根據詩歌的內容、意象，闡述認同的愛情觀。要注意的是，這項評量主要是讓學生鑑賞現代詩歌，不單是闡述自己的愛情觀。

寫作討論的時候，可以選出不同立場的作品數篇，讓學生觀摩、比較，並且分析它們的寫法。

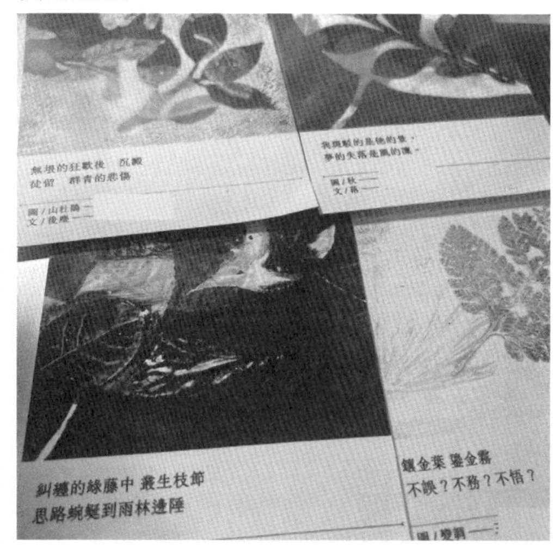

2022 年與中山女高美術科呂潔雯老師合作，由中山學生提供版畫創作，建中學生從畫面發想，創作二行詩

〈愛的辯證〉寫作練習：分析闡述（學生作品一）

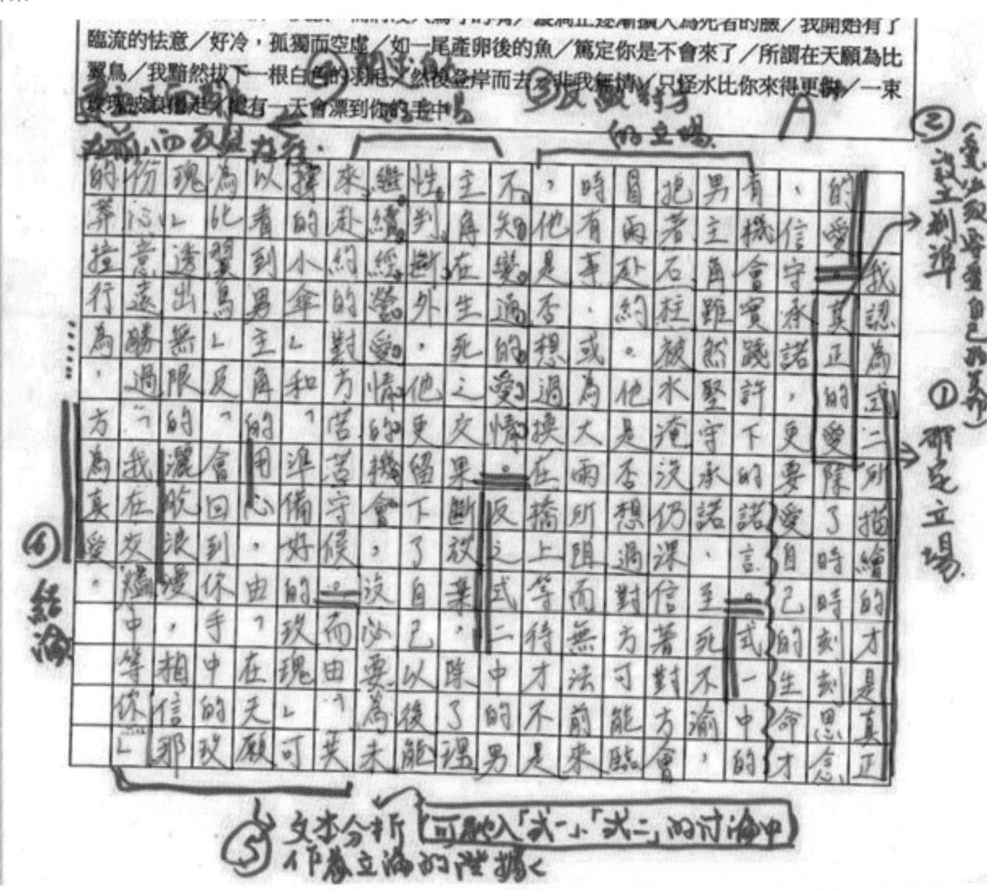

臨流的怯意／好冷，孤獨而空虛／如一尾產卵後的魚／篤定你是不會來了／所謂在天願為比翼鳥／我黯然拔下一根白色的羽毛／然後登岸而去／非我無情／只怪水比你來得更快／一束玫瑰被浪捲走／總有一天會漂到你的手中

〈愛的辯證〉寫作練習：分析闡述（學生作品二）

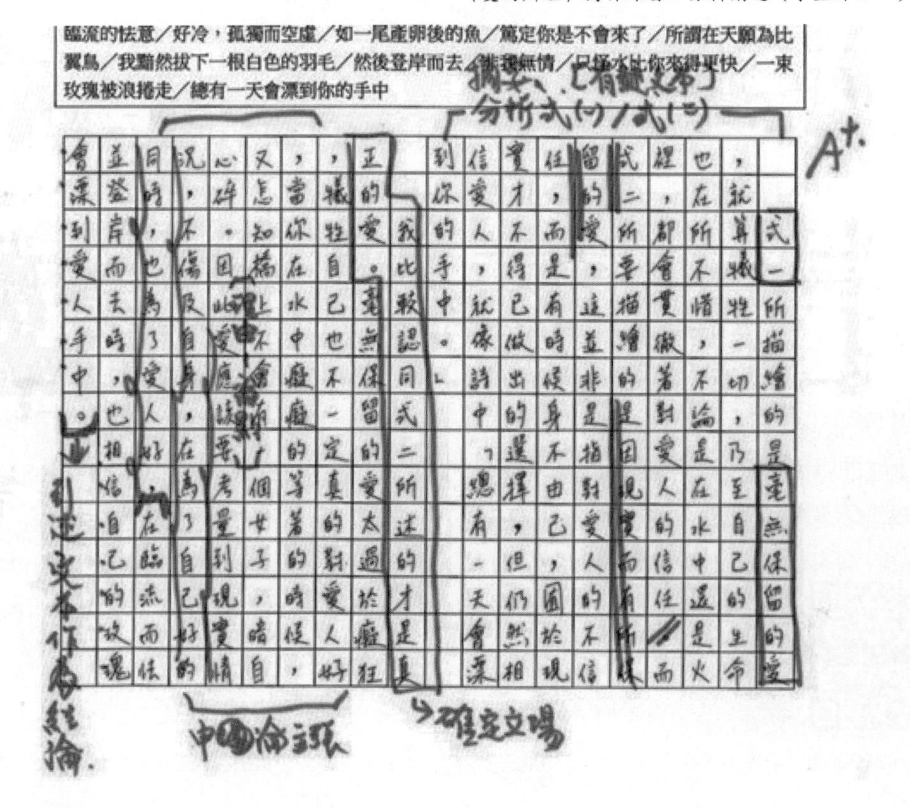

臨流的怯意／好冷，孤獨而空虛／如一尾產卵後的魚／篤定你是不會來了／所謂在天願為比翼鳥／我黯然拔下一根白色的羽毛／然後登岸而去／非我無情／只怪水比你來得更快／一束玫瑰被浪捲走／總有一天會漂到你的手中

（六）模擬文學獎評審會議

108 學年的暑期輔導課，我設計過一個「模擬文學獎」的教學活動，用意是引導學生閱讀、鑑賞現代詩歌，只不過提供了一個真實世界的情境。當時我給學生閱讀前學年建中「紅樓文學獎」現代詩組的得獎作品，共六首，要同學從自己的角度評價這些詩。個人評分之後，接著第二輪小組評分。我在黑板上公開評分結果，再告訴他們決審會議的投票結果。當然，學生們不必與評審的觀點一致。我提供的任務說明是：

> 想像你是文學獎的決審委員，評定六首現代詩的名次，並且替前三名的作品撰寫賞析與評語。其中必須根據作品內容，指出詩作的主題，透過意象與節奏的分析，說明詩作想要傳達的內涵，以及閱讀的感受。你也可以指出作品的缺點或者提供修改的建議。

名次	作品名稱	賞析與評語
第一名	〈驗屍報告〉	非常有創意，意象的表達雖朦朧卻很有意思，題雖名為〈驗屍報告〉卻非探討謀殺事件，而是對心儀「男子」愛戀的死亡、消逝（隱晦點出同性間的情感）。另外，像腦作者就把詩句弄得複雜迂迴、腸則是將詩句拉長、骨則將節奏營造得鏗鏘有力，意象的塑造令人眼睛為之一亮、煥然一新。

模擬文學獎評審會議（學生作品）

學習表現任務評量

底下的資料節錄自臺灣師大甄曉蘭教授的簡報檔案，原檔案請參考附錄連結，出自「普通型高級中等學校學科資源平臺」。這個網站有許多實用而信實的教學資源，非常建議前往瀏覽。另外，此處介紹的 GRASPS 表現任務評量方法，可以參閱《重理解的課程設計》（賴麗珍譯，心理，2008，頁 180）。這本書提出了極具影響力的課程設計概念與架構，十分推薦閱讀。最後，你可以嘗試運用這項評量方式，改寫本頁敘述的模擬文學獎評審表現任務嗎？

- **GOAL→目標—敘述任務；說明任務中的目標、問題、挑戰或障礙。**
- **ROLE→角色—定義學生在任務中的角色；列出學生的工作內容。**
- **AUDIENCE→對象—說明在情境中的任務對象；包含單一對象或一組特定對象 (如委員會)。**
- **SITUATION→情境—設定情境脈絡；說明情況。**
- **PRODUCT→作品—清楚說明學生必須創作的成品以及創作原因**
- **STANDARDS→對應課程標準/評量規準—提供學生可預期的成功圖像；詳列評量標準並提供評分表給學生參考(或與學生共同訂定評分表)**

學習成果檔案表現評量任務設計及評量（甄曉蘭教授的簡報檔案）

興於詩：生命感受的觸發

關於詩，我有太多想說，又覺得怎麼樣都說不盡。2017 年參加「台灣教育哲學研討會」，發表與古代詩教有關的文章，評論人李崗老師非常鼓勵我繼續探究如何將古典教育美學與現代教學結合，後來也啟發了我將「興於詩，立於禮，成於樂」做課程的核心概念。因此就讓我再說一句就好：

> 興於詩，立於禮，成於樂。（《論語・泰伯》）

根據張亨教授的見解，這句話是指一個人道德生命的完成，需要歷經「興」、「立」、「成」三個重要的階段，而「詩」、「禮」、「樂」則分別在此三階段中起了關鍵的作用。這裡的「興」指的是道德生命初始萌芽之際那活潑潑的情狀；「立」是指其已具規模，故而立身處世、動靜周旋皆有以自我掌握；「成」是指道德生命臻於從容圓熟之境。孔子似乎肯定了詩歌能夠喚醒人性情之中潛藏的情志，所以說「興於詩」；禮透過了繁複的儀節以及高度秩序性的訓練，將人天然發出的情志加以鍛鍊、提升，所以說「立於禮」；樂所呈現的是一種和諧的狀態，將禮的秩序性以及別異性化入日用之中，以達到「從心所欲不踰矩」的道德境界，所以說「成於樂」。

「興於詩」是說在道德生命初始萌芽的階段當中，詩扮演重要的引導角色，學詩能夠興起人真實的情感生命與道德發展的可能性。因此孔子又說「詩可以興」。這個說法的前提，即是肯定「仁」作為人心所具有的一種共通的境界與功能（這是錢穆的觀點），據此，人在道德及情感上具有一份同情共感的可能，因此以人性情感的真實流露作為本質的「詩」，也就有了喚醒人內在生命情志的「興」的功能了。

興的一般解釋是「起」。從字形來看，甲骨文「興」字表現兩手捧盤、或者舉物向上的形象，「興」因此有上舉之意，也可能涵攝「共」與「同」的意思。這條思路替「興」之所以能夠聯繫與共感，提供了語源學的解釋基礎。這也能幫助我們理解為什麼古代學者會用「引譬連類」、「取譬引類，起發己心」來詮釋「興」。顯然他們都注意到「興」作為一種心理活動或者思維活動的特質。

《論語》形象性地說明了這樣的功能：

> 子謂伯魚曰：『女為周南、召南矣乎？人而不為周南、召南，其猶正牆面而立也與？』（《論語・陽貨》）

〈周南〉、〈召南〉是《詩經・國風》為首兩篇，亦可以視作「詩」的借代之辭。放到今天，也可以擴大指稱藝術作品。這裡所謂「正牆面而立」是一種比喻的說法，是說「詩」既能使人興發感動，深化一個人同情共感的能力，若不學詩，則情感無以通暢，人的生命便受到堵塞，缺乏通透流通的可能，就好像站在牆壁前面，與世界有了一層阻隔。換句話說，詩歌可以是情感的出口，透過「詩」，人的真實情感得以被喚醒。

每一次面對詩歌文本，我總反覆思索：「興」究竟是什麼意思？該如何讓學生感受到「興」的力量呢？我自己又真正能體會「興」的活動與境界嗎？

宋文里老師的烙畫作品：興於詩，立於禮，成於樂

2020 年送給學生的畢業禮物，這是用日新鑄字行的仿宋體鉛字排版印製。謝謝他們讓我覺得自己是一名還不錯的國文老師

古典詩歌隨身聽

回想我國中的時候，偶然在電臺收聽到師大潘麗珠老師製作主持的「古典的天空」節目，這對我領略古典詩歌中的聲情與詞情，啟發良多。但在今日，古典詩歌似乎不怎麼受到重視了。近年承蒙吳家恆先生邀約，我有機會錄製幾次古典詩歌的 Podcast 節目。這些節目也成為我的授課教材，或者提供學生自學。以下提供兩個參讀與收聽的連結：附錄（一）的連結，是我與陳美桂老師對談屈原與陶淵明；附錄（二）的連結，是「人人讀好書」的 Podcast，談論古典詩的講者除了我之外，還有盧佳麟、何儒育、李佩蓉、吳韻宇、趙啟麟等人，也推薦收聽。

附錄（一）

附錄（二）

社會情緒學習與文學教育

社會情緒學習（Social and Emotional Learning，SEL），是由美國「學業與社會情緒學習協會」（Collaborative for Academic, Social, and Emotional Learning，CASEL）發展及推動的教育計劃。根據CASEL官網的說明，社會情緒學習是所有年輕人和成年人獲取和運用知識、技能和態度的過程，目標包括：理解並管理情緒，同理並關懷他人，建立並維持良好的人際關係，設定並實現積極目標，負責任地做出決定等。目前美國已經有許多州將社會情緒學習納入正式課程。

心理學的研究指出，情緒不僅與品德相關，也深深影響記憶與認知學習。聯合國經濟合作暨發展組織（OECD）也公布研究調查，發現孩子的讀寫、計算等認知能力與社交能力、同理心二大社交情緒發展呈現正相關。

根據CASEL，4 社會情緒學習包含五項核心能力：

（1）自我覺察（Self-awareness）：認識及管理情緒的能力；
（2）自我管理（Self-management）：設定及達到正向目標的能力；
（3）社會覺察（Social Awareness）：感覺及表達對其他人同理心的能力；
（4）人際技巧（Relationship Skills）：建立及維繫正向關係的能力；
（5）負責任的決定（Responsible Decision Making）：作出負責任決定的能力。

關於社會情緒學習，可以參考下列連結。

CASEL官網

美國推展社會情緒學習之經驗
國家教育研究院電子報174期

臺灣社會情緒學習臉書社群

社會情緒學習不僅需要透過班級經營、師生互動、課程設計達成，也與國文課的學習內容關係密切。孔子論《詩》，說「樂而不淫，哀而不傷」，已經指出文學調節情感的性質；「不學詩，無以言」指出了文學溝通、互動的功能；「詩可以興、可以觀、可以群、可以怨」指出了文學交流情感與與同理的能力。唐淑華教授結合心理學與讀寫理論探討情意教育，推薦參看《情意教學——故事討論取向》（心理，2004）

擴大來說，優秀的文學作品是人類經驗與情感的精粹，折射出人類心靈與情感的可能樣貌。閱讀文學既可拓展生命經驗，同時可以焠鍊人情感受。在文學作品所建構的世界當中，讀者超越自身經驗，預演了生命的實存情境與情感的種種可能，繼而透過自覺與反身思考的機制，使自我更加成熟。其次，文學的語言有別於一般的語言，它以一種隱喻的方式，喚醒人的情感與想像能力，使人得以超越經驗界的事象，在精神層面尋找到那條牽連著自我與人類共同生命感受的線索。

十五、人類心靈共享的雲端硬碟：神話主題教學

在日益講究工具理性的現代，神話思維有可能成為一泓清泉，讓人看到心靈最初的、也共通的樣貌。神話幫助我們融合了感知與想像，綜合地認識世界。這篇文章藉由國文課的「神話」教學，呈現以主題統整多元文本的課程設計。（本文初稿發表於2019年3月《幼獅文藝》）

為什麼是「神話」？

學生對「神話」並不陌生。古今中外的神話素材屢屢見於影視作品、小說創作，甚至是電玩遊戲當中，歷久不衰。為什麼大家如此著迷於神話呢？神話與生俱來一股魅力，能帶領人出入虛實交錯的時空，打開創意與想像的疆域，參與英雄一般的冒險旅程。另外，神話似乎也對人自身如何思考、如何理解世界等等基本問題，提出解釋，以至於它是如此地吸引人，既超越現實又不脫離現實。

儘管「神話」在現實生活中依然與我們聲息相通，在教學體系中神話卻經常被賦予「泛世俗教條化」的色彩。比如說到「夸父追日」的神話，教材喜歡謳歌他「知其不可而為之」的堅毅精神，或者反省他不自量力的盲目執著；不見得會從「人與自然競逐，最後失敗」的文學母題加以詮釋，也不見得會從歷史的角度切入，談它可能反映出古代一個氏族由於缺乏水源而遷徙，最終失敗滅絕的歷程。聽過更誇張的例子，講「精衛填海」，重點不在古代「變形神話」中表現出的萬物一體的思維，也並非強調一種悲憫情懷，而是延伸到「夏日戲水安全」的文案設計。類似這樣子的文本解讀，或者把神話當成了教條訓誡一類的「長輩文」，或者刻意要與「生活情境」結合而偏離了文本的基本性質，反而無法呈現出神話天生那份活潑而迷人的特質。

哲學家卡西勒（E. Cassirer，1874-1945）認為：神話的真正基質不是思維的基質，而是情感的基質。（參見甘陽譯，《人論》，桂冠出版社，1990）這指出神話思維或者原始思維的一項特質，不是依靠理性或者邏輯來分析世界，而是依賴感知或者想像，融合了形象、思想與情感，綜合性地認識世界。這種思維方式，不僅表現出人類思想與心智結構的某些共通性，也使得神話經常成為後世文學、哲學或者宗教的根源。

人類學家李維史陀（Claude Levi-Strauss，1908-2009）在《神話與意義》（楊德睿譯，麥田出版，2010）中寫道：

在這段對於人類文化前景的悲觀論述中，他所謂「原有的獨創性」，或許就表現在各民族、各文明的神話當中。理解神話，不僅是回溯文化與心靈的起點，也是替未來開掘創造性的源頭活水。

因此，我在國文課程中設計了「神話」主題，希望學生接觸更多神話作品，進一步思考神話的意義，以及神話與自身生命、現代生活的關聯。

神話主題的學習任務：

任務一：製作《山海經》插圖小冊，將文本與圖片配對，並且在圖片旁邊節錄搭配的文本內容。

任務二：神話是初民對於自然、歷史、社會或者生命的種種現象所作的解釋。試著從這個角度閱讀《山海經》中12位角色的神話記載，然後說出你的發現。

任務三：請發揮想像力，仿造《山海經》的圖文寫法，設想若以建中為地域範圍，會出現怎樣的神怪角色。繪圖，並且說明它的特徵或者能力。

想像的出口：《山海經》導讀與仿寫

《《山海經》原本是一部圖、文合輯的作品，但作者與成書年代都無法確定。書名的「山」、「海」雖然指出了書中世界的空間分佈，卻不見得是現實世界的輿圖。《山海經》的內容相當豐富，牽涉到古代氏族、巫術、史地、神怪，糅雜了紀實與想像。清朝以後的主流意見，根據書中充滿了許多神怪想像，將它歸為「小說家」之祖。等到二十世紀初「神話」這個詞彙傳入中國，《山海經》則被視作古代神話作品的集結。

舉出一些例子，引發學生對於神話的好奇心之後，我讓學生閱讀幾則《山海經》中的神話記述。閱讀之前，我提出三項任務，作為學習的引導與目標：

任務一是手作任務結合圖文閱讀。為了設計任務一，我先搭配著文本內容，從《山海經圖鑑》（李豐楙編審，大塊文化，2017）中掃描圖片，設計了一張Ａ４尺寸的插圖頁。課堂上要求學生根據簡易的程序，將插圖製作成正反面各八頁的小冊子。小書製作的活動只要3-5分鐘，如此設計，一方面是為了呈現《山海經》原本圖文並陳的樣貌，另一方面也是幫助學生閱讀略顯艱澀的文字，有圖像訊息作為輔助，能更專注與細膩。

任務二是文本分析，也是課程教學的主要內容。以下舉幾個例子，說明授課的重點。《山海經・海外北經》提到「夸父與日逐走」，渴死之後，「棄其杖，化為鄧林（桃林）。」這是為什麼後來「桃花」可能象徵著生命的轉化與延續。現代科學家根據書中「其瞑乃晦，其視乃明」，以及「視為晝，瞑為夜，吹為冬，呼為夏，不飲，不食，不息，息為風。身長千里……」等描繪，輔以地科知識，推測燭龍、燭陰的神話角色，很有可能是極光這項自然現象的翻版，只是古人沒有現代的科學知識，因此運用神話的表述方式再現、並且解釋那樣的自然現象。

我自己很喜歡的一名角色是刑天。「刑天與帝爭神，帝斷其首，葬之常羊之山，乃以乳為目，以臍為口，操干戚以舞。」這則神話可能暗示了遠古的一場戰爭，「帝」是勝利的一方，「刑天」是失敗的一方。根據傳說，刑天原本是炎帝的部屬，而炎帝被黃帝打敗之後，就遷到南方居住。後來蚩尤起兵反抗黃帝，不敵身亡，刑天想替蚩尤復仇，最後被黃帝斬去頭顱。儘管身首異處，刑天的精神意志沒有被消滅，胸前的乳頭化作眼睛，肚臍化成嘴巴，手持武具，繼續作戰。這則故事暗示著肉身毀滅之後，反抗者或者革命者精神仍然存在，而且具有力量。

學生印象最深刻的應當是造型討喜的帝江。《山海經》描述：「其狀如黃囊，赤如丹火，六足四翼，渾敦無面目，是識歌舞，實惟帝江也。」這位「渾敦無面目」的帝江，很可能就是《莊子》寓言中沒有五官七竅的中央之帝「混沌」，顯示出莊子思想淵源於神話。學生則是被它「狀如黃囊，赤如丹火，六足四翼」的賣萌外形吸引，還突發奇想說可以建議速食店開發「全家帝江餐」，裡頭包含六隻雞腿以及四隻雞翅。神話真的具有出入古今、聯結現實與想像的魅力。

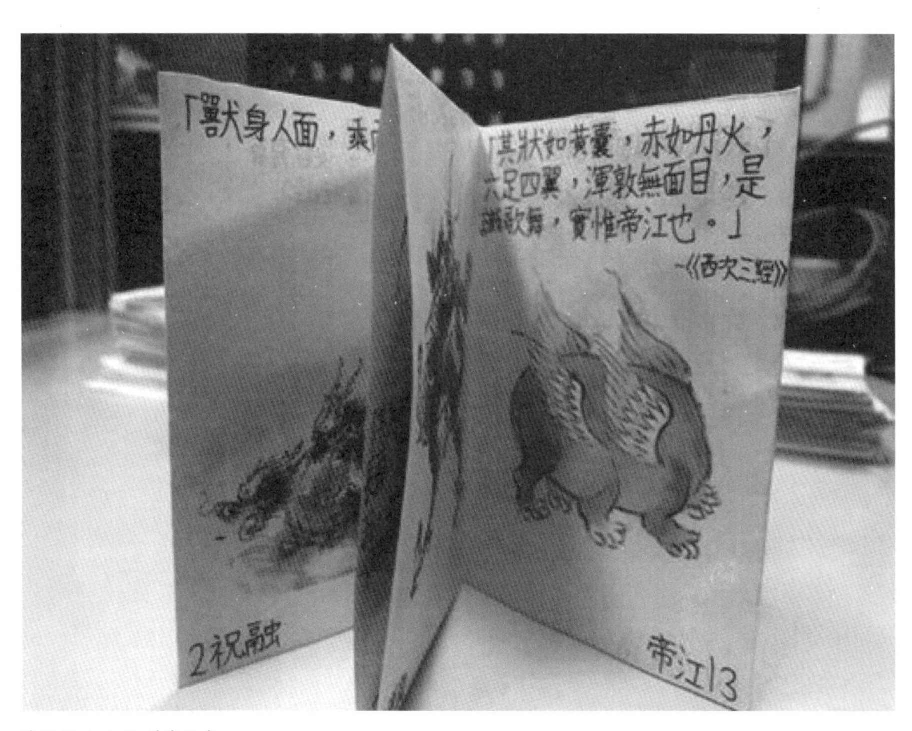

神話圖文小冊（帝江）

任務三是寫作練習。要學生從選讀的篇章中揣摩出「神話思維」，進一步發揮想像，仿照《山海經》的圖文寫法，設想若以校園為地域範圍，會出現怎樣的神怪角色。繪圖，說明那個角色的特徵或者能力。這其實就是讓學生運用神話思維，創作「校園神話」。

這項作業比意料的更有趣！不僅可以看出學生平常觀察入微、放在心上的人事現象是什麼，也可以從「神話」的轉化變形中，窺見學生對那些現象的感受與評價。當然，也有很多題材呈現出聰明的青少年之間的相互戲謔與自嘲。

通過這樣的連結與演練，期待學生更能貼近充滿想像與直觀、但又直探事物根源的神話思維。

另外很有意思的是，不少學生選擇使用文言文書寫，讀來別有趣味。

山海經仿作（學生作品）

素養導向評量

下列文章節錄自臺師大任宗浩教授撰寫的〈素養導向評量〉，原文請參閱附錄網頁連結。根據這裡的界定與說明，你能指出本書這個章節或其他章節的內容，有哪些評量策略符合「素養導向評量」嗎？

建議以下列兩項基本要素作為紙筆測驗中素養導向試題命題之依據：

1. 佈題強調真實的情境與真實的問題
2. 評量強調總綱核心素養或領域／科目核心素養、學科本質及學習重點

此外，除了高風險的紙筆測驗外，核心素養更應透過一般課室中多元化的教學與學習情境（如實作、合作問題解決、專題研究等），輔以多元化的評量方式（如實作評量、檔案評量、動態評量等）長期培養。加上「態度」是核心素養的重要面向之一，態度包含心理面向上的喜好、立場與價值觀，以及行為面向的習慣與實踐。這些都需要歷程觀察、難以紙筆測驗來達成的。

素養導向評量；資料來源：國家教育研究院電子報 166 期

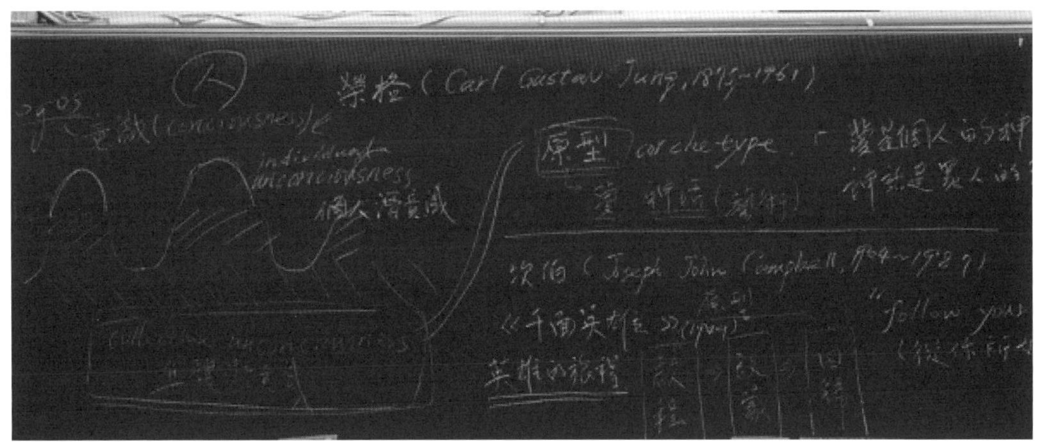

神話課的板書

主題教學的跨域與延伸

臺灣高中國文課的教學架構，一向是以範文為核心，輻射出題解、作者、文法與修辭、篇章賞析等語文、文學與文化學習向度。選錄神話選文的審定課本也只有奇異果版本。在這次的「神話」教學單元中，我嘗試跳脫以範文為中心的教學框架，轉而從「主題」（topic）進行教學思考，也就是圍繞著這個主題，融合不同的教學內涵與文本素材。這種教學架構的調整，讓老師可以順理成章地加入許多跨領域的教學內容，豐富「國文課」的內涵。以「神話」的主題教學為例，可以向學生介紹一些相關的心理學理論，從文本閱讀的角度開展思考與視野。

另一堂課是從介紹心理學家榮格（C.G.Jung，1875-1961）的理論開始。榮格認為人格由三個部分組成，分別是「個人意識」（individual consciousness）、「個人潛意識」（individual unconsciousness）以及「集體潛意識（collective unconsciousness）。有個比喻可以幫助我們理解三者的差別：將每個人想像成是一座島，那麼「意識」就像是露出海面的島嶼，每座島嶼在水面下的部分是「個人潛意識」，而每座島嶼基底相連的部分就是「集體潛意識」。「集體潛意識」的觀念，肯定人在心靈的深處有某些相互感通的層面，就像是整個人類共享的雲端硬碟一樣，它的力量足以塑造個人的生活，也推動著世界與歷史的發展。「集體潛意識」中包含著不同的「原型」（archetypes），原型像是深埋在心靈深處的共同意象，是歷史文化與生物演化共同的沉積物。所有的文學、藝術（當然也包含神話）之所以動人，原因就是展現出了足以引發人共鳴的原型。從文學評論的角度來說，人類心靈的原型正是文本「互文性」的基礎，所有的作品都在各自的文化脈絡中展現人類共有共享的智慧。

受到榮格學說的啟發，神話學家坎伯（Joseph Campbell，1904-1987）針對世界各地方的神話進行「原型」研究。坎伯在《千面英雄》（朱侃如譯，立緒，1997）中提出，神話英雄的原型其實只有一種，他是發現者或者創造者，歷經了「啟程」、「啟蒙」與「回歸」三階段的歷程，完成一趟冒險的旅程。不同的英雄故事都根據這套原型，只是發展出不同的情節，加以延伸與變形而已。坎伯的神話理論不僅幫助人理解深層的自己，那套「英雄的旅程」也替小說劇本的創作帶來無與倫比的啟發。介紹到這個地方，可以播放相關影片給學生欣賞，重新溫習什麼是「英雄的旅程」，以及暢銷的電影、小說如何應用這個原型公式，引發無數讀者的共鳴。

關於這些內容，我推薦有興趣的學生可以閱讀《用故事改變世界：文化脈絡與故事原型》（邱于芸著，遠流，2014），並且先節錄了書中內容讓學生參讀。國文課畢竟無法脫離文本閱讀。然而，現代論述文本在國文課本中缺席了很久，主題式的教學可以適當帶入論述文本，讓學生接觸到各種文本類型。

談了心理學與神話的理論之後，接下來是要求學生透過原型理論的透鏡，詮釋一則希臘神話。理論的應用是重要的學習遷移，可以評估出學生對於論述觀點的掌握程度，以及根據特定概念或者架構分析文本的能力。若要用課綱的概念來說，這是一種學術情境的探究能力。

我選擇的文本是帕修斯與蛇髮女妖美杜沙的故事，節錄自《希臘神話故事》（陳德中譯，好讀出版，2014）。美杜沙從美麗的尤物變成可怕的妖怪，由受強暴的弱者變成加害男性的魔鬼，她的故事表現出人類慾望與恐懼的原型。這樣的心理原型在當代也不斷地複製與再現，是我希望引導學生思考的議題。至於帕修斯的冒險故事，就是典型的「英雄旅程」。佛格勒曾經根據坎伯的研究，發展出英雄之旅的十二個歷程，並且將其延伸為編劇創作的指引圖（請參《用故事改變世界：文化脈絡與故事原型》）。學生被要求根據那個模式，分析帕修斯的冒險故事。

聯結概念、文本與情境的評量

國文課最常見的缺陷之一是只告訴學生知識，卻沒有讓學生接觸實際文本，以致於學生學習到的只是抽象的概念或者別人過濾好的結論，而缺乏實際的閱讀與思考歷程。更符合學習原理的方式是聯結實際文本與知識概念。聯結的方式可以粗略分成兩類：第一種是歸納式：先讀文本，然後提取概念；第二種是演繹式的：先提供概念，然後解讀文本。神話主題的最後一堂課，也是單元的總結與評量，將同時採用這兩種途徑。

我希望學生先根據課程的內容以及閱讀的資料，自行收斂「神話」的概念，寫出自己認為什麼是神話。接著，根據他所提出的理解，上網搜尋一則臺灣原住民神話，略加說明。最後是小組討論，推派一位代表上台分享。

一開始印給學生的參讀資料，是《神話學辭典》（林宏濤譯，商周出版，2006）的序言，那篇文章從多個角度說明神話的內容、性質、功能與意義，可以幫助學生對於「神話」的內涵有整體的認識。之前已經閱讀過的一些神話文本，可以用來印證辭典提到的觀點。

後半節課，要求學生上網搜尋「臺灣原住民神話」，以自己對神話的理解為準，加以篩選過濾，試著找到合適貼切的文本實例，說明自己的見解。這裡我沒有嚴格區別神話與傳說，我將傳說也視為一種口傳的「神話」形態。

學生的作業非常有趣，我也增廣了不少

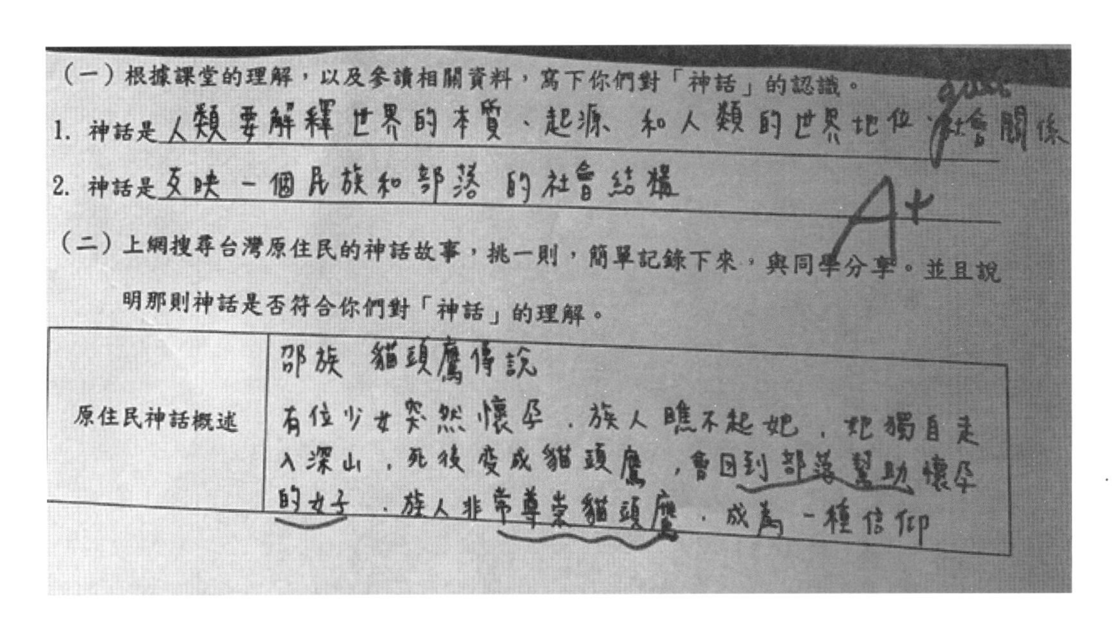

（一）根據課堂的理解，以及參讀相關資料，寫下你們對「神話」的認識。

1. 神話是人類要解釋世界的本質、起源、和人類的世界地位、社會關係
2. 神話是反映一個民族和部落的社會結構

（二）上網搜尋台灣原住民的神話故事，挑一則，簡單記錄下來，與同學分享。並且說明那則神話是否符合你們對「神話」的理解。

原住民神話概述	邵族　貓頭鷹傳說 有位少女突然懷孕，族人瞧不起她，她獨自走入深山，死後變成貓頭鷹，會回到部落幫助懷孕的女子，族人非常尊崇貓頭鷹，成為一種信仰

神話單元總結評量（學生作品一）

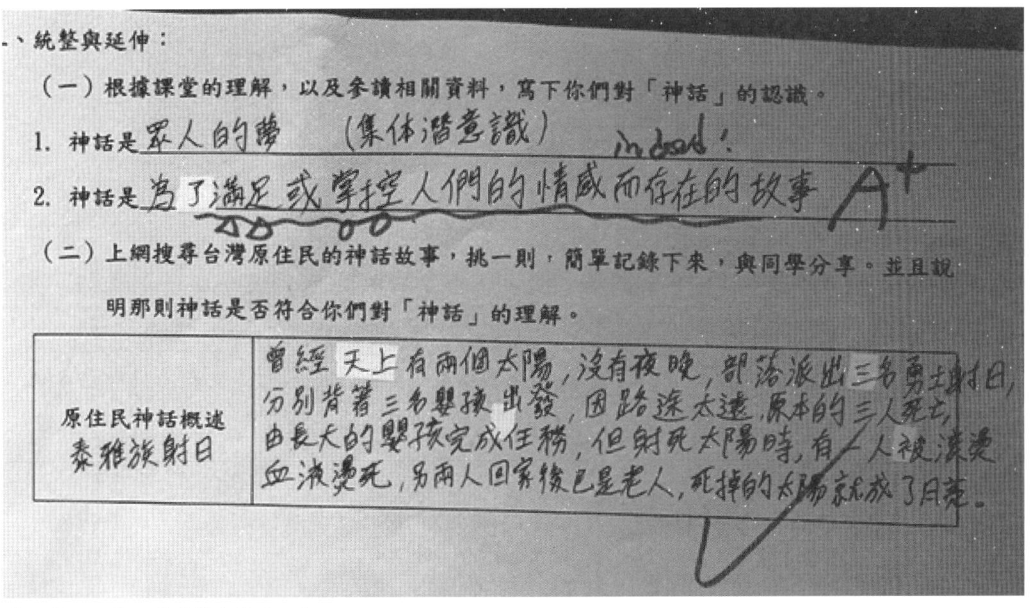

、統整與延伸：

（一）根據課堂的理解，以及參讀相關資料，寫下你們對「神話」的認識。

1. 神話是眾人的夢　（集体潛意識）
2. 神話是為了滿足或掌控人們的情感而存在的故事

（二）上網搜尋台灣原住民的神話故事，挑一則，簡單記錄下來，與同學分享。並且說明那則神話是否符合你們對「神話」的理解。

原住民神話概述 泰雅族射日	曾經天上有兩個太陽，沒有夜晚，部落派出三名勇士射日，分別背著三名嬰孩出發，因路途太遠，原本的三人死亡，由長大的嬰孩完成任務，但射死太陽時，有一人被滾燙血液燙死，另兩人回家後已是老人，死掉的太陽就成了月亮。

神話單元總結評量（學生作品二）

學生在課堂上搜尋臺灣原住民神話並且報告

知識。比如有位學生說了日月潭邵族的貓頭鷹傳說：有位女子未婚懷孕，族人瞧不起她、欺凌她，於是她逃到深山，最後餓死了。她死後化做貓頭鷹，飛到部落的孕婦家門口鳴叫，獻上祝福。因此邵族人將貓頭鷹視作懷孕婦女的守護神靈，不僅禁止獵殺，還要加以保護。我問學生，這則神話故事可以表達出什麼意義？有人說是人與動物的感通，有人說是對自然的尊敬，也有人從故事中看見了懺悔、贖罪與寬容的原型。

好幾組學生都被泰雅族的射日神話吸引。學生是這麼摘要故事的：曾經天上有三個太陽，沒有夜晚。部落派出三名勇士射日，分別背著三名嬰孩出發。因路途太遠，原本的三人死亡，由長大的嬰孩完成任務。但射死太陽時，有一人被滾燙的血液燙死。另兩人回家後已是老人。而死掉的太陽就成了月亮。我問學生，這則神話透露出哪些訊息呢？有人說解釋了月亮的由來，有人說歷史上曾經發生過大旱災，也有人從故事中讀出了犧牲與傳承的原型。最後這些觀點並不是課本、也不是老師「教」他們的，而是他們經過這樣的學習歷程，自己探索而得。

我曾向朋友分享這項神話主題教學，有位朋友聽完之後，眼睛發亮地說：你有沒有給他們讀臺灣妖怪的故事啊？精彩程度完全不下於中西方的古代神話，而且很有在地氣息。

我想，下一輪的神話教學，在原住民神話之外，應該還可以融入更多臺灣的神怪素材。我從《妖怪臺灣：三百年島嶼奇幻誌．妖鬼神遊卷》（何敬堯著，聯經，2017）以及新近出版的《台灣妖怪學就醬》（台北地方異聞工作室，奇異果文創，2019）這些著作中獲得不少啓發。裡頭的內容，再次讓我聯想到《山海經》，聯想到希臘神話，聯想到榮格說的集體潛意識，聯想到坎伯說的英雄原型。

神話果然是人類心靈共享的雲端硬碟。

後記：感謝當時主編馬翊航先生邀稿。從讀書時代，洪淑苓老師介紹我擔任幼獅的文學紀錄員，結識了吳鈞堯主編，陸續跟《幼獅文藝》締結了很多好緣分。我也曾鼓勵班級訂閱《幼獅文藝》。但此刻《幼獅文藝》已經停刊了。謹以此文紀念我與《幼獅文藝》的緣分，感謝《幼獅文藝》深耕多年，在文學教育上的貢獻。也期待未來出現適合中學生閱讀與發表的文學刊物。

現代散文的閱讀教學

2011 年我參加了全國高中國文教學研討會，提交文章〈白話文自己讀？－現代散文的閱讀教學〉。那篇文章指出白話散文的閱讀教學應該有所反思與轉型，建議：1. 掌握每篇作品的特色與教學重點；2. 引導學生主動學習；3. 課堂互動與討論；4. 延伸學習的視野與觸角；5. 閱讀教學即是寫作教學；6. 增加手寫的問答題。該文提供了許多白話散文的教學案例與教學策略。發表的全文、錄音檔與簡報檔請參考右側國文學科資源平臺的連結。

十六、一位學生的期中考試獨白：敘事文本教學

這章嘗試用「學生第一人稱」的口吻書寫，設定的情境是在「如何閱讀短篇小說」單元之後的期中考試，藉由獨白，帶出單元的教學內容與評量方式。敘事者「我」並不是哪一位特定的學生，但我期待透過他之口，很真實地呈現出「學生們」曾有過的學習經驗。另外，這篇文章也希望呈現出主題式教學的國文課風景。（本文初稿發表於2018年10月12日）

台北市高中國文科輔導團

歐陽宜璋・2018年10月12日・

評鑑是教學的一面鏡子，更能檢測出個別化的教學設計與評鑑規準，是否為一把精準的量尺。昌政老師很用心的透明化他長期耕耘的「後臺」與「前臺」，無疑是拋玉引玉，好，還要更好！！

易理玉

一早起床，花了不算短的時間，細細研讀了超高含金量的這篇，這樣的測驗設計，才是真正的人文與素養教學啊！
模擬文學獎評審的設計，更令人拍案！昌政實在太厲害了！

5年　讚　回覆　1

這篇文章發表在臉書的時候，收到很多教師朋友的迴響

直球對決！考試重點就是教學重點

這節考國文。陰雨的國慶日過後，陰雨的第一次定期考查。高二了，終於。看著整張沒有選項的考題，心中竟升起一股熟悉的荒謬感。

會覺得荒謬的原因是我現在跟其他班級處於平行時空。其他班級現在應該在寫滿滿的選擇題，ＡＢＣＤ，畫卡讀卡，名曰國文考試，答案卡上除了姓名，不用寫一個國字。之前跟國際交流的學伴說我們一般的國文考試幾乎如此，學伴還以為我在說笑。而我眼前的國文考卷是另外一種極端，只有簡答題加上申論題。我其實弄不清楚那種比較荒謬。

說熟悉是因為一年前高一的第一次國文段考，就全部是非選擇題。那次還考了電影《春風化雨》，根據劇照寫出劇情，我印象深刻，猜這次會依樣畫葫蘆，考《送信到哥本哈根》或者黃春明小說改編的電影。結果沒考。

這次考試的內容出自上課教過的十篇小說，有古典的，也有現代的，其中〈鴻門宴〉

雖然是史傳文學，我覺得比小說還好看。據老師說這些文本原來是散在各冊課本，這次編集起來，放在「如何閱讀短篇小說」的主題底下，兩兩一組，分成五個單元。我們200多頁的文本講義就是這樣來的。一次段考上完，有夠狂。

從厚厚的教學講義到薄薄的考卷試題，需要多長的時間？只有六個星期。簡答題的提問內容都很親切，上課討論過，有的還直接是學習單上的題目。十題選八，佛心來著。題目有點多，擔心寫不完，但內容都熟，只好寫快一些，字潦草一點，希望老師看得懂。想到高一第一次段考，我不熟悉這樣的考試，看到分數之後忍不住哭了出來。現在我比較自信不只會寫選擇題，也會寫非選題，今天一定要笑著離開考場。

小說主題教學的期中評量試題（一）

第一大題：簡答題，共20分，用完整的句子或者段落回答問題；每題不超過3行；任選8題回答，每題2.5分。務必標記題號。

1. 魯迅的〈孔乙己〉，以誰作為小說的敘事者？這樣的安排在小說中有怎樣的作用？
2. 賴和〈一桿『稱仔』〉，小說的時代背景為何？小說中的「稱仔」和「金花」分別象徵甚麼？
3. 司馬遷〈鴻門宴〉，「大行不顧細謹，大禮不辭小讓。如今人方為刀俎，我為魚肉，何辭為。」這句話是誰對誰說的？這句話的字面意思以及說話者的意圖是甚麼？
4. 曹雪芹〈劉姥姥〉，劉姥姥這次進賈府的動機是甚麼？她的言語表現有怎樣的特色？與動機有甚麼關係？
5. 蒲松齡〈勞山道士〉，故事中王生曾打消回家的念頭，是因為看見道士施展了那些法術？
6. 黃春明〈蘋果的滋味〉，這篇故事的情節是由那一起事件所發動？故事的結局是甚麼？
7. 杜光庭〈虬髯客傳〉，這篇文章如何透過時間與空間的變換，帶出主要人物？請寫出來。
8. 洪醒夫〈散戲〉，這篇小說的主題與內容，可能反映出怎樣的歷史背景？
9. 張愛玲〈金鎖記〉：「這是她的生命裡頂完美的一段，與其讓別人給它加上一個不堪的尾巴，不如她自己早早結束了它。一個美麗而蒼涼的手勢……她知道她會懊悔的，她知道她會懊悔的，然而她抬了抬眉毛，做出不介意的樣子……」長安打算做出了怎樣的選擇？請根據小說情節，分析這段文字。
10. 白先勇〈秋思〉，小說中的「一捧雪」是指甚麼？可能象徵甚麼？

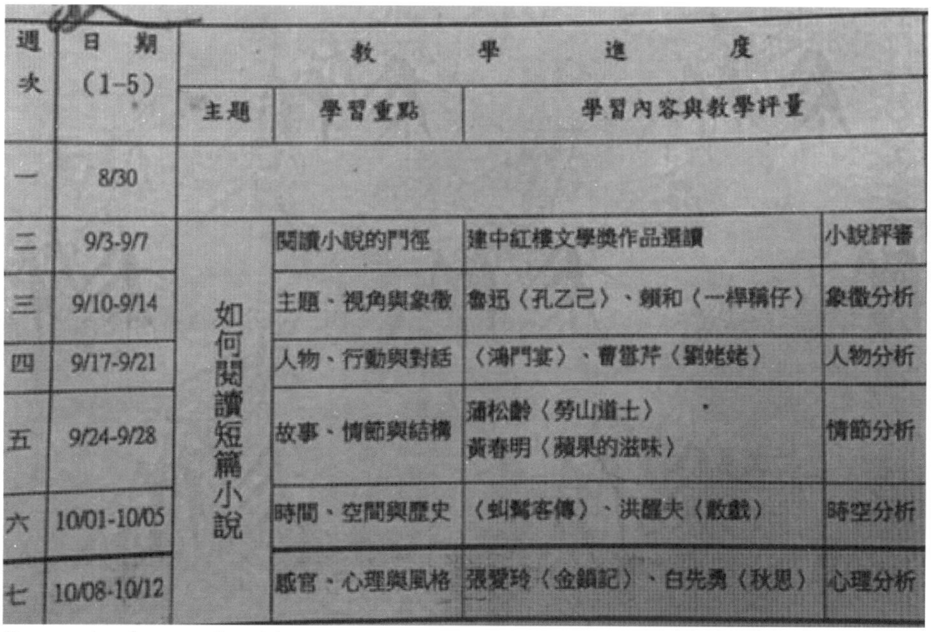

週次	日期（1-5）	教學進度			
		主題	學習重點	學習內容與教學評量	
一	8/30				
二	9/3-9/7	如何閱讀短篇小說	閱讀小說的門徑	建中紅樓文學獎作品選讀	小說評審
三	9/10-9/14		主題、視角與象徵	魯迅〈孔乙己〉、賴和〈一桿稱仔〉	象徵分析
四	9/17-9/21		人物、行動與對話	〈鴻門宴〉、曹雪芹〈劉姥姥〉	人物分析
五	9/24-9/28		故事、情節與結構	蒲松齡〈勞山道士〉、黃春明〈蘋果的滋味〉	情節分析
六	10/01-10/05		時間、空間與歷史	〈虬髯客傳〉、洪醒夫〈散戲〉	時空分析
七	10/08-10/12		感官、心理與風格	張愛玲〈金鎖記〉、白先勇〈秋思〉	心理分析

「如何閱讀短篇小說」單元講義與大綱

為什麼我喜歡的內容都沒考！

原本很緊張，200 多頁的講義不知道該從何複習，心存僥倖的只拿出學習單重看一遍，發現投資報酬率好高。果然是平常有燒香，考前不必抱佛腳。我一邊作答，一邊回想起每堂上課的學習單內容以及主題。相較於上課講的內容，試卷上的題目比較簡單明確。題目不算刁難，但要記得文本內容才能回答，像是〈虬髯客傳〉那題，沒有讀熟小說或者複習學習單的話根本寫不完整。

有些我覺得比較有深度的問題，老師在課堂上討論過，卻沒有考出來。像是〈孔乙己〉中以酒店的空間格局象徵階級地位的差別，〈一桿『稱仔』〉中稱仔與金花的象徵，兩篇文章中涉及到社會階級與權力壓迫的議題；〈鴻門宴〉中讀出「知人」與「知時」的史學傳統；〈鴻門宴〉中男性／政治的角力與〈劉姥姥〉中女性／人情世故的描繪；〈勞山道士〉中「道」與「術」的辯證關係；〈蘋果的滋味〉透過語言、象徵呈現的重重政治隱喻；〈虬髯客傳〉到底是小說還是政治文宣？怎樣的人稱得上「英雄」？〈散戲〉運用的「戲中戲」的寫作架構，以及碰觸到甚麼是傳統？傳統有意義嗎？該如何對待傳統？〈金鎖記〉中描繪出愛的渴望與無能。〈秋思〉中的意識流與昔盛今衰之嘆。

對了，還有想像自己是孔乙己和劉姥姥，用他們的觀點及口吻寫出所見所感，我覺得很有趣。我不太喜歡規規矩矩地寫學習單，尤其不喜歡填括弧和表格。但是當老師提出一些可以想像與思考的問題，或者將我自己的生活經驗與文章的情境連結在一起時，總能激發我很多想法，或許我的字不漂亮，也達不到文從字順，但寫出自己的覺得有創意、有見解的話，真的很有成就感。從高一開始，老師發的每一張學習單我都留著，雖然分數不高，也很少被拿出來觀摩、討論，但那些是我學習的軌跡與記憶。

9. 整篇小說中，你印象最深的場景是哪一段？那個場景讓你聯想到自己的怎樣的經驗？

10. 想像你是孔乙己，用第一人稱口吻寫一篇短文。題目為「我與魯鎮的酒店」，內容不限，但必須寫出在酒店的所見所感。文長200字內。不必使用之乎者也的令人不懂的話。

在魯鎮生活，我常常到咸亨酒店，雖然我穿著長袍，但我不像其他讀書人一般奢侈，謹守孔老夫子的「君子固窮」，只站在曲尺形的櫃台吃點酒，然而，這樣有個壞處，就是我得跟一幫短見識的短衣幫一起吃酒，點茴香豆時，也會有一群小孩來跟我爭一顆兩顆。在這裡，那些沒讀過書的全然不懂聖賢的偉大，我說幾句他們便笑幾次，真的是一群可憐可嘆之人啊！

〈孔乙己〉學習單與學生表現（局部）

看到試題的時候才發現我們這一個半月還讀了滿多作品的，不過不是每篇都講得的詳細。我反而喜歡這樣，對整篇小說的情節與重點留下印象，不必記太多周圍的東西。〈鴻門宴〉花了兩節課多，老師講解的時候重點放在人物的對話跟語言應用上，從角色的性格、關係與說話的目的來分析文章中的對話。〈劉姥姥〉就只有一節課，很緊湊的讀完，看劉姥姥搞笑，以及對話中的人情世故，然後就讓我們寫學習單當作回家作業。說真的，如果老師沒有解釋，我自己看不出來那些對話有這麼多「言外之意」。我很好奇，現實裡的大人們說話也是這樣子嗎？這樣子會不會太辛苦了？

〈虯髯客傳〉也花了比較多時間上，主要看小說的結構，如何隨著時間與空間的移動，帶出人物與情節，至於文章的主題「什麼是英雄」，老師只是點到為止，留下問題讓大家思考，沒有發揮太多。同個單元的〈散戲〉也只是老師導讀，提點一下人物、情節，以及這篇小說「雙線」（戲中戲）的結構特色，最後說小說提出來的問題是:「傳統」面對時代衝擊時，該怎麼辦？面對現代與傳統可能的衝突，我們有哪些選擇？印象深刻的是，老師還發下學長寫過的學習單影本給我們參考，不曉得老師為什麼會突然想這麼做。〈蘋果的滋味〉講完小說，看了影片，然後分組討論比較小說與電影的異同，我還記得我上臺比較了小說第一段與。電影開場。

老師意猶未盡，又播〈小琪的那頂帽子〉，讓我們從影片中反覆出現的類似意象討論故事的主題，是壓力？還是遮掩的缺陷？還是隱藏的危機？

〈蘋果的滋味〉小說與電影比較

語文練習：劉姥姥日記

請發揮你的創造力與想像力，試著「以劉老老的口吻」，擬作她當天遊歷大觀園之後的日記。內容可自行發揮，但必須包括她今日的所見所聞，以及所思所感。約150-200字。

……那鳳姐也是怪可愛的，這什麼規矩，我雖是村婦，也不是沒有腦袋，不過想想，我給人白吃白喝，又白拿人的銀子，給人湊個趣兒，給大家取個笑兒，開開心心的有什麼不可以呢。我連忙點頭，聽得可得仔細了。一會兒，我果照著安排，一站起來就說「老劉！老劉！食量大如牛，吃一個老母豬不抬頭」說完便似這樣鼓起腮幫子，活脫脫演成了個牛樣，怕這些大富人家還沒見過比我更像真的牛咧……

good

Spanish Invasion to Aztec Empire

the Everstorm

劉姥姥

秋爽齋

瀟湘館

四、劉姥姥具備圓融的處世智慧，她樸實溫厚，「喜歡」讚美人、「善於」讚美人，同時擁有「自嘲」的幽默感。請問在劉姥姥諸多的優點中，你認為自己最需要向她學習那一點？為什麼？

可以自嘲而不被激怒的特質能讓大家都感到開心也能顯出自己的機智、風度

五、小說寫作通常會安排「高潮」，成為作品中最顯眼、最富主題張力、令讀者印象最深刻的部分。就此觀點，〈劉姥姥〉一文「高潮」因屬何段？為什麼它允稱全文「高潮」？請結合內容鑑賞分析之。

在劉姥姥說了「……食量大如牛」後，全家笑得人仰馬番時是高潮的橋段了。不僅從文字上以如此大篇幅描寫「大家都笑了」這一件事，有放大、慢動作之效果；它也將故事主題「劉姥姥的處世智慧」發展到了最高點。

中心主題提到的

〈劉姥姥〉學習單（局部）與學生表現

1. 根據故事的主題與情節，「稱仔」和「金花」可能分別有怎樣的象徵？請根據情節內容加以分析，說明你的理由。完成下表。

Great　95/98

物品	象徵	文本分析
稱仔	公平正義的法律、政權象徵，老百姓嚴謹守法，執法者卻知法毀法。	這桿稱仔被巡警打斷擲棄，象徵法律原本應有的公正客觀遭到毀壞，而題目的稱仔特別加上雙引號，其中深意由此可見。
金花	農業時代善良質樸的人民體現出的守信美德、淳樸民風。	得參大嫂當初不必任何擔保就把金花借予得參一家典當，得參一出獄便念茲在茲金花是否贖回，無須通過「法」的束縛。

〈一桿『稱仔』〉學習單（局部）與學生表現

【時間、空間與歷史：〈虬髯客傳〉文章分析】

班級：　座號：　姓名：

◎課文結構與細節概述

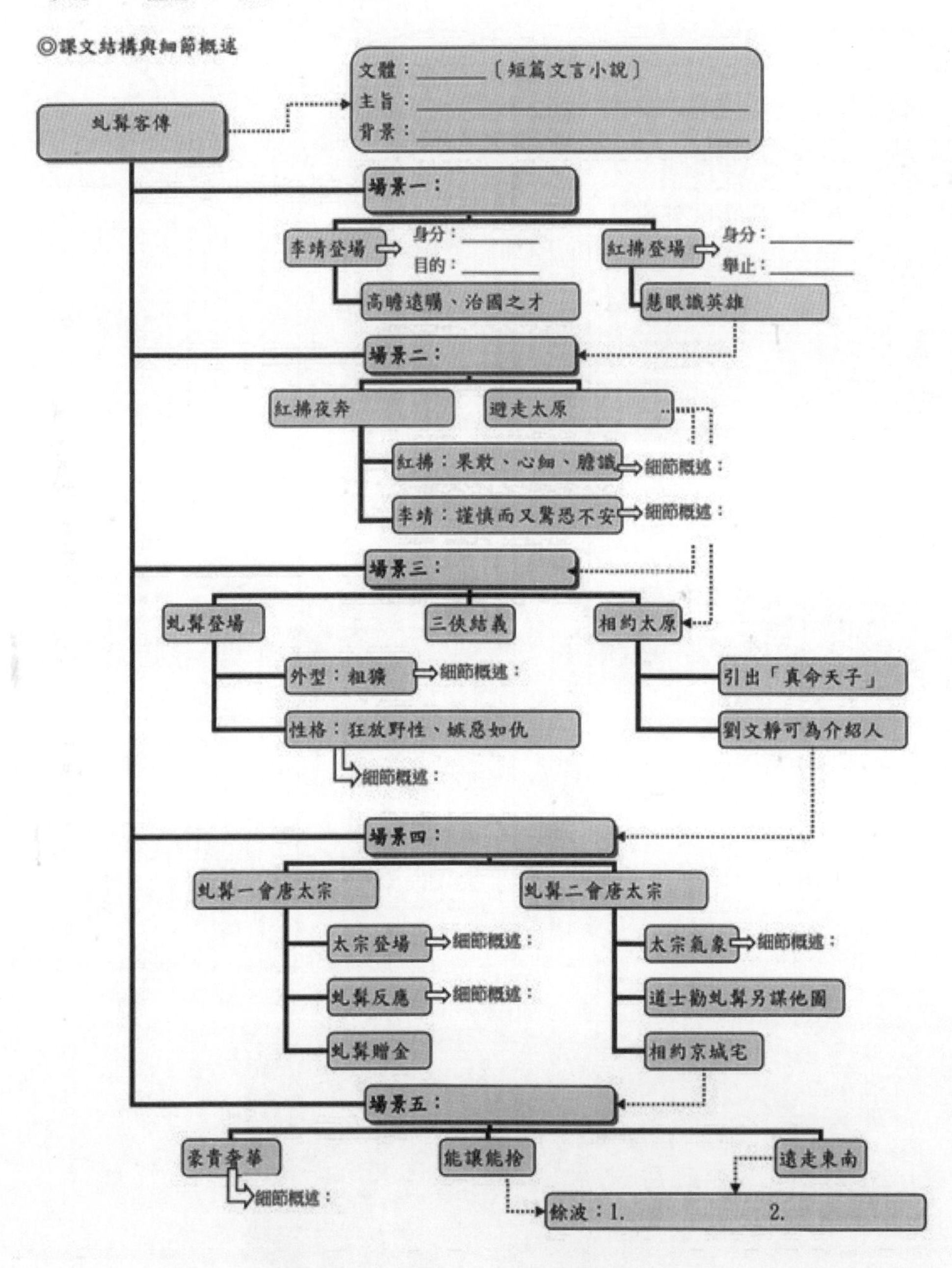

〈虬髯客傳〉學習單

我記得老師很欣賞我對〈勞山道士〉的解讀，說我的觀點與一般不同，但是值得發揮。我是真的覺得王生沒有「好逸惡勞」，為什麼可以從他不喜歡砍柴看出他不能學道呢？我不喜歡打掃並不代表我不愛讀書啊？

另外，我也一直困惑，為什麼有些作品，像是〈一桿『稱仔』〉，讀起來「卡卡的」，有些地方的語言似乎也不純熟，但卻可以被選進課本，還獲得好高的評價？這個問題我問過老師，他一貫笑笑地回答我，說是什麼語言的風格，歷史的敏銳度，對於特定的時空背景下人的生活情況與精神狀態的刻畫。我其實沒有很懂。老師教我不用急著接受或反駁，先知道有這種說法，留著參考，如果還是好奇，再去閱讀更多賴和的其他作品或者傳記資料。

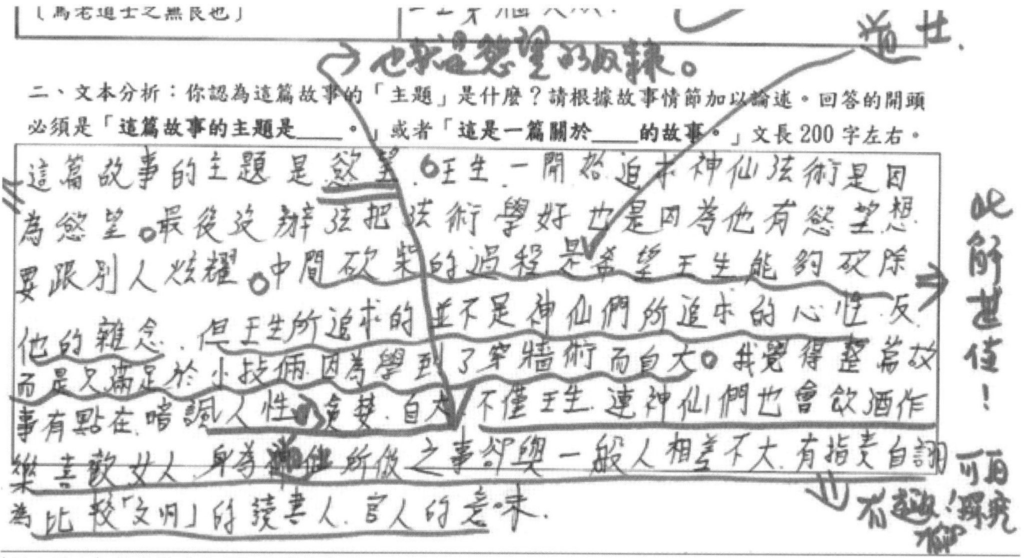

二、文本分析：你認為這篇故事的「主題」是什麼？請根據故事情節加以論述。回答的開頭必須是「這篇故事的主題是____。」或者「這是一篇關於____的故事。」文長200字左右。

這篇故事的主題是慾望。王生一開始追求神仙法術是因為慾望。最後沒辦法把法術學好也是因為他有慾望想要跟別人炫耀。中間砍柴的過程是希望王生能夠破除他的雜念。但王生所追求的並不是神仙們所追求的心性，反而是只滿足於小技倆，因為學到了穿牆術而自大。我覺得整篇故事有點在嘲諷人性，貪婪、自大，不僅王生，連神仙們也會飲酒作樂、喜歡女人，身為神仙所做之事卻與一般人相差不大，有指責自詡為比較「文明」的讀書人、官人的意味。

（批註）也就是慾望的奴隸。　此解甚佳！　有趣！可再研究

〈勞山道士〉學習單（局部）與學生表現一

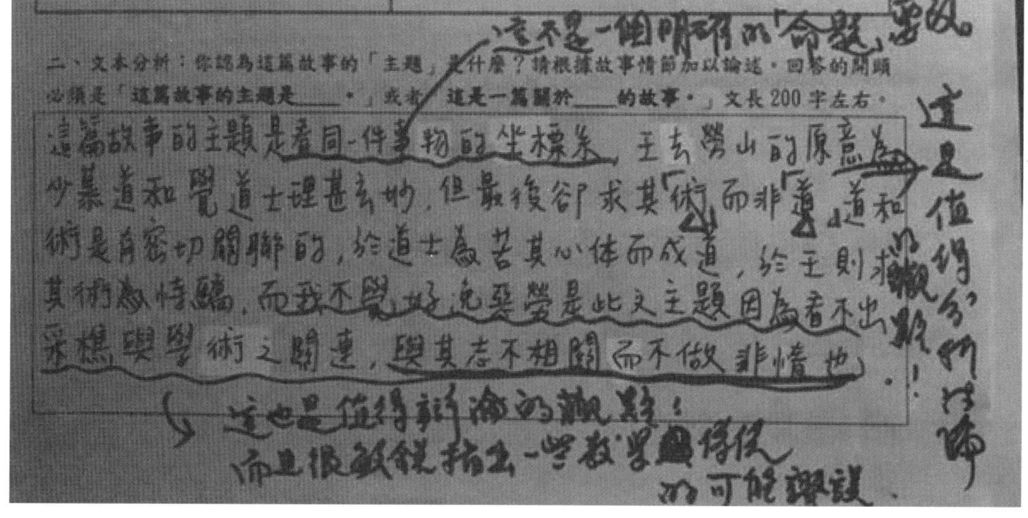

二、文本分析：你認為這篇故事的「主題」是什麼？請根據故事情節加以論述。回答的開頭必須是「這篇故事的主題是____。」或者「這是一篇關於____的故事。」文長200字左右。

這篇故事的主題是看同一件事物的坐標系。王去勞山的原意為妙慕道和覺道士理甚玄妙，但最後卻求其「術」而非「道」。道和術是有密切關聯的，於道士為若其心体而成道，於王則為其術為恃驕。而我不覺好逸惡勞是此文主題，因為看不出采樵與學術之關連，與其志不相關而不做非惰也。

（批註）這不是一個明確的「命題」要說。　這是值得分析的觀點！　這也是值得討論的觀點！而且很敏銳指出一些教學與傳統的可能誤設

〈勞山道士〉學習單（局部）與學生表現二

閱讀小說是要學而且可學的

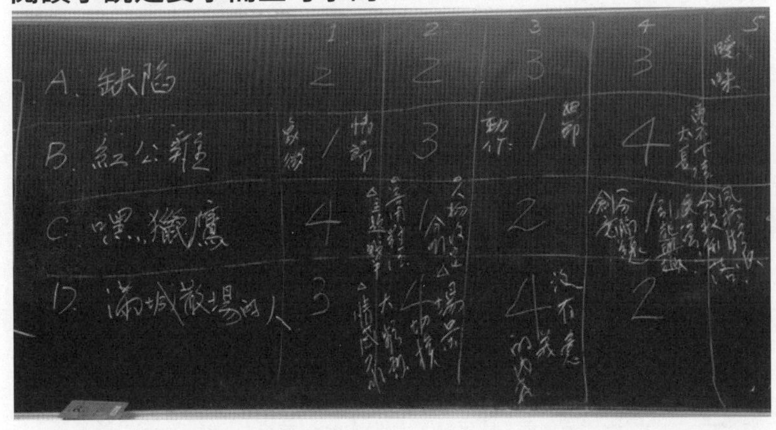

模擬「文學獎評審會議」的討論

除了那些我特別感興趣的內容沒有出現在考題之外，進入十篇小說閱讀之前，還有一週的導論課程，沒有出現在段考題，卻使我印象深刻。

這學期的第一堂課，老師讓我們想像自己是學校「紅樓文學獎」小說組的評審，在閱讀完入選作品之後，在黑板上排定名次，寫下評審意見，然後讓各組替自己心目中最佳的作品辯護。原本我覺得閱讀小說應該是很私人的事情，文學的好壞牽涉個人的閱讀品味，很主觀，但是經過一些討論之後，才發覺文學雖然有「主觀」的成分，但是就「什麼是一篇好的短篇小說」這個問題，卻不盡然沒有共識。儘管眼光與品味不同，在大家的發言和討論中，仍然找得出一些共同關心的面向，比方說好不好看、段落長短、象徵、主題、人物生動、情感細膩……等等。

受到國中老師的啟發，我平常算是會閱讀一些文學書。但這是第一次仔細看學校的文學獎作品。最有意思的是，這些不知名的作者可能就在熱食部與我差身而過，或者曾經一起在籃球場上鬥牛。他們的文字與呼吸彷彿與我更貼近，而我也可以大方砲他哪裡寫的矯情不合事實。我承認，這裡頭有七分好奇，三分較勁。

我在討論過程中聽見了同學的相異觀點，最後被同學說服，同意推選意象與主題最生動的〈紅公雞〉為我們組的第一名。全班評選的時候，才知道有的組給那篇小說倒數兩名。而且他們的理由聽起來也有道理啊。那到底一篇小說的優劣要怎麼看呢？

老師似乎被我們的胡思亂想和七嘴八舌逗得很樂。但他也不評論，只是不斷要我們從文本內容舉例，說明自己的觀點，或者是舉出不同的觀點，問我們怎麼有什麼意見。他不斷地提出疑惑與另外可能的解釋，煽動我們為自己各自的想法辯護。

「老師，最後到底哪篇作品第一名啊？」「這是次要的問題。更重要的問題是你們自己有沒有能力獨立地欣賞作品，說出自己喜歡的理由、不喜歡的理由，以及作品的特色。」話雖如此，下次上課的時候老師還是帶了那本《建中文選》，讀了三位評審的看法。由於自己先讀過作品，也激烈討論過，因此老師讀評審意見的時候我特別專心。原來〈紅公雞〉真的受到很高的評價，看來我眼光不差。

然後老師帶大家讀《美國文學院最受歡迎的 23 堂小說課》（潘美岑譯，采實文化，2014）第一章的節錄內容，章節小標題是「這十八種魅惑人心的技巧，就藏在小說第一段中」。然後讓我們回去看看之前評審的那些小說，第一段分別用了書中提到的哪些技巧。

老師補充，那些寫作策略不一定在第一段都能找到，也不一定都要具備才算是好的作品，但是可以作為閱讀的路標，在剛開始學習閱讀小說的時候，提醒自己做個主動的閱讀者，或者更進一步，學習當個專業一點的讀者。老師說他高中時候參加「建中青年社」，第一個學期學長推薦他們讀魯迅（1881-1936）以及芥川龍之介（1892-1927）的短篇作品，也推薦《小說面面觀》，我也去圖書館借了，打算考完試比較輕鬆再看。

我這幾堂課最大的啟發，就是曉得原來閱讀小說就跟打球或者其他技能一樣，需要學習與熟練。老師說這學期的課程主要就在教大家如何閱讀短篇小說。沒有辦法教大家成為小說的創作者，但至少可以教大家知道讀小說是需要學習、而且也可以學習的。

喔對了，他還說寒假作業是每個人要交出一篇 3000-6000 字的短篇小說，下學期投稿「紅樓文學獎」。我其實已經有想寫的素材，與我家社區的一列櫻花樹有關，與一段童年的記憶有關，我想用小說寫一篇自己的成長故事，篇名暫定為〈櫻花兄弟〉。

影像作品作為敘事引導

如果說前兩堂的「小說評審」課，在提醒我們小說閱讀可以是一門技藝，並且在討論中慢慢舖好了一條欣賞短篇小說的途徑，那麼接下來的兩堂課，就是透過一部電影，讓我們練習如何運用那些敘事觀念來分析文本。老師上課的時候說了一個小故事，說他第一年來到學校教書的時候，用一節課讓學生們討論電影與敘事要素，當時來觀課的南京師大附中教師（王棟生老師，筆名叫吳非）就覺得很不可思議，因為他們那邊的學校升學與進度壓力非常大，不可能這樣安排課程與教學。

今年老師讓我們看電影是《送信到哥本哈根》（原片名：I A m David，2003 上映），影片播放之前就帶我們瀏覽學習單，看完電影要交回。播放影片的過程中，老師會隨著情節與鏡頭的變化，提醒我們觀看的重點，並且提出一系列圍繞著各種敘事要素的理解與詮釋的問題。我曾覺得很疑惑：為什麼不能好好欣賞電影就好，要這樣邊看邊停，看完還要寫作業？老師彷彿能看穿我心中的質疑，接著說這不是讓我們單純放鬆、娛樂，這是設計過的教學活動，有教學的目標、方法、內容與評量，儘管真的有點煞風景，沒辦法一氣呵成看影片，但是經過那樣的訓練，未來自己看電影的時候，才更能看出精彩之處。

影片看完，老師問大家影片的主題是什麼？有人說「活下去」，有人說「自由」，有人說「享受生命的美好」，有人說「追尋自我」。老師一一在黑板上寫下這些想法，然後問同學是否能在影片的情節、對話或者畫面、象徵當中找出支持自身觀點的證據。這很考驗大家有沒有認真看影片。我學到了看電影不只是看故事情節而已，要很仔細地記住角色對話時流露出的關鍵概念，以及無聲的鏡頭語言如何傳達意義。

後來我才知道，學習單上面列出來的問題，與教學大綱是一致的，不外乎是「主題、視角與象徵」，「人物、行動與對話」，「故事、情節與結構」，「時間、空間與歷史」，「感官、心理與風格」等等，於是就懂老師說看電影是教學活動的意思。上一節課拿到講義，聽到這些觀點，似懂非懂，看完電影、完成學習單之後，稍微比較懂。閱讀完每個單元的指定文本之後，那些原本隱隱約約的輪廓就被勾勒得更清晰了。

直到現在，面對期中考題，邊寫邊回想小說的內容。無論是第一大題的簡答題，還是第二大題的賞析與申論，其實都是測驗我們能否真正理解這些概念，然後透過分析指定的文本，完成學習遷移。我好像更能掌握老師到底想要教我們甚麼了。

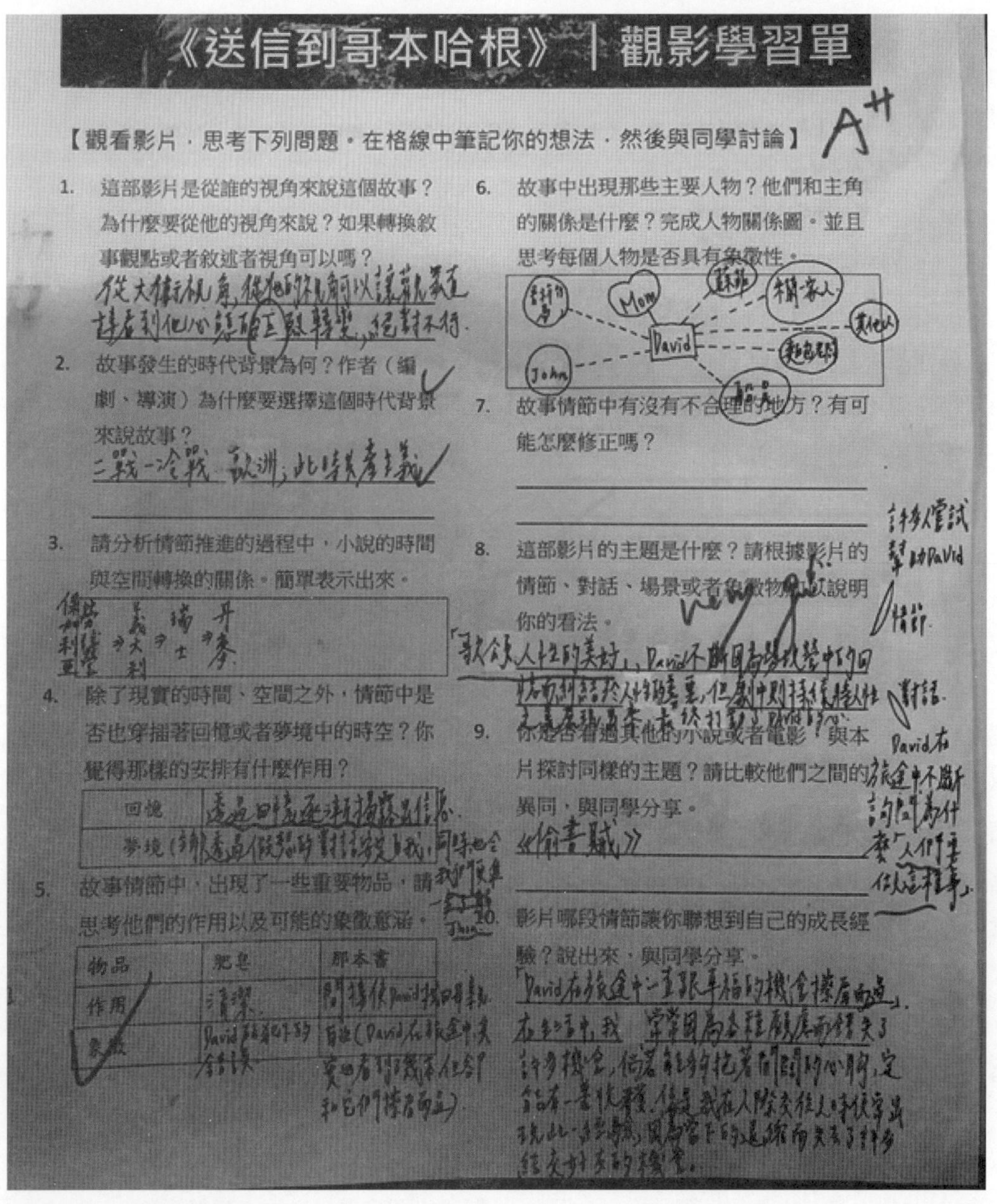

《送信到哥本哈根》｜觀影學習單

【觀看影片．思考下列問題，在格線中筆記你的想法，然後與同學討論】

1. 這部影片是從誰的視角來說這個故事？為什麼要從他的視角來說？如果轉換敘事觀點或者敘述者視角可以嗎？

2. 故事發生的時代背景為何？作者（編劇、導演）為什麼要選擇這個時代背景來說故事？

3. 請分析情節推進的過程中，小說的時間與空間轉換的關係。簡單表示出來。

4. 除了現實的時間、空間之外，情節中是否也穿插著回憶或者夢境中的時空？你覺得那樣的安排有什麼作用？

回憶	
夢境	

5. 故事情節中，出現了一些重要物品，請思考他們的作用以及可能的象徵意涵。

物品	肥皂	那本書
作用		
象徵		

6. 故事中出現那些主要人物？他們和主角的關係是什麼？完成人物關係圖。並且思考每個人物是否具有象徵性。

7. 故事情節中有沒有不合理的地方？有可能怎麼修正嗎？

8. 這部影片的主題是什麼？請根據影片的情節、對話、場景或者象徵物，以說明你的看法。

9. 你是否看過其他的小說或者電影，與本片探討同樣的主題？請比較他們之間的異同，與同學分享。

《偷書賊》

10. 影片哪段情節讓你聯想到自己的成長經驗？說出來，與同學分享。

結合敘事教學的觀影學習單

答題要求：切合題目、邏輯清晰

平常的課堂練習、作業，以及寫作，也都是手寫表達。司空見慣了。老師高一就曾經戲謔地說，寫選擇題會讓我們變笨，想要變笨，高三以後機會還很多。如果國中已經笨了很久，高一高二要練習變聰明。手寫才能用自己的話說出自己的想法，不僅是表達訓練，更是思考的訓練。

句子是否完整，不只牽涉到內容的記憶與理解，更重要的是關係到思考時概念是否清晰，語文邏輯是否精準。這樣的能力我原本以為自己國中、小已經具備，但到了高中才發現自己先前仍太疏忽表達了，一句話不是缺乏主題，就是缺乏精練的關鍵詞語，句子之間也不甚重視邏輯關聯。國中老師常誇我「文筆動人」、「善於修辭」，但是高一的學習單，老師卻經常提醒我「用完整的句子或者段落表達」，後來收到的讚美比較多是「言簡意賅」、「文字清暢」、「邏輯清晰」、「言之有物」、「言之有序」等等。

第一大題老師要我們每題寫三行就好，我猜老師是希望我們表現出有讀過小說、能抓到重點，更多時間拿去寫第二大題的鑑賞和申論。我看了題目，大概有想法，但思考如何將內容剪裁成三行以內的篇幅，又能夠滿足題目的要求，並不容易。這些開放的問題雖然沒有「標準答案」，卻不盡然沒有「答案的標準」，我還是要盡可能針對問題進行周延的回答比較好。

第二大題是賞析與論述，占分比第一大題提高很多，更能鑑別同學的思辨及表達能力。我還記得之前寫這樣的題目，被老師提醒說我寫的是「心得感想」而不是「分析論述」，還有一次說我只是「摘要文本」而不是「分析論述」。這次希望能表現得更好一些。

第一小題玩真的，發一篇課堂上沒有讀過的小說，要現場閱讀、分析。〈爸爸的花兒落了〉是林海音《城南舊事》的最後一篇，我剛好讀過書，占了一點便宜。但當時也就是當作故事書讀過去而已，完全沒有思索過甚麼主題、象徵的東西。「花」到底象徵甚麼呢？直接說象徵父親會不會太籠統？還是說象徵父親的陪伴、呵護以及對家人的愛呢？這樣的象徵跟故事主題要怎麼聯結呢？我只剩下 50 分鐘的作答時間了。

還好有提供文本，我可以直接從文本中找出例證來支持自己的看法。照去年的批改慣例，老師會根據我的論述是否完成而不只是根據我的論點是否「正確」來評分。這點倒是讓我比較放心，不必一直去揣測「出題老師想要甚麼答案」，而是將重點放在「我覺得答案是甚麼，為什麼」以及試圖用文本證據說服老師。

剩下 20 分鐘交卷，神啊，請多給我一點時間！「認識善和認識惡，在小說閱讀中往往是同時來到的，而這是推動成長的力量之一。」這個問題很合我的口味，我想好好發揮一下。題目問的「善」與「惡」，該怎麼定義呢？是要分析小說裡的人物，還是要說自己的閱讀感受呢？認識善惡的價值判斷，與成長有甚麼關係呢？要舉那兩篇文本當作論述的例證呢？

「考試時間到。請停筆。請最後一位同學將考卷收上來，考卷繳交之後可以離開。」

終於交卷了，有點緊張，也期待檢討試題的時候能看到同學們不同的觀點與寫法。

小說主題教學的期中評量試題（二）

第二大題：賞析與論述；共 2 題，每題 15 分

1. 閱讀〈爸爸的花兒落了〉，試根據故事情節，闡述「花」在小說中象徵甚麼？與整篇小說的主題有什麼關聯？你的回答必須是首尾完整的文章。回答中必須要適當的引述文本內容，加以分析、說明。

2.「美學的欣賞應該回到國民自身。你看了小說被感動，表示有一股善的力量在你心中產生了。」黃春明說，認識善和認識惡，在小說閱讀中往往是同時來到的，而這是推動成長的力量之一：「思索和領悟就像蛇蛻皮，非常累，又帶著一份喜悅，我希望大家都能從人生和閱讀中體會這份喜悅。」上文是黃春明在一次演講中提到的內容。你是否贊同劃底線的句子所稱的觀點？請用這次考試範圍內選讀的小說篇章為例，闡述你的看法。你的回答必須要是首尾完整的文章，而且至少要引述兩篇以上的作品，加以論述。

賞析與論述第 2 題的學生回答

說明：試題中的「賞析與論述」，預設的答題時間是每題15-20分鐘，書寫300字左右。評分的標準是：闡明立場與觀點；連結觀點，分析兩篇以上的指定文本；文章結構完整，句子與段落的邏輯清晰。以下選出幾篇學生的回答。

（贊同一）

我十分認同黃春明的觀點。閱讀小說時我們能夠去思辨一個角色的善與惡，同時更會在這過程中更深入地去思索善與惡的意義。

舉〈金鎖記〉中的七巧為例，她無疑是個瘋子，是個破壞他人幸福的「惡」人，然而我們又會去思考，或許她會如此阻礙長安的婚事正是因為在內心深處那被「賣來當看護」的陰影所致，不希望有人和她一樣的悲慘，這難道不能叫做「善」嗎？我們真能因為其惡劣而完全否定可能的善意嗎？

再舉〈蘋果的滋味〉的格雷上校為例，他對主角的歉意兼補償作法可說是極「善」的表現，但這樣以西方物質文明強加給主角的作法，破壞他樸實的生活，難道不能謂之「惡」嗎？由「善」之手段形成「惡」之目的，真能因此而完全忽視其隱含的惡意嗎？

藉由這善惡同時出現、互相交錯所帶來的衝擊，使我們在看待他人的行為中能更清楚地了解其善與惡，更能反思自己的行為正如自己所想全是善嗎？難道沒有惡隨之出現嗎？如此便是小說推動成長的一大力量。

（贊同二）

我贊同黃春明的觀點，小說像是一篇詳實的記錄，倘若未摻雜政治、歧視性論點

抑或主觀的偏頗色彩，那小說便是了解人性、甚至世間善惡的途徑之一。

如〈勞山道士〉中，我們可見王生不斷在勤勞和怠惰之間拔河，原本他想勤勞砍柴，而後卻又被怠惰所控制，在看到道士施法時力求振作，最後仍無法克服惰性而離開——這就是人在自身本質上，善與惡的抉擇，但「異史氏」的評論卻未藉此說明應近善而排惡，而是留給讀者自省的機會。

從〈金鎖記〉中，張愛玲描寫的則是從善步入惡的過程。曹七巧原出生於賣麻油的家庭，而後卻像商品被賣至大家庭，從丈夫得不到愛和慾，自己喜歡的男人卻又想追求金錢而非真心的愛，自此將自己的仇恨投射於自己的兒女和大家庭的成員，甚至阻止他人追求幸福，更被「鎖」於金錢和慾望中，或許讀者憎惡七巧，但她原先卻不是這種角色，可了解「可惡（惡）之人必有可憐（善）之處」。

善惡猶如一條光譜，沒有絕對的極端，只有善與惡同時存在。小說可以使人理解善惡的共存性，又可以使讀者自己省思、抉擇自己的走向，無非是黃春明所謂「推動成長的力量之一」。

（不贊同一）

在小說中，「衝突」往往是一個必要元素，但在這個衝突中，是否一定有關一個明確的善惡對錯？我認為並非如此。

以〈劉姥姥進大觀園〉一文為例，雖然劉姥姥備受調侃，甚至欺侮，但更多的是一種立場上的差異，因劉姥姥有求於人。在魯迅的〈孔乙己〉中，也是表現在時代更替中不同價值觀互相的衝擊。

在黃春明〈蘋果的滋味〉一文中，這些角色彼此並無善惡對錯，故事始於意外，終於大環境驅使，何來善惡之說？

許多小說中並不需要表現出善與惡，而是在闡述不同價值觀之間的碰撞，而這才是成長的契機。因此我並不贊同此句。

（不贊同二）

我認為有時在小說閱讀中，善與惡只會出現一，兩者不會同時出現，所以我不認同畫底線的句子。

像是〈劉姥姥〉，看完後只會覺得他很會做人，讓人佩服且想要學習，有著正向的成長，無法有認識惡之感覺。又讀〈金鎖記〉看到七巧的惡毒與長安得可憐，整個故事充滿了惡，無法認識善。

但我認為這樣也很不錯。其實我對上面兩個作品，印象深刻，或許是因為他們都壓倒性的偏向惡或善，才能在心中激起更大的水花，惡的透徹能帶給我更多的成長，想一些方法去對抗，以及了解到世上真的有這種惡人，效果比善惡同時來到要好呢！

國文科教學演示評量標準

這裡提供一份國文科教學演示評量標準，包含評量向度以及各向度的表現指標。會製作這份評量標準，起因於多年前侯潔之老師邀請我到臺灣大學的國文師培課堂評審教學演示，我發現教育部提供的公版評量表，無法凸顯國文科的學科教學重點。於是建議在原本的基礎上修訂，有幸獲得支持及協助，於是有了這份評量表。

如果你要準備教學演示，我建議你與同儕夥伴相互試教觀摩，然後運用這份評量標準，試著回答：1. 這次教學演示令你印象最深刻的具體表現是什麼？2. 想像你是面試委員，向演示者提出 1-2 個問題。3. 發揮教學想像，你覺得這份國文科教學演示評量表，還可以怎樣增刪修改呢？

評量向度	表現指標與檢核重點
A-1 課程概念	A-1-1 清楚陳述教學內容、目標與流程
	A-1-2 統整、連結之前的學習經驗，銜接新內容
	A-1-3 選擇多元的學習素材，並組織成學習經驗
	A-1-4 設計學習內容與學習表現結合的評量活動
A-2 教學內容	A-2-1 正確釋讀字詞的形、音、義與疏通句意
	A-2-2 能強調、辨析、詮釋關鍵的字詞與概念
	A-2-3 教學點切合文本的類型、結構與思想內涵
	A-2-4 結合文本、背景知識提出合理的詮釋觀點
	A-2-5 連結現實的脈絡，幫助學生建構文本意義
A-3 教學策略	A-3-1 促進課堂中有品質的問答、互動與正向回饋
	A-3-2 文本分析中融入閱讀與寫作的教學策略
	A-3-3 重視學生差異，引發學生的專注與學習動機
	A-3-4 用舉例、類比、比較等策略說明重要概念
	A-3-5 營造有助於學習的班級氣氛與師生關係
B-1 口語表達	B-1-1 咬字清晰、聲量適中、語速恰當
	B-1-2 恰當運用眼神接觸、肢體動作與走位
	B-1-3 搭配教學內容與節奏，聲情表現富抑揚頓挫
	B-1-4 詞氣表現自然而自信，讓聽眾專注而放鬆
	B-1-5 詞彙運用豐富、精準，語句邏輯連貫
B-2 板書輔助	B-2-1 書寫正確、清晰，恰當強調出學習重點
	B-2-2 配置條理分明，反映文本或者思考結構
	B-2-3 善用符號、圖表等元素，輔助深度理解
C 其他	C-1 展現個人風格，令人印象深刻
	C-2 時間掌握恰當

國文科教學演示評量標準

十七、雖小說，必有可觀者焉

這章的內容都與小說教學有關，而且納入了課堂師生、教學文本以外的聲音，我希望特別呈現「國文課」與社會環境的互動。另外，在這些文本中，我希望自己成為一名對話者、觀課者、紀錄者，這些其實也是教師可以選擇的位置。目前國文課程的結構乃是以範文為核心，課本是一部古今詩文選讀，加上受到評量型態的限制，很不容易帶著學生「讀一本書」。長篇小說大部分只能當成「課外」閱讀，十分可惜。長篇小說（以及戲劇）能提供豐富的情境、細膩的描寫、精彩的情節以及人性的刻畫，對於學習者而言，無論就語文學習、想像開展或者生命啟發來說，都特別有意義。這章的第一節，是國家文化藝術基金會「小說青年培養皿」計畫牽的線，由我與新竹科學園區實驗中學的郭珮貞老師筆談文學與文學教育；第二節是107學年度高二的最後一堂國文課，讓學生反思個體自由與政治的關係；第三、四、五節是108學年度第二學期規畫的「小說與哲學」課程，邀請教師與專家到教室與高三學導讀小說，思考小說中的哲學意義，並且與個人的生命經驗對話。

「成長小說閱讀推廣企劃」課程說明與小組討論

「這本小說在創作的時候，是確實想要面向讀者的，而目標讀者當中很重要的一塊就是當代青少年與青年。看到現階段推廣計畫展現出來的模樣，儘管正在起步中，我仍幾乎像是看件專業書評那樣開心。很感謝各位喜歡這部小說，選擇了這部小說。」

感謝～～～

《花開時節》作者楊雙子給同學的鼓勵

「人生很難，希望閱讀能夠伴隨著你們乘風破浪。願你們都成為自己想要的大人，要快樂，要認識自己。」

已看過

《向光植物》作者李屏瑤給同學的鼓勵

關於小說閱讀的 N 種思考：文學對話錄

（一）文學是什麼？能吃嗎？

郭珮貞（以下簡稱郭）：很榮幸能與昌政老師進行這次的筆談，聊聊對文學與文學教育的看法。能否先請昌政老師簡單談談你對文學的看法？

吳昌政（以下簡稱吳）：我覺得文學中的情感和思想，是人性的萬花筒，他讓我們看見人的複雜與豐富，引發我們生命的感受，從而思索一些永恆性的價值命題。用比喻來說的話，文學像是鏡子或者探照燈，讓我們照見自身或者世界的真實。這樣的真實根源於人的存在感受與情感需求，不是考古證據那種意義的真實。那珮貞老師認為文學是什麼呢？

郭：我倒是比較衝突一點，我覺得文學中的溫柔與殘酷，是既矛盾卻又寫實的存在。透過文學，人性與這世界最黑暗的一面都將揭露無遺，但也正是透過文學，人的靈魂得以超脫那些現實的束縛進而用同理去看見自己視線以外的世界。既然談到了文學，放在教學的視野中，昌政老師您認為高中課程該培養學生一個什麼樣的文學視野或文學素養呢？

（二）關於文學教育的想像與困境

吳：首先我覺得「文學」的學習應該和語文應用的學習區別開來。文學的價值不在實用。人生的價值是多元性的，實用很重要，但不只是實用的才有價值。文學不可被取代的價值恰好就在於超越了實用的領域。文學教人怎麼「同情共感」，了解與被了解，愛與被愛，這是生命發展的需求。

文學的任務不在解釋現實生活，也不提供現實生活任何的承諾或者保障。文學不回答「實然」或者「應然」的問題，但文學指出了人類情感與思想的可能性，讓人不受限在身處的時空情境，而間接擴大了生命的疆域。這是我認為高中課程應該培養學生的文學視野與文學素養。

當然，這樣的視野和素養並不和現實生活衝突，相反地，由於開啟了想像與精神的世界，文學讓學生有更多的彈性與可能性來面對生活。關於這方面，珮貞老師怎麼想呢？

郭：我贊成您對文學價值的看法，我想補充一些我的感觸，關於這點我想到的是電影《春風化雨》中有一段台詞：「我們讀詩、寫詩，不是因為這麼做很可愛，而是因為我們是人類的一分子，而人總是滿腔熱情。醫藥、法律、商業、工程，這些都是很崇高的追求，是支持我們生活的必需。但是詩、美麗、浪漫、愛情，才是我們活著的意義。」實用的領域是生存的條件，而文學等超越實用的領域則是生存的理由。

高中的學生常常只在乎生存，這受限於原生家庭與整體的大環境，但正如電影中另外一段名言：「孩子們，你們必須努力尋找自己的聲音。你越晚開始，就越難找到它。梭羅曾說：『大多數的人都生活在平靜的絕望中』，別任由這樣的事發生，勇敢突破！」文學的視野其實也正是生命的視野，是在人有限的經驗與與受限的軀殼外給予看見的力量。若無法盡早開啟對文學的視野與對生命的想像，那麼隨著時間流逝與思想僵化，其難度只會等比提高。

所以我認為高中階段應該讓學生們探索自我，藉由觀察超越時空的人性，進而理解人類的可能性，最後也發覺自身的各種可能。於是，當未來他們面對世界時，所追求的將不僅僅是生存，而是生活。這正是文學所能提供的。

那麼您認為依照目前高中課程，有辦法培養學生的文學素養嗎？

吳：我的回答是：沒有辦法。目前課程中雖然有很多精彩的文學作品，但主要仍是從語文理解的層面進行教學，比較好的情況會涉及到文學鑑賞與文學批評，但也不是針對文學的核心。另外一方面，測驗與評量影響教學甚深，選擇題的測驗型態不但無法真正培養學生的文學素養，甚至可能是一種「反文學」的評量方式。我可能過於悲觀了一點，珮貞老師是否有不同的看法呢？

郭：我也覺得相當困難。因為時間上的限制與課程上的要求，導致真正涉及文學素養的課程內容被壓縮甚至犧牲。升學主義的框架下，學生對於學習的索求幾乎都在於語文能力上，文學則是他們敬而遠之的無用之物。甚至由於對分數的追求，許多學生所期望的課程是資料的灌輸遠大於思想的引導，也對於評分的方式斤斤計較，進而排斥非選題，而肯定對錯相對顯著的選擇題。

然而，文學有時候是一種不確定性，隨著人性與解讀而有各種可能，這恰恰與工業時代中學生們準確與單一的追求相悖反，所以在時間、課程安排與學生意願等多重因素下，要培養出文學素養是相當困難的。

（三）文學教育的契機？

吳：長時間以來的情況確實如此。不過108課綱後，多元選修、彈性課程的加入，似乎讓課程設計上有些想法可以實踐。雖然學生們對於「文學」可能是陌生的，但對於「人」與「生命」是好奇的，文學教育可以從這裡作為起點。在課程方面，首先可以提供學生更多「接地氣」的文學作品，藉由時間與空間的相似性或者關聯性，引發學生的興趣和共鳴。另外一方面，世界文學經典的引介也很迫切，因為那些作品呈現了人類的心靈在不同時空情境下的反映，深刻地展現人與生命的可能性。

郭：這方面我倒是和昌政老師的意見有些微小的分歧。我覺得在選修與彈性課程的運用上，如何先引起學生的興趣還是重中之重。雖然經典相當重要，經歷過各種人生階段的教師們自然能夠體會其美好與珍貴，但對於人生閱歷有限，甚至文學素養或視野未開的學生來說，許多經典的思想與情感距離他們實在太過遙遠又太過強烈（或淡薄）。我覺得在主題上需先貼近學生的生命，特別是關於成長、關於友情、關於愛情等，越是與他們親近的題材越容易引發共鳴，進一步使他們產生閱讀的興趣。

日本漫畫名作《中華一番》當中有個有趣又貼切的片段，當配角之一的三傑與對手進行宴席料理第一道湯的對決時，對手濃烈甘醇的雞湯引發評審好評，但卻敗在三傑做的涼湯上，因為作為宴席料理的開場，太過強烈的味道是會讓人沒有胃口期待接下來的盛宴。是故我覺得文學的引導上也是如此，當學生從淺入深漸漸打開視野與胃口，之後的經典文學盛宴也才能使他們願意下筷。

那麼引起興趣之後，昌政老師您有沒有什麼話想對下一世代的閱讀者說呢？

吳：如果你對於人、對於生命感到好奇，去接觸文學吧！並且試著去尋找那些能夠打磨你的心靈，使其愈發晶瑩透亮的作品。不要被學校教育和社會風氣所局限。

郭：我覺得文學是開心的理由也是悲傷的理解，在現實中人要行萬里路的困難遠大於讀萬卷書，可以說文學是我們接觸與瞭解生命與世界最近的路。所以如果覺得徬徨就去閱讀吧！文學不會直接告訴你答案，甚至每個生命、每個時間、每個空間的解答都是不同的，文學只是陪伴，隨著你走過朗朗大道或林間幽徑，讓你在生命當中的順境逆境靈魂都不致匱乏孤獨。

文學轉譯：桌遊與策展

「文學轉譯」通常是指將原本的文學文本改編成影視、動漫、遊戲、展覽、裝置或者其他文化商品。從文學生產與傳播的角度來看，文學轉譯擴大了文學的表現媒介與受眾市場。從教學的角度來看，文學轉譯可以引發興趣，成為引導學生閱讀文學作品的橋樑媒介。

2020年5月底到6月初，搭配臺灣文學、文學史轉譯的桌遊《文壇封鎖中》熱騰騰面世，國立臺灣文學館與建國中學圖書館合辦了「台灣文學與白色恐怖」主題書展。書展借用建中圖書館一方空間，展場不大，但主視覺十分醒目。入口處的大方桌上鋪設了放大版本的「文壇封鎖中」元件，方桌邊緣以及圍繞著方桌的書架檯面上，陳列著近百種與白色恐怖歷史相關的書籍，其中許多是《文壇封鎖中》提到的作品。這個展覽規模不大，但是連結了課程教學、校園空間、圖書資源、文學館、桌遊文創以及白色恐怖人權議題，讓文學教學文本的外延得以擴張，並且與各種有形的媒介或者無形的價值觀產生連結。

這款桌遊蘊含的「潛在課程」（hidden curriculum），重點表現在兩方面：其一是在四個時代關卡的推進中，覺察到臺灣文學史的發展伴隨著政治大環境而有不同氣象，文學內部的發展同時牽繫著外緣條件的變化；其二是在玩家角色扮演的競爭與合作過程中，體察到「文學」不只是作家個別心靈的投影，文學的生產與傳播，與社會脈動、媒體生態息息相關。

文學策展或者遊戲化，已經成為文學普及的重要傳播形式，《文壇封鎖中》是很具代表性的個案。關於《文壇封鎖中》以及文學轉譯桌遊、文學策展，可參考附錄連結：附錄（一）是張俐璇的研究論文〈台灣文學轉譯初探 ——以桌遊《文壇封鎖中》為例〉，收錄於《文史台灣學報》第十五期，2021年；附錄二是國立臺灣文學館「文壇封鎖中——臺灣文學禁書展」 的線上展覽。

附錄（一）

附錄（二）

按：本文刪改自〈《文壇封鎖中》，「文本」解封了嗎？〉一文，原文載於《文訊》月刊440期（2022年6月號）。

從「小說青年培養皿」到「文學青年培養皿」

國藝會長年辦理長篇小說創作發表專案，鼓勵優秀的臺灣長篇小說創作。2017 年起深耕校園，推出「小說青年培養皿」專案，鼓勵多校教師組成教學社群，站在課程自主、教學自主、學習自主的立場，促成共備分享、校際交流。2023 年以後擴大辦理「文學青年培養皿」，持續媒合文學環境與教學環境。承蒙陳育萱老師介紹，我的「成長小說閱讀推廣企劃」課程加入了「小說青年培養皿」，因此激發出更多的學習能量。前一小節的文學對話錄就是這個計畫的呈現之一，原文出處請參考附錄（一）連結。

另外，也推薦參考附錄（二）國藝會「長篇小說專題」，其中張俐璇老師的研究專文以及何孟學導演的影像紀錄，完整呈現了「小說青年培養皿」的脈絡與階段成果，對小說教學很有啟發。

附錄（一）

附錄（二）

透過國藝會「小說青年培養皿」，彰化高中、苗栗高中，萬芳高中、北一女中、師大附中、建國中學等多校學生參與 2019 台北國際書展，暢談新世代的文學觀

透過國藝會「小說青年培養皿」，教師跨校社群在陳麗明老師的邀集與主持下，暢談小說教學的經驗（左起：建國中學吳昌政、彰化高中陳育萱、萬芳高中吳慧貞、北一女中陳麗明、師大附中黃麗禎、苗栗高中黃琇苓、北一女中高誌駿）

高二的最後一堂課：《一九八四》

離開教室之後，我才意識到那是這學期（107 學年第 2 學期）最後一堂國文課了。那堂課是《一九八四》（董樂山譯，志文，2009）的閱讀評量，在 6 月 25 日，也是作者喬治 ‧ 歐威爾（George Orwell，1903-1950）的生日。我記得那是喬治 ‧ 歐威爾的生日，但沒有想到那是高二最後一堂國文課，直到我離開教室。我其實滿喜歡這種結局，共享著一份理性的省思與關懷，而不是任氾濫的感動與激情載浮載沉。

這學期的課程主軸是《大學》裡說的「在明明德、在親民、在止於至善」，以古文選讀為主，依序談人與自我（關於自我認識）、群己關係（關於人倫互動）以及政治（關於公共生活的秩序）三項主題。搭配著政治那項主題，要求學生閱讀《一九八四》。我們定義的「政治」不是「管理眾人之事」，而是與每個人都相關的公共生活，群體秩序如何建立與維持。選用來貫穿這個單元主題的核心概念是「說服」，從古希臘亞里斯多德的「修辭學」提出的三項策略出發，朝向民主社會中公共概念的建立與議題交流，思考說服的必要與功能、情境與策略等等語用向度。

從五月以來，一系列國內外事件令我不

安與深思，那些事件與課堂上閱讀的《威尼斯商人》、〈李斯列傳〉、〈燭之武退秦師〉和〈與陳伯之書〉竟然形成了巧妙的呼應，文獻文本、歷史文本與現實世界文本三者相互滲透成文。我不確定學生是否感知得到，但這一個多月以來我確實是帶著驚奇感，享受著同時作為「寓言」以及「預言」的國文課，儘管我異常地焦慮不安。

我不安之處在於，自己的教學究竟有沒有辦法讓學生直面現實人生？那可不是考試獲得高分與校園家家酒一類的事情。學生高中畢業就算成年了，學校的教育真的有給他們足夠的裝備去應對未來的世界嗎？我跟學生說，當個現代人並不容易，比歷史上任何時期的人類都更困難，我們需要更多的智識與努力，幫助我們理解、參與世界，如此才可能找到自我的定位，否則很容易隨波逐流、任人擺佈，還自以為做主。

我知道這對現在的學生而言很難，某種意義來說他們都是目前教育下的犧牲品。當然這是一段漫長的歷程，很多大學畢業生也難以做到，但學校教育應該更加把勁，否則對於學生與社會而言都不算盡到責任。每年六月會引起若干討論的法國哲學教育，用意之一也就是培養出民主社會需要的公民，能獨立思考判斷與行動，特別是站在票匭前履行公民投票的時候，能做出理性的選擇。那樣的選擇必須能夠保護得來不易的民主與自由。有趣的是，好的小說反而能促進現實中民主與教育的發展。

學生即將面對升學考試，與此同時，知識與學習的「異化」也將愈趨劇烈。我的焦慮之一便是在學生的腦袋即將被升學考試的壓力填滿之前，讓他們對於「民主」與「自由」有所反思，而不是視為廉價的、可有可無的贈品。這不是「公民老師」的責任，而是每一位「身為公民的老師」以及「要培養學生成為公民的老師」都應該肩負的責任。

民主不是光被享受的贈品，而是一連串努力之後的成果。為了護守這樣的成果，並且讓他健康長大，其實要承擔很大的責任，其中包含相當的學習與實踐。由於個人的氣稟所限，我比較屬於、也比較擅長從概念上加以引導。

讓學生讀《一九八四》，主要的目的就是藉由認識（政治）「極權」去反省它對反面的（個體）「自由」。以目前的社會、國家型態看起來，個體真正的自由很難脫離政治而實現。當然，《一九八四》也逼使人去思索，在書中那樣的極端環境下，人性、文明與政治的基本問題。如果文學教育有什麼任務的話，這一定包含在內。文學的公共性絕對不只是抱團取暖，一起吃飯喝酒、懷舊抒情，而是凝望共同的記憶與願景，無論那令人感到溫馨或者股顫。

原本計劃用三節課，分別討論書中的三個部分，結果只能勻用出兩節課來驗收閱讀成果，先了解學生們的想法，作為未來進一步討論的基礎。

小說測驗的第一題是檢測學生文本熟悉度，並且能連結書中內容與國文課的授課主題。第二題可以三擇一回答，希望看到比較整體與有深度的理解。

如果只是「讀完了」、「考完了」，而沒有後續討論，沒有不同觀點的激盪，並不是我心目中理想的教學，也可惜了《一九八四》這樣精彩的作品。這次留下的遺憾，希望來年能夠滿足。

《一九八四》期末試題

107-2《一九八四》期末測驗　2019.06.25

試題共兩題，作答時間 2 節課。可以參閱小說。不可使用其他參考資料與工具

一、自行挑選一個書中的場景，想像你是某一個角色 A，要向另外一角色 B 進行「說服」，這意味著在讓對方有選擇機會的前提底下，自願接受你的提議，從而改變他的情緒、觀念或者行為。你的回答要分成兩部分，第一部分先說明你挑選的場景、角色與說服目的；第二部分才是你的說服稿，說服稿中必須要運用課堂上學習到的說服策略。兩部分的長度不超過作答稿紙的一面。

二、以下三題任選一題作答，篇幅不超過一面稿紙。

（一）接續前一大題，轉而從原本設定的角色B「被說服者」立場，反駁角色A的說服，並且進行反向的說服。

（二）讀完《一九八四》，如果你是老師會如何設計閱讀這本書的閱讀活動與評量活動？請說明你的見解，並且加以解釋。

（三）請以「《一九八四》的三個關鍵詞」為題目，寫一篇文章，評介這本書。

我常在想，某些作品之所以被稱為經典，或許是以一種凝練的形式，呈現了生命的可能與限制——可能是從某個時空片段的實然讓人窺見典型的生命樣貌，可能是透過想像與虛構，嫁接到人心與歷史之間的經絡。或許還有很多種可能。如果未曾在美好而且關鍵的歲月中，引導那些尚屬溫柔、又晶瑩剔透的靈魂去碰觸這些重要的價值，或者退一步說，至少意識到那些身而為人的條件，我會覺得羞愧，覺得對不起良心。

當年初讀《一九八四》，重心放在書中對於極權世界的描繪，帶著一種獵奇的心理，想要尋找歷史的隱喻。而今覺得它在文學上的表現也極為出色，在預設的思想控制的世界裡頭，埋藏著浪漫的信仰，如果只視之為極權政治的寓言，顯然不夠全面。

閱完學生的答案卷，我也受到很多啟發，竟有點躍躍欲試地期待下一次的教學。

空橋上的少年：獻給長大之前的我們

（一）作家的小說課

2020 年 3 月 20 日邀請到我高中同學蔡伯鑫來學校談他的小說創作《空橋上的少年》，為四月以後「小說與哲學」課程暖場。

若不是經他提醒，我幾乎忘記今日演講的場地「博學講堂」是昔日的蒸飯間。以前教室還沒有蒸飯箱，輪到當值日生，就要負責抬便當，需要進出這所蒸汽與飯香四溢的空間。（回憶中已逝去者都是香的？）今天的空氣則是帶有消毒酒精的氣味，因為學生遵照導師吩咐，在眾人進入前已經先擦拭、消毒了演講廳所有座椅。

伯鑫用兩個經典的哲學問題貫穿這場演講，同時揭示小說的核心關懷：我是誰？我（們）要去哪裡？

伯鑫的演講課一如他的作品，很講究形式與內容的搭配。如果忽略了形式與結構，只看（聽）片斷詞句的話，就無法理解他的用心。我特別留意他在投影片轉換時，思路與語言如何同步銜接、轉折。就如同他的小說中，雙線情節如何承接、遞歸與呼應。

他選擇用雙線對照的方式介紹故事內容，難度很高，但清晰準確。我有點狡猾地旁觀，他如何走繩索一般地提示出故事大綱情節，引誘聽眾一探究竟，又不會因為洩漏太多內容而導致聽者喪失閱讀的興致。

講到理論性比較強的內容，就像搭飛機升上高空，一開始會難以適應，但一下子也就習慣了。我不擔心學生的適應力，畢竟他們平常聽我「打高空」慣了。我之前跟伯鑫說，希望不只是講故事而已，要提供一些思考觀點，作為理解文本的工具。這些（無論叫作哲學與否的）觀點，是提升理解能力與增長知見的關鍵。現在用來解析小說文本，一旦文本擴大成為生活世界，照樣可以相通。

伯鑫主要跟同學談「後現代」心理學，尤其著重在「對話」作為主體及意義生成的重要地位。晚餐一起吃印度咖哩的時候，他說「後現代」這個詞彙在原先的宣傳文案中被拿掉了，而這個詞恰好也是課後數名學生圍著他問問題的焦點。我在邀請他演講的時候，出了一道難題，希望他介紹《關係的存有》一書中的核心概念，沒想到他竟能四兩撥千斤而又不失準地回答。

他在這個脈絡下結合文本片段，簡單談了「真理的知識」、「語言與互動」、「批評與好奇」、「主體／客體／互為主體」、「基進的存在」（radical presence）、「洞見與解決」、「意義與行動」、「界線／曖昧」、「單一／多元」等概念。這些概念自然是沒有辦法好好發揮論述的，但已經達到開展見識的作用。我期待這些人文社會領域的詞語，至少能像標籤好的瓶子，在未來注入豐富的內容。

這堂課很有意思的地方在於，伯鑫講述故事以及展開論述，並沒有給聽眾一個「實線畫出的圓」，而是用虛線，敞開自己，保持開放與對話的空間，邀請聽者進入。這樣的表述策略跟小說的旨趣顯然符合。

（二）我是誰？我（們）要去哪裡？

小說以「旅遊」與「成長」的雙線情節，回應「我是誰？我（們）要去哪裡？」這些亙古大哉問。故事中，敘事者（也叫「蔡伯鑫」））不避諱流露出生命根本問題的迷惘與徬徨，這點看來，「人生勝利組」的他其實就是那名憂鬱懼學而「邊緣」的高三學生張朋成。他們表面上的社會階層、生活情境固然有別，真實裡的存在狀態卻是雷同——用伯鑫演講時的說法，他們都被一層「殼」包覆著，感覺比較安全卻保持噤默，無法與其他人交流。一言以蔽之，整個故事其實就在敘述自我的主體性如何作為一種關係的存有，從迷惘失焦，到真正的對話，從中建構意義。我不清楚座位上的那些高三學生們此時是否有所共鳴，但幾乎能夠斷言，那樣子精神上的封閉與隔離，是每個人都會面對到的生命功課。

這本作品在寫作上展現的是「素人」風格，有些文學質素，但很多地方說是拙滯也不過分。如果轉換閱讀視角，從非虛構作品的角度來看，更容易被他那種文學風格的樸拙真實打動，這點在成長線尤其明顯。更難得的是，這部作品從現代臺灣的時空脈絡出發，嘗試透過精神治療書寫，提出對於生命根本問題的觀察與反思，使得這本作品與歐文亞隆（Irvin D. Yalom，1931-）的知名類似作品相較，仍有不可取代之處。

進一步，從「治療者」與「被治療者」互為主體的關係中，作者其實試圖解構單向度的身分／權力關係。這樣的解構卻不導向虛無或者反社會，與此相反，反而撐開了兩重的反身高度：其一是從一名寫作者出發，與自己的著作達成互為主體的關係；其二是作為一名醫者，透過治療以及書寫實踐，與個案達成互為主體的關係。這樣的創作意圖或許還有超越創作的更複雜的層面，比如伯鑫說他不僅想成為「醫生作家」，也想當一名「作家醫生」。我自己則是受到書中誠實的心靈與一分醫者仁心所感動。

課程最後，我忍不住要他解釋書中重要的「曼陀羅」意象以及「關係的存有」之間的關係，我認為這是理解這本書最關鍵的鑰匙，硬是要他說清楚。但我說不清楚他又是怎麼高明的用虛線回應這個問題。

等到伯鑫與同學們移師講堂門外繼續答問，我只覺得室內消毒水的味道淡了，而長大之前的二十多年，那股蒸汽與飯香竟不知從何處飄來。

（三）課堂之外的故事（轉貼自 2020.05.09 蔡伯鑫臉書）

前陣子連續兩週在結束門診後，開車趕往建中，旁聽我未曾同班的高中同學兼我寫書的恩師吳昌政一手規劃的「小說與哲學」課程，分別聽了劉定綱講《動物農莊》，與陳昶志講《金閣寺》。

照昌政給我的說法：「哥聽的不是課，是青春。」

某部分來說，那句話還真的是非常真實（笑）。坐在硬邦邦的木頭課桌椅，電風扇在天花板上百無聊賴的旋轉，像是與二十多年前沒什麼改變。但同時，講師們分享的內容，對我而言又是那麼新奇而充滿啟發——說來有些汗顏，即使長了二十多歲，這些東西我好像並不真的比身旁的高三生們多懂多少。

噢，當然更汗顏的，是我在三月時就帶著自己那本《空橋上的少年》，過來在講台上和學生們分享過關於書裡、書外與後現代哲學的種種，並作為系列講座的開場。（天哪，那整個系列的書目可是滿滿的經典啊！）

昌政一開始邀我加入時，他解釋說，他希望給學生們「一些思想來裝備自己」，不只是說書，也不那麼是文學，而是在結合相關的哲學思想文本後，引起學生進一步閱讀小說與思想文本的興趣，帶來觀點的啟發，並又回到「生活文本的運用與洞察」。他還說：「讓學生也看到你的人。人與作品是一起的……讓他們認真的聽。」

我不知道那天在講台上的我做到了多少，是否有些什麼真的被聽見或者看見。但至少能確定的是，當我坐在底下，我是那麼享受那個時間——而且不只是因為在緬懷過往。

長大以後的我們，究竟打造了什麼樣的未來呢？

專題式學習：成長小說推廣企劃

這篇短文想與大家分享106學年第二學期高一國文課進行的「成長小說閱讀推廣企劃」的教學活動。這項教學設計試圖結合兩個學習區塊：其一是閱讀「成長小說」的，其二是採用「專題式學習」（project-based learning）的精神與策略。

為什麼選擇「成長小說」為閱讀主題？在閱讀的過程中，學生彷彿置身在不同的生命情境當中，可能是重新溫習自己的生命課題，得以反觀自省，自我成長；也可能是預演未來的生活，看見個人與更大的世界如何在更複雜的社會之網互動牽連。從這個角度出發，小說（尤其是長篇小說，包含戲劇）在語文教育或者文學教育中都應該扮演舉足輕重的腳色。這個活動的選書也不盡是要選「經典」，而是希望能與學生成長的時空環境更接近一些。

什麼是專題式學習呢？根據國家教育研究院的說明：專題式學習利用高真實性的內容、真實性評量、學習者導向的學習活動，提供學習者擬真而複雜的專題計劃與引導問題。學習者不僅合作進行探究與問題解決，並以具體的作品呈現其學習結果，培養專題管理、研究、資訊組織、呈現與傳達、自我反思、團體合作與資源工具應用等多項能力，以及主動參與的學習精神。

這項課程期待學生養成怎樣的能力呢？1. 閱讀指定文本，深入瞭解文本的內容與特色；2. 企劃、組織與團隊合作的能力；3. 結合真實情境，應用語文的想像力與實踐力；4. 運用公共媒體，面對社會大眾傳播自己的想法；5. 連結社會真實情境，了解知識如何生產、傳播、接受。

課程如何進行？對學生有怎樣的要求呢？首先，學生要從推薦的六本成長小說中任選一本閱讀，包括：《徬徨少年時》、《花開時節》、《福爾摩沙惡靈王》、《向光植物》、《邊城》、《台灣成長小說選》；其次，學生要分組撰寫閱讀推廣企劃書，企劃活動中必須包含運用網路平台並且設計至形式不限的推廣行銷活動；第三，期中要報告企劃書構想，而期末要進行成果發表，呈現活動執行情況與自我評估與反省；最後，整個活動佔一次期中考分數，評分重點包含：企劃書、企畫內容、企劃執行效果、口頭報告與同儕互評。下方右邊的三個連結，是學生期末發表的錄影。

更完整的課程說明、執行細節、影像紀錄，以及學生的成果展現，請參考底下最左側的連結，原始出處是臉書的粉專「故事：高中國文365」。讀完這些資料，你想不想也仿照這樣的課程課計思路，替學生設計專題式課程活動呢？

成長小說閱讀推廣企劃

《向光植物》推廣企劃

《花開時節》推廣企劃

《福爾摩沙惡靈王》推廣企劃

小說與哲學：《異鄉人》、《鼠疫》

（一）哲學教授導讀《異鄉人》

2020年3月31日，星期二，我邀請中央大學的黃雅嫻老師來高三班上導讀卡繆（法語：Albert Camus，1913-1960）的《異鄉人》與《鼠疫》。演講一開始雅嫻老師建議同學一定要去讀作品，只聽別人介紹或者評論，無法取代閱讀體驗；甚至書前的導讀、評論什麼的，也不急著先看。隔天我問同學，聽講之後有沒有激起更大的興趣找書來看，好幾位學生果決舉手。

每本書導讀的時間只有兩節課，在這麼限縮的時間中，雅嫻老師的導讀策略是以故事的情節發展為經線，角色性格、人物關係、象徵意義等等為緯線。講述中，她特別強調小說中某些重要的細節，這些細節可能涉及到作者未曾明說卻關鍵的意涵，足以作為理解角色與文本的關鍵，也包含著特別值得關注的哲學概念。

雅嫻老師認為《異鄉人》的哲學性比《鼠疫》高。她在大學導讀過很多次《異鄉人》，對文本內容以及如何引導學生進入文本都很熟悉。

小說閱讀引導提問

第一部：

1. 第一人稱的小說，帶來視角上的限制，試述第一部中主角與每個出現的人物交往，從中得出的主角性格為何？
2. 主角在母親葬禮時，最後不想看到母親最後一面，你如何看待這一行為？
3. 主角認為「去哪裡生活都一樣」，這是不思進取，還是他隨遇而安？兩者有何不同？
4. 主角為何在射殺阿拉伯人時，開了一槍之後，又連開四槍，這意味著什麼？

第二部：

1. 主角為何對自己將死毫不關心，反而關心起斷頭台的機制？
2. 此書一共有五樁死亡事件，試比較之？
3. 神父試圖讓主角懺悔他的罪，何以主角拒絕？
4. 此書最後，主角反而希望他上斷頭台時能有民眾來觀看，越多越好，這意味著什麼？

隔天同學繳交了聽講筆記，我也轉給雅嫻老師看。她說一位同學抓得非常準確：「本書的主角莫梭，充分顯示我們對人生應保有的尊重與追求，他始終忠於本身，使其即使面對死亡仍無遺憾。」另外她也稱讚一位同學有反思能力，知道自己過去的盲點在哪裡。那位同學是這樣說的：

> 在讀完《異鄉人》後，內心最大的疑問是：一個人有可能如莫梭一樣，將一段關係只簡化到情慾而不相信愛情與婚姻的概念嗎？但在聽完講者對於莫梭對其媽媽的感情深度的解釋後，我發現自己第一次讀時僅認為他是一個信仰自然與根本慾望、僅在乎當下

的快樂主義者，而忽略了他的情感深度，過於簡化地把不相信愛情的社會概念等同於只剩情慾。

很多同學在聽講之後，也提出來一些頗具哲學性的問題，像是：

1. 世上存在一群人為了權力、信仰而掩蓋了真相，為何明知是錯的，卻無他人勸阻、禁止？

2. 莫梭因為種種不合世俗的行為而不受諒解與尊重，但支持莫梭就一定是正確的立場嗎？若人人像莫梭般「不受控制」會怎樣？

3. 有沒有可能按照自己的原則下做事而同時不被社會誤解？

（二）《鼠疫》導讀

導讀《鼠疫》的時候，雅嫻老師先將整個故事的結構大綱提出來：城市與死亡—分離—對抗與合作—幸福的想望—尾聲。然後依情節發展導讀全書，著重在七位角色的性格與抉擇。

這本書提出來的問題是：面對毫無出路而且死亡潛伏在側的封城絕境，人如何生活？如何面對時間？如何面對死亡？如何合作對抗惡的發生？如何面對生命的「荒謬」同時不放棄愛與救贖？書中說瘟疫的本質就是不斷的重來，又說要對抗瘟疫，唯有「正直」（盡自己的本分）而已，其實就表現出（卡繆的）存在主義面對生命的基本態度。

導讀之後的問答時間，有同學對於潘尼祿神父的觀點特別感興趣，很納悶為什麼他要人愛瘟疫，說染病的人不必接受醫學治療，而同時又不是要所有人都刻意去染病，這中間有沒有矛盾？宗教和醫學之間的衝突有可能解決嗎？雅嫻老師解釋神父代表著基督宗教的生命觀，上帝的懲罰與上帝的愛都必須無條件接受，面對神的旨意，人應該放棄小寫的自我（個人），服膺於大寫的自我（上帝）。而卡繆是無神論者，他不會服膺「宗教的律法」，而認為人應該要憑藉自身去對抗生命的荒謬，這是存在的意義。

雅嫻老師一開始就說自己熱愛哲學，非常熱愛。下課之前，她說哲學帶給她自由。我很希望學生記下這句話，暫時不懂沒關係，但是存放在心裡，慢慢去玩索體會。

以下節錄幾位學生的心得感想與疑問：

1. 這場演講著重於對生命的意義的探討，而我對生命這個詞，並沒有很深的感悟，因此這堂課算是一把鑰匙，讓我從哲學的位置思考這個問題。

2. 從小說中，能與現實的疫情產生連結。宗教與醫生之間的拉扯矛盾，也能反映到疫情擴散的今日，究竟何者更值得相信？及我們能從這場疾病大流行中學到什麼並成長？

3. 在一場瘟疫中看這本《鼠疫》，令我有許多感觸。面對一個必須團結對抗的某股「邪惡」，無論它是肺炎抑或極權，「邪惡」也同時影響著我們。在此情況下，究竟是應封閉自己，試圖保存自己本來的意義，或者打開心懷，接受他對我們的改變呢？

（三）聽講筆記

為了幫助（逼迫）學生更用心聽講，學習成為一名「批判性的聆聽者」，同時也給予講者適當的回饋，學生們要完成簡要的「聽講筆記」。這裡說「回饋」講者，是想讓學生知道，任何健康的社會語言行為都是互動性的，講者提供了觀點與引導，作為聽者也有回應的責任。這樣的責任不僅是基於學生身分，更是出於「聽者」身分。我會將學生的筆記與回饋提供講者們參考。

儘管這學期的成績分數已經不影響升學，但作為課程的安排，我仍必須保留某種形式的評量標準與評量依據。很開心的是，許多學生在缺乏分數威脅、利誘的情況下，也願意完成聽講筆記。他們足以為此自豪。

聽講筆記的基本要求

1. 基本訊息：寫下這場演講的主題、講者，以及時間、地點。
2. 重點筆記：請用自己（未來）看得懂的方式，紀錄你所聽到的重點，或者是感興趣的內容，將內容摘要寫在左邊的欄位。右邊的欄位可以寫下你自己的疑問、異議、例證或任何可連結的訊息。
3. 提問：針對演講的內容，向講者提出一個你想要釐清或者進一步深究的問題。
4. 總結與反思：請用一段話總結你心得感想。拜託，不要寫沒有自己思考的陳腔濫調。

國文課的哲學思考

> 這本書分成四個部分。輯一從我意識到的教學問題開始談起，包括國文教學以及班級經營，乃至整個學校作息，然後從這些問題討論哲學教育的重要性。輯二是我的實踐與心路歷程，呈現我主觀上遇到的困境，以及推廣哲學所遇到的挫敗。輯三是訪談學生與教師，希望能了解他們在學習與嘗試推行哲學後的想法。輯四說明我如何將哲學教育與目前的國文課堂結合，這部分不是教案，而是在概念上的轉換，讓古典文學能在現代發揮意義。（節錄自江毅中《暫停抄寫：高中國文課的哲學》，開學文化，2020，頁 21）

我不認為這本書中描述的「教學問題」是由於哲學教育缺失所致，也不認為哲學教育能夠解決那些問題；我不認為國文課的文本都能與哲學結合，也不認為古典文學要在現代發揮意義就需要與哲學結合。但我覺得這本書用一種哲學的眼光描述、批判教學現場，並且用哲學概念介入國文課，全書充滿誠懇反思的筆調與知識轉化的實踐，這對國文課而言非常有啟發性。國文課裡頭的「文化基本教材」與「文化經典」，原本就有很值得挖掘的哲學能量，足以發展哲學課程。或者退一步說，國文課不用「教哲學」，只要國文老師們能「哲學地」教國文，這樣的國文課也就有了哲學的內涵。

1082「小說與哲學」聽講筆記

一、基本訊息：寫下這場演講的主題、講者，以及時間、地點

異鄉人　　325 教室
黃雅嫺　　3/31 下午 1:00 ~ 3:00

二、重點筆記：請用自己（未來）看得懂的方式，紀錄你所聽到的重點，或者是感興趣的內容，將內容摘要寫在左邊的欄位。右邊的欄位可以寫下你自己的疑問、異議、例證或任何可連結的訊息。

左邊的欄位	右邊的欄位
莫梭不願見母親最後一面 透過家中擺設回憶與母親的過往 無法精確回答母親年齡 因沙拉馬諾失去相依為命的狗而想起媽媽	顯示他看似冷血，事實上只是他對母親的愛不被外人所見。
沙拉馬諾對狗的愛外人無法見到	
審判中都沒重視其殺人行為，反而追究其對母親冷淡的行為	批判世人盲目尋找他們「滿意」的答案，而非事件真相
三法：(1) 自然法 (2) 律法	
莫梭的行為受到天氣、自然的影響	
無遺憾、坦然地面對死亡	對忠於自己感到高興，拒絕宗教的幫助。

三、提問：針對演講的內容，向講者提出一個你想要釐清或者進一步深究的問題：

世上存在一群為了權力、信仰而掩蓋了事情的真相，為何明知是錯的，卻無他人勸阻、禁止。

四、總結與反思：請用一段話總結你的心得感想。拜託，不要寫沒有自己思考的陳腔濫調。

本書的主角莫梭，充分顯示我們對人生應保有的熱與追求，他始終忠於本身，使其即便面對死亡仍無遺憾。最後感受教授的分享，使我有機會接觸這本書。

《異鄉人》聽講筆記（學生作品）

（四）聽完演講之後

這兩本書我都很喜歡，其中《異鄉人》曾經跟著郭強生老師在「敏隆講堂」逐句逐段讀了好幾個禮拜。在當時的生命處境下中，《異鄉人》給了我非常有力的啟發與慰藉。郭強生老師給我們讀一篇卡繆的文字，指出莫梭這個人只是拒絕說謊，拒絕對自己不誠實，不想跟著大家玩同一場遊戲（does not play the game）。我在北藝大舞蹈系帶先修班學生讀這本書，他們也非常喜歡。

相對於《異鄉人》情節單純，直接將人帶入主角的生命情境與內心世界，《鼠疫》則是一本企圖心宏大的作品，設計一個極端的情境，來隱喻生命的不同樣貌與可能性。

雅嫻老師演講的隔天，我先跟學生簡介了一般對於「哲學」的看法有哪些，包含哲學的界說、特質、分支等等。然後舉出一些「哲學問題」，那些問題引述自《大問題：簡明哲學導論》（北京清華大學出版，第十版）。這個月「小說與哲學」的課程，所導讀的作品或多或少都在回應這些基本的哲學問題。如果要比較寬泛地界定「哲學課」的內涵，我認為是先意識到「哲學問題」，知道別人提出了怎樣的回答，然後自己加以思索。當然我不會說自己在上「哲學課」，我是在上國文課、在教小說，只不過現代小說有非常多的哲學成分，不用概念語言陳述哲學命題，而透過真實情境的人物活動來呈現哲學思考。

不只是西洋哲學作品或者小說，我們國文課的文本也有很多在回應各種哲學問題，裡頭有豐富的哲學性，只是側重點或者濃度不一而足而已。國文課文本中的哲學意涵，很值得提煉出來，而且不必然需要嫁接西方哲學的論述，只須要用哲學的眼光與思維加以詮釋，就可以說出那些未被明說的，深刻精彩。輕忽中國古典文本的哲學性，以及那種哲學性的原生特質、發展脈絡，卻想要搬移西方哲學的山進入國文課，很有可能兩者皆空。相對地，國文老師如果具備基本的哲學知能，就更能夠將那些內涵自然而然地帶入國文課堂。這倒未必要說成「跨領域」，而是國文學科的知識領域原本就包括了哲學思想的內涵。

為了讓學生更清楚如何連通哲學與小說，我節錄了 Richard Tarnas《西方心靈的激情》（王又如譯，台北：正中書局，1995）書中論述現代人困境與存在主義的段落，指出存在主義的背景以及關注的核心問題，這可以從另外一個角度來幫助他們理解卡繆的小說。我也推薦學生閱讀很好看的《我們在存在主義咖啡館》（Sarah Bakewell 著，江先聲譯，商周，2017），這本書立體地呈現了當時思潮的時代背景，以及其他眾多存在主義思想家的觀點。加碼推薦臺灣哲學教授紀金慶的《偽理性》（財經傳訊，2019）。

卡繆除了小說創作，也有重要的哲學論述。他是自覺地經營小說以傳遞哲思概念。我節錄了《薛西弗斯的神話》（嚴慧瑩譯，大塊文化，2017）與《反抗者》（嚴慧瑩譯，大塊文化，2017）的段落，從這些觀點，也可以回去討論《異鄉人》與《鼠疫》：

> 面對人類本身的非人性而感受到的不安，面對我們自己而感受到的無法估量的挫折感，也是荒謬。（《薛西弗斯的神話》）

> 他隸屬於時間，驚恐地發覺時間是自己最邪惡的敵人。應當全力拒絕明日來臨之時，他卻企盼著明天。這肉體的反抗，即是荒謬。（《薛西弗斯的神話》）

> 在荒謬經驗中，痛苦是個體的；一旦產生反抗，痛苦就是集體的，是大家共同承擔的遭遇。反抗，讓人擺脫孤獨狀態，奠定人類首要價值的共通點。我反抗，故我們存在。（《反抗者》）

我很喜歡卡繆自己寫的一段話，用來當作「小說與哲學」導讀課程的引言，也非常精準妥當：

> 某些偉大的小說家選擇以意象而不是論證寫作，這個事實透露了一個他們都共同接受的思想，那就是堅信所有解說原則的無用性與感覺印象的教育訊息。（《薛西弗斯的神話》）

最後跟學生們分享卡繆獲得諾貝爾文學獎的致詞：

> 我們必須朝著真理與自由前進，雖艱辛卻充滿決心。在這漫長的道途上，會感到疲憊和退縮，然而我不會忘記陽光和活著的樂趣，以及我成長於其中的自由。

不曉得他們會不會回想起，前一天雅嫻老師也說哲學使她自由？

契訶夫《海鷗》：關於幸福與自由

我認識契訶夫（Anton Pavlovich Chekhov，1860-1904）是從短篇小說〈悲傷〉（Misery）開始。那應該是在大一的文學概論課吧，方瑜老師上課提到，我下課就去找來看。

真正接觸契訶夫的戲劇，是 2017 年朋友邀我去澳門藝術節觀賞冰島劇團的《海鷗》改編演出。為了進入戲劇世界，演出前後翻讀了好幾通劇本。奇妙的是，那次的舞台演出的驚艷感猶存，細節幾乎都忘記了，對於原作的印象卻越來越深刻。

原本以為今年春天能在櫞花文庫的安排下跟著丘光老師一起細讀他翻譯的《海鷗》（櫻桃園文化，2020），可惜因為疫情而暫停，於是希望在「小說與哲學」的課程中安排一場。與其說是為了學生，不如說想要自我滿足。

（一）翻譯者導讀《海鷗》

2020 年 4 月 8 日，丘光老師蒞臨建中談《海鷗》。丘光老師簡介醫師作家契訶夫，說他是世界短篇小說大師，又創新了戲劇里程碑，能從日常生活的平凡細節創造不朽的作品。契訶夫作品的主題經常圍繞著人生的永恆困境，而貫穿契訶夫創作的軸心問題便是「如何過真正的生活」。背後隱含著：你要的是自己的生活，還是別人要你過的生活？這個問題對於現場的高三學生來說（他們正準備升學備審、面試、二階考試），毫無疑問是切身而且有重量的。

這堂課想要從「幸福」與「自由」的角度，談《海鷗》如何回應「如何過真正的生活」這項哲學問題。

我很樂意記下丘光老師是如何開始這趟文學與思想的旅程，這種「古典」品味的人文學進路實在合我胃口。他播放了烏克蘭一處東正教教堂的鐘聲，藉由那樣純淨而又富變化的聲音（其實還有敲鐘人舞蹈一樣的姿勢），引導大家進入到俄國文學。他察覺到黑板上留下了前一堂課微積分的板書，沒叫人擦去，只慢慢地說音樂就是數學。

然後丘光老師要大家仔細看投影片上的畫，那是列維坦（Isaak Ilich Levitan，1860-1900）的油畫〈晚鐘〉。列維坦是契訶夫的朋友，兩人互相影響。看到同學沒有立即的反應，丘光老師說閱讀一幅畫可以讓你們有想像力，想像力可以讓一切日常的東西變得不一樣，讓人的感知能力提升。

他說這幅畫可能在傳達「幸福」。契訶夫的作品就是要談這樣的主題：人的意志是追求幸福的力量。然而人總是想像美好，卻踏不出勇敢的一步。讀契訶夫的作品，能讓我們探測到自己嚮往什麼地方，同時探測自己的意志力有多強。

於是他問學生什麼是「幸福」。

S1：在互動中安心，沒有壓力。

S2：心裡快樂、滿足的感覺。

S3：意識到需求正在或已經被滿足的感覺。

S4：認知到自己還活著，享受生活的每個時刻。

S5：對未來抱持希望，儘管有壓力，但也能踏實前行。

丘光老師又舉了幾個生活中的例子。他曾經在便利商店中聽兩位年輕人對話，從對話中知道，彷彿開名車就是自由；達賴喇嘛認為物質上的滿足不能帶來真正的自由，自由是精神上的滿足，因為物質性的事物會消失、或者被別人剝奪。每個人想要的「幸福」不一樣，沒有必要反駁別人的定義，因為人生要自己活。真正重要的問題是，怎麼樣讓自己更靠近幸福。

關於「自由」，有位從隔壁班跑來旁聽的同學說：「自由是無礙而且認知到自己是無礙的。」這真是很精闢而且耐咀嚼的見解。丘光老師引述了康德的看法，說自由是不會因為受到另一個人的關係而讓自己不能行動。自由是做自己的主人，貫徹自己的意志。在各式各樣的自由中，無論想追求哪一

小說與哲學

這系列導讀課程，希望藉由導讀小說，讓學生對於哲學問題，尤其是關於生命存在意義的哲學問題，更有敏感度。哲學提供了剖析小說的觀點，而小說勾畫了哲學發生與實踐的生命情境。我非常感謝以下幾位師友學生應邀來導讀小說與哲學：蔡伯鑫導讀《空橋上的少年》、黃雅嫻導讀《異鄉人》與《鼠疫》、紀金慶導讀《百年孤寂》與《變形紀》、朱宥勳導讀《桑青與桃紅》、丘光導讀《海鷗》與《伊凡伊里奇之死》、黃敏原導讀《香水》、何儒育導讀《玫瑰的名字》、劉定綱導讀《動物農莊》、陳昶志導讀《金閣寺》、黃立元導讀《分崩離析》、王慈憶導讀《水神》、《流浪者之歌》。

丘光老師引導學生讀劇

種，都要明白：自由必須奮鬥才能獲得。

在《海鷗》這齣戲劇中，妮娜就是透過了自己的意志與奮鬥，獲得她追求的幸福與自由。

進入劇本導讀。丘光老師藉由人物情感關係圖，說明劇中角色的身分關係與情感關係。所有人都在戀愛狀態，但一半是單戀。

這齣戲劇有四幕，如一部四樂章的交響曲一樣。四幕的開場角色都是管家的女兒瑪莎，她總是穿著黑色的衣服，「這是為我的生活守喪，我很不幸。」開場的對白點出幸福的主題，也讓我們看到大多數人的狀態，是不滿現況，感到不幸，但並非真正有力量、有決新跳脫矯情而無力的自我哀憐。

最後自殺的年輕劇作家特列普列夫，有很強的生命慾望或者說意志，他認為沒有創新就不如什麼都不要。這種念頭很強大，但是也很可怕，有純粹崇高的熱情，但是不切實際。不夠深厚與寬容，會傷害自己與別人。這樣的念頭一旦沒有節制地擴大，就會自我毀滅，正如他在幕終所為一般。

丘光老師分析每幕劇的情節主題，並且精選了幾句對白，讓同學練習讀劇。讀完之後他再簡要分析。

兩節課中間的下課 10 分鐘，他播放 2016 年譯作出版時的一場讀劇活動，當時邀請郭強生、郝譽翔、謝哲青等人擔綱讀劇。這影像精彩而珍貴。

課堂讀劇的時候，同學一開始不敢主動，但是一上了台，戲感來了，自己會將情感注入聲音當中，搭配著劇本舞台指示做出表演，甚至自動走位，加入眼神、表情、手勢，一人分飾兩角演出第三幕的吻別場景。

我最感動的是第四幕最後，私奔去追求演員之夢的妮娜與特列普列夫久別重逢。同學的讀劇表現，很能投入，讓我雞皮疙瘩。

《海鷗》第四幕（節錄）

妮娜：現在我真的不一樣了...... 我想著想著感覺到，我的精神力量一天天成長茁壯...... 科斯佳，我現在知道，也了解， 我們的事業——無論我們是在舞台上表演或寫作，都一樣—— 重要的不是榮耀，不是出名，不是我所夢想過的那些東西，而是要能包容。你要能扛起自己的十字架，並且要有信念。我有信念之後，就不那麼痛苦了，當我想到自己的使命，就不再害怕生活了。

特列普列夫 ：（悲傷地）您找到了自己的出路，您知道要往哪裡去，我卻仍舊在夢想和想像的混沌之中奔波，不清楚這是為了什麼，又為了誰而寫。我沒有信念，也不知道我的使命是什麼。（丘光譯，《海鷗》113-114）

同學或許無法察覺到此時我（內心）已經熱淚盈眶了。這十年來在講臺上下、學校內外的努力與掙扎，以及自以為的努力與掙扎，以及旁觀其他國文教學工作者的努力與掙扎，其實就被這兩段臺詞赤裸裸地道盡。

我腦海中閃過一些人與事，關於信念之有無、信念之強弱，包容與否，使命云云，有太多不足以為外人道者，也有的是一揭開就會令人難堪的真相。回過神來，投影片上打出丘光老師曾為《海鷗》寫過的導讀文章：

> 海鷗這隻象徵自由的鳥兒，牠與大自然湖水的和諧互動，反映現實生活中的人對於幸福的想像與渴求。我在劇中可以看到三隻海鷗，投射的三種形象便是理想與現實衝突後三條不同的人生道路：一、被打死的海鷗是被現實生活擊垮的人（即放棄自己的特列普列夫），二、海鷗標本是被現實俘虜的人（即沒有個人意志的特里戈林等人），三、自由飛翔的海鷗是不向現實屈服的人（即受挫折仍相信理想使命不斷找機會當上演員的妮娜）。再想想，這三條人生路不就正在我們眼前身旁！而我們又走在那條路上？（《海鷗》，156）

最後那個問句，是契訶夫的提問，也是丘光老師留給同學的思考。最後總結，扣回到原初設定的課堂主題：

> 沒有自我，就沒有自由；
> 沒有信念，幸福就無從衡量。

下課鐘響。「讀契訶夫，思索人生出路：面對人生困境，永遠懷抱希望，努力開創新局。」投影片轉到最後一張，那是列維坦的油畫〈弗拉基米爾大道〉。

演講中，丘光提到契訶夫的作品深具情感教育的意義，其實這堂課不只在內容上、而連同形式上，也是情感教育的實踐。

鐘聲停止。我開始懷念起一開始上課的時候，東正教堂的鐘聲。

我送丘光老師離開。一位昨天找我修改自傳的學生湊過來說：「老師，我覺得剛才的課很棒耶。」

「噢，那你有感覺到自己的意志變得更強大、更有力量、更勇敢的走出自己的路了嗎？」我把心中盤旋的話順口說了出來。

那其實是我問自己的問題。

校外教學

搭配課程主題進行校外教學，最高原則是把握住「教學」的核心，不要讓學生當成「課外活動」。也就是說，這仍是教師進行課程籌畫之後覺得有意義的學習經驗，同樣要設定學習目標、學習內容以及學習評量，只是型態可能活潑一些。校外教學所帶來的現地體驗與潛移默化之效可能很深遠。據說法國的電影教育與戲劇教育，都是從小學開始，老師就會帶學生進入劇場與電影院，教他們欣賞綜合性的文學藝術。然而，教師設計一場校外教學，前後付出的心力以及臨場承擔的壓力絕對大於一般的課堂教學。

2019 年 2 月 24 日與學生前往國家戲劇院欣賞崑曲《玉簪記》。學生非常喜歡！表演結束後大家與「崑曲志工」白先勇先生合照

臺灣教師的最……

臺灣教師是世界教師中學歷最高的，但高學歷有轉化精進為教學能力嗎？

臺灣教師最容易心動，但心動有否化為行動？

臺灣教師最容易接受新知，但是否深入理解、身體力行？如 Giroux 的知識分子意謂什麼？轉化什麼？其理論基礎為何？

臺灣教師最會講故事，但不要只講技術性的、效率的、成功的故事，多講些道德的、失敗的、反省性的故事！

臺灣老師最喜歡問，但能否作了再問？把批判性的語言轉為可能性的語言，把事實性的語言轉為實踐性的語言？

（節錄自《歐用生語錄》（五南，2019，頁 150-151），原文見臉書「歐用生」，發表於 2018 年 10 月 3 日。）

高中畢業前，學生會記得什麼？（代結語）

想想，到建中教書也要滿十年了，算是一個小週期。猶記得當年面試，一位老師問我：「你拿到博士學位之後，會留在建中教書嗎？」我說：「我希望自己所在的環境，能讓我不斷成長；建中目前是個會讓我成長的地方。」這些年過去了，我到底有沒有令自己滿意的成長呢？建中還是個能讓我持續成長的地方嗎？

孔子說「溫故而知新，可以為師矣」，對於林林總總的「新」與「故」，自己究竟有多少認識與把握呢？認真想起來還有點心虛。要當一名稱職的「國文老師」真的不容易。

今年高調一點慶祝生日。放上106-108學年共六個學期的課程大綱（案：請參見91-97頁），節錄一個月前高三學生所寫下來印象最深刻的課程內容。這三年對我意義非凡。希望來年此日，自己還能溫習，溫習那些被寫出來的，以及沒被寫出來的。（2020.06.25）

第一學期

1. 對我而言，我印象最深刻的時刻是高中第一堂國文課的上台自我介紹。除了介紹自己外，也說出了最討厭國中國文課的什麼內容。不在教室打開國文課本死板的念課文的第一堂國文課，便讓我對國文完全改觀。
2. 第一點印象深刻的是個「時刻」，這個經驗屬於我們班。才甫開學，老師就因為太多人公假未報備而訓斥我們一番。事實上，自國中較高壓的管制以來，好似規範是份套餐送到面前。這一次的訓斥讓我發現十五歲起，「規範」成了自助餐——自己選擇對的規範，不遵守後果自己承擔，這可說是對十五歲的我的「震撼教育」。
3. 第一個令我印象最深刻的時刻，是老師宣佈我們不用一般的上課模式時。自國中以來，所有課堂上的上課模式幾乎都是考試取向。每個老師都只在乎學生考多少，而不在乎學生學到多少。但是在那堂國文課，第一次有老師不在意考試，而在意學習。這令我十分感動，並在我心中留下了深刻的印象。
4. 第一個畫面是《春風化雨》中老師要學生站到桌子上，第二個畫面是高二看的電影裡，法西斯的學習課程釀成人員死傷的悲劇。這兩個畫面不約而同顯示了老師的影響力。
5. 我印象最深刻的是高一時《小王子》的報告。神奇的是，我並不知為何，只是一看見此題心中便浮現了這樣的畫面，毫無理由——或許我心中的孤寂已深到連我自己都無法深入探究自己了。
6. 我腦中印象最深刻的國文課畫面是高一辯論漢字是否應簡化時的場景。在前一天，我和小組員搜集了各種資料，希望在辯論時大展身手。而在當天，我們和反方激烈地討論著，追求真理，同時也希望獲勝。在當下，我第一次體會到盡情發表的快感，將腦中的資料組合出一個個論點，確實很有成就感。
7. 第二個則是我們在準備辯論，是否贊成漢字拼音化。我是正方，用一些能與國際接軌的理由來說服對方，這是我參與的第一場辯論，從中瞭解一些規則、準備方法。我認為辯論是一種幫助同學更加了解課題的方法，像需要準備資料，並與他人印證，這也成為我準備段考的方法之一。

8. 高一前幾堂課，在自強二樓教室裡辯論。當時除了正反方，還有指定扮演的職業。現在想起來這其實在練習換位思考，用不同角度看事情。而這是平常很少教但在社會上很重要的思考方式。

第二學期

1. 葉嘉瑩老師講詩的「興發感動」。老師那時除了字體藝術以外。更重要的是用極具抑揚頓挫的語音來談。她使我理解到國文老師之後在上韻文時，為何不斷強調其韻律、聲音的沉穩、短促等。我那時才曉得這些韻文並非只有在「形式」上面呈現出的整齊美感。
2. 第二個畫面是要架網站推廣書本的那堂課，由於是第一堂課，腦中充滿了無數想法，心情也很激昂，和小組員在「自強大飯店」討論時的場景歷歷在目。
3. 另外一件印象深刻的回憶是小說閱讀推廣計畫，我選擇的小說是《花開時節》，這本書不但好看之外，內涵是相當豐富，而我們建立的粉絲專頁「花落時節」甚至被作者留言按讚，至今也都尚有閱讀流量，真的非常神奇。
4. 第二項內容是閱讀推廣計畫，一樣是分組活動，利用不同方法推廣自己那組所選的書籍，還記得當時選的是《向光植物》，一本小巧可愛，講述校園同性戀的故事。在讀完此書後，我同時設立了不同社群平台的粉絲專頁，並到處進行推廣。難忘之處在於這是我第一次親身了解到廣告行銷與宣傳的複雜與辛苦，如何用最少的成本衝高點閱率，抑或是將瀏覽者的追蹤鍵把握住，這些皆是在這次學習中獲得的經驗。
5. 成長小說推廣：這是我第一次成為「小小推銷員」向人們推廣《徬徨少年時》。雖然當初企劃寫的洋洋灑灑，但最後卻無法完全付諸實行，讓我了解到事先規劃和評估自生能力的重要性。

第三學期

1. 第二個是杜十娘怒沉百寶箱的講課，當天我聽得特別起勁，彷彿自己是古代的孩童坐著聽說書人講話本般，情緒隨著杜十娘的聰慧與投江的堅毅起伏，深受感動。
2. 我認為其中一個令我印象深刻的國文課活動是《人類大歷史》的影片拍攝，那天我與組員相約至北門，決定要拍一段介紹大稻埕的影片，雖然最終老師好像覺得我們有點偏離主題，但是我從中卻學習到很多珍貴的知識，也讓我能仔細研讀大稻埕的歷史、文化、變遷等，而使我們的組員有了一個一日遊的行程。其中我記得拍到晚上十一點我們還去了河岸旁的酒吧小飲一杯，真的非常難得。
3. 週末早晨的星巴克，明媚陽光透進窗戶，使得電腦螢幕微微反光，五個人正一起討論與製作《人類大歷史》的影片。這或許是高中最大的一件作業，大家投入甚多，討論、分工、製作等等，至今歷歷在目。當時的我或許沒有意識到我正在經歷一個怎樣的事件，但如今回想，實是令人懷念，並欣喜自己曾有那段經歷。

4. 第一個印象深刻的是放學後拍人類大歷史影片。原因是這讓我學習到許多能力，首先要把書讀完，篩選出題材整理再輸出，輸出還要配合影片的風格調整。這樣將資料轉譯的能力在成發時很實用。
5. 國文課印象最深的兩個畫面，第一個是我們一群人在操場拔草，另一個是躺在自強二樓沙發討論模擬辯論。第一個畫面是在拍《人類大歷史》的影片，是一個非常有趣的活動，排影片來講解這本書，拔草是要解釋遠古人類如何開始種植作物，我們需要努力去籌劃影片內容，製造笑點，並詳細解析文本，是我放最多心力也最自豪的影片，在過程中也和同學成為很好的朋友，從中學習團隊合作的重要。
6. 另一個令我印象深刻的便是高二的寒假作業：自己寫一部小說，從未創作小說的我，在寫作的過程中找到一絲歡樂，讓我體會到寫作不一定要有目的性。
7. 第二則是觀看《你的名字》，每個畫面都令我印象深刻，但仔細想起，除了相對一般文學電影有趣、感人之外，寓意部分似乎較少，建議老師之後如以相似課程規劃，可以選擇宮崎駿的作品，大多都有很深的寓意。
8. 我對《山海經》的小書製作尤為印象深刻，我在了解各種神獸妖怪時看見了中學古典迷信的用心，精確的描述使我驚艷。

第四學期

1. 我最印象深刻的一個時刻，是閱讀《談美》。這是我第一讀人文學方面的書，並試著用偏哲學的思考看待人生。還記得那時我在期末考時寫到，美是要有距離的，因此我們常覺得生活周遭的事物缺乏美。但當我們跳脫自己的視角，用客觀、有距離的視角，就能發現事物的美好。
2. 我第一個印象最深的畫面是第一組報告《談美》的組別。他們的報告好得不可思議。不僅傳達了作者的意思，他們設計的題目結合了真實的畫作與藝術，讓人真正地思考「美」的本質。我覺得他們的報告也激發了後面組別思考的廣度與深度，非常感謝這一個組別。
3. 學習歷程中令我印象最深刻的兩個畫面分別是在看《月光下的藍色男孩》及參觀景美人權紀念園區時。會令我印象深刻是因為他們都是在講述被壓迫的人的故事。月光下的藍色男孩在家不被母親善待，到了學校又因為自己的性向被同學們霸凌。而景美園區象徵當時人們的自由受到壓迫，說錯話就可能會被抓去關，而且大部分的人都是無辜的卻有去無回。或許是因為我生活在台灣，長期受到中國的迫害，才會對這些畫面特別有印象。
4. 我印象最深的記憶，是畢業旅行我沒有去，留在學校跟昌政老師討論櫻花兄弟。還記得老師逐字逐句地修，一邊跟我討論文學的概念，我一直到彼時才明瞭，原來短篇小說不是一氣呵成，還經過一系列的設計、鋪排和校稿；原來文學不是一個人才能詮釋，而是可以被討論而創作的。

第五學期

1. 我印象最深刻的是高二暑假的作文診療室，在這課程中，我非常喜歡幾個人在小間教室中談論彼此文章及聆聽老師批改的看法。這堂課讓我更深刻了解要怎麼詮釋題目。雖然學測的作文不盡理想，但我還是不否認這堂課的幫助。
2. 要說到印象深刻，一定得提到高三上，每小組出題目給同學，卻站在台上支支吾吾解釋不清的尷尬畫面……我學到了充分準備和台風的重要。
3. 另一個是高二升三暑假，到校參加作文指導。直接指導，跟在台下上作文課，真的是兩碼事。
4. 就理性思考而言，我印象最深的時刻是模考作文被老師唸出來時。如今早已忘了作文的題目，念出那段的字句與聲音卻清楚地浮現耳中。或許我一直懷著對寫作的自卑吧！從小姊姊的寫作能力便十分優秀，一直得獎，我也一直被她嘲笑，自認不會寫作，但我卻十分喜愛自己所寫之物，讀起來很開心。因此自己的寫作能被認可，我真的非常感動，自己喜歡的東西也能為他人所喜愛。
5. 首先令我印象最深刻的是談論〈赤壁賦〉時，老師要求我們先無視文章的內容，純粹感受文字之間的韻律與詞藻的美。對於往往注重在架構、內文和修辭的我是相當特別而深刻的體驗。
6. 高三上的現代散文。讓我印象深刻的除了是同學負責詮釋文本以外，更重要的是每一次上課都彷彿成了一場「批鬥大會」，讓講者的每個問題被無限放大來檢視。而國文老師偶爾也會幫同學緩頰，並介紹許多性質相近的文章、小說供我們參考。
7. 我十分印象深刻的是帶大家導讀散文且自己製作題目的時候。因為我做的題目有錯誤，而在台上被大家砲轟了很久。我不只了解了出題的困難，更了解我們對自己的所作所為要負起責任。

第六學期

1. 《史記》介紹時，老師說明《史記》承載著各種人的可能性，使我大悟自己原先的三類生膚淺思維，這也啟迪我思考的方式，不再單調而平面，而是延及意象所含括的可能內含，可以言此為徹底翻轉我思考方式的一堂《史記》課。
2. 高三《百年孤寂》和《變形記》的講課。講師和我們談到經典與流行的區別，以及小說的本質。
3. 現在的小說與哲學課程。在閱讀完《談美》後，開啟了我對人文學，包含哲學的興趣，而在看小說的過程中，有了更多收穫。

附錄一、《潤物有聲集》學生回饋

（一）讀昌政老師書，憶高中國文課

劉安家（原文發表於作者臉書，2024.01.12）

昌政老師最近寫成《潤物有聲集》一書，講的是老師的教學實踐、教學理想與學思心得，正巧環繞我們這屆同學的高中三年經歷。老師說，這本書是呈現一個教學生態，老師、學生、文本與環境，四者彼此交互作用，形成一個完整的生態，老師謙遜地認為教師並非主角；這樣說來，我便也是這本書眾多主角中的一員。有幸在本書正式出版前獲得搶先看機會，略略分享自己的心得予書中的其他主角們，期許大家之後也有屬於自己的觀後感。

很驚訝的發現，才讀幾頁，我就出場了。大概高一開學第二次上課，老師如此描述：

「下一堂課，我打算向學生說明高中國文的學科範疇，以及大學學科能力測驗的測驗說明。才進教室，一位學生就舉手提問：「老師，你覺得受教育的意義是什麼？」

文中沒有提及名字，但是看著前後脈絡，讀到這句話，我彷彿可以感應到那位 15 歲少年的心理，那完全就是我會想提出請教的問題。七年後的今天，不用往下讀，就可以理解老師當時逢遇這個問題的興奮感。不過，七年後的今天，也充分自覺當時提出這個問題的莽撞與可愛，其實並無相應的省思和體會，只是好奇，頂多，是一個剛升高中的少年對受教育有點憧憬。

老師真真切切地在實踐中回應我的憧憬。比起剛進高中的時候，現在大學都快畢業了，心智應該有更成熟一點。僅讀前面三章，就已經感到太精彩了！如果是今天的我絕對會好好把握，不禁反省當時何以未能察覺，而加以用心於老師指引的方向。儘管當時沒有意識到，卻很自然地享受著這樣的學習過程，直覺地感受到老師帶給我們的，都是很好的東西。就這樣過了三年，這個生態當真是潤物細無聲。

當時自然地受著薰陶，今天讀來，明白實在是廣開門徑，多點式啟發。比如老師著重的自我覺察、欣賞他人、閱讀唐宋古文、培養公民責任、感受詩學、發掘漢字美感、閱讀符號、思索哲學等等，老師深具見識的擇取和精闢的引導，讓今天的我仍然可以沿著這些路徑，自己再去多看多想。這裡說的空泛，但在過去的課堂上與這本書中都有具體的文本和著落點，就不煩文辭多談了。

書中老師提及希望學生將來能在課堂外，閱讀與理解這個更加真實而豐富的世界。讀這本書，宛如見到老師的示範；能否實踐與舉一反三則在讀者了。如果說我對於受教育仍然滿懷憧憬，那真是因為曾經遇到很好的老師啊！

（二）《潤物有聲集》發表會後感想

王瀚德（原文發表於作者臉書，2024.02.26）

會場中擁擠不堪、摩肩擦踵，硬是在會場中擺置無用的旋轉木馬前，聚集了一群男生，讓現場水泄不通。有些面孔不認識了、有些面孔沒見過、有些面孔這幾年都沒變過。但確定不變的是，我們又齊聚一堂，聆聽昌政老師授課。

即使不在同一間教室、不是同一支麥克風與喇叭，熟悉的音調與頻率在空氣中溢散，帶我回到高中的木桌椅前，換上卡其色制服上國文課。鏗鏘有力、句讀有別的朗讀方式一如往常絲毫沒有改變，那真的再熟悉也不過；看著老師於我們高中三年獨立編纂的教學課綱，有些課程內容我說得出三言二語，有些再怎麼回想也沒有一點印象。回想自己在高中時因有種種外務，真的無法每一堂國文課都專心致志，總會有恍神的時候。但是為什麼總得要站在國際書展現場才懊悔，當初為什麼不把握每堂昌政老師上的國文課？

老師請我們翻到《潤物有聲集》最後一部分：「高中畢業前，學生會記得什麼？」並請同學們唸一唸裡面的內容。看著一行行匿名的心得，我還真看不出誰寫了哪一則。念完某一則後，老師說道：「閱讀長篇小說是現在課綱缺乏但卻是必要的，因為透過閱讀小說才可以完全一個人(complete someone)，透過閱讀小說可以了解一群人在某個時空背景下的精神狀態。」

看著看著，在第四學期的匿名心得中，我一眼就看出有一則必定是我寫的：「我印象最深刻的記憶，是畢業旅行我沒去，留在學校跟昌政老師討論櫻花兄弟……」高三與昌政老師一對一教學的時候情緒浮動很大。有時我會因為老師給我打比預期高的分數高興一整天；有時我會因為種種外務而覺得老師講話過於繁瑣。某次更因為壓力太大，老師給我作文打的分數成了壓垮我的最後一支稻草，在老師面前崩潰狂哭了許久。學測國文的失敗會是我這生最愧對昌政老師的事情，但並沒有讓我得了創傷後症候群；因為在昌政老師三年的耳濡目染下，文學已成為我生活中不可或缺的一部分。

回想至此，眼角又不爭氣的泛淚。

「有沒有同學要幫我唸第 212 頁《海鷗》劇本中，妮娜的台詞？」一同在場的母親指向我，把我從五年前的建中拉回國際書展現場。接過麥克風，我試圖模仿老師的語調與節奏，想要讓自己也成為那樣有自信與熱忱的教師；但開口吐出的字詞，就不是同一味。「剛才瀚德為我們唸的這段話，送給大家。」戰戰兢兢的結束任務，大家鼓掌之後與老師簽名合照，散會。

隔日撰寫此篇文章時，又翻開《潤物有聲集》第 212 頁，我才頓悟妮娜的台詞並不是要給讀者什麼啟發，而是昌政老師於建中任教十餘年後，明白自己走上人少的道路，必須要秉持的信念。

（三）從《潤物有聲集》想到國文課綱

陳禹廷（原文發表於作者臉書，2024.02.26）

週六前去世貿參加國際書展，高中的國文老師出書了，肯定是要支持一下，也讓久違的一群高中夥伴們同聚。彷彿國文課再現一般的同學會，相當有趣。

《潤物有聲集》講述的是老師過去在高中國文教學的一些歷程、內容與理念，相當推薦有興趣的朋友查詢、購買。

個人一直以來對高中國文有著某種感謝，就如同老師在書展時說道，長篇成長小說的定位與短篇小說不同，包含了讓人成長的要素。我認為我在高中國文的課程中成長了許多，感謝老師。

我認為現在的國文課程取向必須改變。國中國文想必對許多人而言無法理解，在我的記憶中，雖不覺得老師教得不好，卻認為背誦、記憶的成分過多；作文能力的培養也多在強調修辭與詞藻的堆砌，而缺乏大學端期望看到的思辨能力。從我的角度來看，思辨能力理應是整個教育過程中最需培養的能力之一，因為判斷對錯、思考的能力對所有人而言，都是重要的。

如今的國文課綱似乎沒有甚麼變化，而只是改變一些大家看了滿臉問號的東西，在我看來我們的課綱改革還有很長的路要走。而我相信像昌政老師這樣的教育者便是課綱改革路上相當重要的動力。

《潤物有聲集》新書發表會（2024.02.24台北世貿國際書展，攝影：廖之韻）

附錄二、國寫「知性題」寫作備忘

國寫「知性題」的性質與定位，應當是「論述寫作」（essay；argumentative essay）。在英語世界，論述寫作已經建立起一套穩定而基本的規範及標準。國際化的潮流底下，那些規範與標準不只通用於英語世界，早也滲入到現代中文的學術語言及一般書寫當中。學習國寫「知性題」就是學習論述寫作。論述寫作不僅是大學所需學術寫作的基礎，也是公民參與公共論述以及表達理性思辨所不可或缺的媒介。新式國寫最令人期待的一點，正在於能和論述寫作接軌，替高中國文教育拉開一扇面對當代的窗口。

論述寫作的基本原則包括：

1. 問題聚焦：清楚指出文章希望討論或者回答的問題是什麼。
2. 論點明確：針對文章主要的論題，用完整的句子與正面的表述，寫出自己的主張或者觀點。
3. 定義清晰：針對重要的概念，能夠加以說明、闡述。說明的方式可以是概念式延伸闡述，也可以給出一個具體的情境或者實例。
4. 脈絡清晰：組織一個能被讀者接受並且感興趣的的結構，將你要提供的資訊、觀點、評論等等有條理地陳述出來。
5. 段落分明：善加分段，運用段落的形式表現出思考的層次。同時善用主旨句（topic sentence）指出段落重點。
6. 理解正確：能摘要所給的文字，同時清楚表述文章或者圖表內容，確實描述、分析、綜合。
7. 論證清楚：能舉出恰當的文獻或者經驗作為例證，支持自己的觀點。若只是將自己的想法換句話說，或者用更好的修辭術表達，並不會增強論證。
8. 換位思考：能反思各方的說法可能存在些前提假設與限制，並且加以評估。
9. 邏輯連貫：內容不會自相矛盾。句子與句子之間、段落與段落之間的邏輯連貫性都很清晰。
10. 寫作技巧：善用一些字詞或者表述手法，幫助你展現定義、舉例、分析、分類、區辨、比較、對照、摘要、評論等等寫作技巧。
11. 簡潔精準：想清楚自己要表達什麼，沒有冗贅多餘的詞句，那些無關的訊息和觀點會干擾文章閱讀。也不要反覆纏繞，不必堆砌詞藻，那樣反而會讓概念模糊，失去焦點。
12. 不要濫情：文章中可以表現出價值觀，但那必須與論述結合。充滿情緒的呼告，或者刻意寫很多邏輯無關的「正面積極」的話，並不會讓文章更有道理，反而有可能因此喪失了論述文章要求的冷靜風格。

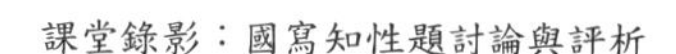
課堂錄影：國寫知性題討論與評析

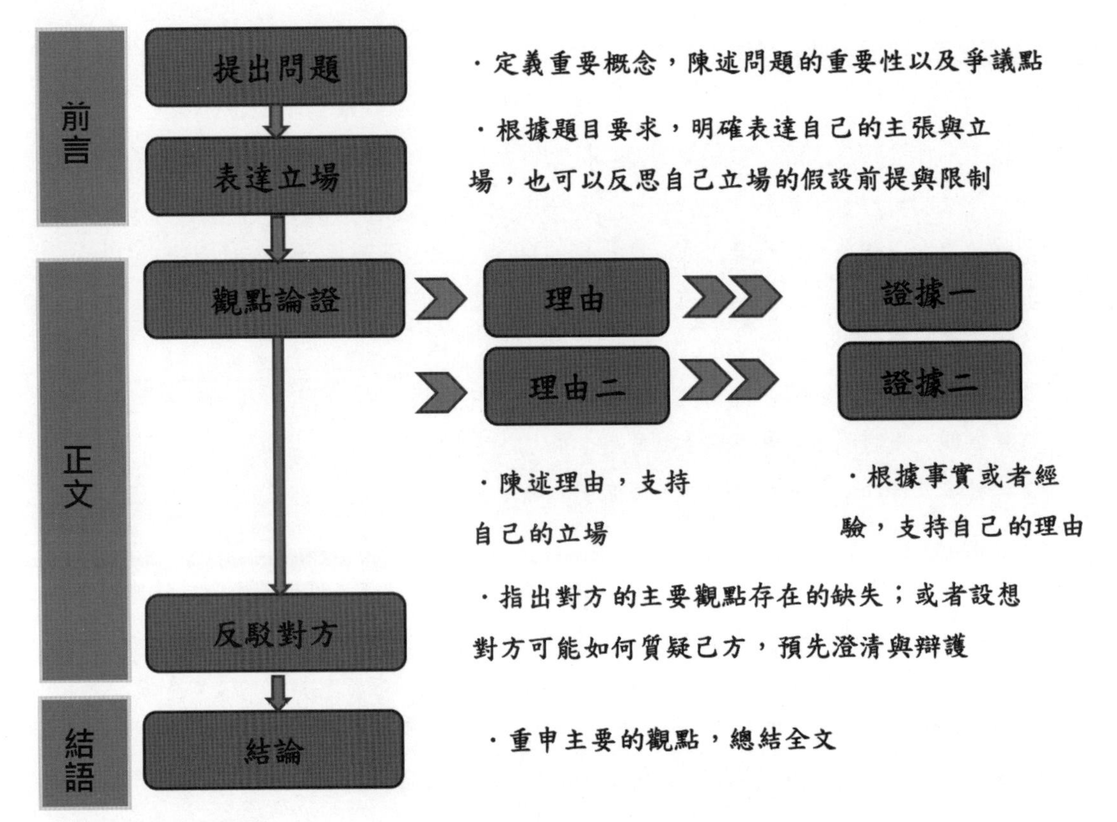

論述寫作的基本要素與結構

實際寫作的時候，有些迷思觀念需要釐清，容許我舉其大端，條列說明：

■ 迷思一：引經據典會讓文章更有道理嗎？

不會。「引經據典」只是讓你看起來比較博學，或者背誦過一些東西，這不會讓文章變得更有道理。如果引用現成的話語或者事例，應當要有助於推論，或者釐清概念；一味套用名言佳句，不僅容易破壞行文流暢，如果用別人的話取代自己的思考，還暴露出自身思考的貧血。

■ 迷思二：多用譬喻、排比、轉化等修辭，會讓文章更有道理嗎？

不會。修辭只是表述形式上的花樣，使見解更容易被理解，它能展現想像力與渲染力，但不會使見解更可信。要讓見解更可信，需要重視論據是否堅實可靠，以及推論邏輯是否能連貫一致。善用修辭手段包裝論證，並非壞事，但不能將修辭與論證混為一談。如果真的要講「修辭」，論述寫作最需要的「修辭」技術，是一種理性、冷靜、簡潔的表述風格。

■ 迷思三：論述寫作是不是新式八股文？

不是。論述寫作確實不是天馬行空的想像創作，而要遵守很多規範。但設置那些規範，是為了在理性的基礎上磨練自己的思考，並且與讀者進行溝通。遵守一些寫作的原則，能讓別人很容易掌握文章的主要觀點與證據，便於進一步展開對話或者論辯。這不必然扼殺寫作者的個人觀點與批判性的思考。論述寫作要求寫作者掌握文字分寸，不流於煽情主觀，但並沒有規範人思考的範疇與立場。見解的深刻與否、例證的確實與否、以及論證的嚴密與否，才是論證寫作成敗的關鍵，而這些並不受表述形式的規範。

附錄三、國寫「情意題」寫作備忘

說明：這原是108年學測前給學生的寫作提醒，當時覺得直接耳提面命太過無趣，正好當時跟Kia學習烹調港式年菜。遂以料理為喻，寫了這十樣寫作備忘。

1. 要切合食譜。南乳粗齋就要用南乳醬，金銀菜豬腱湯就要有白菜乾。人家叫你用花膠就不要擅自改成烏參。
2. 要慎選食材。煮湯的豬腱和紅燒的五花肋排口感大異其趣。土雞跟飼料雞味道相差甚遠。剛採收的杏鮑菇怎麼都好吃。
3. 要有獨特的風味。羅漢果入湯氣味甘甜，南乳醬拌冬粉香蘊深厚，紅酒醋燒糖醋醬酸嗆中帶喉韻。用料不必昂貴，但味道可求出眾。
4. 主菜配菜要分明。悶土雞佐栗子南瓜，南瓜就乖乖躺在下層當陪襯。青花菜站好擺盤的位置，讓紅燒肋排當主角。
5. 料理程序要講究。南瓜先蒸熟後煎到金黃色，雞腿肉先用醬油及糖醃好再加油裹粉，豬肋排先煎一次封住肉汁再煎第二次。
6. 火候強弱要控制。大火油炸時留意表皮不要燒焦，記得轉小火悶燒時千萬不要乾燒，老火湯開了用文火慢慢燉就好。
7. 食材要先行備妥。白菜乾和羅漢果在南門市場先買好，南乳醬託朋友從香港帶來，紅棗雲耳家裡本來就有。該泡發的先浸水，香菇先去柄，蘿蔔滾刀塊。先備好材料，臨鍋時才不會手忙腳亂。
8. 調味佐料要講究。醃肋排用五香粉，湯煮熟開鍋再放鹽，紅燒排收醬汁再下酒，若是冬天天冷多加幾片薑。
9. 擺盤要美觀。南乳齋以白菜墊底，冬粉置中，腐竹在旁，紅蘿蔔在上。就算食材佳、味道好，仍要精心擺盤上桌，兼顧視覺印象，才能引發食慾。
10. 對食物要有愛。

課堂錄影：國寫情意題討論與評析

附錄四、如在：教學演示的興感能力

近日受臺大師培中心邀請，擔任國文科實習教師教學演示的評審。「教學演示」當然有別於實際教學。在短短 15 分鐘之內，要展現全方位的教學概念與實踐能力，雖然談不上「納須彌於芥子」的神妙，倒真的要有「尺寸千里，攢蹙累積」的功夫，才經得起方方面面的放大檢視。

演練結束之後，針對整體表現提供觀察與建議。我首先提到「學科教學知識」的概念，這是教師在特定的教學情境脈絡底下，針對教學對象的特質與條件，應用教育學知識進行學科教學的教師專業知能。試教者的教學演示，呈現出他對於學科教學知識的體會與應用能力。師培課程的教材教法，學習重心就是學科教學知識。

「教師專業」是什麼？如果將課堂上的教師與其他「靠講課吃飯」的知識傳播工作人員比較，就會發現「現場上課」這件事跟「簡報比賽」、「主題短講」、「網紅節目」、「線上（非同步）課程」等傳播方式，最大的不同就在於教學情境。教學情境通常包含著一群師生，特殊的教學空間，以及一段延續的教學歷程，包圍著的家庭與社會脈絡，以及更重要的——教師與學生共享著許多集體記憶以及彼此生命的交流互涉。這些構成教學場域的條件，複雜而動態，使得「上課」這件事比一般的口語知識傳播，來得活潑或者說具有（行為）藝術特質。

因此我在觀察教學演示的時候，最重視的一點是「如在」。教如在，教學如學生在。孔子說：「祭如在，祭神如神在。」這說的是祭祀禮儀的場合，祭者心懷虔敬，彷彿祖先鬼神如在目前。教學演示者也應該表現出「如在」的虔敬與專注，如同學生就在聽自己上課，這時候教學的眼神、手勢、聲調、內容、話語，都不是對著空氣憑空而發。他不只是一名知識淵博、侃侃而談的學者；不只是妙語連珠、掌握人心的直播主；不只是一名口條嫻熟、滔滔不絕的演說家；當然，更不會是虛張聲勢、矯揉媚俗的知識販子。

儘管「教學評量表」列出了多項教學表現指標與檢核重點，但我真正進行評估的時候，是根據「如在」這種綜合與默會的實踐智慧，它如氣血周流經脈，賦予教學者充沛的生命能量。教學者有能力想像學生在場，所有的知識內容與表達技巧，都反映出自己面對的是怎麼樣的學生、預設了怎樣的師生關係，以及更重要的：對於教學的想像。演示者彷彿看得到學生，無論是現實世界中遭遇過的、或者存在於理想教學情境中的學生，並且願意引導學生從已知走向未知，一寸一寸鬆開思考的經膜，開拓認知與想像的迴路。

有了那樣的「如在」感，教學演示就能表現出教學者的課程意識與教學覺知，也就是說，他開始體會到「上課」這件事的特殊與重要，不只是照著什麼教甄秘笈依樣畫葫蘆，或者搬演劇本、操作話術而已。這樣的「如在」感受，當然有幾分戲劇表演的成分在內，但這邊的戲劇性不是強調角色扮演、裝腔作勢，與其說這是一種外顯的傳播表達能力，倒不如說是一種內在能力，一種能把不在眼前之物召喚回來，活生生，如在目前的能力。也就是「興」的發動。

倘若一名教師能夠在教學演示的時候召喚出學生，讓話語與行動由此產生教學意義，那麼他在真正授課的時候，也是比較可能召喚出文本中的精神，透過引介媒合，引發學生的同情共感。這都是一種「如在」式的興感能力。（本文刪改自筆者臉書貼文，原發表於 2021.12.20）

國家圖書館出版品預行編目資料

潤物有聲集：國文課的故事及探索 / 吳昌政著.
-- 增訂一版. -- 新北市：商鼎數位出版有限公司,
2024.10
面； 公分
ISBN 978-986-144-296-9(平裝)

1.CST: 國文科 2.CST: 語文教學 3.CST: 文集

802.03 113015164

潤物有聲集

國文課的故事及探索

作　者　吳昌政
封　面　葉長青〈大禹治水〉
排　版　林荃瑋

發 行 人　王秋鴻
出 版 者　商鼎數位出版有限公司
地址：235 新北市中和區中山路三段136巷10弄17號
電話：(02)2228-9070　傳真：(02)2228-9076
網路客服信箱：scbkservice@gmail.com

初版一刷：2023年12月25日
增訂一版一刷：2024年9月28日
ISBN：978-986-144-296-9

商鼎官網

來出書吧！